전영택 중단편선

화수분

책임 편집 · 김만수
서울대학교 국어국문학과와 같은 과 대학원 졸업(문학박사).
현재 인하대학교 문과대학 문화콘텐츠 전공 부교수.
저서로는 『문학의 존재영역』 『희곡 읽기의 방법론』 『문화콘텐츠 유형론』 등이 있음.

한국문학전집 36
화수분
전영택 중단편선

초판 1쇄 발행 2008년 9월 25일
초판 9쇄 발행 2021년 3월 12일

지 은 이 전영택
책임 편집 김만수
펴 낸 이 이광호
펴 낸 곳 ㈜문학과지성사
등록번호 제1993-000098호

주 소 04034 서울 마포구 잔다리로7길 18(서교동 377-20)
전 화 02)338-7224
팩 스 02)323-4180(편집) 02)338-7221(영업)
전자우편 moonji@moonji.com
홈페이지 www.moonji.com

ISBN 978-89-320-1885-0 04810
ISBN 978-89-320-1552-1(세트)

전영택 중단편선

화수분

김만수 책임 편집

문학과지성사 한국문학전집 36

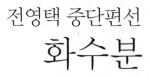

| 차례 |

일러두기

1. 이 책에 실린 작품은 전영택이 1919년부터 1964년까지 발표한 작품 중에서 선정한 13편의 단편소설과 1편의 중편소설이다. 각 작품의 정확한 출처는 주에 명기되어 있다.
2. 이 책의 맞춤법은 1988년 1월 19일 문교부 고시 '한글 맞춤법'에 따르는 것을 원칙으로 하였다. 단 작품의 분위기에 영향을 준다고 판단되는 방언이나 구어체 표현, 의성어, 의태어 등은 그대로 두었다.

   예) 선산님들이 내종엔 화가 나서 내던지군 합네다가레.
3. 원본의 한자는 가급적 한글로 바꾸었으며, 작품 이해에 도움이 될 만한 한자는 그대로 두고 괄호 안에 넣었다. 반복적으로 등장하는 한자어는 최초에만 괄호 안에 한자를 병기하고 후에는 한글로만 표기하였다.
4. 대화를 표시하는 「 」 혹은 『 』는 모두 " "로, 대화가 아닌 강조의 경우에는 ' '로 바꾸었다. 책 제목은 『 』로, 노래 제목은 「 」로 표시하였다. 말줄임표 '‥' '…' '……' 등은 모두 '……'로 통일하였다. 단 원문에서 등장인물의 머릿속 생각을 표시하는 괄호는 작은따옴표(' ')로 바꾸었고, 작가가 편집자적 논평을 붙인 부분은 괄호(( )) 안에 표시하였다.
5. 외래어 표기는 1986년 1월 7일 문교부 고시 '외래어 표기법'에 따라 바꾸었다. 단 작품의 분위기에 영향을 준다고 판단되는 경우에는 원본을 그대로 살렸다.

   예) 플랭크푸트가 되지 말며

   (현 표기법은 '프랑크푸르트')
6. 과도하게 사용된 생략 부호나 이음 부호는 읽기에 편하도록 조정하였다.
7. 책임 편집자가 부가적으로 설명이나 단어 풀이가 필요하다고 판단한 경우에는 미주로 설명을 붙여놓았다.

천치? 천재?

1

나는 성년도 되기 전부터 못 해본 것이 없이 별것을 다 하였나이다. 어려서는 학교도 다녔나이다. 그리고는 주사 노릇(관리)도 하였나이다. 예수 믿고 전도도 하였나이다. 어떤 회사에 가서 월급쟁이 노릇도 하였나이다. 그뿐이겠어요? 어떤 친구와 작반해서 '오입쟁이 노릇'도 하였나이다. 떨어져서 엿장사도 하였나이다. 또 밥 객주[1]도 하였나이다. 교사 노릇도 하였나이다. 전차 차장 노릇도 하였나이다. 뛰어서 일본 유학생 노릇도 하였나이다. 촌에 가서 농군 노릇도 하였나이다. 네— 한때는 열렬한 애국자 노릇도 하였지요. 어떤 때는 광객(鑛客) 노릇도 하였나이다.

그러다가 어떻게 되어 나는 세번째 소학교 교사 노릇을 하게 되었나이다.

나는 평생에 교사 노릇은 끔찍이 싫어하였나이다. 더구나 소학교 교사 노릇은 어려서부터 죽어도 아니하려고 하였나이다. 초학 훈장의 똥은 개도 안 먹는다는 속담도 있거니와, 실상 소학교 교사 노릇이야말로 사람은 못 할 노릇이외다. 더구나 혈기 있는 청년은 참말 못 할 노릇이외다. 내가 기왕에 별 '노릇'을 다 해보았으나, 소학교 교사같이 못 할 '노릇'은 없더이다. 그러므로 나는 '세상에 노릇이 많은 가운데 훈장 노릇이 가장 어렵다' 하는 정의를 내리고, 저 혼자 늘 그 생각을 하고 있나이다.

내가 세번째 갔던 학교는 평안도 중화군 서면에 있는 득영학교(得英學校)이었나이다. 그렇게 싫어하고, 그렇게 못할 소학교 교사 노릇을 다만 십이 원 월급에 팔려서 세번째나 다시 하게 된 것은 사실 어찌할 수 없음이었나이다.

득영학교는 중화 서면에서 꽤 세력 있는 박씨 일문이 사는 촌중에서 세운 것이었나이다. 교실은 본래 서당으로 쓰던 기와집인데, 동리 뒷산등에 들썩하게 지은 것인 고로, 그 근처 한 수십 리 안에서는 어디서 보든지 우뚝 솟은 득영학교가 눈에 얼른 띄나이다.

내가 맨 처음에 교사로 고빙되어 봇짐을 지고 득영학교를 찾아오다가, 멀리서 보이는 회칠한 기와집을 보고 벌써 '저것이 학교로구나' 짐작이 될 때에 여러 가지로 상상을 하였나이다. 저 학교에는 학생이 몇이나 될까? 저 학교에는 나같이 할 수 없이 되어 마지막 수단으로 몇 푼 월급에 팔려서 왔던 속 썩어진 훈장이 몇 놈이나 될까? 그래도 그 가운데도 제법 교육의 사명을 깨닫고 왔던 사람이 있을까? 무얼 있어?…… 훈장 노릇! 에구, 또 해? 이

전에 '씩씩' 하던 생각이 나서 이마를 찌푸렸습니다.

저 학교 생도가 적어도 열다섯 명은 되겠지, 그 가운데는 꽤 재간이 있는 '천재'도 있으렷다. 못나디못난 '천치'도 있으렷다. 또는 흉악한 불량아도 있으렷다. 손을 댈 수가 없이 사나운 아이가 있어서, 내 말을 안 듣고 속이 썩으면 어떡하나 걱정도 해보았습니다. 아니다. 내가 잘못하면 불량아를 만들어놓기도 하고, 잘하면 천재나 훌륭한 인재를 만들어놓을 수도 있고, 불량아가 변해서 우량아가 되도록 할 수도 있다. 옛날부터 농촌에서 시인 문사가 많이 나고, 위인 걸사가 많이 났다더라. 저 촌이 어디 '코커마우드'나 '플랭크푸트'[2]가 되지 말며, '켄터키'나 '아이슬레벤'이 되지 말라는 법이 있으랴. 이런 생각을 하니까, 책임감으로 갑자기 짐이 무거워짐을 깨달았습니다. 그리고 자기를 돌아보았습니다. 나는 문득 얼굴이 확확 달아짐을 깨달았습니다. 나는 평시에 교육학은 한 페이지도 공부해보지 못했습니다. 물론 아동심리학 같은 것은 구경도 못했습니다. 아이들의 성격과 개성을 가려볼 만한 총명한 눈도 가지지 못하였습니다. 나는 다만 일찍 우리 아버지 덕에 쉬운 일어와 산술을 좀 (겨우 분수까지) 배웠을 따름이외다. 이것을 본전 삼고, 남의 귀한 자제를 맡아 가르치려고, 아니 돈 십이 원을 거저먹으려고 남이 땀 흘려 농사지은 곡식을 편안히 앉아서 먹으러 간다고 생각을 하니, 부끄럽기가 끝이 없는 것을 염치없이 그날 저녁 여덟 시에 교감 댁을 찾아 들어갔습니다.

'박교감'의 인도로 학교로 올라갔습니다. 저녁은 교감의 집에서 얻어먹었습니다. 밥은 교감의 집에서 먹고, 거처는 학교에서 하기로 하였습니다.

교감이 팔십 원이나 들여 수리를 해서 이제는 훌륭한 학교가 되었다고 자랑을 하는 교실은, 밤이면 교사가 거처하는 방까지 합하여 두 칸 반이요, 깨진 유리창 한 개가 달린 것이 가장 신식이더이다.

교감이 내려간 후에 혼자서 자려니까 미상불 좀 무서운 생각이 나더이다. 나보다 먼저 왔던 선생이 혼자 자다가 승냥이한테 물려가지나 아니하였나, 혹은 이 반 칸 방에서 밤에 대들보에 목을 매고 죽지나 아니하였나, 목매 죽은 귀신이 퍽 무섭다는데…… 교감이라는 영감이 벌써 얼른 보기에 천하 깍쟁이 같더라. 꼭 괭이 수염같이 노오란 것이 몇 오라기가 까부라진 매부리코 밑에 밭디밭은 입술 위에 빳빳 뻗치고, 눈은 연해 핼금핼금하고, 공연히 헛기침을 자주 하는 것은 아무가 보아도 깍쟁이라고 아니할 수 없다…… 나는 처음 보고 이내 '네가 아전 노릇으로 늙어서 털이 노래졌구나' 하였습니다. 이 동리 양반들은 모두 다 몹시 교만하다는 말과 교사를 거지같이 여겨 괄시한다는 말을 들었습니다. 아이들까지도 그 감화를 받아서 교사 따위는 우습게 알고, 제법 업신여긴다는 말과, 학교가 겨울에는 지독히 춥다는 말도 듣고 왔습니다.

그래서 나는 분명히 목매 죽거나 얼어 죽은 놈이 있으리라고 생각하였습니다. 얼어 죽은 놈은 반드시 있으리라고 하였습니다. 당장 숭굴숭굴 터진 담 틈으로는 하늘의 별이 보이고, 산산한 가을바람이 솔솔 불어 들어오더이다. 목매 죽은 귀신이 오면 어떡

하나, 금년 겨울에 얼어 죽지나 않을까 별생각을 다 하고, 나같이 못난 놈을 하늘같이 믿고 있는 우리 어머님과 동생들 생각을 하다가 모르는 새에 잠이 들었습니다.

다음 날 오후에 나는 컴컴한 방 안에 있기가 싫어서 혼자 뒷산으로 올라갔습니다. 가을 하늘이 마치 잔잔한 호수같이 맑고, 넘어가던 석양빛은 먼 산 가까운 촌을 자홍색으로 물들여놓았더이다. 나는 산꼭대기까지 올라가서 아랫동네를 내려보다가, 저 건너편 읍내에 대문은 기울어지고 담이 무너지고 기와가 떨어진 한편 쪽을 저문 햇빛에 목욕시키는 향교를 보고 감개한 느낌을 못 이겨하는데, 내 발밑에서 "선산님!" 하는 소리가 들리더이다. 나는 깜짝 놀라서 쳐다본즉 어디서 잠깐 본 듯한 아이가 숨이 헐떡헐떡하면서 나를 쳐다보고 있더이다. 얼굴은 둥그렇고 머얼건데, 눈에 흰자위가 많고 빙글빙글 웃는 것이 어째 수상하게 보이더이다. 그 웃음은 나를 반기는 것이 아니요, 알 수 없는 이상한 웃음이더이다.

"밥 먹으래!" 하는 말에 웃음을 참지 못하였으나, 그 애가 박교감 집 아이인 줄은 얼른 짐작했습니다. 나는, "오냐 가자" 하고 내려가면서, "네 이름이 무어냐?" 하고 물었습니다. "칠성이." 이것이 그 대답이었습니다. 그래서 나는 "그럼 박칠성이냐?"고 다시 물었습니다. 머리를 한번 끄떡하더니 다시 흔들고는 입을 벌리고 나를 쳐다보더이다. 나는 속으로 짐작되는 것이 있어서 다시 더 묻지 아니하고 그 손을 잡고 슬금슬금 내려갔습니다.

내려가면서, "나이는 몇 살이냐?" 물은즉 얼굴이 갑자기 이상해지면서 대답을 아니하기에 다시 한 번 물었습니다. 그때에야 입술을 쫑긋쫑긋하더니 겨우 입을 열어, "응, 열세 나서." 하고 소리를 치더이다.

나는 다정하게 말을 이어 물었습니다.

"너 학교에 다니니?"

"응."

"몇 년급이냐?"

이 말에는 대답을 아니 하고 히히 웃더니, 내 손을 뿌리치고 갑자기 큰 소리를 내서,

"학도야 학도야 청년 학도야."

노래를 부르고 먼저 막 달아나더니 보이지 아니하더이다.

내가 장차 가르칠 득영학교 학생으로 처음 만난 것이, 이 이상한 아이 칠성이었습니다. 나는 하도 우습기도 하고 이상해서, 이리저리 생각을 하면서 천천히 박교감 집으로 내려가 저녁을 먹었습니다.

2

내려가서 알아보니까, 칠성이는 박교감의 누이 되는 과부의 아들이라 합니다.

이튿날 아침에 밥을 먹는데, 지난 저녁에 나를 부르러 와서 만났던 '칠성이'가 방문 밖에서 나를 보고, 반가운 듯이 벌쭉벌쭉

웃으며 문지방을 손톱으로 뜯고 서 있더이다.

나도 반가워서 "칠성이냐, 밥 먹었니?" 물어도 대답을 아니하고 그냥 웃기만 하더이다.

나는 이리저리 주의도 하고 말을 들어서, 하루 이틀 지내는 새에 칠성이의 사정을 차차 알게 되었습니다.

그 칠성이의 성은 정씨인데 어려서부터 천치로 났다 합니다. 그 모친은 청춘에 그 남편을 잃고 본가로 돌아와서, 칠성이와 그 위로 열여섯 살 된 딸 하나와 두 아이를 데리고 그 오라버니 박교감을 의지하고 한집에 같이 사는 것이더이다.

박교감도 처음에는 천치란 것을 감추고 있더니, 하루는 종내 그 생질이 천치인 것을 말하고, 가르쳐야 쓸데없어 단념을 하였다는 말을 들었습니다.

박교감의 말을 들은즉, 그 매부 되는 사람이 본래는 그 집이 읍내의 갑부로서, 열두 살에 혼인을 했는데, 그때부터 몹시 잡기를 좋아해서 며칠씩 밤을 새워가면서 투전을 하는 것이 보통이요, 그 어머니는 마음이 약해서 번번이 돈을 당해주는데, 그것을 그 부친이 알면 벼락같이 노해서 야단을 하기 때문에, 자기 누이는 출가한 후로 하루도 옷 벗고 편안히 잠을 자본 일이 없었다고 합니다. 그러다가 매부는 차차 술 먹기를 배워서 나중에는 아주 큰 술꾼이 돼버려서, 술을 잔뜩 먹고 들어와서는 돈 내라고 야단하여 무죄한 그 아내를 함부로 꼬집고 때리니, 그 누이는 청춘 시절을 장 눈물로 보낼 수밖에 없었다고 합니다. 나중에는 계집질까지 하고 돌아다니다가, 종내 주색의 여독으로 무서운 병이 들어 생명까지 잃었다 합니다. 그 부친도 술을 몹시 먹었는데 젊어서 죽은 후에, 칠성의 부친이 이리하여 가산은 탕진되었다 합니다.

박교감에게 이런 말을 들은 뒤에 한 주일 지난 일요일 날인데, 나는 갑갑해서 박교감하고 이야기나 하려고, 오후에 저녁때는 아직 이르나, 슬금슬금 내려갔습니다. 박교감은 없고 한 삼십 될락 말락한 아직 젊은 부인이 안으로 향한 문을 열더니 밥상을 들고 들어오더이다. 나는 얼른 칠성의 모친인 줄을 알았습니다.

나는 젊은 부인이 밥상을 가지고 들어오는 것이 황송하기도 하려니와, 수줍은 생각에 그 얼굴을 바로 보지는 못하였습니다. 그는 무슨 말을 할 듯 말 듯하다가 머리를 숙이고 그냥 나가버렸습니다.

내가 밥을 다 먹고 나니까, 칠성이의 어머니가 다시 들어오더니 이번에는 문 안에 앉더이다. 머리를 숙이고 한참이나 있더니 말을 꺼내더이다.

"선산님."

"녜." 하고 나는 공손히 대답하였습니다.

부인은 그 아래를 이어,

"이렇게 말씀드리기는 어려워도……"

하고 또 말을 그치더니 조금 있다가,

"저것을 하나 믿고 사는데, 암만 일러도 하라는 공부는 아니 하고 장난만 합네다가레. 공부를 할래두 배와주는 것을 암만해도 깨치지를 못해요. 그래서 선산님들이 내종엔 화가 나서 내던지군 합네다가레. 저걸 어찌합네까."

두 눈에 눈물이 핑 돌고 목이 메어,

"선산님이 저걸 어떻게 좀 가라쳐서 사람을 맨들어주……"

말을 마치지 못하더이다. 나는 그만 같이 눈물을 흘리고 앉았다가,

"네, 걱정 마십시오. 내 기어이 가르쳐놓지요."

하고 대답하였습니다.

"기 애가……."

하고 부인이 다시 말을 꺼냅디다.

"장난을 해도 별하게 해요. 무엇이든지 눈에 보이는 대로 깨뜨리고 찢고 뜯어놓아요. 그래서 저의 외삼촌한테 늘 매를 맞군 합네다가레. 또 어떤 때는 무엇을 제법 맨들어놓아요. 한번은 칼을 가지고 무엇을 자꾸 깎더니 총을 맨들었는데 모양은 제법 되었어요. 또 한번은 무자위라는 것을 맨드느라고 눈만 뜨면 부슬부슬 애를 씁데다가레. 남들은 공부하는데 공부는 아니하고 장난만 하는 것이 너무 성화가 나서, 하루는 밤에 그것을 감초았디요. 그랬더니 아침에 그것을 찾다가 없으니까 밥도 안 먹고 자꾸 울어요. 그래서 하는 수 없이 도루 내주었디요. 그리구 또 별한 버릇이 있어요. 무엇이든지 네모난 함이나 곽이 있으면 그것은 한사하고 모아들였다가 방에 그득하게 쌓아놓아요."

나는 이 말을 듣고 비로소 칠성이의 머리 뒷덜미가 쑥 나온 것을 생각하고, 평범한 아이는 아닌 줄을 알았습니다. 그리고 어떻게든지 잘 가르쳐보기로 결심하였습니다. 부인은 젊은 사나이 혼자 있는 데 들어와서 길게 이야기한 것이 부끄러운 생각이 났던

지, 얼굴이 버얼게서 일어서 밥상을 들고 나가는데, 오래 갖은 고생을 겪은 흔적이 얼굴에 분명히 드러나 보이더이다. 그러나 귀밑에 조금 나온 그 옻칠한 듯한 머리털이며, 그 맑은 눈과 붉은 입술은 오히려 청춘을 못 잊어 하는 빛이 보이며, 처녀 때, 아씨 때에 동리 젊은이의 속을 태우던 한때는 부잣집 며느리였다는 모양이 넉넉히 드러나더이다.

3

나는 그 어머니가 눈물을 흘리면서 부탁하는 말을 들은 뒤에는, 특별히 힘을 써서 칠성이를 가르치려고 하였습니다. 내게 있는 온갖 지식을 쥐어짜고 할 수 있는 데까지 시간을 바쳐서 살살 달래가면서 가르쳤습니다.

나는 혼자 갑갑하기도 하려니와, 칠성이가 너무 불쌍해서 매일 산보할 적마다 늘 손목을 잡고 다니면서, 정다운 말로 이야기를 해주고 한 번도 책망을 하지 아니하니까, 다른 사람은 다 무서워 흠칠흠칠하건마는, 나만 보면 늘 싱글싱글 웃고 제 동무같이 알게 되었습니다. 그래서 내 말은 매우 잘 듣게 되었습니다.

그런데 한번은 내가 어디 갔다가 학교로 올라가서 내 방에 들어가니까, 칠성이가 내 방에 혼자 있더이다. 내가 오는 것을 보고 무엇을 얼른얼른 감추더니 또 싱글싱글 웃더이다.

"너 무엇을 감추니? 나 좀 보자꾼."

웃으면서 이렇게 달랬습니다. 칠성이는 자리 밑에 감추었던 것을 꺼내면서,

"이거야, 누수필[3]이야."

내게 만일 재산이 있다고 하면 오직 하나의 재산일 뿐 아니라, 내가 끔찍이 귀애하는 만년필—내가 동경 가서 ○○대학 ××과를 졸업할 때에, 내 의동생 누이가 영원히 잊지 말자고 사 보낸 워터맨 만년필은 벌써 원형을 잃어버리고 다시 소용 못 되게 조각조각 해부를 하고 동강동강 꺾어졌더이다.

나는 하도 기가 막혀서 입맛만 다시고 아무 말도 아니하였습니다. 속으로는 몹시 분하고 성이 나는 것을 억지로 참았습니다.

그다음 날 나는 웃으면서,

"너 누수필 왜 뜯어서 꺾었니?"

물었습니다.

"꺾어 볼라구, 물감이 왜 자꾸 나오나 볼라구."

이렇게 대답하고 이상스럽게 나를 쳐다보더이다. 그래 나는 할 수 없이 이렇게 말했습니다.

"이담에는 무엇이든지 나하고 같이 뜯어보자. 너 혼자 하면 안 돼!"

나는 아무에게도 이 말을 하지 아니하였습니다.

그리고 오후에 아이들을 보내고 책을 좀 보다가, 동리로 내려가서 칠성이를 찾으니까 벌써 어디 나가고 없더이다. 혼자서 천천히 동리 밖으로 나갔습니다. 거기는 조그만 개울물이 흘러가는데 늙은 버드나무가 하나 서 있습니다.

늦은 가을 석양이라, 하늘은 맑고 새소리 하나 아니 들리고 사방이 고요한데, 누가 고운 목소리로 창가를 부르는 소리가 들리더이다. 그 소리는 꼭 내가 열일곱 살 된 해 여름에 평양 사랑고을이라는 데 갔을 때, 옆의 방에서 들리던 어떤 어린 여학생의 찬미 소리 같더이다. 그야말로 옥을 옥판에 굴리는 소리같이 맑고 고운 소리였습니다. 놀랐습니다. 그 소리의 주인이 칠성인 줄을 어찌 알았으리까. 칠성이의 목소리가 그렇게 좋은 줄은 몰랐습니다.

하늘빛, 석양볕, 맑은 개울, 늙은 버드나무, 거기에 천진스러운 소년, 꼭 그림이외다. 소년은 천사외다.

나는 가만가만히 수양버들 옆으로 가까이 가보았나이다. 칠성이는 모래밭에 펄쩍 주저앉았는데, 마침 떼를 지어 날아가는 기러기를 바라보고 혼자서 흥이 나서 노래를 부르던 것이더이다. 내 눈에는 아무리 하여도 칠성이가 천치같이는 보이지 아니하더이다. 나는 속으로 '너는 자연의 아이로구나, 네가 시인이로구나' 하고 한참 생각에 잠겼나이다.

나는 두번째 놀란 일이 있습니다.

칠성이가 나를 보더니 벌떡 일어나면서,

"선산님!"

부르더이다.

나는 웬일인가 하고 칠성이의 옆으로 "무얼 하고 있니?" 물으면서 갔습니다.

"젓지 않고 저 혼자 가는 배를 만들었는데, 가요! 가요!"

입을 벌리고 손뼉을 치면서 뛰놀더이다.

나는 가장 반갑고 기쁜 듯이, 실상은 한 호기심으로 무엇을 가지고 그러는지 보았습니다. 과연 칠성이의 옆에 장난감 같은 조그만 배가 놓여 있더이다. 나는 그 내용을 살펴보려고도 아니하고 한번 다시 실험해보기를 청하였습니다. 칠성이는 자기 배를 가지고, "썩 잘 가는데!" 하면서 물가로 가더이다. 돌아서서 잠깐 꾸물꾸물하더니 어느새 물에 띄웠는지 벌써 찌르르 하면서 달아나더이다.

나는 칠성이와 같이 손뼉을 치고 기뻐했습니다. 나중에 보니까 '젓지 않고 가는 배'의 장치는 양철과 쇠줄 같은 것으로 만든 모양인데, 보자고 하여도 보이지는 아니하더이다. 그래 억지로 보려고도 아니하고 내버려두었습니다.

4

나는 불쌍한 칠성이를 위하여 힘도 많이 써보고, 여러 가지로 연구도 많이 해보았으나, 별로 시원한 결과가 생기지 않고, 칠성이는 여전히 한 알 수 없는 아이였나이다.

그러나 칠성이의 모친은 때때로 나를 보고 아들을 위하여 부탁을 하고, 의복과 음식을 아주 집안사람같이 친절히 해주었습니다. 어머니의 말을 들은즉 박교감은 분명히 자기 아들과 누이의 아들을 무엇이나 차별 있게 한다고 하고, 칠성이가 하루에 한 번씩은 으레 매를 맞는다 합니다.

그럭저럭하는 새에 겨울이 되고 눈이 오게 되었습니다. 나는 어떤 날 저녁에 책을 보기에 재미가 나서 시간이 좀 늦어서 박교감 집으로 갔습니다. 갔더니 칠성이가 아침부터 없어졌다고 온 동리를 온통 찾아보고 야단법석이 났습니다.

"아차!"

나는 놀랐습니다.

"선산님, 칠성이가 없어졌어요."

어머니의 호소를 듣고 나는 가슴이 뜨끔했습니다.

무엇으로 대갈빼기를 얻어맞은 것같이 골이 아팠습니다. 나는 박교감 집 머슴을 하나 데리고 그 어머니와 같이 등불을 가지고 개울로 나가보았습니다. 그 모친은 어쩔 줄을 모르고 울면서,

"칠성아! 칠성아!"

부르짖었습니다.

개울에는 아무리 찾아보아야 없더이다. 칠성이가 배를 띄우던 개울물은 여전히 말없이 흘러가지마는, 칠성이의 간 곳은 도무지 알 수 없었습니다. 나는 지난가을에 칠성이가 모래 위에 앉아서 고운 목소리로 노래를 부르던 생각을 하고, 그 어머니가 "칠성아! 칠성아!" 아들 찾는 소리가 학교 뒷산에 울리는 처량한 소리를 듣고, 눈물을 아니 흘리지 못했습니다. 나는 저녁도 못 먹고 밤에 잠도 못 자고 칠성이의 일을 곰곰 생각했습니다.

그 이튿날 오후에야 칠성이를 찾았습니다. 찾기는 찾았으나 말 못하고 차디찬 칠성이를 찾았습니다.

이튿날 새벽에 동리 사람이 평양으로 가다가 길가 버드나무 밑에 앉아서 죽은 시체를 발견했다고 합니다. 그것이 박교감의 조카 칠성인 줄 알고, 도로 와서 알려주어서 사람을 보내 시체를 찾아왔다고 합니다.

내가 학교에서 내려가니까, 칠성이의 어머니는 아들의 시체 위에 엎드려서 아무 정신을 못 차리고 흑흑 느끼기만 하다가 이따금 하는 말은, 죽은 칠성이를 흔들면서,

"칠성아! 칠성아! 일어나 밥 먹어라."

그 어머니는 거의 다 미쳤더이다. 과연 못 볼 것은 외아들 잃어버린 과부의 설워함이더이다.

마지막에 내가 말 아니할 수 없는 것이 있습니다. 꼭 내가 자백하여야 될 일이 있습니다.

칠성이가 없어지기 전날에 학교에서 어떤 큰 학생의 시계가 없어졌습니다. 그래서 나는 학생을 하나씩 불러서 몸을 뒤져보았습니다. 그 시계가 마침내 칠성이의 몸에서 나왔습니다. 시계는 벌써 다 결딴나버렸더이다. 나는 칠성이의 버릇을 알면서도, 전에 내 만년필 버린 생각도 다시 나고, 내가 여지껏 애쓴 것이 허사로 돌아간 것이 너무도 분해서, 전후를 생각지 아니하고 채찍으로 함부로 때리기를 몹시 하였습니다. 칠성이는 내가 죽인 셈입니다. 칠성은 남이 가진 시계에 욕심을 내어서 훔친 것은 아니외다. 똑딱똑딱 가는 것이 이상해서 깨뜨려보려고 훔친 것인 줄 확실히 아나이다. 칠성에게는 네 것 내 것이 없었나이다. 동무가 가진 시

계나 길가에 있는 나뭇개비나 다름이 없었나이다. 그는 무엇이나 이상한 것이 있으면 끝까지 보고야 마는 열심을 가졌었나이다. 내 만년필을 꺾은 것도 그것이외다. 나는 그것을 방해하였나이다. 나뿐 아니라, 자기 주위에 있는 사람은 모두 칠성이의 하는 일을 방해하였습니다. 나도 그 사람 가운데 하나였습니다. 그런 동네, 그런 세상을 칠성이는 떠났습니다.

그리고 칠성이는 평시에 늘 평양 간다는 말을 하였나이다. 한번은 혼자서 평양을 다녀왔다고 하더이다. 돈 한 푼 안 가지고 길도 모르고 평양을 간다고 가다가, 날이 저물어 그만 나무 아래서 돌을 베고 잤다는 말을 들었나이다. 이번에도 두번째 평양을 가다가 추워서 가지 못하고 앉았다가 길가에서 얼어 죽은 것이더이다.

또 한 가지 말할 것은 자기 어머니의 의롱 속에서 칠성이의 글씨를 발견한 것이외다.

'내 맘대루 깨뜨려보고, 내 맘대루 맨들고, 그러카구 또 고운 곽 많이 얻을라구 페양 간다.'

이런 말을 쓴 것을 나도 보았습니다.

칠성이가 찬바람 몹시 부는 겨울에 버드나무 밑에서 눈 위에 쪼그리고 앉아서, 두 손을 모으고 호호 불면서 바들바들 떨다가 죽은 것은, 오직 밤새도록 자지 않고 반짝이던 하늘의 별들이 내려다보았을 줄 아나이다.

가련한 칠성이는 지금 자기 하는 일을 방해하는 어머니도 없고, 자기를 때리는 외삼촌이나 훈장도 없고, 자기를 놀려먹는 동무도 없는 곳으로, 저 구름 위로 별 위로 올라가서, 마음대로 하고 싶은 것 하고 편안히 있을까 하나이다.

나는 다시 더 득영학교에 있기가 싫어서 겨우 사흘을 지내서, 칠성이의 묘를 한번 찾아보고 봇짐을 꾸려 지고 정처 없이 떠났나이다. 이제는 무슨 노릇을 해먹을지 모르는 길을 떠났나이다.

(산촌에 적적히 계신 사형에게 변변치 못한 작품을 바치나이다.)

운명

1

오동준은 경성 감옥에 들어간 지 벌써 거의 석 달이 되었다. 남들은 형이라 아우라 아버지라 부인이라 그 가족들이 천 리를 멀다 아니하고 찾아와서 식사 차입을 한다, 옷을 들인다, 면회를 한다 하는데 들어온 지 석 달이 되도록 동준을 찾아오는 사람은 하나도 없었다. 무명옷 한 벌 들여주는 사람이 없었다. 그 옷에는 흰 쌀알 같은 이가 들끓었다. 그가 바라기는, 어떤 친구한테서 엽서 편지라도 받아보았으면 하는 것이었다. 그러나 그의 바람은 헛되었다. 옆의 사람에게는 편지도 오고 책도 들어오고 옷도 한 주일에 한 번씩 들어오지마는 동준에게는 올 듯 올 듯하면서도 종내 아무것도 들어오지 않았다.

동준은 매일 수수밥에 된장국으로 살아가고 감방 안의 단내와 구린내로 얼굴이 누레지고 부둥부둥 살이 쪄서 아주 몰라보게 되었다. 그러나 그에게는 이것이 그리 심한 고통은 아니었다. 하루 종일 우두커니 앉아서, 눈을 감고 끝없는 공상으로 시간을 보내는 것이 오직 하나의 방법이었다. 그 공상 가운데는 H와 더불어 결혼식을 하고 만주 지방으로 시베리아로 톨스토이가 농사짓고 지내던 야스야나폴랴나까지 가보리라는 계획도 있었다. 그래서 어떤 친구만 들어오면 러시아 말 배울 만한 책을 하나 얻어서 들여보내달라고 하리라 생각했다.

몸과 마음이 몹시 괴로울 때에는 그는 마음껏 재미있는 공상을 하고 있었다.

—내가 언제든지 나가는 날이 있으리라. 나가면 그때는 일본 동경 갔던 H가 나를 찾아보려고 돌아오리라. 아홉 시 몇 분 차가 있지, 차에서 내리거든 내가 몇 해 전에 동경서 처음 사랑하며 지낼 때처럼 막 끌어안고 키스를 하리라. 그러면 그는 너무 반갑기도 하려니와 옛 생각이 나서 울며 내 가슴에 얼굴을 파묻고 쓰러지리라. 그때 나는 한 팔로 그 왼손을 쥐고 한 팔로 그 등을 쓸면서 뜨거운 눈물을 그의 부드러운 목덜미에 뚝뚝 떨어뜨리리라. 그리고 한참 있다가 인력거를 타고 어느 여관으로 들어가서 나는 전신과 몸이 피곤하여 나가넘어지리라. 그때에 H는 얼른 내 옆에 와서 펄썩 주저앉고 내 머리를 들어서 자기의 무릎 위에다 올려놓으리라.

—나는 기운 없이 눈을 떠서 그의 얼굴을 슬쩍 쳐다보리라. 그때에 두 볼이 발갛고 두 눈이 큼직한 그 얼굴에 근심 빛이 가득해

서 나를 들여다보는 것이 내 눈에 띄리라. 그리고 나는 천천히 입을 열어 지난 얘기를 하리라. H는 이따금 이맛살을 찌푸리고 가만히 앉아서 들으리라.

나는 갑자기 일어나서 밖으로 나가기를 청하리라. 그러면,

"어려우신데 어디를 나가세요?"

"아니 오래간만에 만났는데 같이 나가봅시다그려."

하고 진고개를 나가서 서양 요릿집에를 들어가리라.

이런 공상을 하고 앉았다가 간수가 누구를 부르는 소리에 깜짝 놀랐다. 삼십여 명 죄수의 주의와 시선은 일시에 한곳으로 모였다. 그런데 분명히 이천오백 얼마라고 부르는 것 같다. 부르기는 두 사람을 불렀는데 그중 하나는 이천오백인 것이 확실하다.

'나를 부르지 않았나? 왜 불렀나?'

처음에는 반갑더니 이내,

'아이쿠 또 왜 부르노?'

그만 가슴이 두근거린다. 다시 부르면 들어보리라고 간수를 자세히 보며 귀를 기울였다. 간수는 얼굴이 흑인종과 백인종의 반종인지 새까맣고 빼빼 말라서 광대뼈만 두드러지고 빳드락 뻗친 수염하며 오뚝한 눈하며 참 무섭게 생겼다. 머리는 희뜩희뜩 세었는데 간수를 여러 해를 해서 늙은 모양이다. 그는 늘 세상에 가장 장한 것은 관리요, 제일 귀중한 것은 법률이라 생각하고 사람이 죄를 범하면 마땅히 벌을 받을 것이요, 감옥에 들어온 사람은 모두 죄인이라고 단정하는 사람이다. 그래서 그는 간수 노릇을 이십 년이나 하면서도 죄수의 실수를 한 번도 용서한 일이 없다.

이러한 간수장이 싱긋싱긋 웃으면서 한 손에는 칼을 쥐고 한 손에는 무슨 종잇조각을 가지고 그것을 힐끗힐끗 들여다보면서 다시 두 사람의 이름을 부르고 불기소가 되었으니 나갈 준비를 하라고 한다. 그런데 두 사람 중 하나는 번호가 자기와 거의 같다. 그러나 동준은 아니다.

그는 전부터 있는 신경통과 기침증이 일어나서 한참 동안이나 고통을 받았다. 기침을 한참 하고 난 뒤에는 앉은 두 무릎 위에 두 팔을 기역 자로 꺾어서 뒤로 올려놓고 그 위에 얼굴을 숙여 엎은 채로 한참이나 정신을 못 차렸다. 한 십오 분이나 지난 뒤에야 겨우 머리를 들어 감방 안을 한번 휘둘러보았다. 얼굴은 모두 폐결핵 제삼기가 된 사람처럼 누렇고 입은 해쓱하게 벌리고 눈은 아무 기운도 없이 멀겋게 뜨고 '나는 죽지 못해 산다'는 듯이 앉아 있다. 저 많은 사람들이 모두 다 제각기 무슨 생각을 하고 있으리라. 각각 자기 생각이 제일 가치 있고 가장 긴요한 줄로 알고 자기의 문제가 가장 어려운 문제라고 생각하리라. 그리고 각자가 다 자기의 문제만 바로 해결되면 그만이라고 생각하리라. 또 제각기 제가 제일 심한 고통을 맛보는 줄로 알리라. 동준은 이런 생각을 하다가 이마를 찌푸리고 머리를 흔들면서 가늘고 힘 있는 소리로 "그렇지만 저희들의 문제가 무엇이 그렇게 대수로울꼬? 저희들 가운데도 나만큼 애타는 사람이 있을까?" 이렇게 중얼거리다가 목이 꺾어져 내려지는 것처럼 머리를 털썩 팔 위에 떨어뜨렸다.

두 사람이 불려 나간 뒤에는 고요하던 감방 안의 공기가 조금씩 움직여 냄새가 나고 뜨뜻한 바람이 두어 번 일어났다. 동준은 그 바람이나마 좀더 불어오기를 바라면서 기다리고 앉았다. 차차 시원한 바람이 좀 불어올까 하고 요행을 바라면서 기다렸다. 그러나 그런 바람도 다시는 오지 아니하고 공기가 다 없어져 진공이 된 듯이 견딜 수 없이 답답하다. 동준은 말도 못 하고 무슨 생각도 못 하고 송장처럼 앉았다.

방바닥에서 단김이 물씬물씬 올라온다. 동준은 숨이 탁 막혀서 다시 머리를 기운 없이 들었다.

재미있고 즐거운 공상을 해가면서 스스로 위로를 받으려고 노력하는 동준은, 마치 수목과 잡초가 무성하여 험한 산에서 예쁜 나비를 따라가던 어린애가 갑자기 벼랑에 떨어져 헤매는 것처럼 이제 무슨 초조감과 고통에 들어가기를 시작했다.

동준은 머리를 젖히고 눈을 감았다. 무릎을 베고 쳐다보는 H의 얼굴, 큼직한 두 눈에서 뜨거운 사랑이 흐르던 얼굴을 다시 보려고 아까 하던 공상을 계속하기 위해서 많이 애를 썼지만 종내 실패하고 말았다. 동준의 머리에는 참을 수 없는 고통밖에 아무것도 없다.

한참 있다가 동준은 머리를 한번 흔들고 전신이 무엇에 찔리는 듯이 몸이 흠칫 떨렸다.

"어떻게 되었다?"

동준은 가만히 소리를 쳤다. 이것은 석 달 동안이나 생각하고 애를 쓰면서 '웬일인가 웬일인가' 하여오던 커다란 의문의 해답으로 튀어나온 말이다.

동준은 다시 한 번 머리를 끄덕끄덕하면서,

"어떻게 되었다!"

하였다. 그는 다시 중얼거렸다.

"분명히 어떻게 되었다."

세 번째는 분명히를 넣어서 자기의 판단을 옳다고 단단히 긍정하였다.

"그럼 어떻게 되었나?"

그는 새로운 의문을 발견하였다. 이 의문의 해답은 얼른 얻었다.

'마음이 변하였지, 나를 잊어버렸지, 그리고……'

동준은 차마 그다음에는 더 생각할 수가 없었다. 아무리 생각하지 않으려고 애를 써도 마음대로 안 되었다.

'다른 사람을 사랑한다.'

그는 입술을 깨물고 속으로 마저 말했다.

이 순간에 몹시 밉고, 무섭고, 그리고 더러운 H의 화상이 나타났다. 그것은 꼭 여성적 사탄이다. 사탄을 그리기에는 가장 제일의 모델이다. 그 화상은 어떻다고 형용할 수 없으나 손과 목에서 황금빛이 찬란한 것은 똑똑히 보였다. 그 얼굴은 몹시 예쁘기도 하면서 또한 흉악하게 미웠다.

"아! 사탄."

그는 소리를 질렀다. 그러나 그 화상은 더 똑똑해지면서 꿈쩍도 아니하고 섰다. H는 아무 말도 없이 한참이나 자기를 빤히 쳐다보더니 생긋 웃고 손을 들어 번쩍번쩍하는 손가락을 본다.

동준은 안타까워서 어찌할 바를 몰랐다. 그래서 감은 눈을 다시

한 번 꼭 감았다. 그러나 보기 싫은 화상은 조금 흐려졌을 뿐이요, 없어지지는 않았다. 그냥 서서 자기를 바라보고 있다. 흐려졌다간 도로 아까 있던 자리에 와 서버린다. 이번에는 희미하지만 분명히 어떤 사람과 같이 섰다.

그것은 꼭 남자인 듯싶었다.

"옳다, 다른 남자를 사랑한다!"

이렇게 소리치면서 무심중에 눈을 떴다. 그 앞에는 아무것도 없다. 맞은편에 널쪽으로 한 살창이 보일 뿐이다. 눈을 뜨는 동시에 한숨을 길게 내쉬었다. 몹시 흉한 꿈을 꾸다가 깬 것같이 시원하였다. 그리고 입을 조금 방긋하면서 머리를 한번 흔들었다.

'아니다, 내가 잘못 생각했다. 의심하는 것은 가장 큰 죄다. 의심하여서는 안 되겠다.'

이렇게 생각할 때에 또 일어나는 의문은 역시,

'그럼 어떻게 되었나?'

하는 것이다.

'옳다, 병이 났다, 대단한 병이 났다, 입원하였다. 아니 퇴원하여서 고적한 방에 혼자 누워서 눈물을 흘리며 울고 있다. 그렇다! 그렇다! 분명히 그렇다! 벌써 생각을 왜 못 했는고? 미스 H 용서하오. 내 죄를 용서하오, 내가 여태껏 당신을 의심하였소, 제발 용서하오.'

이렇게 혼잣말로 중얼거리고 자기가 의심한 것을 H가 알면—병석에서 신음하는 애인이—그 마음이 어떠할까 하는 생각이 나서 동준은 새로운 고통을 느꼈다. 그 고통은 자기의 사랑이 불철

저하고 약한 것을 느껴 스스로 부끄러운 생각이 났던 것이다.

어서 나가서 동경으로 가서 앓는 것을 봐주어야겠다. 이제는 이것이 유일의 간절한 소원이요, 제일 급한 일이다. 동준이 이제 감옥에서 나가기만 하면 곧 동경을 향해 떠날 것이다. 나는 그래도 행복한 사람이다. 내가 지금은 비록 옥중에서 고생을 하지만 내게는 애인이 있다. 나를 위하여 몸과 마음을 다 바친 사람이 있다. 천하 사람을 다 제쳐놓고 나만을 사랑하는 사람이 있다. 그의 사랑은 완전히 내 것이다. 그의 몸도 내 것이려니와 그의 영혼도 꼭 내 것이다. 아니 그의 전 생명이 내 것이다. 그는 이렇게 생각하다가,

"아, 나는 과연 행복한 사람이다."

하고 중얼거렸다. 나는 한 생명을 가졌다. 한 사람의 생명을 진정으로, 완전히 소유한 것은 전 세계를 소유한 것보다 훨씬 나을 것이다. 돈도 부럽지 않다. 명예도 부럽지 않다. 학문도 부럽지 않다. 세상에는 부러울 것이 아무것도 없다. 나는 가장 귀하고 가장 아름다운 것을 가졌다. 다른 사람들이 졸연히 가지지 못하는 것을, 저마다 가지기 어려운 것을 내가 가졌다. 그러니 내가 장한 사람이다.

이런 생각은 동준이 처음으로 H의 사랑을 받고 처음으로 자기를 사랑한다는 증거를 얻었을 때에 고마움에서 우러나온 것이다.

한 사람의 생명을 얻은 것은 전 세계를 얻은 것보다 낫다는 말을, 전무후무한 격언을 자기의 경험으로 얻은 것처럼 말할 기회도 아닌 것을 K라는 친구에게 말한 일이 있었다. 동준은 그 생각

이 나서 씩 웃었다. 동준은 오 년 전 일을 회상하였다.

2

동준이 M대학 법과를 졸업하고 본국에 가야 별로 할 일도 없이 실업자 노릇을 하면서 남에게 웃음을 사는 것보다 아무런 공부라도 더 하리라고 생각하였다. 동준은 부모가 있기는 있으나 없는 거나 다름없었다. 동준의 성이 참말 오씨인지 동준 자신도 알지 못하였다. 그러므로 그는 그 부모를 참 부모로 알지 아니한다. 알 수가 없었다. 동준은 어려서 아내가 있었다. 그러나 그것은 참말 아내가 아니라 처라고 하는 노예이다. 왜냐하면 동준은 아직 양성을 가릴 만한 지혜도 나기 전에, 물론 결혼의 가장 큰 목적이요 요소인, 적어도 지금 동준이 주장하는 성욕을 알지 못할 때에 다시 말하면 생식 기능이 아직 발달되지 못하였을 때에, 이성에 대한 애정이 생기기 전에, 보지도 못하고 듣지도 못한 처녀아이를 하나 미래의 동준의 아내라는 이름으로 돈 삼십 원을 주고 사왔던 것이다. 그래서 그런 결혼 안 한다고 굳이 우겼지만 할 수가 없었다. 그런즉 동준은 아내가 있어도 없는 거나 다름이 없었다. 이리하여 동준은 집이 없는 사람이다. 동경 온 지 팔 년이나 되었지만 한 번도 편지가 오고 가는 일이 없었고 집이라고 가본 일도 없었다. 그래서 칠팔 년 동안이나 객지에 나와서 고생을 갖가지 하면서 공부하여 졸업을 하였지만 그를 위하여 기뻐해줄 사람이 없었다. 그러니까 동준은 졸업을 했어도 별로 기쁜 마음도 없고 고국에 돌아가고 싶은 생각도 없었다.

M대학 졸업증서를 받아 가지고 돌아온 저녁에 하숙집 이층 방에서 혼자 밤새도록 울었다. 그는 울면서 생각하였다.

'나를 위하여 기뻐할 자는 나요, 나를 위하여 슬퍼할 자도 나다! 나는 나밖에 없다. 나는 나를 위하여 살아야겠다.'

제 손으로 눈물을 씻고 앞으로 할 일을 생각했다.

이리하여 동준은 극단의 개인주의자가 되었다. 동준은 아무도 돌아볼 사람이 없는 제 몸을 위하여 부지런히 공부하였다. 그는 독학으로 영어를 공부하여 당시 유학생계에 한 사람도 영어 하는 사람이 없는 가운데서 웬만한 원서도 보게 되고 회화도 하게 되었다. 그는 별로 통정할 만한 친구도 없었다. 집에 있을 때에도 혼자 있었고 산보를 해도 늘 혼자 했다.

그러다가 동준은 우연히 H를 만났다. 처음 만난 것은 분명히 오 년 전 4월 15일 저녁이었다.

세번째 만난 날이다. 동준이 열심으로 영어를 설명하는데 H는 설명하는 말은 듣지 않고 동준의 얼굴만 쳐다보다가,

"선생님! 저는 일평생 선생님을 섬기겠어요."

하였다. 동준은 눈이 둥그레져서,

"왜요?"

H는 두 뺨이 새빨개졌다. 그 눈에는 애원하는 듯한 빛이 보였다. 그리고 대답할 바를 몰라서 쩔쩔맸다.

"영어가 퍽 어렵다는데요!"

이것은 한참 있다가 겨우 나온 말이다. 그러고는 머리를 수그리고 책만 들여다보았다. 동준은 설명을 그치고 H의 머리와 한편 뺨과 방바닥에 닿은 한쪽 손을 번갈아 무의식적으로 쳐다보고 있었다.

H의 머리는 가운데로 갈라서 뒤로 쪽을 찌듯 했는데 이마에 늘어진 두어 오라기 머리카락이 눈을 가리는 것을 H는 연해 치켜올리고 있었다. 주근깨가 드문드문 있는 뺨은 거무튀튀한 붉은빛이 도는 것이 몹시 예뻤다. 길고도 가늘고 살이 포동포동한 손가락은 투명해서 꿰보일 듯한데 장손가락을 움짓움짓하고 있었다.

동준은 자기의 대답이 너무 무미하고 무례하게 된 것을 후회하였다. 그리고 몹시 불안하게 생각하였다.

"어렵기는 어렵지만 부지런히 하시면 되지요. 저는 지금 좀 아는 것이 혼자 배운 것인데요, 선생 없이도 할 수 있었어요."

이렇게 말하여놓고는 처음에 한 말 대답까지 되었을까 생각하였다. 되긴 되었지만 또 싱겁게 되었군, 속으로 생각하고 부끄러워하였다.

동준은 설명하던 것을 마저 마쳤다. 그리고 가려고 일어섰다. H는 깜짝 놀란 듯이,

"왜 가셔요?"

하고 동준을 쳐다보았다.

"조금만 더 앉았다가 가셔요."

"가야지요."

"앉아 말씀이나 하다 가시지요."

동준은 겨우 한 삼십 분 앉았다가 돌아왔다. 이때 알기 어려운 H의 나이도 알았다. 더 알기 어려운 H의 마음도 대강 짐작하였다.

이튿날 동준은 또 갔다.

비가 부슬부슬 오고 사방이 고요하였다. 동준은 그동안 자기가 공부한 이야기를 했다. 남의 도움으로 공부하면서 온갖 고생을 맛본 얘기며, 한때는 사상 문제, 인생 문제로 몹시 고민한 이야기며, 자기는 집이 없다는 말도 하고, 소년 시대의 단편적 기억을 얘기하다가 그의 어조는 차차 감상적이 되어가다가 그는 갑자기 말을 그치고 두 사람은 잠시 동안 깊은 침묵에 잠겼다. 그때 다다미[1] 위에 극히 작은 것이 떨어지는 둔한 소리가 들렸다.

그것은 동준의 말을 듣다가 감격해서 떨어지는 H의 눈물이었다.

"선생님은 혹 생각 못하셨는지 모르지만 그때부터 저는 선생님을 사랑하기 시작했습니다. 용서하십시오."

이런 구절이 그 후에 받은 편지 가운데 있었다.

이리하여 동준은 H라는 애인을 얻었다. H는 동준의 것이 되고 동준은 H의 것이 되었다.

그다음 해 여름에 대구보의 어떤 집에서 한 달 동안 같이 있던 생각도 하였다. 그리고 한번은 저녁에 H와 그 친구 M이 같이 있을 때 찾아갔다. 동준이 몹시 충격을 받아서 달아날 때에 H가 따라 나와서 대구보 들판 풀밭에 엎드려 동준을 쓸어안고 흑흑 느끼면서 울었다. 동준은 그것을 뿌리치고 가다가 우두커니 서서 기다렸다. H는 또 따라왔다. 두 사람은 컴컴한 수림 속에서 만났다. 두 사람의 그림자가 합하여 한참이나 하나가 되어 있었다. H와 자기의 심장 뛰는 소리만 심하게 들렸다.

3

먼 데서부터 구두 소리가 뚜벅뚜벅 났다가 멎고 덜꺽덜꺽 옥문 여는 소리가 들렸다. 동준의 머리에 거침없이 나타나는 필름은 끊어지고 깜깜하여졌다. 네 사람이 간수 뒤를 따라 나갔다. 면회하러 나가는 모양이었다.

석양이 되었다. 그러나 찌는 듯한 더위는 조금도 가시지 않고 도리어 더 덥다. 하루 종일 삶아놓은 공기가 음울하고, 게다가 날이 음침해서 안타까워 견딜 수 없게 물켰다.

오늘 하루해가 또 다 갔지만 동준을 면회하러 오는 사람은 하나도 없다. 그러나 동준은 그것을 별로 슬프게도 생각지 않고 그다지 원통하게 여기지도 않는다. 옥중의 하루에서 그 시간이 몹시 길기도 하려니와 일 년 중 제일 해가 길다고 하는 칠팔월에 하루 종일 우두커니 앉아서 더위와 곤고와 싸워가면서 지내는 것이 과연 어렵지 아니하다고 할 수 없다. 어렵기는 꽤 어렵다. 그리고 간수의 구속과 수모도 어지간히 고통이 되어 견디기 어렵지만 그것들은 다 동준의 진실한 생명에 저촉되는 것이 아니다. 문제는 'H가 어떻게 되었나?' 하는 것이다. 이것이 동준의 마음을 제일 괴롭게 하는 것이다. CK목사가 면회하러 갔다가 들어오는 것을 보고 동준이 차라리 면회하러 오는 가족이 없는 자기를 다행으로 생각하였다. CK목사는 서북 지방에 이름난 목사인데 역시 이번에 만세 사건[2]으로 들어와서 자기와 한방 한자리에 앉게 된 사람이다. 면회하러 나갈 때에는 기쁜 빛이 얼굴에 가득하였는데 들어올 때는 눈이 벌게졌다. 동준은 못 본 체하고 물어보았다.

"누가 오셨나요?"

"……"

"부인께서 오셨던가요?"

"네에."

얼굴을 돌리면서 대답한다.

"댁에서는 다 안녕하시대요?"

목사는 손수건으로 눈물을 닦으면서 대답을 못 한다.

"왜 그러십니까? 무슨 일이 있어요?"

"아닙니다. 별일이 있는 것이 아닙니다. 내 아내가 어린것을 데리고 왔는데, 아버지 아버지 하면서 손을 내미는 것을 보고 마음이 좋지 않아서 두 사람이 다 말을 못 하고 멍하니 섰다가 들어왔습니다. 그런데 아내가 몹시 상해서 말이 아니어요."

"아마 밖에서 심로를 하시고 고생을 하셔서 그런가 봅니다그려!"

"글쎄요."

"어린애가 몇 살입니까?"

"이제 세 살입니다."

"세 살 난 것이……"

두 사람의 대화는 이만하고 끝났다. 동준은 눈물을 흘리는 목사를 비웃었다. 그리고 속으로 우습게 생각하였다. 자기도 나이 많아지면 저럴까 하고 생각해보았다.

동준은 전부터 H에게 말한 것이 있었다. 사람이 결혼을 해가지고 집을 마련하고 궤짝을 사고 사발을 사고 밥을 해 먹고 잠자고 아이 낳고 그 모양으로 소위 산다는 것을 자기는 절대로 못 하겠노라고 하였다. 동준은 가정이라는 것을 몹시 싫어하였다. 자유로 떠돌아다니고 마음대로 살지 못하는 것이 그에게는 제일 고통이다. 그래서 그는 결혼하기를 싫어했다. 결혼하지 않고 그냥 사랑하기를 바랐다. 사랑이라는 것은 신성한 것이지만 결혼은 인공적이요 허위적이라고 그는 생각했다.

지난여름에 동경서 같이 나오면서 H가,

"결혼합시다."

할 때 동준은 웃으면서,

"결혼은 해서 무얼 합니까? 꼭 결혼을 해야 되겠소? 태곳적에는 결혼이라는 것이 없이도 잘만 지냈다오."

"그럼 결혼하지 않고 언제든지 그냥 이렇게 지내잔 말이죠? 그러면 저도 좋겠어요."

H는 장한 듯이 이렇게 말하였다. 그러나 동준을 의심하면서 한 말이다.

"그렇지만 어떻게요!"

"무얼 어떻게 한단 말이오? 베이비가 생기면 말이지요? 유모를 주거나 어떻게 기르거나 그게 무슨 걱정이오?"

"아니."

H는 씩 웃었다.

"아니는 무슨 아니, 좋은 수가 있으니 피임법을 연구합시다."

"피임법은 왜 연구해요?"

"압니까? 어디서 들었소? 피임법이란 말을?"

"그걸 몰라요!"

"경험이 있는가 봅니다그려!"

"아이구 망측해라."

"사실 그것이 문제외다."

이런 말을 한 일이 있었다.

동준은 또 우두커니 앉았다가 한 가지 계교를 생각하였다. 손수건 좌우 끝을 젓가락으로 말아서 부채 대신 부쳐보았다. 옆에 있던 CK목사도 그대로 하였다. 감방에 있는 사람들이 모두 부슬부슬 만든다.

4

동준은 감옥에 들어간 지 꼭 백 일 만에 광명 천지에 나와서 시원한 공기를 마시게 되었다.

밤 아홉 시에 감옥 문 밖에 나왔다. 이때에 같이 나온 사람이 댓 사람 되기 때문에 마중 나온 사람이 옥문 밖에 수십 명이 와서 기다리고 있었다. 동준은 좋기는 좋지만 얼떨떨해서 한참이나 어릿어릿하였다.

'나를 위하여 온 사람은 없겠지.'

동준은 그 사람들을 보지도 않고 가려고 하는데,

"미스터 오."

하고 등을 툭 치는 이가 있었다. 그는 동준이 나오기 한 이 주일 전부터 차입을 부쳐준 친구 Y였다. Y는 작년 H로부터 약혼을 결정할 때에 동준이 이미 이혼한 것을 증명하고 두 사람을 위해서 끝까지 노력하였다. Y와 하루 저녁을 지내고 이튿날 새벽에 종로 청년회 위층으로 갔다.

동준은 자기가 쓰던 테이블의 서랍을 열고 뒤적뒤적하여보았다. 아무리 찾아봐야 H의 편지는 없었다. 동경 있는 K한테도 칠월 초순에는 나가겠다는 편지와 평양 있는 O라는 친구한테서 결혼한다는 엽서와 청첩장이 와 있고, 그 외에 엽서 몇 장이 있을 뿐이다. 그것은 보지도 않았다.

다시 한 번 찾아보다가 겨우 H의 엽서 한 장을 발견했다. 그것은 주소를 옮겼다는 간단한 사연이었다. 일부인을 보고 자기가 감옥에 들어간 다음 날쯤 온 것인 줄을 알았다.

그는 답답해서 견딜 수가 없었다.

전에 받아본 묵은 편지를 가방 속에서 꺼냈다. 아무것이나 하나 집어서 읽어보았다.

사랑하는 낭군에게 받들어 올리나이다.

이사이도 여행 중에 몸이나 건강하시오니까? 무슨 병이나 아니 나셨는지요. 너무 오래 소식 없사오니 궁금하고 답답하기 그지없사옵니다. 불초한 소처는 괴로운 시간을 헛되이 보내고 있사오나 하념하시는 덕택으로 몸이 무고하와 아직까지 모진 목숨을 여전히 보존하여가오니 염려 마시옵소서. 웬일인가요? 편지 주신 지 벌써 달포가 넘으려 하옵니다. 아무리 공부에 바쁘신들 어찌 엽서 한 장 쓰실 틈이 없사오리까?

웬일이신가요? 이제는 저를 버리시는가요? 저 같은 것은 선생님의 배우자가 될 만한 자격이 없다고 버리시렵니까? 저는 벌써 한 주일 동안이나 잠을 못 잤습니다. 어젯밤에는 꿈자리가 하도 사나워서 너무 답답하기에 학교도 그만두고 M형님하고 같이 점치는 사람을 찾아갔습니다.

당신의 안부도 물어보고 우리의 장래도 물어보았습니다. 우습기도 하고 부끄럽기도 하옵니다. 자세한 이야기는 만나 뵙고 말씀드리겠습니다. 저를 살리시려거든 속히 편지하여주시옵소서. 저를 죽이시려거든 그만두시옵소서. 졸업하실 날도 가깝고 뵙고 싶은 생각도 간절하와 일간 그곳으로 가려고 하옵나이다. 만일 내일도 소식이 없으면 괴로운 몸을 끌면서 계신 곳을 찾아가겠습니다. 저는 죽어도 당신 곁에서 죽겠습니다. 어쩌면 저를 못 보실지도 모르겠습니다. 신열은 거의 사십 도까지 되었습니다. M형님은 저를 붙들고 울고 있습니다. 이것이 마지막 편진지도 모르겠습니다.

손이 떨려서 더 쓸 수가 없습니다. 눈물이 떨어져 종이를 적시나이다. 부디부디 천금 옥체 보전하시며 내내 건강하시기를 하나님께 간절히 기도드리나이다.

삼월 십일 소첩[3] H 올림

동준은 이 편지를 끝까지 보고 방금 받은 것처럼 마음이 몹시 감격되었다. 보던 편지는 테이블 위에 가만히 놓고 유리창 열린 데로 남산의 아침 구름을 바라보며 우두커니 섰다.

어떻게 하나. 죄송. 보응. 거짓. 꿈.

돈. 곰. 사람. 여인. 운명. 사탄. 원수.

동준의 머릿속에는 이런 것들이 뒤섞여서 왔다 갔다 하였다.

"H는 죽었다."

이렇게 중얼거렸다.

"죽은 H라도 가보아야겠다."

동경으로 떠날 것을 결심하였다. Y한테서도 H의 소식을 몰랐다. 어쨌든 동경으로 가기로 작정하고 YMCA 층층대를 내려왔다.

5

동준은 거의 일 년 만에 동경역에 내렸다. 그새도 많이 변한 것 같았다. 십 년이나 살고 갔지만 겨우 일 년 떠나 있다가 다시 오는데도 벌써 촌사람이 된 듯싶었다. 전차에 탄 사람들이 모두 자기만 주목해 보는 것 같아서 부끄러웠다. H의 주소를 알기만 하면 곧장 그리로 찾아갈 것이지만 동준은 친구 K와 같이 들어갔다. 옮겼다는 주소로 찾아가려고 했지만 "H가 만일 없으면 어떡할래요? 어서 나하고 갑시다" 하고 강력하게 권하는 데 못 이겨 K가 묵고 있는 하숙에 들어갔다.

동준은 그간 여러 달을 감옥에서 고생한 관계로 몸이 몹시 약해진 데다가 사흘이나 잘 자지도 못하고 긴 여행을 했기 때문에 너무 피곤해서 당일은 H를 찾아볼 기운도 없이 일찍 자고 말았다.

사흘 후 동준은 평양 있는 C에게 이런 편지를 하게 되었다.

사랑하는 C형에게

먼젓번에 드린 글은 보셨을 듯하외다. 요새는 일 보시기에 얼마나 고생하십니까? 아우는 삼 일 전에 이곳에 와서 K군에게 괴롬을 끼치고 있나이다. 이번에 온 것은 H를 만나려고 함이외다. 감옥에서 나와 즉시 H의 소식을 알 만한 사람에게 물었으나 종내 알 수 없었나이다. 동경 있다는 것 외에는. 마침 K군과 동행이 되어서 이곳을 왔습니다. 같은 시내에 있으면서도 그 주소를 알 수 없었나이다. 종내 찾지 못하였나이다. 나는 견딜 수 없어 나중에는 경찰서까지 알아보았습니다. 그러다가 사흘 만에 알았나이다. 이것은 사실이외다. H는 그사이 어떤 경상도 사람을 만나서 동거하더이다. 그뿐 아니라 수태한 지 오 개월이나 된 것을 알았나이다.

알 수 없는 것은 세상일이요 믿을 수 없는 것은 사람 마음이더이다.

C형이여, 나는 과연 꿈을 너무 오래 꾸었나이다.

나는 내일로 즉시 돌아가서 전과 같이 춘원군이 말하는 곰이 되겠나이다. 부지런히 내가 보던 사무에 충실하겠나이다. 삼층 꼭대기 지붕 밑 내 방에 돌아가서 그럴 것이외다. 서울 가서 다시 글을 올리려 하나이다.

동경 A정에서 동준 올림

—두번째 C에게 부친 편지

형이 주신 글은 고맙다고밖에 더 할 말이 없소이다. 졸지에서 그런 편지를 보고 놀라셨지요? 놀라게 하려고 한 것이 아니라 그것이 참말이었소. 그러면 점점 더 놀랄는지 모르지만 거기서부터는 내가 알 바가 아니오, 암만이라도 놀라시오.

셰익스피어는 "Frailty! thy name is woman"[4]이라고 부르짖었지만, 나는 "Infidelity! thy name is woman"[5]이라고 부르오.

아! 형의 경우도 일경(一警)의 가치가 있소이다. 여인에게는 심장이 둘이 있습니다. 여인은 언제부터 모르몬교를 순봉하게 되었는지요. 나를 지배하는 운명도 고약한 운명이려니와 나도 꽤 못난 사나이였소. 이런 안타까운 괴로움과 아픈 경험을 하지 않고도 여인을 알려면 너무 많으리만큼 책이 있지 아니하오. 또 세상에 산〔生〕 책이 매일 얼마든지 출판되지 않습니까. 신문의 삼면기사도 그 일부이지요. 그런 것을 으레 좌우전후로 여인을 사귀어보고 비로소 안다고야 어찌 신경이 둔하고 머리가 나쁘고 감촉이 뜬 놈이 아니겠습니까.

하나님이 잘못하신 것이 꼭 하나 있습니다……

여인이 아니면 인류의 생식이 되지 못하게 하신 것은. 이제 누구든지 위대한 화학자가 나와서 사람 제조 기계를 발명하였으면, 그렇지 않으면 용한 생물학자가 나서 다른 방법으로 생식을 하게 하였으면 그러면 여인은 아주 쓸모없는 존재가 될 것입니다. 언제나 그런 시대가 올는지요? 대해의 물도 한 방울로 그 짠맛을 알 수 있지 않아요? 여인 하나로 능히 저들의 전체를 알 수 있어요. 그야 개중에는 춘향이같이 정조가 곧은 열부도 있기야 있겠지만 기막힌 행운아가 아니면 일생에 한 번도 만날 수 없는 어려운 일이겠지요. 대체 우리 사람이 그런 것을 가지고 이러고저러고 하는 것이 뭣하기는 합니다만 학자들은 아무것이나 연구하니까 심지어 풀이나 벌레나 박테리아, 아메바 같은 것이라도 연구하니까 형과 내가 편지로 저들의 말을 하는 것도 한 학자로서는 이상하지 않은 일이겠지요.

'여인'을 하나 얻어주세요. 형도 꽤 농담을 하는 사람이구려! 일생에 한 번이면 그만이지요. 제발 그만두셔요! 더구나 내게는 여인은 절대 불필요해요. 나는 지금 받는 월급으로 의복, 음식을 넉넉히 살 수 있소. 거처는 내가 일 보는 집 사층, 그만하면 사람의 생활은 다 되었지요. 여인이 필요하다면 그것은 때때로 안고 자는 것이겠지요. 무얼 그따위를 안고 자지 않아도 암만이라도 살 수 있어요. 백 년 내지 이백 년이라도 참을 수가 있어요. 오직 한 가지 여인이 필요되는 것은 하나님이 여인이 아니면 생식을 할 수 없게 잘못 만들어놓으셨으니 그저 생식이나 하기 위하여 생식하는 기구로 쓰게 된다고 할 수 있으나 그러나 나 같은 사람은 자식을 낳아도 양육비가 없으니 거기에도 틀렸소. 그러면 여인은 아주 쓸데

없소.

그러나 그도 형이니까 그렇지, 어쨌든 고맙소이다. 세상 놈들은 나의 시련을 보고 "망할 놈! 온갖 간교한 수단을 다 쓰고 눈짓을 해서 남의 딸을 훔쳐가더니 종내 실패를 했구먼, 네 보아라" 할 터에 형인 까닭에 여인을 얻어주겠다는 것이지요. 좌우간 고맙긴 하지만 제발 그만두어주시오. 싫어요. 백 년 만에 한 번밖에 나오지 아니하는 처녀가 나같이 몹쓸 운명아에게 차지가 되겠습니까. 나는 당초에 바라지도 않습니다.

여보, 사람같이 못생긴 것은 없을 거요. 그만하면 넉넉할 것을 그래도 또 생각할 때도 있으니 그것은 내가 못난 탓인지도 모르겠소.

이제는 정말 그만둡시다. 말하기도 싫소이다.

때때로 글월이나 주시오. 우리끼리야 멀리 지낼 것 무어 있소.

부디 안녕히 계십시오.

고통으로 침묵한 서울 한 모퉁이에서

9월 25일 아우 동준 드림

6

동준은 동경에 다녀온 지 일 개월 만에 H에게서 긴 사연으로 쓴 자백의 편지를 받았다.

……(상략)[6]

선생님은 저를 마음껏 저주하셔요. 여자를 끝까지 저주하셔요. 옳소이다. 사실 저주할 물건이로소이다. 마음의 괴로움이야 얼마나 하셨사오리까만 죽은 사람의 소리로 알고 부디 저의 자백을 한 번 들어주셔요. 제가 지난봄에 선생님을 H역에서 작별하고 들어와서는 죽 일주일 동안은 잠을 자지 못하였습니다. 저는 잠시도 당신을 떠나서는 살 수가 없었나이다. 등불 앞에 부나비였나이다. 전에는 그렇게까지 당신을 떠나기 싫은 생각이 있었지요. 부끄러운 말입니다만 그때 제게는 성의 욕망이 힘 있게 깨어서 그런지 혼자서는 도저히 견딜 수 없는 적막과 슬픔과 괴로움을 깊이깊이 맛보기 시작하였습니다. 밤마다 공연히 울었나이다. 당신이 전에 결혼하지 아니하겠다고 하신 말을 사실로 원망하고 의심하였나이다. 약혼이 되기는 했으나 그것은 당신의 본심이 아닌 것이 아닌가까지 생각하였나이다. 대체 웬일인지 알 수 없으나 저는 갑자기 높은 벼랑에서 깊은 골짜기로 떨어진 것처럼 마음이 어둡고 약해졌나이다. 처음에는 저도 혼자서 몹시 부끄럽고 괴로워하였나이다. 그래서 울면서 하나님께 전과 같은 사람이 되게 해달라고 간절히 기도도 하였나이다. 하나님도 벌써 저 같은 계집은 돌보지 아니하시기로 작정을 하셨는지 저는 종내 두 마음을 지닌 사람이 되고 말았습니다.

지난봄에 작별할 때에 저는 벌써 정신병자같이 되고 히스테리가 된 것을 몹시 염려하시고 여러 가지로 위로도 하시고 훈계도 하시면서 애 많이 쓰신 생각이 나실 줄 압니다. 그 후에 얼마 지나서는 당신과 영원히 헤어져야겠다는 생각이 때때로 났었나이다. 그것이 대체 어찌 된 일인지 저 자신도 알 수 없고 도대체 사람은 모를 노릇이외다. 당신과 저 사이에 어디 그럴 까닭이 털끝만큼이나 있었습니까? 참말 생각할수록 이상해서 견딜 수가 없었지요.

어쨌든 저는 점점 더 신경질이 늘고 비관하게 되고 점점 감정적 존재가 되고 결국 마음이 담대해져서 사회의 도덕이나 세상의 습관 같은 것을 아주 잊어버리게까지 되었습니다.

그리고 한편으로는 참을 수 없는 고독과 숨 막히는 비애와 고통을 느꼈습니다. 그러니까 저는 어떻게 시간을 보낼까, 어떻게 해서 하루해를 지낼까, 그보다도 어떻게 해서 하룻밤을 보낼까 함이 가장 어려운 일이요, 커다란 고통이었습니다. 그래서 저는 시간이라는 것이 몹시 무서웠나이다.

이때에 오직 한 가지 제게 도움이 된 것은 A와 더불어 이야기하고 먹고 산보함이었나이다. A는 저와 같이 음악학교 다닌 줄은 아실 듯하외다. 사람이 매우 쾌활하고 너글너글해서 말도 잘하였나이다. 그는 밤마다 저를 찾아와서 웃고 이야기하다가 돌아가곤 하였나이다. 때때로 양식집에도 갔나이다. 제가 오기를 청하였나이다. 어물어물해서 시간을 보내기만 위주였으니까요.

그러니까 자연 당신께 편지할 정신도 없었지요. 한번은 제가 우연히 독감을 앓아서 사흘이나 열이 오른 채로 내리지 아니하여 아무런 정신도 차리지 못하고 있었나이다. 이때 A는 매일같이 찾아와서 극진히 간호를 해주셨나이다. 그가 제 육체에 접하기 시작한 것은 제가 처음에 신열이 몹시 올랐을 때에 제 손을 쥐고 맥박을 짚어본 것이외다. 그리고 머리도 만져주셨나이다. 그는 밤을 새우며 불덩이 같은 제 머리에 찬물로 수건 찜을 해주었나이다. 저는 아무리 남에게 허락한 몸이요, 이미 약혼한 사람이라도 그의 간호를 거절할 수 없었나이다.

첫째는 제가 너무 괴로워서, 둘째는 너무 고마워서……

실상 거절할 정신도 없었나이다.

나흘 만에야 제 병이 쾌차하였나이다. 그것은 꼭 A의 은공과 사랑으로……

그런데 나흘째 되던 날이외다. 그가 오후에 와서 이야기하다가 머리가 몹시 아프다고 하기에 좀 눕게 하였습니다. 석양에는 신열이 많이 나서 아무것도 먹지 못하고 앓았습니다. 저는 제가 받은 품삯으로라도 간호해주지 않을 수 없었나이다. 더구나 그의 병이 나를 간호해주다가 내 병이 전염되고 또한 너무 여러 날을 피곤하게 지내서 난 병이니, 목석이나 미물이 아니면 정성으로 간호해주지 않을 수 있습니까. 과연 저도 정성껏 간호해주었나이다. 밤에는 열이 사십 도가 넘어 정신을 못 차리고 앓는 것을 어떻게 그의 숙소로 가라고 할 수가 있어요, 차마 보낼 수 없었나이다. 그런 가운데 사랑이 생기고, 따라서 세상에 낯을 들지 못할 몸이 되었습니다. 어찌하오리까……(하략)

생명의 봄

나의 사랑하는 이의 목소리 들리도다
오, 보아라
산을 넘고 언덕을 뛰어넘어 오도다
나의 사랑하는 이는 노루와 같고
어린 사슴 같도다
오, 보아라
그는 우리 담 뒤에 서고서
들창으로 엿보고
짝문으로 반만쯤 보이도다
나의 사랑하는 이가 내게 말하기를
오, 일어나오
나의 사랑, 나의 아름다운 이여
오, 나오시오

겨울은 이미 지나가고
비도 벌써 그치고 떠났도소이다
백 가지 꽃이 땅 위에 나타나고
새가 노래할 때가 돌아와
알락비둘기의 맑은 소리가
우리 땅에 들리도소이다
무화과나무는 그 푸른 열매를
가지가지 붉히었고
포도나무는 꽃이 피어
그 향그러운 냄새를 내나이다
나의 사랑 나의 아름다운 이여
오, 일어나
오, 나오소서

바위틈에 박혀 있는
절벽 밑 깊은 곳에 숨어 있는
나의 비둘기여 네 얼굴을 내게 보여라
너의 아름다운 목소리를 내게 들려라
아, 어여쁜 것은 너의 목소리
아, 너의 얼굴이 아름답도다

「솔로몬의 노래」(2:8~14)

1

유리같이 맑은 얼음이 대동강의 장청류(長靑流)를 하루 저녁에 덮어놓았다. 얼음 밑에는 고기들이 기운 없이 잠겨 있고 얼음 위에는 말, 소, 사람들, 빨간 의롱(衣籠)[1]짝 실은 이삿짐 달구지가 분주히 건너오고 건너가고 한다. 연광정(練光亭) 밑에는 어부들 대여섯 사람이 뚱뚱한 솜옷을 입고, 발 달린 널쪽 위에 앉아서 얼음 밑에 잠겨 있는 주린 고기가 물리기를 기다리고 있다.

백설(白雪)로 소복(素服)을 곱게 입은 건너편 문수봉(文秀峯) 위에는 염회색(淡灰色) 구름이 떼를 지어 한가히 떠 있더니 용악산(龍岳山)으로부터 모란봉을 넘어 불어오는 노한 듯 미친 듯한 무서운 북풍에 조각조각이 떨어져서 쏜살같이 반공(半空)으로 날아간다.

아침 거리에는 아직 내왕하는 사람이 많지 아니하다. 큰구골 국숫집 문 밖에는 머리 깎은 미친 여인이 바람을 피해 햇볕 비치는 담 모퉁이에 서서 덜덜 떨면서도, 빙글빙글 웃으면서 무어라고 혼잣소리를 중얼거리고 있다. 털로 한 방한모를 푹 내려 쓴 중노인이 팔짱을 찌르고 "에, 추워" 하면서 국숫집으로 쑥 들어간다(어북장국을 먹으러 가는 듯).

나영순(羅英淳)은 어제 밤새도록(새로 세 시까지) 지은 조문(弔文)을 양복 안 포켓에 넣고 바삐, 구두에 솔질을 두어 번 쓸쓸 해버리고, 옥골 모퉁이로 올라간다. 팔에 베 헝겊으로 두른 이들이 많이 말도 없이 황해여관 앞으로 올라간다. 영순은 맹학교(盲學校) 앞으로 '아직 늦지 않았다' 하면서 비탈길을 터벅터벅 지나 남산현 예배당 대문으로 들어갔다.

영순은 예배당 대문 안에 들어서서 꽃으로 단장하고 백포로 싼 관을 보고, 그 옆에 높이 단 '고(故) 목사 P○○씨 영관(靈棺)'이라 쓴 만장을 보고, 예기치 못하였던 무슨 무서운 광경을 갑자기 본 때처럼 가슴이 두근거리고 정신이 아득하였다.

회당 안에는 흰옷 입은 남녀노소 수천 명이 깜짝 소리 없이 가득히 들어앉았다. 영순은 가만가만히 들어가다가, 출입문 쪽에서 웅성웅성하는 기색이 있으므로 뒤를 돌아보았다.

앞에 붉은 (비단으로 싼) 십자가를 놓은 영관을, 흰옷에 베 건을 쓴 청년 교우들이 받들어 메고 엄숙한 태도로 한 걸음 한 걸음 들어온다. 일동은 조용히 기립하여 경의를 표한다.

영순을 이것을 보는 순간에 울음이 가슴에 북받쳐 올라와서 모르는 새에 눈물이 흘렀다. 강단 옆에 있는 의자에 엎드려 기도할 때에는 더욱 슬픈 마음을 억제하지 못하여 아무 말도 하지 못하고 있다가 그냥 일어났다. 모든 사람의 얼굴에 울음이 가득하고 눈에는 눈물이 고여 있다. 영순은 예식 집행자 중 한 사람으로 강단 위에 올라앉았다. 영관이 거의 성단 앞에까지 오는데, 좌우쪽에 갈라선 소복하고 흰 댕기 드린 어린 여학생들이 슬프고 낮고 가는 목소리로 영관을 맞는 찬송가를 부른다.

아름다운 내 본향을 목적 삼고

한 찬미를 불러보세
거기 무궁한 세월이 흘러갈 때
고난 풍파가 일지 않네

슬픈 노래가 끝나자 주례자 M목사가 일어나 간단한 말로 이제부터 식을 거행하겠다고 선언하고, 앉은 후에 S목사가 울음 섞인 목소리로 서러운 기도를 올리고, 다음에 S전도사가 조용히 성경 「이사야」 14장 3절로 23절까지 낭독하였다(독자는 청컨대 이 성경을 펴보라).

영순은 예비하고 있던 조문을 바른편 손에 들고 강도상(講道床) 옆으로 나아갔다. 숙이고 있던 회중의 머리는 들리고, 모든 시선이 영순의 손으로 모였다. 말았던 종이를 펴가지고 잠깐 섰다가, 가슴속으로부터 우러나오는 슬픈 목소리로 읽기를 시작하였다.

"오호애재통재(嗚呼哀哉痛哉)라. 유시(惟時) 1919년 12월 15일 오전 아홉 시에 고 목사 P○○씨 엄연(奄然) 별세하시니 이 어이한 일인고. 이 꿈이 아닌가. 꿈이라면이거니와 참이라면 이 일을 어찌하리오.

아, 슬프고 아프다. 선생은 과연 가셨도다.

선생은 과연 가셨도다. 안으로는 연로하여 쇠약하신 양친을 하직하고 사랑하는 부인과 사랑하는 동생과 어린 자녀들을 내버리고, 밖으로는 일천여 명의 양 같은 교우를 돌아보지 아니하고 가련한 조선 동포를 내버리고 선생은 다시 돌아오지 못할 길을 가셨도다. 아, 가셨도다 가셨도다.

선생은 어려서부터 구주 예수의 가르침을 진실히 믿고 행하여, 위로 하나님을 꽃같이 사랑하고 아래로……"

영순은 손이 떨리고 발이 떨리고 아니 온몸이 떨리고 따라서 목소리가 떨리었다. 떨리는 것을 힘써 이겨가면서 연해 읽었다. 떨리는 가운데도 슬프고 원통한 빛이 섞이고 굳세고 똑똑한 음성이 굉걸(宏傑)한 당내(堂內)를 혼자서 울리고 회중은 잠든 듯이 고요하다.

"이웃을 자기 몸보다 더 사랑하였도다. 천국 건설 사업을 위하여 봉사하기에나 정의를 위하여는 자기 몸을 조금도 돌아보지 아니하고 즐겁게 희생하는 정신을 가지셨도다. 선생이 구세제민의 대지(大志)를 성취하기 위하여는, 후일에 만난(萬難)을 제(除)하고 해외에 유학하여 더욱 학문을 배우고 인격을 수양하려고 하였으나, 아, 이 장지(壯志)를 이루기 전에, 이번 ○○○○○ 사건에 체포되어 입감(入監)하시더니, 그 철창의 몹쓸 고초로 인함인지 천만 불행히 병마의 침습을 받아서 마침내 자기의 생명을 잃었으니, 이런 절절히 원통하고, 한없이 아픈 일이 어데 있으리오."

이 구절을 다 마치기 전에 아까부터 흑흑 느끼며 참고 있던 울음이 일시에 터져서,

아이고— 아이고—

당내에 가득한 수천 명 회중은 모두 목을 놓아 큰 소리로 통곡한다. 이 모퉁이 저 모퉁이에서 엉엉 우는 소리, 흑흑 느끼는 소리는 졸연히 그치지 아니한다.

"아, 이 울음을 어찌 참으며 언제나 멈추리오! 아, 이 울음을 누가 말리며 누가 멈추리오!"

조문을 읽던 영순이나 주례자나 기타 주식인(主式人)들이나 다 같이 울 따름이다. 요란한 울음소리 가운데 뛰어나는 고인의 늙은 아버지의 아픈 울음소리와 절통한 부르짖음의 말은 듣는 이의 간장을 녹이더라.

일동은 한참이나 울었다.

식을 주(主)해 보는 A전도사가 가만히 일어나서 말한다.

"울지 않을 수도 없고 울려면 끝이 없으나 예식을 진행해가기 위하여 그만 울음을 그칩시다."

이 말을 듣는 회중은 더한층 설움이 일어나서 더욱 통곡을 한다.

이윽고 울음이 차차 멎어간다. 그러나 관 좌우에 선 어린 여학생들과 어떤 부인 선생은 그냥 흑흑 느끼며 울고 관 뒤에 있는 그 가족들은 그냥 통곡한다.

영순은 다시 그 아래를 읽는다.

"그러나 선생은 구주 예수를 믿으신 후에 거룩한 생활을 하시고 사랑의 생애를 보내셨으니 악하고 괴로운 세상을 떠나매 주께서 보내신 천사는 영광의 면류관을 선생에게 드리고 주의 보좌 앞에까지 인도하여 지금은 사랑의 주로 더불어 영원한 나라에 안식하시리니 어찌하여 눈물을 흘려 슬퍼하리오. 생각건대 평시에 우리를 사랑하시던 선생은 천국에 가셔서도 오히려 우리를 잊지 아니하시고 우리 사정을 하나님께 고하셨으리로다. 그리하야 선생의 육신은 썩을지나 선생의 정신은 길이길이 살리로다.

선생이여 길이길이 안식하소서.

아, 슬프고 슬프다.

1919년 12월 18일."

영순은 낭독을 마치고 앉고 잠시 침묵이 있은 후에 강단 밑에서, 멀리 타계(他界)에서 들려오는 듯한 애가가 가늘고 길게 울려 올라온다. 아까 영관을 맞는 슬픈 노래를 부르던 주일학교 어린 여학생의 어리고 아픈 가슴에서 우러나오는 것이다.

1

후일에 생명 끊일 때　　여전히 찬송 못 하나
성부의 집에 깰 때에　　내 기쁨 한량없겠네

(코러스)

내 주 예수 뵈올 때에　　그 은혜 찬송하겠네
내 주 예수 뵈올 때에　　그 은혜 찬송하겠네

2

후일에 장막 같은 몸　　무너질 때는 모르나
정녕히 내가 알기는　　주 예비하신 집 있네

3

후일에 석양 가까워　　서산에 해가 걸릴 때
주께서 쉬라 하리니　　영원한 안식 얻겠네

다음에는 A전도사가 고인의 약력을 낭독하였다. 끝에 이르러 "여러분 안녕히 계십쇼. 나는 아버지한테로 갑니다" 한 고인의 최후의 일언을 전할 때에 A씨는 목이 메어 끝까지 마치지 못하였다. 눈을 감고 조용히 듣는 사람들에게, P목사가 면류관을 쓰고 설백색 웃옷 입은 미려한 천사에게 좌우편을 붙들리어 구름 사이로 올라가는 광경이 보이는 듯하였다. 적어도 영순에게는 그렇게 들렸다.

M선교사의 예문 낭독과 K교장과 B목사의 추도 연설로 예식은 끝났다. 당내에 가득 찼던 회중은 조용조용히 바깥으로 나갔다.

회중은 대략 삼천 명은 될 듯한데, 성내의 웬만한 교인이 거의 다 온 모양이요, 교인 아닌 신사도 많이 왔다. 영순은 뒤로 천천히 나가서 영관 있는 뒤에 섰다.

고인의 영관은, 생전에 이십 년 동안을 기도하며 찬미하며 울며 웃으며 자라난 이 회당, 일하던 이 회당을 향하여 영결식을 행하고 남녀 학생들에게 들리어서 대문을 나가 영원히 영원히 떠나 나갔다.

눈포래하는 찬바람은 사람의 귀를 베는 듯하다.

영관을 따라가는 남녀노소 삼천 명은 서문 거리로 종로로 신작로로 칠성문까지 연달아 나아간다. 시가의 상인들은 매매를 그치고, 행인은 걸음을 멈추고 P목사의 영에게 경의를 표한다.

2

'산 사람을 구해야 되겠다.'

'지난여름에는 P목사를 여기서 만나서 이야기를 하였건만.'

혼자서 이런 생각을 하면서 슬금슬금 행렬을 따라 내려가던 영순은 대찰리에서 서문거리를 나서자 번개같이 일어나는 생각에 발길을 돌려서 서문으로 향했다.

'영선을 구하여야 되겠다. 불쌍한 영선을 누가 구하랴.'

영순은 이런 생각을 하면서 발걸음을 급히 해서 서문 밖으로, 광성학교 옆으로 일본중학교 옆을 지나서, 차입집 많은 거리를 지나서 의주행 진남포행 신작로를 건너서, 단숨에 평양 감옥 큰 문 밖에 이르렀다.

문지기 간수(看守) 보고 예를 하고 들어가서 바로 접수실로 가서 이영선을 면회하겠다고 하였다. 영순은 감옥에를 자주 다녀서 접수하는 관리 임씨를 잘 안다. 시간이 좀 늦어서 다른 사람 같으면 접수도 아니 해줄 것을 임씨는,

"나가 기다리시오."

하고 웃는다.

영순은 스토브 있는 대합실에 들어가려고도 아니하고 감옥 뜰에서 외투 포켓에 손을 넣고 왔다 갔다 한다.

'감옥에도 꽤 왔다. 그만 이것이 마지막이면 좋겠다. 무얼 오늘인들 될 수가 있나. 마음대로? 어쨌든지 면회를 해보고 와서, 병

이 과해서 보기에도 몸이 몹시 상했으니, 그대로 내버려두면 살 수가 없을 터이니 부디 내보내달라고 졸라보자. 어디 일본말로 한번 해보자. 오냐 그만하면 되었다. 그러면 저편짝에서는 무어라고 대답할까. 에그 모르겠다. 생각도 아니하겠다. 아이고 안 되어 안 되어 안 되기가 쉽지. (이맛살을 찌푸리고 한숨을 지었다) 무슨 일이든지 믿음이 있어야 된다는데 되리라고 믿자. 모르겠다. 오늘 안 되면 인젠 모르겠다.

오늘도 되지 않아, 졸연히 나오지를 못해, 그만 옥중에서 어려운 병이 생겨, 병이 아주 위중해진 다음에야 나가라고 통기(通寄)[2]가 나와, 인력거에 태워다가 기홀(紀笏)병원에 입원을 시켜, 하루 이틀을 지나서 그만 죽어.'

영순은 생각이 막다른 골목으로 들어가서, 영선의 죽음을 상상한다. 그러나 아무 고통도 없이, 도리어 재미로, 재미라는 것보다는 한 유머였다. 영순은 차마 진정으로는 영선의 죽음을 상상도 할 수 없었다. 영순의 이 상상은 마치 사랑하는 영선을 향하여 직접으로 '네가 죽으면 어떻게 될까, 내가 어떻게 할까' 하고, 희롱으로 말하는 셈으로 하는 것이요, 또 P목사도 옥에 갇혔다가 죽었으니 선영이도 더구나 연약한 선영이도 옥에서 고생하다가 죽을는지도 모르지—이러한 가벼운 논리적 상상에 지나지 못한다.

'죽는다. 죽으면 나는 생명 없고 온기 없는 시체를 붙들고 한바탕 실컷 울어주리라. 그 어머니, 아이구 그 할머니 거의 기절을 하렷다. 실성을 하렷다. 나는 집으로 가서, 어느 외딴 조용한 방에서 방문을 걸어 매고 또 조문을 지으리라. 어려서 밥도 잘 못 먹고 옷도 잘 못 입고 몰래 숨어가면서 몹시 고생스럽게 학교에 다니던 이야기로부터, 서울 가서 공부할 때에, 몹시 무섬 타는 사람이 밤을 새어가면서 채플에 혼자 가서 기도하다가 이상한 비전을 보던 말과 전도 사업을 위하여 연보(捐補)[3]할 때에 그 형님이 해주었다는 파란 올닌 은반지와 가장 귀중한 의복을 바치던 이야기며 어떤 촌에 가서 교사 노릇 할 때에 학생을 벌하는 대신에 자기 몸을 때려서 피를 흘리던 이야기며, 처음 남산현에서 만나서(한 주일 동안이나 매일 석양이면) 조용히 이야기하다가 마침내 피차에 첫사랑이 생긴 것과 그러다가 결혼하게 된 것과 감옥에 잡혀 들어가는 전후 사정을 소설적으로 써놓고 끝에 가서, 오 주여, 주의 사랑하는, 신실한 딸의 영혼을 받으소서. 주의 보좌 옆에 편안히 있게 하소서. 그리하다가 후일에 제가 가거든 다시 만나게 하소서. 사랑하는 영선씨 괴롬 없는 아버지 집에 먼저 가서 기다리소서. 거기서 장, 봄만 있는 거기서 다시 만나지이다. 그대를 사랑하는 영순은 애곡재배(哀哭再拜)—이렇게 끝을 막으리라.

그리고 열 달 전에 결혼식한—영선이 어려서부터 길러난—○○○ 교회에서 그가 나와 가지런히 서서 M 목사의 축복을 받고 내게 금반지를 받던 그 자리에서 같은 목사에게 영결식을 행하리라. 나는 친히 지은 조문을 읽어서 또 모든 사람을 울리리라. 그때에 우리 동생 은순이는 그 맑은 목소리로 조상하는 애가를 부르게 하리라. 장식(葬式)을 지나고 삼 일 만에 무덤을 한번 돌아보고, 나는 평시에 영선이 권고하던 말을 따라 혈혈단신으로 멀리, 미래의 운명 알 수 없는 길을 떠나리라.'

여기까지 생각하다가 영순은 죽음의 철학적 고찰을 할 여유도 없이, 처음에는 재미로 시작하였던 것이 진정이 되고, 괴로운 마음이 생겨서 획 발길을 돌이켜서 접수실 문 앞으로 갔다.

접수실 문을 열고, 나이나 한 오십나마 먹어 보이는 부인이 무슨 처음 당하는 억울한 일을 보았는지, 청하던 일이 틀려서 기가 막히는지, 얼굴이 빨개서 입만 쭝긋쭝긋하면서 터덕터덕 섬돌을 내려온다. 보매 촌부인이다.

"여보 누구를 찾소. 원 좀 똑똑히 전하소고레, 저만 접수하고는 씁쓸하니 나오면 어떡하잔 말이오? 남 지금 속이 타서 죽갔는데 거 누구 좀 거게 서서 부르는 대로 좀 말해주문 도캈군."

역시 촌에서 온 부인이지만 벌써 많이 다녀서 감옥 출입에 졸업을 한 듯한, 한 삼십이나 됨 직한데 명주 수건 쓰고 무명 치마 입고 목에 두른 부인이 이렇게 동정 없는 나무람을 한다. 다른 부인들은 쳐다보고 웃기만 한다.

여기의 임시 관례가 이렇다. 나무람하는 말도 옳다. 면회하러 온 사람이 먼저 '초접수(初接受)'를 하면 얼마 있다가 다시 불러서 주소, 성명, 연령과 재감인(在監人)과의 관계와 면회 사건을 묻는 법이다. 이것이 '재접수'라는 것이다. 그런데 한 사람이 재접수를 한 다음에는 그 사람을 시켜서 그다음 재접수할 사람을 ―항상 재감인의 이름으로 찾는 것이다. 그런데 아까 그 부인은 반드시 다음 사람의 이름을 들었을 터인데 전하지 아니하니까 나무람을 들은 것이다.

그러나 그는 돌아도 보지 아니하고 한 모퉁이에 가서 돌아서고 있다.

한편에서는, 의주서 왔다는 키가 자그마한 노인이 백설 같은 수염을 내려 쓸면서 웃는 낯으로, 그 옆에 이십이 겨우 넘어 보이는 아이 업은 젊은 부인과 무슨 이야기를 하고 있다. 영순은 귀를 기울여 들었다.

(젊은이) "바루 제 돌 지나서요."

(노인) "조옴 보고플까?"

(부인) "……"

(노인) "나는 우리 아녀석들이 세 놈이 다 여기 와 갇혔수다. 그래도 나는 아무 걱정도 안 함무다."

(부인) "면회하러 오셨소?"

(노인) "요—"

(부인) "저는 이거 오늘도 면회를 못할까 부웨다. 발세 한 주일이나 되었는데."

(노인) "초접수는 했소?"

(부인) "못했어요."

(노인) "이제라도 해보구레 왜 못했소?"

(부인) "이제 해두 될까요."

(노인) "허 해보구 말이디, 밑디야 본전입디."

(부인) "……"

(노인) "어서 가보오."

영순은 기다리기에 갑갑증이 일어났다. 게다가 발이 잘라지는 듯이 시린 것을 깨달았다. 시리다고 하는 것보다도 아리고 아프다고 하여야 옳겠다. 좁은 뜰 가운데 좁은 한계에서 왔다 갔다 한참 걸어보았다. 한참 걸으니 좀 낫지만 윗몸이 춥다. 그때는 따뜻함 직한 담 모퉁이 양지 곁으로 가서 섰다. 거기는 양저울이 잘 나 있는데 젊은이들이 한 번씩 제 몸을 달아본다. 영순도 처음에는 물끄러미 바라보기만 하고 있다가 그 사람들이 다 간 다음에 한번 달아보았다.

"이영선" 하고 어떤 청년이 전해주는 소리를 듣고 얼른 가서 영순은 재접수를 시키고 나왔다. 이제도 한 시간이나 두 시간이나 기다릴 모양이다. 영순은 무슨 소설책이나 하나 못 가지고 온 것을 한하면서 우두커니 서 있다가 '옳지, 산 소설을 읽으리라' 이런 생각이 일어났다. 곧 산 소설을 찾아보았다. 그때에는 그의 주위에 보이는(있는) 모든 것이 죄다 소설로 보였다. 저 각처에서 모여 온 할머니, 아주머니, 노인, 청년, 저 장한 체하고 왔다 갔다 하는 간수들 죄다 소설이다. 이 감옥이라는 것이 벌써 소설 주머니다. 옳다. 이 감옥 안에 몇 천 명 있는 죄수가 다, 아이구! 그것이 하나씩 하나씩 죄다 소설이로구나.

'좋다!'

영순은 속으로 이렇게 부르짖었다. 마치 조각가가, 근육의 발달이 원만하여, 커브의 굴곡이 절묘하고, 체격의 조화가 완전한 것이며 안면의 표정이 비상한 것이며 통틀어 이상적인 모델을 만난 때의 그 감정, 화가가 좋은 자연계의 배경을 찾은 때에 일어나는 유쾌한 감정, 그러한 감정에서 나온 부르짖음이다.

영순은 조각가가 마치와 끌을 잡기 전에 먼저 얼마 동안 모델을 바라보는 것처럼 눈을 감고, 아까 낙심하고 나오던 할머니, 나무람하던 부인, 낙관하던 노인, 할 바를 몰라 애를 쓰던 젊은 부인으로부터 감옥 안에 유죄 무죄지간에 갇혀 있는 사람들의 형형색색한 처지와 비절참절(悲絶慘絶)한 사정을 가만히 상상하다가 이렇게 중얼거렸다.

"영선이도 소설이다. 나도 소설이다."

"사람은 소설이다. 인생과 세계가 소설이다."

"인생은 예술이다. 온 누리는 예술이다."

영순은 직각적으로 이러한 단안을 내렸다. 그리고 생각하였다. 영선이 감옥에 갇힌 것도 한 소설을 짓고 있는 것이요, 내가 이렇게 추운데 영선을 구하려고 온 것도 한 소설을 짓고 있는 것이다. 그러면 내가 여기서 기다리는 것도 고통이 아니요, 무의미한 일이 아니요, 영선이 갇혀서 발을 벗고, 찬 자리에 자면서 고생하는 것도 또한 그러하다. 그도 사람인 때문에 아름다운 예술을 짓고 있는 것이다. 그러니 그다지 근심할 것이 아니다.

'옳다. P목사가 죽은 것도 한 예술이다. 아니, 위대하고도 현묘한 한 시(詩)다. 오냐, 천만대에 길이길이 썩지 않고 더욱더욱 빛나갈 시로다. 그의 죽음 그것은 무한히 고귀한 시이지만 그의 죽음을 애도한 내 조문은 도리어 그 산 시를 더럽힐지언정 빛나게는 못할 가장 졸렬한 것이다.' 생각하다가 '그 오리지널 시를 꼭 그대로 체현한 참 시를 못 짓나.' 하고 한탄하였다.

P목사의 죽음이 고귀한 시(詩)인 모양으로, 이제 영선이 죽더라도 또한 아름다운 시로다.

오오 지순지미(至純至美)한 영선의 죽음! 이것이 얼마나 귀하고 아름다운 시이냐. 이러한 의미로 나는 나의 사랑하는 사람을 내 손에서, 내 가슴에서 잃어도 그것을 한(恨)하지 아니하겠다. 영순은 생각이 여기까지 이르러 자기가 당장에 위대한 예술가가 된 듯싶었다.

영순은 다시 산 소설을 찾기 위하여 슬금슬금 대합실 편으로 가 보았다. 대합실에 스토브 불은 다 꺼져서 도리어 찬 기운을 내는 듯한데 좌우쪽 걸상에는 근심 빛이 가득가득한 부인네들이 쭈그리고 떨고 있다. 영순은 여기서 과연 아름다운 소설을 보았다.

대합실 출입문에 한 오십이나 되었음 직한 부인이 두 눈에 눈물이 넘실넘실하다가 쭈르르 흘리면서 혼잣말로,

"어떡하노, 어떡하노. 데거 죽갔는데! 우리 아들이 죽갔소고레."

중얼거리더니 손에 쥐고 있던, 얼음보다 더 찬 우유병을 그 젖가슴을 헤치고 쑥 쓸어 넣는다.

영순은 그 참소설을 보고 무심중 두 눈에 눈물이 고임을 깨달았다. 그 부인을 향하여 공순(恭順)히 배례를 하고 싶었다. 한번 쳐다보았다. 눈물을 흘리면서도 얼굴에, 미미하지만 빙그레 웃는 빛이 보였다. 그리고 영순은 분명히 그 얼굴에 이상한 광채를 보았다.

아, 이 울음이 신의 울음이 아니고 무엇이오. 이 웃음이 애(愛)의 신의 웃음이 아니고 무엇이냐. 그 부인이 이전에 그 아들이 어렸을 때에 한참 예쁠 때에 빙글빙글 웃는 것을 무릎 위에 올려놓

고, 바깥에서 얼어서 찬 손을 하나는 젖가슴에 넣고 하나는 손으로 꼭 쥐고 입에다 대고 호호 불어주면서 젖을 빨릴 때, 그때의 사랑의 기쁨이 잠깐 회상이 되어서, 그 사랑의 기쁨을 느껴서, 슬픈 가운데 무의식적으로 웃음을 발한 것이 아닌가.

이때에 영순은 소설, 예술이라는 것보다도 어머니를 생각하고, 종교, 하나님, 그리스도의 십자가를 생각하였다.

'오, 오마니의 사랑, 그리스도의 사랑.'

사랑이다, 사랑이다. 누리에 가장 아름답고 존귀한 것은 사랑이다. 사랑밖에 없다. 사랑은 누리를 지배한다. 온 누리에 오직 사랑이 있을 뿐이다.

옳다. 사랑은 예술의 본질이다. 예술은 사랑이다. 옳다. 사랑과 예술은 하나이다. 그의 생각은 이렇게 귀결하였다.

그는 다시 그 '사랑의 오마니'를 보았다. 그냥 가슴에 우유를 대고 서 있다.

'아, 내가 영선에게 대한 사랑이 저만할까?'

영순은 갑자기 이런 생각이 났다.

'영선이 내게 대하여 저런 사랑을 가졌을까?'

이것은 내가 스스로 판단할 수가 없는 것이라고 생각하고 속으로 이렇게 기도를 하였다.

'주여 사랑을 주소서, 사랑을 풍성히 주소서.'

그러는 동안에 간수장이 나와서 면회 허가한 사람의 이름을 부른다. 영순은 대흥부 여감(女監)에 가지고 갈 표 종이를 얻어 가지고 네 시간 만에 감옥 문을 나섰다.

영선이, 적토(赤土)를 들인 후리매[4] 같은 것을 입고 머리는 골없이 뒤로 빗겨 넘겨서 쪽을 찌고, 기운이 없어 그 비칠비칠하면서, 머리털 곱슬곱슬한 늙은이 여간수 옆에 나와 섰다. 그 얼굴빛은 백월(白月) 촉과 꼭 같았다.

영순은 아무 말도 못하였다. 한참 있다가 겨우 이렇게 물었다.

"무엇이나 좀 잡수시오."

"죽이라고 좀씩 먹다가 요새는 그것도 그만두었어요."

"의사가 와서 진찰합디까?"

"네."

잠깐 침묵이 있었다.

"집에서는 다 안녕하신가요."

"네, 그런데 요새는 어때요, 대단히 더한가 보외다그려. 바로 말하오."

"너머 걱정 마세요. 관계치 않어요."

"전옥(典獄)[5]더러 잘 말해서 나가서 치료하도록 할 터이니 좀 기다려주……"

"너머 애쓰지 마세요. 저는 관계치 않어요. 그새 앓지 않으셨어요."

"아니오."

"그만 가세……"

영선은 이 말 한마디를 채 못 마치고 얼굴을 돌리고, 발길을 돌려 들어간다. 자기의 우는 얼굴을 보이지 아니하려고, 사랑하는 사람의 마음을 상하게 하지 아니하려고, 칼로 가슴을 욱이는 듯하고 오장이 녹아오는 듯한 원한과 설움을 머금고 돌아서 들어가는 영선의 뒷모양을 영순은 잠깐 바라보고, 입술을 깨물면서 감옥 널쪽문을 나왔다.

영순은 문밖에 나와서, 울면서 들어가는 영선의 눈물 흘리는 수척한 얼굴을 번쩍 보았다. 그 얼굴을 보고 그 마음을 생각하고 참았던 눈물이 뚝뚝 흘렀다.

지금은 생각할 여유도 없고, 눈물 흘리고 있을 여유도 없다. 곧 걸음을 급히 하여 다시 고등보통학교 앞으로 올라가서 오던 길로 도로 본 감옥으로 향했다.

본 감옥으로 가서 전옥을 면회하고 예비하였던 대로 말하여보았다. 남은 전심 전령(全心全靈)을 부어 사람의 생사에 관한 문제로 청하는데, 키 작고 앞이마 털이 빠진 전옥은 아주 냉랭한 말로 대답한다.

"감옥에도 의사가 있어서 상당히 치료를 해주니 염려하지 말고 돌아가시오."

이것이 전옥의 대답의 대지(大旨)였다.

영순이 기운 없고 맥없이 감옥 문을 나서서 원망스러운 듯이 한번 뒤를 돌아보고, 광성학교 정문을 지나 남산현 예배당 뒤로, M선교사의 주택 앞으로 외딴 골목을 지나서 정진여학교 앞으로 돌아 내려올 때에는 벌써 겨울 해가 넘어가고 어슬어슬 황혼이 되었다.

3

영순은 자기 방으로 들어가서 저녁 먹을 생각도 없이 자리를 하나 내려 깔고 나가넘어졌다.

아무 생각도 아니하고, 손발 하나 달싹하지 아니하고, 반듯이 누워서 천장을 바라보고 있다. 반자[6]를 하다가 한편 모퉁이는 채 바르지 아니해서 속에 신문지로 바른 것이 드러나서 모양이 매우 흉하다.

'저것을, 나오기 전에 발라야 되겠다. 담도 한번 발라야지.'

속으로 이렇게 중얼거렸다.

「매일신보」지의 '호카액' 광고가 뚜렷이 보인다.

"옳지, 잊어버리지 말자. 나오거든 저것을 한 댓 병 사다 주겠다. 영선은 도무지 화장할 줄을 몰라서……"

중얼거렸다.

호카액을 바르면 이렇게 얌전한 미인이 된다고 본때를 보이기 위하여 그려 있는 일본 현대식 미인이 희미한 가운데도 눈이 말똥말똥해서 내려다본다.

"왜 나를 자꾸 보노. 너는 싫다야. 미인은 싫어."

이렇게 중얼거렸는지 생각했는지 하고는 차차 깜깜해서 보이지도 아니하거니와 눈을 뜨고 볼 기운도 없어서 스르르 눈을 감았다.

영순은 그새에 잠이 들었다. 꿈을 많이 꾸었지만 다 잊어버렸다. 그러나 영선을 본 것은 분명하다. 눈을 뜨니까, 옆에 누이동생 은순이가 얌전하게 앉았다. 잠든 자기의 괴로운 듯한 얼굴을 근심스러운 듯이 들여다보고 있는 것을 알았다.

"언제 오셨어요."

"방금 왔다."

"그런데 왜 그렇게 늦으셨어요? 수태 곤하신 게구만."

"……"

"장례식 보고 감옥에 가셨지요?"

"응."

"그래 어떻게 되었어요?"

"망(亡)자에 니을 했다."

"저런! 어떡하노."

"너는 어데 갔었니? 공동묘지까지 갔었니."

"아니오, 추워서 거길 어떻게요?"

영순은 빙그레 웃기만 하고 아무 말도 아니하였다.

"아이구 오라버니 시장하시겠구만. 저는 감옥에 가실 줄은 알았지요. 그래 S하고, S 아시지요, 접때 저하고 왔던 이 말이야요. 그이하고 어델 좀 갔었지요. 갔다가 오라버니 오시기 전에 일찍 오려고 하던 것이 그만 늦었어요. 용서하세요."

"너도 울었니 아까."

"아이구 오라버니도 누가 안 울어요? 그런데 어떻게 그렇게 슬프게 읽었어요."

"너도 울었단 말이가?"

"처음엔 오라버니, 이상한 목소리 내시는 것이 우습기만 하더니 나중에 '철창의 몹쓸 고초'라고 내떨 때는 칵 눈물이 나오겠지요."

"(웃으면서) 너도 눈물이 있니."

"전 사람 아니야요?"

"옳지, 너도 사람이니까 감정이 있고 감정이 있으니까 눈물을 흘리는구나."

"오라버니 노하셨구만. 그런 말도 한 히니쿠[7]지요. 나가서 늦게 왔다구."

"너도 P목사같이 이제 죽는단다, 그런 줄 알아라."

"아이구 죽긴 왜 죽어, 나는 안 죽어. 참 형님 면회하셨어요?"

"그래."

"보시니까 어때요, 더 상하셨어요? 병이 더해요?"

"그래 며칠 있으면 죽겠더라."

"오라버니는 그게 무슨 소리야, 죽기는, 밤낮 왜 죽는 소리만 해요."

"우리가 사는 것이 사실이면 죽을 것도 사실이지."

"그야 그렇지요. 어서 들어가 저녁 잡수세요."

"싫다, 싫어."

"왜요."

"아 죽음! 죽음!"

영순은 길게 한숨을 짚고 이렇게 중얼거리면서 은순의 손을 잡았다.

"아이구 차서 못살겠다. 괴로워 못살겠다. 이 차고 괴로운 겨울을, 모든 물건을 잡아매고 모든 생명을 죽이는 겨울을! 아, 죽음 죽음!"

"왜 그래요? 싫어요. 무서워요."

하면서 은순은 손을 뗀다.

"내 눈앞에 죽음이 왔다 갔다 하누나. 아, 죽음의 겨울, The winter of death!"

"오라버니 그렇게 비관하지 마세요. 오라버니 오늘은 왜 그리 비관을 하세요. 늘 낙관을 하시더니, 오늘은 퍽 낙심을 하셨어요!"

은순은 이상한 듯이 또 걱정스러운 듯이 영순의 얼굴을 들여다본다. 영순은 또 중얼거린다.

"오, 죽음! 죽음! 죽음의 겨울이다."

"오라버니 제 찬미 하나 할게 들으세요."

"오냐 해라."

"에이 부끄러워."

"무엇이야, 또 또."

"보지는 마세요. 자 합니다. 문제는 Light after darkness[8]라는 겁니다."

어둔 것 후에 빛이 오며
바람 분 후에 잔잔하고
소나기 후에 햇빛 나며
노곤한 후에 쉬임 있네

잔약한 후에 강해지며
해로운 후에 복이 있고
눈물난 후에 찬송하며
씨 뿌린 후에 추수하네

영순은 눈을 감고 가늘고도 맑은 곡조만 듣다가 무심중 '좋다' 하였다. 그리고 은순의 얼굴을 바라보았다. 은순은 이어 삼절을 부른다.

괴로운 후에 평안하며
슬퍼한 후에 기쁨 오고
떠났다가도 만나지고
고독한 후에 사랑 있네

한 줌이 뻗을 만한 옻칠한 듯한 머리는 땋아서 테두머리를 하고, 조금 나온 듯한 이마 밑에 붓으로 그은 듯한 눈썹, 그 아래 맑고도 정기 있고 광채 있는 까만 눈, 낮지도 않고 높지도 않고 알맞은 코, 광대뼈가 좀 높고 살이 있어 보송보송하고 늘 홍월계(紅

月桂) 빛이 도는 좌우 뺨, 그 사이에 좀 도톰하고 늘 생긋생긋 웃고 있는 그 입술이 달싹달싹하면서 새어나오는 그 옥 소리 같고 청아한 노래는, 몹시 괴롭던 영순의 마음을 몽롱히 꿈나라로 인도하였다. 그는 어느새 다시 눈을 감았다. 은순은 목소리를 약간 높여서 마지막 절을 부른다.

십자가 후에 승리 있고
죽음이 가고 부활이 오며
죽음의 겨울 지나가면
생명의 봄이 돌아오네

"오, 생명의 봄이 돌아와! 오, 은순아, 그거 네가 지었니? 오, 생명의 봄이 돌아와!"

영순은 다시 은순의 두 손을 쥐어 잡아당기면서 얼굴에 갑자기 무한한 기쁨이 충만해서 빙글빙글 웃으면서 이렇게 말한다.

"오, 은순아, 지금 네 노래의 마지막 한 구절은 네 노래가 아니요, 천사의 노래다. 내가 지금 분명히 천사를 보았다. 천사를 나는 보았다. 죽음의 겨울이 지나가면 생명의 봄이 돌아오네. 오, 그것은 하나님의 말씀이다. 그것이 묵시다. 오, 내가 네 입을 빌려 묵시를 받았다. 오, 은순아 고맙다. 오, 천사야!"

은순은 매우 만족한 낯으로, 고맙고 기쁜 듯이 영순을 바라보다가 깜박 잊었던 듯이 말한다.

"인젠 정말 들어가 저녁 잡수세요. 내올까요?"

"은순아 너 공부 잘해라. 확실히 너는 시인이 될 천분이 있다. 수양 잘해라. 아, 너의 시적 천분과 그 음악의 천재! 너야말로 장차 큰 예술가가 되겠다. 네가 시인이 못 되면 참 아깝다, 은순아!"

"아이구 오라버니두, 왜 딴소리만 자꾸 해요. 공연히 남 일부러 찬미 한번 한 것을 놀리기만 하구. 싫어요. 인젠 찬미 안 해요."

"아니다, 은순아 참말이다. 너는 시인이다. 오냐 생명의 봄이 돌아온다. 살자 살자. 너의 형님도 산다, 나도 살겠다. 너도 살아라. 기운 있게 힘 있게 살아서 생명의 봄을 맞아서 아름다운 봄 동산을 짓고 생명의 복락을 누리며 생명의 주를 지성으로 찬송하자. 생명의 봄이 온 후에는 평화의 세계가 돌아올 것이다. 희망을 굳게 가지고 생명의 봄을 기다리자…… 은순아 기도하자."

영순은 은순의 등 위에 왼손을 올려놓으면서 이렇게 말하였다.

"네."

두 사람은 일시에 머리를 숙였다.

"주여 이 자식이 오늘날까지 당신의 품에서 떠나서, 부질없이 어둔 데에서 헤매고 추운 데서 떨고 죽음의 종이 되어 있었습니다. 주여 이 막대한 죄를 용서하소서. 주께서 이 자식에게도 이미 생명을 주셨으매 이제부터 생명을 가진 사람이 되겠습니다. 제게 사랑을 주시옵소서. 사랑으로 누리를 지배하게 합소서. 주여 제게 힘을 줍소서. 새로운 힘을 줍소서. 굳게 서서 생명의 봄을 맞을 큰 힘을 줍소서. 제게 생명의 봄이 온다는 묵시를 주신 주여, 고맙습니다. 생명의 봄이 어서 오게 합소서. 오 주여, 영선을 구해주소서."

영순은 안으로 들어가서 저녁을 잘 먹었다. 먹은 후에 할머니 어머니와 우스운 이야기도 하고 어린아이들 데리고 장난도 하다가 밤 열한 시가 지나서 자기 방으로 나왔다.

은순이 깔고 들어간 자리에 들어가서 일기를 폈다. 가운데 백지와 한 편에 있는 성구(聖句)와 밑에 있는 역사의 기사를 잠깐 들여다보고 펜을 잡았다.

12월 18일 화요일 음(陰), 한(寒).

(대개 하나님이 해를 악인과 선인에게 비치게 하시며 비를 의로운 자와 불의한 자에게 주시나니라. 「마태」 6:45)

(미국 의회에서 노예 해방을 가결하다—1862)

오늘은 금년치고 추위로 클라이맥스가 될까 보다. 겨울의 중심이라 할까. 이날에 P목사는 추운 세상을 피해서 따뜻한 땅속으로 들어갔다. 그의 영혼은 벌써 사흘 전에 사악하고 괴로운 현세를 떠나서 화평하고 즐거운 천국으로 올라가셨다. 그것이 무엇이 서러운지 여러 사람들이 소리를 내어 울더라. 나도 좀 울기는 하였다마는. 그는 먼저 갔을 뿐이 아니냐. 나도 이제 갈 것이다.

영선을 구하려고 감옥에 갔었다. 산 소설을 많이 읽었다. 영선의 얼굴을 한 이 주일 만에 보았다. 그 수척하고 기운 없는 모양만 보고, 나는 헛되이 돌아왔다.

영선은 지금도 울는지 모르겠다. 은순의 노래로 새로운 희망과 기쁨과 능력을 얻었다. 이제는 생명의 봄이 오기를 기다리자. 저야 다른 남성을 더 사랑할는지 모르지만 나는 저를 끔찍이 사랑하고 저로 인하여 위로를 많이 받는다. 은순아 오래오래 내 기쁨과 위로가 되어다고.

오늘도 나는 고독의 한밤을 지내자
영선은 언제나 오려는지
아, 오늘도 오늘도 못 오고
아, 오늘 저녁도 오늘 저녁도 옥중에서
찬 자리에 찬바람에,
아, 저 찬 달을 보고
오, 내 사랑하는 영선이여

영순은 일기책을 밀어버리고 불을 끄고 자리로 쑥 들어가서 눈을 감았다.

눈을 감고 아무리 자기를 힘쓰지만 당일의 아침부터 밤까지 지난 일이 몇 번이나 되풀이로 왔다 갔다 꿈같이 생각이 나고 지난 일, 장래 어찌할 걱정이 뒤섞여 떠나와 정신이 착란해지고 뇌가 몹시 복잡해져서 잘 수가 없다. 그중에도 감옥에서 본 영선의 여위고 광대뼈만 두드러진 뺨에 눈물이 줄줄 흐르는 것이 자꾸 보여서 잘 수가 없다. 그래 영순은 도로 일어나서 불을 켜고 동경 어떤 잡지사에서 보내준 원고용지를 꺼내놓고 펜을 잡았다.

옥중의 아내에게

나의 지극히 사랑하는 아내여. 나는 오늘 당신을 겨우 삼 분 동안, 옥졸이 경계하는 앞에서 꿈결같이 만나보고, 마음에 울울하고 간절한 회포를 참지 못하여 지금 붓을 들어 쓰나이다. 그러나 용서하소서. 나는 뜨뜻한 내 집 아랫목에 편안히 누워서 이 글을 쓰기에 죄송스럽기 한이 없으나, 어찌하리까. 그대는 그대의 넓은 사랑으로 용서하소서.

아, 그대는 어찌하여 한번 가고 돌아올 줄을 모르나이까. 그대가 집을 떠난 지 벌써 삼 개월이 지났나이다. 사람이 죽음의 그림자를 눈앞에 보면서도 못 본 체하고, 생의 낙을 좀더 누리려고 급급히 애를 쓰는 것처럼, 우리도 앞에 당할 일을 환하게 알기는 알면서도 잊어버린 듯이 (잊어버리고) 신혼의 남은 낙을 마음껏 탐하고 있었나이다. 그러다가 하루아침에 그대가 옥중에 들어가매 나와 우리 온 집안은 그 얼마나 놀랐으리까.

아, 그러나 그대는 어찌하여 지금도 오히려 돌아오지 아니하나이까. 내가 그대의 뒤를 따라 감옥문 밖까지 전송(餞送)할 때에는, 서기산(瑞氣山) 기슭의 아카시아 나뭇잎이, 간혹 누런 잎이 있지만, 그 파릇파릇한 것이, 오히려 녹음방초 시절에, 푸르러 우거지고 펴졌던 자취가 많이 있었나이다. 그것이 그 후에 누런 잎이 차차 많아지고 푸른 잎이 적어지듯이, 그다음에는 된서리를 맞아서 온통 시들시들 마르듯이, 어느 날 밤에 북으로부터 불어오는 일진광풍에 우수수수수 다 떨어지고 지금은 여기저기 마른 잎이 하나씩 둘씩 한드작한드작 억지로 달려 있더이다.

그대는 어찌하여 지금도 아니 돌아오나이까.

그대가 들어가기 전에는 아직 서늘한 가을이었나이다. 그대는 모시 다린 적삼에 모시 치마를 입고 갔나이다. 그런데 그대가 들어간 후에 찬바람이 불고, 대동강이 얼어붙고 눈이 몇 번을 왔는지 알 수 없나이다. 지금은 우리 금수강산이 온통 곱다랗게 소복을 하였나이다, 천지가 은세계가 되었나이다.

우리는 불 땐 방 안에서도 춥다고 하나이다. 그런데 아 그대는, 들은즉 종이도 바르지 않은 살창대로 이은 데에서 용악산으로 만수대로 몰아오는 찬바람이 마음대로 들어오는 방에서 자리도 없이 그 빙판같이 차디찬 바닥에서 새우같이 웅크리고 오들오들 떨기만 하고 무심한 찬 달을 바람 들어오는 살창 새로 바라보고, 잠을 못 들어 애쓰는 양이 눈에 보여서, 아— 나도 잠을 이루지 못하겠나이다. 아 애달프다. 이 일을 어찌하리오.

영순은 여기까지 쓰고 펜을 던지고 불을 끄고 이불을 뒤집어썼다.

4

영순은 이튿날 아침 아홉 시에야 깨었다.

어젯밤에는 두번째 누워서도 잠을 들지 못하고 곤한 몸을 이리 뒤척 저리 뒤척하면서 몹시 애를 쓰다가, 맞은편 담에 걸린 자명종이 땡— 땡— 두 번을 치는 소리가 고요한 깊은 밤의 죽은 듯

한 침묵을 깨뜨려 요란하게 울리는 것을 듣고,

"지금 잠들었을까? 여태 깨었을까?"

이런 생각을 하다가 닭 우는 소리를 꿈결같이 듣고는 잠이 들었다.

눈을 떴지만 추워서 일어나기가 싫어서 그냥 자리에 누워 있다. 거리로 향한 창에는 허옇게 성에가 돋았다. 입김을 허— 하고 내불어보았다. 허연 김이 나온다. 방 안이 이런데 감옥이야 오죽하랴. 더운 기운이라고는 조금도 없겠지, 뜨뜻한 맛이라고는 도무지 못 보겠지, 이런 생각이 나는 동시에 자기가 누운 자리가 유별 더운 것을 깨달았다. 실상 새벽에 영순을 사랑하는 모친이 불을 때주어서 등 밑과 궁둥이 밑이 뜨뜻하다. 그는 손을 자리 밑에 넣어서 바닥을 짚어보았다. 손을 넣고 오래 견딜 수가 없으리만큼 뜨끈뜨끈하다. 자리 밑이 뜨뜻한 맛에 손을 빼지 아니하고 그냥 눈을 감고 가만히 있어보았다. 점점 뜨뜻한 맛이 올라온다. 이불을 잡아당겨서 어깨를 꼭꼭 덮고 두 손은 자리 속에 넣었다. 영순은 어느새 감옥에 있는 아내를 깜박 잊어버린 듯이 자리가 더운 맛에 퍽 쾌감을 깨달았다. 몸이 둥둥 위로 떠올라가는 것 같은 말할 수 없는 순간의 행복을 깨달았다. '아, 좋다' 하면서 얼굴에 미소를 띠었다.

'오늘은 어떡하노. 할 일이 무엇인가.'

이런 생각이 번쩍 지나가서 잠깐 마음을 자극하였지만 '에그 모르갔다. 모르갔다' 하고 그 생각을 부러 흐려버리고 다시 겨울 아침 자리 속에 뜨뜻한 낙을 계속하여 누리려고 아무 생각도 아니하기를 힘쓰면서 등과 엉덩이를 한번 다시 읍짓읍짓하였다. 새로이 더운 기운이 생기는 것 같고 새로이 뜨뜻한 맛을 깨달았다. 눈을 껌벅껌벅하면서 가만히 누워 있다가 안에서 아이들 떠드는 소리를 꿈결같이 들으면서 또 잠이 들었다.

"대문…… 열어……"

영순은 문 바깥으로부터 희미한 사람의 소리를 들었다. 그러나 처음에는 잠이 채 깨지 못해서 꿈결같이 들었으니 이어서 조금 큰 목소리로,

"대문 열어주세요."

하고 소리지른다.

영순은 벌떡 일어났다. 분명히 아내의 목소리다. 그러나 이게 정신 작용으로 이런 것이 아닌가 의심하면서 가만히 귀를 기울여 들어보았다.

"오마니— 은순아—"

영순은 자리옷만 입은 채로 방문을 벌컥 열고 맨발로 나가서 대문을 열려고 하였다. 덕우[9]가 잘 빠지지를 않아서 한참이나 애를 쓰다가 평시에 못 내던 힘을 다해서 대문을 열어젖혔다. 영순은 딴 부인이 아닌가 하리만큼 의외로 생각해서 멍하고 서 있기 전에 맞은편에 섰던 부인은 어느새 문 안에 들어서면서 영순에게 달려들었다. 그때에 영순은,

"오—"

하면서 부인을 껴안고, 얼어서 볼그레하고 싼득싼득한 뺨에 뜨거운 키스를 하였다.

영순의 가슴에 안긴 이가 그 누구랴. 그의 사랑하는 아내 영선이다. 남편의 가슴에 파묻힌 영선의 눈에서는 더운 눈물이 솟아나와서 헤쳐진 영순의 가슴속으로 흘러 들어간다.

두 사람은 소리 없는 말을, 각각 심장으로 맞잡은 손으로만 하다가, 영순은, 그냥 말 못 하고 기운 없이 쓰러져 안겨 있는 아내를 이끌고 방 안으로 들어가서 자던 자리 위에 펄썩 주저앉았다. 영선은 영순의 내뻗친 무릎 위에 쓰러져 엎드려서 흑흑 느끼면서 운다. 영순도 한 손을 그의 등 위에 올려놓고 한 손은 그의 얼굴을 받치고 어쩐지 알 수 없는 눈물을 아내의 머리 위에, 목 위에 떨어뜨린다.

영순이 아내의 허리를 붙잡아 일으킬 때에는 영선의 눈물 있는 얼굴에 웃음이 가득 찼다.

빙그레 웃는 영선의 입에 다시 한 번 스위트 키스를 하고 비로소 말을 끝냈다.

"웬일이오?"

"……"

영선은 웃기만 한다.

"죽지 않고 살아 왔구려."

"네…… 저 때문에 얼마나 고생하셨어요?"

"……"

영순도 웃기만 한다.

두 사람의 몸은 발로부터 다리 허리 어깨 머리의 측면이 서로 꽉 붙어서 앉았다. 영순의 왼편 팔은 영선의 등으로 겨드랑 밑으로 돌아가 그의 손은 그의 옷자락 속으로 들어가서 부드럽고 따뜻한 젖을 만지고, 영선의 바른편 팔은 영순의 어깨 위에 올려놓고 손은 목을 만지고 있고, 그의 왼편 손은 영순의 손목을 꼭 잡았다. 영순의 뺨과 영선의 뺨은 서로 붙어서 아무 말도 없이 숨소리만 들리고 심장의 고동만 뚝뚝 한다.

영선은 영순의 손목을 다시 힘을 주어 꼭 잡으면서 목을 꽉 끼면서,

"저를 꼭 껴안아주세요!"

이 말이 채 마치기 전에 영순은,

'다시는 놓치지 아니하리라. 요것을 놓고 어떻게 살았던고.'
하는 듯이 두 팔로 영순의 작은 몸을 힘껏 껴안았다. 영선의 몸은 어느새 앞으로 돌아와 가슴과 가슴이 서로 합했다. 영선의 두 팔도 영순의 몸을 꼭 꼈다. 영순은 다시 뜨거운 키스를 주려고 하는데, 거리로 향한 창 바깥으로 지나가는 사람들의 요란하게 지껄이는 소리는 영순의 단잠을 깨웠다.

품 안에 껴안았던 영선은 간 곳이 없다. 자리에는 자기 가슴을 두 팔로 끼고 반듯이 누운 영순 자신 하나밖에 없고 앞창에는 아침 햇볕이 빨갛게 들이비쳤다. 그는 머리를 들어 방 안을 한번 휘둘러보았다. 단칸방 안에 흩어진 책들과 「대판매일신문(大阪每日新聞)」, 「동경조일신문(東京朝日新聞)」 장들밖에 없다. 그는 그래도 의심스러워서 저 혼자 불룩한 이불을 눌러도 보고 펼쳐진 데를 들쳐도 보았다. 그래도 영선은 못 찾았다. 자리에서 못 찾은 영순은 눈을 치떴다가 머리맡 담에 흰옷 입고 서 있는 영선을 찾

았다. 손을 내밀어 잡으려고 하니까, 흰옷 입고 서 있던 영선은, 자기가 영선이 감옥에 들어간 다음에 틀에 넣어서 걸어놓은 영선의 사진과 합하고 말았다. 머리맡에서 못 찾은 그는 아랫목 담을 쳐다보았다. 거기에서 영순은 두번째 영선을 찾았다. 그는 또 손을 내밀어 영선을 꼭 붙잡았다. 그러나 이번의 영선은 그가 감옥에 들어갈 때에 벗어 걸고 간 그의 속치마가 되고 말았다. 그의 붙잡은 것은 치맛자락이었다.

"응, 꿈이로군."

하면서 모로 돌아눕고 지난밤에 온 신문 한 장을 잡아당긴다.

이때에 바깥에서 방문 두드리는 소리가 들렸다.

"들어오오."

하는 소리에 문을 슬며시 열고 들어와서 앉는 사람은 은순이었다.

"인전 일어나 세수하세요."

아무 대답도 못하고 은순을 물끄레 바라만 보는 영순의 얼굴에는 부끄러운 빛이 벌겋게 돈다. 저 애가 문틈으로 내 꼴을 들여다보지나 않았을까, 이불을 들쳐보고 치마를 만져보고 하는 것을 보았으면 어떡하나, 야단났다. 속으로 중얼거리면서 문에 구멍 뚫어진 데나 없나 하고 머리를 들어 쳐다보았다. 요행 구멍은 없다.

"무얼 그러세요, 인전 일어나세요. 일어나 진지 잡수세요. 지금이 어느 때기 그냥 주무세요. 엊저녁에 늦게 주무셨어요?"

"몇 시니?"

"열 십니다, 열 시야요."

"거짓말."

"아이구 기맥혀라. 언제 오라버니더러 거짓한 일이 있어요?"

"잘못했다."

하면서 그는 책상 서랍을 빼고 영선의 가졌던 조그만 금 손목시계를 꺼내보았다. 아홉 시 반이 지났으니까 열 시라는 것도 그다지 엉터리없는 거짓말은 아니라고 하였다.

"그래도 제 말이 못 미더운가 봐요. 저게 큰 시계가 있는데 그것은 꺼내 무얼 해요?"

은순의 말에 그는 웃기만 하고 누웠다가 놓았던 시계를 다시 집어 줌 안에 꼭 쥐면서 말한다.

"시계라도 좀 보고 싶어서 꺼냈다."

은순은 무어라고 대답했으면 좋을는지 몰라서 웃기만 하고 있다가 얼른 생각이 난 듯이 말한다.

"참말, 오늘은 학교에 가셔야지요. 그러지 않아도 요새 오라버니 쉬기 잘하신다고 학생들이 불평이 많다는데요."

"누가 그러던?"

"그건 알아 무얼 하세요."

"어제 정식이 왔었니?"

"참말, 정식씨가 어제 오후 네 시쯤 와서 한참 기다리다가 갔대요."

"내가 광성학교 교사 노릇 하는 지가 오래지는 않았지만 그런 사람은 처음 보았다. 기어이 영어를 하고야 말겠더라, 그 사람은. 그 사람이 그러더니?"

"아니오, 그런데 영어를 가르쳐주시겠다고 했으면 좀 똑똑히 부지런히 가르쳐주시지 그게 무어야요."

"왜."

"그저께도 왔다가 그냥 가는데, 어떻게 불안한지."

"동정하는구나. 말이나 잘해 보냈니?"

"동정은, 깃이나요.[10] 그저 안 계시다고 했지요."

"너도 영어나 좀 배와야지."

영순은 혀를 차면서 이렇게 말했다.

"저 같은 게 영어는 배워 무얼 합니까?"

"또 그런 소리를 하니?"

"배우고는 싶어도 부끄러워 못 배워요."

"너는 그저 부끄럽대지. 그것 좀 고쳐라."

"그럼 오늘도 학교에 안 가세요?"

"오늘은 정말 갈 기운이 없다."

영순은 한숨을 한번 지면서 이렇게 말한다.

"에그, 나도 몰라요."

"너 좀 가서 나 몸 아파서 못 간다고 말 좀 해주려무나."

"아이구, 처녀가 어델 가서 무어라고 해요."

"너두 여태 멀었구나, 처녀는 사람 아니가?"

"저는 그런 구접스러운 데는 안 갑니다."

"무서워서 못 가지. 남학생들이 욱 달려들어 너를 뜯어먹을라."

"그따위 아이들은 우스워요."

"그게 무슨 소리냐? ……어제 찬미하던 은순이는 어데 갔니?"

"여기 있지요."

"참말?"

"그럼."

은순은 손과 머리를 한들한들 놀리면서, 까만 눈을 깜박깜박하면서 입속으로 어제 저녁 찬미를 부른다. 영순은 어젯밤 듣던 그 노래 그 인상이 생각나서 빙그레 웃으면서 은순의 얼굴을 바라본다.

"또 한 번 하렴."

"무얼요?"

"어제 그것 말이다."

"싫어요."

"애, 은순아."

"왜요."

"나는 참 너 아니면 못살겠다."

"왜요?"

"은순아, 너 오늘 할 게 있다. 나 위해서."

"무어요?"

"내 구두 버선하고 손수건하고 좀 빨아다고, 너의 형님 대신에."

"에그 망칙해라. 그게 형님의 직분인가요? 아이구 형님도 불쌍해라, 그런 일은 나는 싫어요."

"그럼 누가 해주겠니? 엇저녁에 시인이라구 칭찬을 해주었더니 하루 저녁 새에 교만해졌니?"

"글쎄 여자는 그런 것이나 하나요. 그게 여자의 직분인가요."

"그럼 직분이 무엇이냐. 직분론은 그만두고. 너 날 사랑하지?"

"오라버니 사랑하지요."

"나도 너를 사랑하지?"

"그건 오라버니가 말씀하지요."

"나는 참 너 아니면 못 살겠다…… 그런 터이니까 그것 좀 하면 어떠니? 너 아니면 누가 하겠니."

"형님이 안 계시니깐 그러시지요. 형님만 나오시면 밤낮 형님하고만 같이 계시고 저는 아주 잊어버리실 걸 무얼요. 저와는 이야기할 틈도 없는걸. 임시 대리는 싫어요."

"허는 소리가 또!"

"사실이지요."

"왜?"

"아이구 내가 정신없이 앉았었네. 저는 들어갑니다. 들어갈게 곧 일어나세요."

"그래 너의 형님 있을 때에 무슨 나무럽고 섭섭한 일이 있었니?"

"그야 물론 형님 계실 때야 형님하고 같이 지내시는 것이 재미있겠지요. 저는 방해물이나 되지요."

"왜?"

"아무래도 저보다 더 형님을 더 사랑하시지 않아요? 또 그것이 옳겠지요. 그러셔야지요."

"너의 형님도 사랑하지만 그만큼 너도 사랑하지. 그야 종류가 다를 뿐이지."

"참말이야요? 거짓말."

"내가 너더러 왜 거짓말을 하겠니."

"벌써 열 시가 지나서 열한 시나 될랍니다."

하면서 은순은 일어나서 문을 열고 나간다. 벌써 나가고 문을 닫친 것을,

"은순아, 은순아!"

불렀다. 은순은 문을 방싯 열고 들여다보고 웃으면서,

"왜 그리세요?"

"너는 이담에 시집가면 너의 HB[11]하고 나하고 누구를 더 사랑하겠니?"

"몰라요, 몰라요."

은순은 문을 덜컥 닫고 안으로 들어가고 말았다.

5

영순에게는 하루해를 어떻게 지낼 것이 한 난문제였다. 말하자면 그는 생활의 중심을 잃어버렸다. 그러므로 그는 무엇이든지 일 닥치는 대로 하고 생각나는 대로 한다. 하루 종일이라도, 나가고 싶지 아니하면 집 안에서 누워 굴거나 어린애들을 데리고 장난을 하면서 세월을 보내고, 밖에 나갔더라도 들어가기가 싫으면 별로 일도 없이 이리저리 돌아다니다가 늦게야 들어와서 집안사람에게 걱정을 시키는 일도 있다. 이렇게 충동적 생활을 하면서

도, 얼른 보면 무심하고 태평한 것 같아도, 은순이 '늘 낙관을 하시더니' 하리만큼 겉으로는 낙관을 하면서도 마음으로는 늘 무슨 보이지 아니하는 날카로운 것이 그의 영혼을 찌르는 것처럼 지근지근 아팠다.

그가 생활의 중심을 잃어버린 원인은 물론 신혼한 아내를 잃어버린 것이 그 한 가지다. 아내의 사랑은 그 개인의 생활을 지배할 뿐 아니라 사회적 생활까지 지배하였다. 그러나 그는 아내를 떠나서, 육적(肉的) 애정을 떠나서 사랑의 행복을 가지지 못하고, 마음으로 위안을 받고 장려함을 받는다 하더라도, 시원한 서신의 교통을 할 수 없는 감옥에 있는 아내에게서 받는 힘은 그의 생활을 붙잡아 나아가기에는 너무도 미약하였다. 다시 말하면 몹시 감정적이요, 육정적인 그는, 떠나 있어서 소위 정신적 사랑으로는 만족할 수 없을 뿐 아니라, 서로 떠나게 되면 두 사람의 애정 관계는 거의 공(空)이라고 할 만큼 직접 애정의, 육정의 즐김이 없이는 견딜 수 없었다. 그것은 그의 천성도 얼마큼 그러하거니와 그의 과거 십여 년의 기름 없고 쾌락 없고 마르고 썩은 나무 같은 생활로 인하여 마르고 썩었던 그의 영혼이 아직 완전하게 회춘할 여유가 없음이었다.

다음에 그가 요새 생활의 중심을 잃어버린 것은 이것이다. 사랑이라는 것 외의 내부 생활의 중심을 잃어버린 것이다. 그가 세상에서 살아 나갈 길이 희미해진 것이다. 그의 개성의 발전—인격의 발휘, 나아가서는 사회적 봉사의 방향을 잃어버린 것이다.

그의 현재의 직업이 전도자요 교회 학교의 교사인 것을 보면 그의 생활의 중심은 '하나님,' '그리스도'일 것이요, 그의 사회적 봉사의 방향은 예수교인, 학생일 것이다. 그러나 사실상 그의 내부적 생활을 보면, 기왕에는 하여(何如)하였든지 몇 달 이래로는 종교적 열정이 없고, 교인이나 학생에 대한 사랑이 적고, 비록 그것이 약하였으나 그의 오늘날까지의 생활의 중심에 대한 동경과 의식이 차차 차차 엷어진다. 어느새 엷어져서 매우 희미해졌다. 다시 말하면 그의 종교적 생활은 매우 불완전한 것이었다.

그러면 다른 방면으로 그의 마음을 지배하고 생활을 점령하는 무엇이 있느냐 하면 그것조차 있다고 할 수 없다…… 억지로 찾으면 그것은 예술이다. 예술적 천분은 그가 어렸을 때부터 자기 스스로 또는 그의 부형과 친구가 웬만큼 인정하는 것이었다. 그는 틈 있는 때에 붓을 잡으면 시도 좀 지어보고 감상문도 좀 지어보고 단편소설도 지어 본다. 그의 작품이 예술적 가치가 있느냐 없느냐는 둘째 문제요, 그는 시를 써보고 싶어서 쓰고, 소설을 쓰고 싶어 견딜 수 없어서 쓴다. 그는 무슨 시집이나 소설책을 손에 쥐면 미친 듯이 빙글빙글 웃고 책에다 키스를 하고 껑충껑충 뛴다. 교회에서도 장례식이 있으면 조문을 지어 오라 하고, 크리스마스 때면 아이들의 유희(드라마에 가까운)를 시키라고 하게 되면 웬만큼 성공을 한다. 교회 청년회에서 잡지를 발행하게 되면 그에게 편집인을 맡긴다.

그렇지만 아직은 예술이 그의 생활의 중심이라고 할 만큼 예술에 대한 열정과 충실한 태도가 없다. 그의 과거 반년 동안에(아니 일 년 동안의)—물론 그의 아내가 감옥에 들어갔다는 사정도 있지마는—문학서라고 읽은 것은 알츠이파세코의 『사닌』의 몇 페이지와 일본 아리시마 다케로〔有島武郞〕의 『선언』밖에 없고, 그의 작품이라고는 남산현교회 청년회 기관 잡지 『대동강』에 낸 「평양성을 바라보면서」라는 소설과 그가 동인으로 있는 조선에 하나밖에 없는 (서울서 하는) 순문예잡지 『창작』에 「오동준(吳東俊)」이라는 단편소설 한 개를 보내었을 뿐이다. 그것은 적막하던 문단에 주의(注意)감, 말거리가 되었고, 일부 사회에 말썽을 일으켰다.

창작사에서도 원고 보내라는 전보가 오고 그 밖에 몇 곳에서 원고 써달라는 부탁이 왔지만 그는 침착히 앉아서 붓을 잡을 수가 없어서 신문장이나 들여다보고, 갑갑하면 안에 들어가서 허튼소리나 지껄이고 은순이 데리고 산보나 하고 혹은 그에게 문예에 대한 강연도 해주고 장난으로 남녀 문제의 토론도 하고, 다시 갑갑하면 뛰어 나아가서 혼자서 대동강변으로 청류벽으로 모란봉으로 을밀대로 돌아오기도 하고, 사람 많이 모이는 K서점에도 가서 잠깐 앉아보고, 몇 사람 친구도 찾아가본다. 밤이면 광성학교에 가서 영어를 아홉 시까지 가르치고 돌아오면 자게 된다.

이날은 수요일이라 영어 야학은 없다. 회당에 가면 자기가 지도자가 되는 터인데, 회당에 가려고 하는 은순을 붙잡고 이야기하다가 시간이 지나서 그만두고 말았다. 이러하는 가운데도 마음은 편안치 못하였다. 말하면 그는 교회에도 충실치 못하고 예술(문예)에도 충실치 못하였다. 그런 고로 그는 요새 거의 무의식적으로, 습관적으로 이렇게 중얼거렸다.

"어떡하노…… 무엇이 될꼬."

이리하는 가운데 그는 머릿속에 늘 무서움과 불안이 있었다. 하나님을 떠난 것 같고 그의 버림을 받은 것 같아서. 일편으로는 문예에 충실한 태도를 가지고 나아가는 친구를 보면 속으로 부끄러운 생각이 늘 있었다. 그러나 겉으로 그는 교계에 가면 가장 진실한—시내 굴지의—종교가가 되고, 문예를 일삼는 친구 사이에 가면 또한 유수한 문사에 참예하였다. 말하면 그는 남을 속이고 또 스스로 속여왔다.

영순은 낮이면 학교에 가서 몇 시간 가르치기도 하고, 돌아오면 이럭저럭 시간을 보내고, 밤이면 영어를 가르치고 와서는, 안으로 들어가서 원시적 맛이 있는 부인네들과 단순한 이야기를 지껄여서 시간을 보내고 열한 시나 열두 시가 되면 자기 방에 나서 자곤 하였다. 한 사흘 동안은 감옥에도 가지 아니하였다.

사흘을 지나서 감옥에서 영선이 가출옥으로 오후에 출옥한다는 통지가 왔다.

영순은 몹시 기뻐서 아내의 입고 나올 옷을 자기가 친히 들고 인력거를 데리고 감옥에 가서 기다리다가 저녁 여섯 시에 감옥문을 나오는 아내를 맞아 왔다. 창백한 얼굴에 찬바람을 쐬어서 버얼건 얼굴을 볼 때에 그는 기쁘기도 슬프기도 하고 그저 가슴이 두근거리는 것이 어떤지 몰랐다.

그날 저녁에는 나이 팔십이 넘은 할머니로부터 젖 먹는 어린애까지 온 집안이 통틀어 나가서 발이 땅에 닿는 듯 마는 듯 기쁨으로 영선을 맞아 왔다.

그날 밤에는 그는 배고픈 줄도 모르고, 영선이 보러 오는 손님도 접대하고 거리에 나가서 영선이 먹을 자양품(滋養品)으로 약용 포도주, 우유, 계란 같은 것도 사 오고 하느라고 정신없이 지냈다.

영선이도 나와서 처음에는 그리던 남편과 온 가족을 만나 반갑고 기뻐서 긴장된 정신의 힘으로 앉아서 찾아온 사람들과 감옥에서 지낸 이야기도 하고 무엇을 좀 먹어도 보았지만 그날 밤부터는 감옥에서 들린 유행성 감기로 기침이 나고 호흡이 곤란하고 두통이 나서 앓기를 시작하였다.

잠깐 반짝하였던 영순의──온 집안의──마음에는 다시 검은 구름이 덮였다.

이때의 유행성 감기는 그 형세가 자못 맹렬하였다. 교회는 앓는 사람으로 출석이 반이나 감해지고 이 집 저 집서 그치지 아니하고 죽어 나간다. 하루에 공동묘지로 나가는 수가 평균 오십 인이 넘는다 한다. 그것이 꼭 젊은이요 그중에서도 젊은 부인이라 한다.

석 달 동안이나 먹지 못하고 감옥에서 누워 있던 영선이 그 병에 걸렸으니 어찌 위태하지 아니하며 걱정되지 아니하랴.

이튿날 기홀병원 C의사를 청해다가 진찰하니까, 벌써 폐렴이 되었다 한다. 그래 곧 동 병원에 입원을 시켰다. 그리고 영순은 하루에 두 번씩 (병원이 허(許)하는 대로, 오전 열 시로 열두 시까지, 오후 한 시로 네 시까지) 그를 방문해서 간호한다.

벌써 이틀이 지나도 차도가 없다.

6

영순은 아침에 일찍 깨어서 파인애플 한 통과 콘덴스 밀크 한 통과 배 세 알을 사 들고 달음박질로 기홀병원까지 단숨에 올라갔다.

원장실에 분홍 옷 입은 뚱뚱한 간호장을 힐끗 보면서 바로 층층대로 올라가서 삼층 일호 병실로 들어갔다. 침대에 누워서 영순의 들어오는 것을 보고 창백색 얼굴에 빙그레 웃음을 띠는 영선의 옆에 가서 힘없이 놓인 손을 잡으면서 지어서 웃음을 띠고 이렇게 물었다.

"좀 어떻소?"

영선은 얼른 대답을 못 하고 지즐지즐 터져서 허옇게 헤어진 입술을 움찔움찔하다가 가늘고 힘없는 목소리로 겨우 대답한다.

"거저 그래요."

"밤에 좀 잤어요?"

"자지 못했어요."

영순은 혀를 차면서 아무 말도 못 하고 영선의 여위고 하얀 얼굴을 들여다보았다. 영선의 두 눈에는 눈물이 핑 돈다.

"그러지 말어요."

하면서 얼굴에 덮인 머리카락을 치우고 머리를 짚어본다. 두 눈이 벌게지면서 눈물이 술술 흘러서 귀 옆으로 떨어진다. 그는 베

개 위에 놓였던 손수건을 쥐어서 흐르는 눈물을 씻어준다.

"다시 못 뵐 줄 알았어요."

"그게 무슨 소리요? 왜요?"

"어제 저녁에 열이 부쩍 올라서 혼났어요. 아주 정신 몰랐어요. 꼭 죽는 줄 알았어요. 그리고 밤에는 열은 좀 낮았지만 숨이 차고 기침이 몹시 나서 한잠도 못 자고 밤새껏 애를 썼어요. 에그, 밤도 길기도 해요."

"지금도 머리가 수태 덥구먼."

그는 기가 막혀서 멍하고 서서 듣다가 이렇게 말하고 돌아서서 병상 일기를 갖다 보고 깜짝 놀란다.

"아이구 열이 사십 도! 맥박이 구십오! 호흡이 팔십!"

"지금은 많이 나았어요."

"응 오늘 아침은 꽤 나았구먼. 그런데 웬일이오?"

병상 일기를 갖다 놓고 영선을 보고 말한다.

"어제 저녁에 밥을 조금 한 숟가락 먹었더니 그랬는가 봐요."

"저런! 그게 무슨 일이오?"

"간호원이 조금 먹어도 괜찮다고 하기 먹었더니……"

"간호원의 말을 들을 게요? 자기가 조심해야지."

"아무래도 살지 못할 것 같아요."

"왜요?"

"든든하던 사람도 자꾸 죽어 나가는데 나같이 약한 사람이 어떻게 살아요? 그리고 태중에 이 병이 걸리면 살지 못한대요."

"그건 누가 그럽디까. 죽는 사람이 죽지 아무나 죽는답디까. 나

듣는 데는 그런 소리 하지 말우. 내가 이렇게 간호를 하는데."

"용서하세요. 인젠 안 그러지요. 공연히……"

눈을 감고 가벼운 한숨을 내쉰다.

영순이 가지고 온 배를 깎고 있는데 금니하고 생긋생긋 웃기 잘하는 황간호원이 약을 가지고 들어와 또 생긋 웃으면서 인사한다.

"오셨습니까."

"신세 많이 집니다. 특별히 잘 보아주어서."

"아이구 천만의 말씀이올시다. 바빠서 당초에 마음대로 돼야지요. 그래도 오늘은 퍽 나아졌어요."

"잘 보아준 덕이외다."

영순은 속으로 웃으면서 '너 때문에 혼났다' 하면서 이렇게 말했다. 간호원이 약을 먹이고 곧 나가려고 하는 것을 불러서 콘덴스 밀크를 내주면서 뜯어서 더운물에 타다 주기를 부탁했다. 그리고 배를 쪼개서 연해 영순의 입에다 넣어준다.

"하나 잡수시지요. 저는 실과(實果) 하나 깎아서 대접은 못 하고 밤낮 앓는다, 감옥에 들어간다 해서 이렇게 걱정만 시키고 고생만 시켜서 어떡해요?"

"또 별걱정을 다 합니다. 어서 낫기나 하오."

"당신의 정성으로 낫겠지요."

"낫겠지요가 아니라 낫지요…… 춥지 않아요?"

"아니오."

"추우면 더 덮지요."

영순은 요를 만져보면서 이렇게 말한다.

"괜찮아요. 밤에는 더 덮어주어요."

손을 자리 속에 넣어 보고,

"다 식었구먼. 더운물을 넣어 오라지요."

"춥지 않아요. 그만 꺼내주세요."

"그럼 꺼냅시다."

하고 더운 통을 꺼내서 마룻바닥에 놓았다.

"날이 흐리지요?"

영선은 머리를 쳐들었다 놓으면서 이렇게 묻는다.

"에그 눈이 오기 시작하는걸."

영순은 바깥을 내다보고 대답한다.

"오실 때에 몹시 추웠지요."

"응— 좀 춥지만."

"내일은 그다지 일찍 오시지 마세요…… 지금 몇 시야요?"

"열한 시 반."

"참 시간도 빠르기도 하다."

"시간이 가노라면 나아서 퇴원하게 되겠지요."

"시간이 가노라면 죽을는지도 모르지요."

"그런 소리는 하지 말라는데 그래."

"그렇게 노하시지는 마세요."

"누가 노합니까."

두 사람 사이에는 잠깐 침묵이 있었다.

"이거 보세요."

"왜요."

"아까 오셔서 원장 만나보셨어요?"

"만나보지 못했어요. 바로 들어왔지요."

"바로 말씀하세요. 무어라고 해요?"

"내가 언제 당신더러 거짓말합디까?"

"글쎄, 혹 의사를 먼저 만나보셨을까 해서……"

"당신을 먼저 보지, 의사를 먼저 보고 있어요? 의사에게 물어보는 것보다도 내 눈으로 당신을 보는 게 낫지요."

"……"

영선은 속으로 '내가 잘못 말을 했군!' 하고 대답할 말이 없어 빙그레 웃으면서 영순의 얼굴을 물끄러미 바라보다가 갑자기 가슴이 답답해지고 숨이 차서, 흰 얼굴이 빨개지면서 몹시 기침을 짓는다. 한참이나 그치지 못하고 괴로워하는 것은 차마 볼 수 없었다.

영순은 처음에는 어쩔 줄을 몰라 우두커니 서 있다가 나중에는 한 손으로 그 어깨를 붙들고, 한 손으로 바른팔을 붙들고 있다가 겨우 생각이 난 듯이,

"좀 일어나봅시다."

하면서 붙들어 일으켰다. 일어나 앉은 후에 잠깐은 그치더니 이내 또 짓는다. 그는 겁이 나서 옆을 돌아보면서 가슴을 짚고 있다. 한참 있다가 겨우 기침을 진정하는 것을 보고 붙들어 뉘었다.

뉘어놓고 보니까 얼굴은 더 몹시 희어졌는데 빗방울 같은 땀이 이마에 귀밑에 눈 밑에 턱에 함빡 돋았고, 눈은 기운 없이 감고 있는데, 숨소리조차 낮아졌다. 영순은 겁이 덜컥 나서, 땀을 씻어

주면서 문 있는 편을 연해 바라본다. 행여나 간호부가 들어올까 하고. 간호부가 졸연히 들어오지 아니하니까 자기가 친히 진찰하기를 시작한다. 눈을 들여다보고 혀를 보고 맥박을 보았다.

영선은 번열증(煩熱症)[12]이 일어나서 덮었던 요를 차버리고 팔을 드러내놓는다. 간호부가 들어와서 병상 일기를 들고 나가려고 한다. 영순은 젖혀진 요를 덮으면서, 낮고도 힘 있고 근심스러운 목소리로 간호부더러 말한다.

"여보, 웬일인지 지금 갑자기 몹시 괴로워하고, 그러고 모양이 이상스러우니 바삐 원장을 좀 오시라고 해주시오."

간호원은 영순과 병인을 한번 힐끗 쳐다보고 아주 맛없는 예투(例套)[13]의 대답을 한다.

"네, 그 병은 그래요. 기침 그치면 숨차고 괴로워해요. 괜찮아요."

말을 채 마치지도 않고 나가는 간호원의 뒤를 영순은 눈을 흘겨보았다.

"괜찮아요, 걱정 마세요."

영선은 겨우 눈을 뜨고 입을 열어 말한다.

"아, 나는 혼났소."

영순은 겨우 안심을 한 듯이 이렇게 말했다. 이때에 아래층에서 종소리가 요란스럽게 들린다. 그것은 방문 시간이 다 지났다는 것이다.

"인전 가세요. 괜찮아요. 바쁘시면 오후에는 그만두시지요."

영순은 이 말에는 대답도 아니하고 벗어놓았던 외투와 모자를 들고 눈으로만 말을 하고 나왔다. 나오면서 속으로, 내가 먼저 가려고 하면 내 손을 잡으면서, "조금만 더 있다 가세요, 오 분만 더 있다 가세요…… 오후에 이내 오세요. 늦지 말고." 차라리 이렇게 말하면 좋겠구먼, 너무 정직해서…… 이런 생각을 하다가, 나 보지 아니하는 동안에 혼자서 죽으려나, 이런 원망까지 하였다. 사람이라니 정말 죽게 되면 영각적(靈覺的)으로 스스로 알게 되는 것이니까 모양이 다를 터인데, 나를 붙들고 못 가게 할 터인데, 그 다음다음은 이런 생각이 나서 좀 안심을 하면서 층층대를 내려왔다.

원장실 옆에서 간호원을 만나서, 원장 이야기는 그만두고 아까 부탁한 우유를 곧 더운물에 타다가 주어달라고 이르고 아래층 진찰실에 가서 K의사를 만났다. 만나서 영선의 모양을 이야기하고 한번 보아주기를 청했다. 이마에 반사경을 쓰고 무엇을 쓰고 있던 K의사는 얼른 일어나서 잠깐 앉아 기다리라고 하고 원장실로 올라갔다. 영순은 한 십오 분이나 기다렸다. 어쩐지 가슴이 활랑거렸다. 며칠 전에 감옥 뜰에서 하던 공상이 정말로 그대로 되는 것 같아서, '야단났군 어떡하노' 하였다. 사흘 만에 무덤을 한번 가보고 먼 데로, 밖으로 나가리라까지 또 생각하였다. 사방으로 돌아다니다가 얼마 만에 다시 평양으로 돌아오리라. 그때는 무엇을 보든지 영선의 생전의 일이 생각이 나리라. 무덤에도 몇 번 가보리라. 그러다가 차차 그 생각이 적어지고 엷어지다가 나중에는 거의 잊어버리리라 하다가 머리를 흔들면서, '야! 그럴 수가 있나. 그렇게 잊어.' 하였다. 어쨌든지 다시 혼인 말이 나리라, 그러면 누구? '아니 없어. 없어. 영선이 같은 사람은 없어.' 또 머리를 흔들었다.

의사의 책상을 의지하고 머엉하니 앉았는데 누가 와서 손을 가만히 잡았다. 그것은 K의사였다.

"말씀하기는 어렵지만 병이 매우 위태하십니다. 댁에 가셔서도 말씀하시고 할 수 있으면 오늘 밤에는 가시지 말고 병원에서 좀 지내시면 좋겠습니다."

"네."

영순은 간단한 말로 대답을 하고 집으로 내려와서 병이 좀 더하다는 말과 밤부터는 자기도 입원을 해서 병원에서 자겠다는 말을 하였다. 온 집안이, 점심 먹을 생각도 없이, 병원으로 뛰어 올라갔다. 모두 우두커니들 섰다가 오후 네 시가 된 다음에 다른 사람은 다 나간 후에 영순만 남았다. 영선을 끔찍이 사랑하는 모친은 아니 가려고 하는 것을 병원의 규칙이라고 여러 말로 간권(懇勸)을 해서 삼십 분만 더 있다가 나갔다.

7

겨울 해는 차차 저물어가고 종일 내려 쌓인 눈 위로 불어오는 찬바람은 점점 세어진다. 유리창으로 내다보이는 성 밖 길가에는 인적이 끊어지고 인가의 등불이 하나씩 둘씩 반짝거리기를 시작한다. 어슬어슬한 황혼에 싸여 있는, 파랗고 흰 눈 덮인 보통 벌에는 수만의 귀신들이 웅성거리고 쑤군거리고 훌쩍훌쩍 울고 있는 것 같다.

보통벌 저편 끝에서 빠알간 불이 하나 차차 차차 가까이 오다가 감옥 있는 뒤에까지 와서 갑자기 없어진다. 한참 있다가 다시 나타나더니 이번에는 분열 작용을 하였는지 여러 개가 되어서 왔다 갔다 한다. 좌악 널리 헤어졌다가 합했다가 헤어졌다가 한다. 영순은 그것을 재미있게 보고 있다가,

"저게 도깨비불인가."

혼잣소리로 중얼거렸다.

"무얼 그리세요. 날이 흐려요?"

영선이 머리를 약간 들썩하면서 말한다.

"흐린 모양이외다."

"눈이 그냥 와요?"

"눈은 멎었는데 바람이 붑니다."

"그런데 교회 일과 학교 일을 그만두세요?"

"누가 그럽디까."

"어쩌면 한마디 의논도 없이 사면(辭免)[14]을 하셨어요?"

"누가 그래요?"

영선은 갑자기 이와 같은 새삼스러운 문제를 꺼내가지고 두 마디를 겨우 하고는 또 숨이 차고 기침이 나서 말을 못 하고 말았다. 기침이 진정된 다음에도 두 눈에 눈물이 고이고 말은 아니한다. 한참 있다가 한숨을 한번 길게 쉬고 원망스러운 듯이 영순의 얼굴을 쳐다보면서,

“나 같은 사람한테 말해야 쓸데는 없겠지요마는 그래도 하여간에 말은 해주셔야지요. 그렇지만 저야 그와 같은 사상 문제 정신상 문제에 대한 해결에 도움이 될 힘이 있어야지요…… 그래두 제게는 의논 아니 하시드래도 하나님에게는 잘 의논하시지요. 교회 일이나 학교 일을 그만두시는 것은 상관없어도 교회를 떠나는 동시에 하나님과 예수를 떠나시게 될까 걱정스러워 그럽니다. 혼인할 때에 무어라고 하셨어요. 우리 일평생에 주를 배반하지 말도록 피차에 돕고 힘쓰자고 하시지 않았어요. 그리고 우리 가정의 주인은 예수께서 되시도록 하자고 안 그리셨어요? 그리고 둘이 같이 기도한 것 생각나시지 않아요? 저와 같이 부족한 사람은 당신을 떠나서 없어져도 상관없지마는, 하나님과 예수는 당신을 떠나서는 안 되겠습니다. 제가 혹 죽은 다음에라도 부디……”

영선은 사력을 다하여, 두간두간 쉬어가면서 여기까지 말하다가 말을 채 못 마치고 힘없이 눈을 감는다. 그리고 땀을 흠씬 내었다.

영순은 아무 말도 아니하고 듣다가 영선의 얼굴의 땀을 씻어주면서,

“몸 괴로운데 너무 말을 길게 해서 더 괴로운가 보외다그려. 용서하시오. 그새는 정신없이 지냈으니 언제 그런 말 할 틈이 있었소? 그런 생각은 했지만 아직 작정한 것은 아니오. 그렇지. 교회는 혹 떠나드래도 하나님이나 예수야 떠나겠소? 내가 예수를 떠나면 따라서 당신을 떠나게 되고, 당신을 떠나게 되면 하나님, 예수를 떠나게 됩니다. 염려 마시오. 나도 그동안에 이 문제로 번민

을 많이 하였소. 그러나 며칠 전에 나는 깨달은 바가 있으니 인제는 염려할 것 없소. 그리고 당신은 그런 약한 소리를 하지 말고 병이 나을 생각만 해주시오. 나아서 나의 정신생활의 도움이 되어주시오. 생명수가 되어주시오."

"네. 용서하세요, 용서하세요. 그런데 어떻게 깨달으셨어요?"

"나는 먼저 사람이 되어야 되겠소. 무엇보다도 먼저 진실하고 생명 있는 사람이 되어야 하겠소. 목사가 되는 것보다 교사가 되는 것보다도 먼저 거짓이 없는 사람이 되어야 하겠소. 생명 있는 사람이 되어야 하겠소. 우리 앞에도 이제 봄이 돌아오겠지요. 생명의 봄이 돌아오지요. 우리도 생명 있는 사람이 되어서 생명의 봄을 맞아서 참 신생활로 들어갑시다."

영선의 얼굴에는 차차 웃음이 떠오르더니 힘없고 가는 목소리로 말한다.

"고맙습니다. 하나님의 은혜 감사합니다. 아멘."

눈을 떠서 영순을 바라보고 다시 말을 이어,

"생명 있는 새사람이 되셔서 부디 조선 사람을 위하여 무엇이든지 유익한 일을 많이 하시고 오세요. 제 대신까지 해주세요."

"하지요. 일하지요. 할 수 있으면 온 인류를 위해서 무엇이나 하지요."

"인제는 저는 죽어도 한이 없겠어요."

이때에 간호부가 미음을 가지고 들어온다. 영선의 어깨 옆에 놓고 스푼으로 떠 넣으려고 하는 것을 영순이 가까이 달려들면서,

"두어두고 나가시오. 내 먹일 터이니."
하였다.

"그러면 체온이나 보고 가겠습니다."

간호부가 체온을 보고 깜짝 놀라면서,

"열이 퍽 올랐는데요. 환자와 길게 말씀하시면 안 되어요!"

간호부는 필경 들어오면서 영선의 마지막 말을 들은 모양이다. 영순은 속으로 후회는 하면서도 간호부가 그런 말 하는 것이 아니꼬운 듯이 딴말을 한다.

"미음은 잘 먹지를 않으니 우유를 타다 주시오."

"네."

간호부는 나갔다. 영순은 얼른 생각이 난 듯이 영선에게 묻는다.

"참 아까 우유 가져옵디까?"

"아니오."

"하는 수가 없군."
하면서 영순이 미음을 두어 번 떠 넣으니까 영선은 머리를 흔든다. 그는 스푼을 놓고,

"그럼 인전 가만히 누워서 잠을 좀 드시오."

"정신이 똑똑한 것이 잠이 들 것 같지가 않어요. 무슨 재미있는 이야기나 해주세요."

"이제는 너무 이야기를 다 해서 할 이야기가 있어야지요. 처음 혼인했을 때에 밤마다 이야기하라구 야단해서 위고의 『레미제라블』을 하룻밤에 끝내고 셰익스피어의 『햄릿』 『머천트 오브 베니스』, 톨스토이의 『부활』, 『산 죽음』을 매일 밤 하나씩 하노라니까

열흘도 못 되어 바닥이 드러나고 말었지요."

"그때는 참 재미있었어요. 그때는 마음이 쑥쑥 자라나는 것 같았어요."

"지낸 이야기나 하리다. 우리가 처음 혼인을 한 뒤에 여러 날 잠을 잘 못 자서 졸음이 몹시 왔던 모양이야요. 하루 저녁은 누워서 이야기를 하다가 그냥 잠이 듭디다그려. 그래 나는 가만히 나와서 목욕을 가면서, 지금 잠이 들었으니 아이를 들어가지 못하게 하고 깨우지 말라고 어머니보고 부탁하고 갔다 오니까 깜깜한데 불도 아니 켜고 그냥 자다가 내가 들어와 껴안으니까 깜짝 놀라던 생각나요?"

"정말! 그때는 어떻게 부끄러운지요."

간호부가 김나는 우유를 가져다 놓고 나간다. 영순은 자기가 한 번 떠먹어보고 조금씩 조금씩 영선의 입에 떠 넣는다. 영선은 한참 받아먹다가 손을 들어 그만두라는 뜻을 표한다. 그리고 영순을 바라보면서 말한다.

"인전 주무시지요."

"내 걱정은 말고 당신이나 잠을 좀 드시오."

"싫어요. 주무셔야 저도 자요."

"에— 그 그럼 자지요."

하면서 옆에 있는 백(白) 침대 위에 올라가 누웠다. 누워서도 영선의 얼굴만 바라보고 있다. 영선은 이마를 찌푸리고 눈을 감더니 잠을 좀 드는 모양이다.

영순은 외성(外城)으로부터 고요한 밤공기에 울려오는 기적 소리를 들으면서 가만히 누워 있다가 영선의 숨소리가 한참씩 간극이 있다가 나면서, 차차 높아지는 것을 보고 도로 내려가서 영선의 침대 옆에 있는 의자에 앉아서 그의 여윈 손목을 한 손으로 잡고 한 손으로 맥박을 보았다. 맥박이 한참씩 있다가 높이 뛴다.

이때에 주린 이리 떼가 울면서 달아나는 것처럼 무서운 소리를 내면서 눈포래하는 된바람이 갑자기 불어와서 유리창을 덜거덕덜거덕 몹시 흔든다. 영순은 깜짝 놀라서 몸을 떨었다. 영선도 그 소리에 놀랐는지 깜짝 눈을 뜨더니 후 하면서 이불을 젖힌다. 그리고 흩어진 머리를 흔들면서 아이구— 하고 괴로운 부르짖음을 발한다.

"몇 시야요?"

영순은 영선의 베개 밑에 놓였던 시계를 집어 보니까 돌아가지를 아니한다. 그래 무심중 '시계가 죽었네!' 하였다.

"아, 주인이 죽게 되니까 시계도…… 아, 꿈도 이상도 해라."

"그런 미신의 소리는 하지 말우. 꿈은 또 무슨 꿈?"

"아니 세상에는 뜻 없는 일이 없지요. 다 하나님의……"

"무슨 꿈이오?"

영순은 속이 타고 화가 나서 묻는다.

"아아, 아버지가! 아버지가! 없는 아버지가! 자꾸 나를 잡아끌어요!"

"……"

침묵이 있을 뿐.

영선의 숨소리만 점점 높아간다. 영선은 영순의 두 손을 꼭 잡고 있다.

"이렇게 당신이 옆에 계시면 맘이 편안해요. 죽어도 한이 없어요."

영순은 머리만 꺼득꺼득하고 아무 말도 못한다.

"이제 새벽에는 낫지요."

"새벽! 새벽!…… 오 주여! 주여!"

침묵.

이때에 어느새 날이 개었는지 달빛이 환하게 유리창으로 들이비쳐서 영선의 얼굴에 비친다. 영선은 충동적으로 빙그레 웃고 얼굴에 환한 광채가 난다.

8

영선은 그 후 닷새를 지나서 퇴원하였다.

영선이 나아서 퇴원하게 된 것은 꼭 천운이었다. 영선 자신의 말을 빌려 말하면 '온전히 하나님의 뜻이었다.' '하나님의 은혜이었다.' 영순도 그렇게 생각한다. 영선이 퇴원할 때에 영순은 간호부들에게, 전도부인에게, "복 많이 받았습니다," "특별한 은혜를 받으셨습니다" 하는 인사를 많이 받았다.

이렇게 생각하는 것이 과연 마땅하다. 유행성 감기로 입원하는 사람이 너무 많아서 영선은 일등실에를 들어가지 못하고 보통실에 들어가기 때문에 나중에는 한방의 다른 사람도 같은 병으로 입원한 사람이 많았다. 처음에는 어떤 전도사의 부인이 그 딸의 병으로 입원하였다가 사흘 만에 죽은 아이를 데리고 나갔다. 그 다음에 어떤 모녀 두 사람이 병은 다 나은 것을 한 양생[15] 거리로 들어와 있다가 무사히 나가고, 그 후에 어떤 젊은 부인이 여덟 살 난 아들을 데리고 둘이 인플루엔자로 입원하였다가 이틀 만에 아들을 두어두고 죽어 나갔다. 그는 바로 영선의 누운 침대 옆에 있었다. 영선은 그가 마지막에 "아이 죽겠소. 아이 죽겠소" 야단하는 것과 군소리하고 헛손질하는 것과 벌거벗은 몸으로 뛰어나가는 것을 보았다. 숨이 차차 차차 높아가다가 최후의 괴로운 부르짖음을 발하고 차차 숨소리가 낮아지다가 종내 목숨이 끊어지는 것을 바로 두어 자 사이에 두고 보았다. 아니 보려고 힘썼지만 아니 볼 수가 없었었다.

죽은 다음에도 병풍을 둘러막고 한 시간이나 있다가 내갔다. 영순이 올라가기는 그 주검을 내간 다음이었다. 주검을 들어 내간 다음에도 그 자리는 그냥 절반을 덮어서 그대로 침대 위에 놓아두었다. 영순은 그것조차 보기가 싫어서 어서 내가라고 여러 번 간호부더러 재촉하였지만 분주한 간호부는 그것을 내갈 틈이 없고 웃기만 하면서 왔다 갔다 한다.

영순은 그것이 너무 이상스러워서 몇 날 전에 갓 들어온 장간호원에게, 사람 죽는 것을 그렇게 보아도 무섭지 아니하냐고 물어보았다.

"늘 보니깐 아무렇지도 않아요. 아까 그이도 제가 눈 감기고 옷

입혔어요. 요새 하루에 세 사람씩은 흔히 죽어 나가는데요."

장은 이렇게 가볍게 대답하였다.

간호부도 다 나가고 사람 죽은 뒤의 수선거림도 그치고, 죽어 나간 여인의 아들애는 잠들어 있고, 누운 영선과 그 옆에 선 영순 두 사람밖에 없는 병실은 도로 고요해졌다.

영선은 병이 다 나아서 매우 기운이 났다. 사흘 전부터 열은 다 낮아지고 지난밤부터 죽을 먹게 되고 호흡 곤란도 거의 나았다. 의사의 말이 어쨌든 살아났다고 한다.

영순은 아내의 따뜻한 손을 잡고 웃으면서 말하였다.

"고맙소이다. 살아나주니."

"참말 꼭 하나님이 살려주셨어요. 그리고 당신의 정성으로 나았어요."

이렇게 말하면서 영선은 남편의 얼굴을 바라보고, 한 손으로 그의 손등을 스을슬 쓸었다. 두 사람은 기쁜 얼굴로 서로 바라보고 있었다.

영순은 과연 정성을 다해서 간호하였다. 다른 모든 일을 다 제쳐놓고 꼭 병원에 가 있어서 한편으로 음식을 극히 엄밀히 주의하고 그리고 의사들에게 자주 물어보아서 약을 쓰게 하고, 한편으로 늘 우스운 이야기만 해서 그의 마음을 위로하고 집안사람이 와서 아내의 병에 관한 말이나 집안 걱정을 이야기하게 되면 질색을 하였다. 밤에 집에 가서 혼자 있을 때에는 아내를 위하여 지성으로 기도하였다. 그리고 언제든지 병원에 올라갈 때는 아내의 머리를 덮어주기 위하여 손을 포켓에 넣지 아니하고, 잘라지는 듯이 시리고 아린 것을 참으면서 드러내놓고 얼려가지고 가곤 하였다.

입원한 지 사흘째 되는 밤에 몹시 위태해서 영순은 속으로 퍽 걱정을 하였지만, 결단코 죽지 아니하리라는 자신을 가지고, 태연히 간호하였다. 영순의 말과 같이 이튿날 새벽부터는 차차 열이 내리고 호흡도 순해져서 적이 안심을 하였다. 그 후로는 나날이 열이 내리고 (조금씩 올라간 일은 있지만) 기침도 차차 나아졌다.

영순은 아내의 손에서 따뜻한 온기가 자기 손으로 건너와서 온몸으로 퍼지고, 뛰노는 맥박의 파동이 건너와서 자기의 심장으로 들어가 부딪쳐 반응이 되는 것을 깨달았다. 그리고 양편 혈맥이 연결이 되어 전신을 돌고 양편 심장이 서로 조율을 마쳐서 쉬지 아니하고 뛸 때에, 새로운 생명을 노래하는 듯한 어떤 미스티컬한 곡조의 합주를 들었다. 영선과 눈만 서로 마주 보고, 무아몽중(無我夢中)의 상태로 서 있을 때에 그는 영(靈)의 교통을 깨달았다. 영의 융합! 생명의 합체! 그는 이것을 확실히 경험하였다.

'사랑의 흐름이다. 사랑의 결정이다. 사랑의 신비성이 이것이다.'

영순은 혼자 속으로 중얼거렸다. 두 사람은 그냥 아무 말 없이 사랑의 심연 가운데 잠겨서 서로 바라만 보고 있다.

영순에게서는 모든 것이 다 스러졌다. 세상도 스러지고 자기 자신도 잊어버리고, 오직 연해 흘러 돌아가는 맑은 사랑의 흐름과 그 밑에 영롱한 사랑의 결정을 의식할 뿐이요, 한 개 새로운 생명이 노래하며 춤추는 것을 볼 뿐이다. 그는 어디서 나오는지 알 수 없는 수정보다 더 맑은 물이 좔좔 흐르는 앞에서, 백옥루의 선녀 같이 끝없이 예쁜 처녀가 분홍 장미꽃 같은 몸이 비쳐 보이는 잠자리 날개 같은 옷을 입고 춤을 추는 것을 한참 보았다. 그 소녀는 혹 영선 같기도 하여 보이고 자기 같기도 하여 보였다.

이윽고 영선이 빙긋이 웃는다. 영순도 빙긋이 웃었다. 영선의 손목의 맥박이 훌떡훌떡 뛴다.

"살았다."

그는 속으로 중얼거렸다.

"죽을 뻔했다가 살아났다."

또 이렇게 중얼거렸다.

"죽었다!"

이런 말이 들렸다. 자기 입에서 나왔는지 어디서 왔는지 모르지만 어쨌든지 몹시 날카롭고 가늘고 무섭고 슬픈 소리였다. 어느새 아리따운 소녀의 춤추는 무대는 깜깜해지고 말았다.

"한 사람은 죽었다."

분명히 자기 뒤에서 들렸다.

"한 사람은 살았다."

이것은 앞에서 들렸다.

"죽었다!"

뒤에서 들렸다.

"살았다!"

앞에서 들렸다.

"남은— 죽었다."

뒤에서 또 들렸다.

"아내는— 살았다."

앞에서 또 들렸다.

잠깐 있다가,

"죽는 사람은 죽었고 사는 사람은 살았다."

이것은 머리 위에서 들리는 듯하였다.

"한 사람은 살고 한 사람은 죽었다."

어디서 또 들렸다.

맑은 사랑의 흐름, 아름다운 새 목숨의 춤춤은 다시 보이지 아니하고 깜깜한 가운데서 이런 소리만 들린다. 돌부처처럼 얼빠진 듯이 서 있는 영순은 가만히 머리를 돌려 뒤를 돌아보았다. 덮어 놓은 자리밖에 아무것도 없다. 자리의 한편 끝에, 죽은 사람이 토한 듯한 얼룩이 보인다. 영순은 이맛살을 찌푸리면서 얼굴을 돌렸다.

"무섭지 않어요?"

영순은 얼른 웃는 낯으로 아내에게 말했다.

"무섭긴요. 무섭지 않어요."

영선은 무심히 대답한다.

"오늘 저녁에 혼자 지내겠소?"

"글쎄요……"

"오늘로 퇴원하지요, 그만."

"괜치 않을까요."

"그—럼."

영순은 웃으면서 이렇게 대답했다. 영선도 웃었다. 잠깐 침묵이 있었다.

9

"죽었다!"

또 들렸다.

영순은 깜짝 놀랐다. 영선도 놀라는 듯했다. 몇 시간 전에, 바로 옆 침대에서, 끔찍이 사랑받던 남편과 끔찍이 사랑하는 외아들을 내놓고 죽어 나간 여인의 원혼이 아직도 차마 가지 못하고 자기가 누웠던 침대 위에, 자기 아들이 잠들어 있는 침대 옆에 떠돌고 있지 아니한가. 하고 영순은 마침내 생각하였다. 저편에 누워 있는 어머니 잃은 어린애의 높은 숨소리가 들린다. 영순은 아내의 침대 옆에 있는 궤짝 속에서 땅땅 언 귤을 두어 개 꺼내서 껍데기를 벗기면서 말한다.

"참 이상합니다……"

"……"

영선은 그다음 말을 기다리고 있다.

"어떤 사람은 살고 어떤 사람은 죽고! 한방에서, 같은 병으로, 자리를 가지런히 하고 누웠다가?"

"그러시니 말이오, 참 이상해요. 암만해도 하나님의 섭리가 있는 것이 분명해요. 영어로 프로비던스[16]라나? 우리야 알 수 없지요. 세상 사람은 그저 운명이라고 하지만 저는 프로비던스라고 생각합니다."

영순은 맑지 못한 얼굴로 머리만 끄덕끄덕하였다.

"그렇지만 당신은 살아야 하고 그 사람은 죽어야 할 무슨 까닭이 있을까요?"

"그러기 하나님의 뜻이니까 우리야 알 수 있어요? 아무러나, 저는 하나님의 은혜로, 당신의 사랑으로 살아났어요. 저는 당신을 위해서 살아나야 해요."

영선은 마지막 말을 힘 있게 했다.

"나를 위해서…… 고맙소이다."

이렇게 말하고 영선의 손목을 꼭 쥐었다.

"그런데 원 사람이 그렇게 쉽게 죽을까요! 물거품 스러지듯이, 바람에 촛불 꺼지듯이? 알 수 없는 것은 사람의 죽음이야요."

"그러기 이상하단 말이오. 알 수 없단 말이오."

"글쎄 아까 열 시쯤 간호부가 우유를 갖다 먹여주니까, 몇 숟가락 받아먹더니 자기는 이젠 안 먹겠노라고 대구 저의 아들을 먹여달라고 그러던 이가 고새 죽었어요. 그 우유를 마지막 먹고, 아들 생각도 마지막 했어요."

"죽으면서도 그렇게 아들 생각을 했구먼. (머리를 끄덕끄덕하면서) 흥 아주 죽을 줄이야 몰랐지. 사람이란 그렇게 살려고 하는 욕심이 두텁구려. 그렇게 쉽게 죽는 것을……"

영순은 이렇게 말했다.

"그런데 저 어린애가 참 불쌍해요. 제 몸이 아파서 그런지 어쩐

일인지 가만있어요. 저이 어머니 죽을 때에도 죽어서 내갈 때에도 번번 바라만 보고 울지도 않어요. 어떻게 불쌍한지 모르겠어요."

영선은 동정의 눈물이 스르르 돌면서 말한다.

"흥 모르니깐 그렇지요. 철없어서 죽음이 무엇인지 모르니까. 그 애가 죽음이란 영원히 떠나는 것인 줄을 알았으면 좀 설워했겠소? 아, 우리도 언제 죽을지 모르지, 누가 먼저 죽을는지도 모르고."

영순은 느낌이 극하여 이렇게 소연히 말했다.

"그런 말씀은 하시지 마세요. 어쨌든 저는 인제 살았으니 이 목숨을 당신을 위해 바치겠어요. 그리고 우리가 하나님의 은혜를 이만큼 받았으니, 잠깐 가는 세상에 우리도 언제 죽을지 모르는데, 그새에 우리 불쌍한 동포를 위해 우리 조국을 위해 무엇이든지 힘써 일하십시다. 저는 아무것도 모르고 부족하지만 이 몸에 피가 돌 동안, 이 몸에 온기가 있을 동안은 당신의 뜻을 따라 당신을 도우려고 합니다."

영선의 이 말은 그 생명을 쥐어짜서 하는 듯한 간절한 진정의 말이었다. 그 목소리에는 이상한 울음이 섞였다.

"네 고맙소 고맙소. 나는 세상에 나서 평생 이런 말을 처음 들었소. 염려 마시오, 일하지요, 일합시다. 나라는 인물이 할 수 있는 것이면 무엇이든지 하지요. 당신은 부디부디 오래 살아 주시오. 세상이 아무리 괴롭더라도 인생이 아무리 믿을 수 없더라도 당신이 내 길동무가 되었으니 나는 아무 걱정 없소. 마음이 든든합니다. 오— 당신은 과연 내 생명이오."

"당신이 제 생명이지요."

영순은 문득 아내의 등 뒤로 손을 넣어 그러안고 키스를 하고
여위고 해쓱한 빰에 자기 빰을 갖다 대었다. 두 사람은 그러고 아
무 말도 없이 한참 있었다.

"따뜻해요. 좋아요. 참말 밤인지 낮인지, 겨울인지 여름인지 모
르겠어요."

영선은 남편의 등에 한 팔을 올려놓으면서 이렇게 말했다.

눈을 감고 있는 영순의 앞에는 아까 어두워졌던 무대가 어느새
다시 환하게 열리고, 스러졌던 아리따운 소녀가 다시 나타나서
춤을 춘다. 춤을 출 뿐 아니라 꿈에 들리는 한, 깊은 삼림 속에서
가늘고 희미하게 들리는 듯한 노래를 들었다. 아까는 소녀 혼자
만 있는 것 같더니 자세히 보니까 어여쁜 홍의(紅衣) 소년으로 더
불어 같이 춤을 춘다. 붙잡았다 떨어졌다, 합했다 헤어졌다, 멀리
갔다가는 달려와서 서로 엉기어 빙글빙글 돌면서 연해 춤을 춘
다. 소년은 굵고 낮은 목소리로, 소녀는 가늘고 높은 목소리로 합
창을 한다.

어지러운 세상에서 맑은 사랑 솟아나서
끝이 없이 흘러간다 불로초는 꽃이 피고
아름다운 두 목숨의 생명샘이 넘치노라
주의 은혜 기리면서 길이길이 살고지고

영순은 참지 못하여 아내의 어깨를 툭 치면서 말한다.

"여보 머 노래 듣소? 머 댄스를 보오?"

"꿈꾸셨어요, 그새? 저도 가만있노라니깐 무슨 좋은 노래가 희미하게 들리는 것 같애요."

영선은 웃으면서 이렇게 말했다.

"두 사람의 심령이 사랑으로 합할 때에 노래가 생겼나 보이다."

"어떤 노래가 들렸어요."

"당신도 들었다면서, 무슨 노래를 들었어요?"

"들으신 노래를 먼저 말씀하세요."

"어지러운 세상에서 솟아나온 두 목숨의 맑은 사랑 솟아나서 끝이 없이 흘러간다. 그담엔, 불로초는 꽃이 피고 생명 샘이 넘치노라. 주의 은혜 기리면서 길이길이 노래하세."

"썩 좋은데요."

문 두드리는 소리에 두 사람의 말은 그쳤다. 간호부가 들어와서 가운데 있던 사람 죽은 침대를 고치고 새 자리를 꾸민다. 그리고 새 환자를 갖다 누인다. 새로 온 사람도 젊은 부인이다. 그야 몇 시간 전에 사람이 죽어 나간 줄을 어찌 알랴. 같은 침대의 먼저 오고 다음에 온 두 사람의 운명은 신 외에는 모를 것이다. 그 사람도 같이 죽을는지 그 사람은 살는지 영순이나 영선은 알 바도 아니요 관계할 바도 아니다.

그러나 영선이 원장의 말대로 다음 날 퇴원하려면 하룻밤을 지나야 할 터인데, 혼자 지내려면 좀 재미없을 것을, 사람이 들어왔으니 그것만이 다행이라고 생각하였다.

그러는 동안에 영선의 형님과, 모친과 은순이가 올라왔다. 영순은 먼저 내려왔다. 그는 병원 출입문을 나서서 층층대를 내려오면서, 병원 담장을 돌아가면서, 아내의 소생한 것이 신묘하고 다행스러운 기쁨을 느끼면서도, '죽음'이란 더욱 신기하고 알 수 없는 문제를 아니 생각할 수 없었다.

사람의 생명이 과연, 창망한 바닷가의 적은 물거품이 지극히 작은 소리를 내면서 터져서 스러지는 듯하는 것인가. 아— 끝없는 공간과 한없는 시간 사이의 사람의 생명이! 바람에 흔들리는 작은 불꽃이 점점 엷어지다가 그만 깜박 꺼져버리고 마는 셈이로구나! 사람의 생명이 이렇게 넋이 없이 스러진다 하면 사람이야말로 참 가련한 것이 아닌가.

그런데 사람이 죽으면 어떻게 되는고. 살과 뼈는 변해서 도로 물과 흙이 되겠지. 청년 남녀가 사랑에 취하고 미쳐서 서로 안고 뜨거운 키스를 하던 그 입술도, 몹시 뛰놀던 그 심장도, 반가움에 반짝이고 설움에 붉어지며 눈물 내며 남모르게 정 깊고 뜻 많은 말을 하던 그 눈도 마침내는 스러져서 물이 되고 흙이 되겠지! 주먹으로 강도상을 두드리며 발로 강단을 구르며 죄악을 저주하고 정의 인도를 부르짖던 P목사도 이제는 공동묘지에서 슬금슬금 썩기를 시작하겠지. 몇 십 년 지나면 흔적도 없어지겠지, 나도 언제든지 장차는 그렇게 썩어지겠지. 사랑하는 영선도, 은순도……아아, 그것이 인생의 최종일까? 그러면 사람의 정신은, 그 아름다운 마음은, 울고 웃고 성내며 반기던 마음은, 영혼은 어떻게 될까. 연기같이 사방으로 흩어지나. 하늘 공중으로 둥둥 떠올라가서 어디 한곳에 가서 평안히 쉬는가. 죄를 많이 지은 놈은 지옥이라는 데로 가나? 지옥이란 데는 『신곡』에 있는 것같이 온갖 무서운 괴물이 횡행하고 불비가 내리고 비린내 나는 피의 강물이 흘러가는 델까…… 모르겠다.

어떤 사람은 살고 어떤 사람은 죽는고. 그 젊은 여인은 어떻게 먼저 죽었는고, 그것이 '운명'인가 잘못해 죽었나 어쨌든지 그 사람은 죽었다, 아들을 두고.

그는 문득 청년 루터를 생각하였다. 어떤 날 자기 친구와 그칠 줄 모르는 이야기를 재미있게 하면서 들로 거닐어 가다가, 별안간에 요란한 벽력 소리가 나자마자, 당장 어깨를 겯고 이야기하며 같이 가던 그 친구가 금시에 넘어져 죽는 것을 자기 눈으로 보고 '아, 이게 웬일이냐, 사람이 이렇게 종잇장 살라지듯이 죽는단 말이냐' 하고 몹시 놀라고, 이 캄캄하고 무서운 '죽음'이란 문제, 알 수 없는 신비적 대문제로 한없이 초민(焦悶)하다가 곧 수도원으로 들어간 것을 생각하였다. 그리고 자기도 그만 수도원으로 들어가고 싶은 생각도 났다.

그리고 루터가 수도원에 들어간 다음에도 갖은 고생을 다 지내면서 오래 애를 쓰다가 어떤 선생의 도움으로 마침내 과연 제월광풍(霽月光風)[17]이랄 만하게 소위 대오철저(大悟徹底)하여 리뎀프션[18]을 경험하고, 만인에게 그 경험을 전하고 그 진리를 더 가르친 것을 생각하였다. 그리고 그의 위대한 인격과, 위대한 혁명적 사업을 연상하였다. 그는 그러한 경건 종교적 경험의 심오하고 숭고하고 귀한 것을 새삼스럽게 깊이 느꼈다. 그리고 루터를 높이 우러러보았다. 그리고 자기가 몹시 보잘것없고 작은 것을 불쌍히 여겼다.

그는 서양 선교사 주택의 담장 사이를 돌아서 남산현(南山峴) 예배당 대문 앞에 나섰다. 멀리 눈앞에, 다 한 빛으로 덮어 놓은 굽이굽이 뻗쳐 있는 대동강과, 그 건너 망망한 벌판과, 파랗고 희고 강하고도 세미한 곡선을 나타낸 매수봉(玫繡峯)의 봉우리 봉우리는 우윳빛같이 뽀얀 석양의 추운 아지랑이에 싸였는데, 구름 사이로 싸여서 쏘아 내려오는 붉은빛을 반사하여, 무어라고 형용할 수 없는 진실로 아름다운 색채를 이루었다. 이 지극히 장엄하고 지극히 미려한 석양의 설경을 내다볼 때에 그는 문득 가슴이 시원하고 정신이 깨끗함을 깨달았다. 그는 발을 멈추고 우뚝 서서 한참이나 얼빠진 듯이 바라보고 있다가 숨을 후— 내쉬면서 혼자 중얼거렸다.

"아, 좋다. 언제 보든지 좋다."

그는 과연, 언제 보든지 몹시도 아름다운 그 자연미에 견딜 수 없는 동경과 애착을 느껴 한참이나 엑스터시(황홀 상태) 가운데 들어갔었다. 그리고 그 순간의 필링[19]을, 그 자연을 어떻게든지 자기 손으로 표현하고 싶은 극히 강한 무럭무럭 일어나는 예술적 충동을 깨닫고 따라서 전신의 피가 한번 새로 뒤끓어 돌아가는 듯한 힘과, 참 예술가가 홀로 맛볼 것 같은 기쁨과 만족을 느꼈다.

이윽고 그는 또한 공연히 알 수 없는 기쁜 한숨을 지으면서 천천히 걷기를 시작하였다. 성중(城中)의 이곳저곳에서는 저녁 짓는 연기가 가늘게 올라간다.

10

이튿날 오후.

"이번에는 정말 살아오누나!"

영선이 병원에서 내려와서, 인력거에서 내려서 양피(羊皮) 갓 저고리를 입고 목테를 두르고 수건을 푹 쓰고 웃으면서 대문 안으로 들어설 때에, 누가 안에서 이렇게 소리 지르면서 문을 열었다. 아이들이, 언니! 작은어머니! 하면서 달려들었다. 영선은 그중 어린 조카의 손을 잡고 큰방으로 들어갔다. 병원으로 갔다가 뒤로 따라온 영순과 은순도 들어왔다.

영선은 아랫목에 눕고 영순은 그 옆에 앉고, 온 집안이 둘러앉았다. 영선의 친구도 몇 사람 오고 전도 부인과 동네 노친네들도 왔다. 전도 부인의 인도로 감사의 기도가 끝났다. 끝난 뒤에는 잡담으로 들어갔다. 장국밥이 들어왔다. 손님도 대접하고 주인들도 먹고 영선도 일어나서 땀을 흘리면서 좀 먹었다.

"아직도 단단히 조심해야 됩니다."

이렇게 주의해주고 나가는 전도 부인의 뒤를 따라서 손님들은 다 갔다.

"참 이 댁에서 은혜 많이 받으셨습니다."

전도 부인은 잊어버렸던 듯이 또 한 번 이렇게 말하면서 대문을 나선다.

영순은 아내와 은순과 남아 있던 그의 친구 S와 같이 건넌방으로 갔다. 오늘은 영선이 퇴원하겠다고 특별히 불을 많이 때고 방을 깨끗이 치우고 잘 단장을 하여놓았다.

영선은 깔아두었던 자리에 눕고 세 사람은 물러앉았다. 은순과 S는 책상 위에 놓였던 귤을 까면서 영선을 권하다가 한편 모퉁이 잠잠하고 앉아 있는 영순을 바라보았다. 빙글빙글 웃는 것을 보고, S가 말한다.

"기쁘시지요?"

"글쎄요."

영순은 웃으면서 이렇게 대답하였다.

"글쎄요가 무엇입니까. 잔치나 한번 굉장히 하셔야 됩니다. (영선을 보고) 네! 형님 그렇지 않아요?"

S는 다시 말했다.

"그렇지 않아도 이번에 형님이 퇴원하시면 잔치를 하신다고 그러셨는데."

은순은 옆에서 응원을 했다.

"너까지 그러니? 너희들이 그러지 않은들 아니하겠니?"

영순은 이렇게 말하고 아내를 보았다.

영선은 세 사람의 이야기를 듣고 재미있는 듯이 기쁜 듯이 웃기만 하고 누웠다가, 실과 그릇을 내놓으면서 말한다.

"S도 귤 먹지. 은순이도 먹고."

"싫어요. 그까짓 것은 안 먹어요. 형님도 참 흉측하신데, 선생님 경제(經濟)시키려고 그것으로 때우려고요?"

하면서 웃었다. 세 사람은 다 하하하하 웃었다.

"그러지 말고 S. 찬미나 하나 해. 은순이하고 둘이. 오래간만에 좋은 목소리를 한번 들어봅시다."

영선이 점잖게 말했다.

"슬그머니 비행기를 태우면서 홍! 찬미할 줄 몰라요! 은순이 유명한 독창이나 하나 하렴."

S는 옆에 앉은 은순을 꾹 찌르면서 이렇게 말했다.

"둘이 하나 하지."

영순이 명령 비슷이 원조 비슷이 이렇게 말했다.

"그 목소리 듣기가 참 어렵구만."

영선이 비양같이 말했다.

"자! 그럼 하나 하자. 우리 형님 환영하는 뜻으로 하나 하자."

S의 무릎에 팔을 놓으면서 은순은 이렇게 말했다.

"그래, (책상 위 찬미책을 집으면서) 무얼 할꼬. 이번엔 환영가 안 지으셨어요. 지난여름에 이 형님 보석으로 나오셨을 때에 환영가 지어서 은순이와 둘이 불렀다지요."

하면서 S는 영순을 보고 말했다.

"이번에는 바빠서 못 지어두었지만, 응…… 접때 그 봄노래 그거나 하지."

영순은 두 처녀를 쳐다보았다.

"봄노래가 무어야. 나 모르는 게구만 한번 해요."

영선은 갑갑해서 이렇게 물었다.

"접때 오라버니가 지으셨다오. S가 그걸로 독창했다오."

"좋다. 제가 하고는, 저런 앙큼스럽게."

"이야 너도 너무한다."

S와 은순은 나이가 같고 학교 연급이 같은 의좋은 동무다. 두 사람의 논쟁은 곧 끝나고, 영선을 환영하는 충정으로, 청춘을 자랑하는 듯한 기운 있고 청아한 목소리로 부르는 「봄노래」[20]는 유곡의 맑은 시냇물처럼 연해 흘렀다.

시베리아 찬바람에　　　　깊이깊이 묻히니
보기는 죽은 듯하나　　　　실상은 살았도다
버려지는 땅에서　　　　들썩들썩하면서
양춘가절 기다리면서　　　　나오기를 힘쓰네

눈을 뜨네 눈을 뜨네　　　　무서운 잠 깨어서
죽음의 겨울 지나서　　　　생명의 눈을 떴네
굳은 땅을 뚫고　　　　무거운 돌 들치고
빵끗 웃고 나오는 임은　　　　어여쁘기 끝없네

춤을 추네 춤을 추네　　　　나풀나풀 춤추네
백화가 피어 우거진　　　　봄 동산 저 봉접들
부활 노래 부르며　　　　향기를 맡으려고
기쁨의 춤을 추면서　　　　꽃으로 날아든다

영순은 눈을 시르르 감고 아내의 손을 가만히 잡고 두 사람의 합창을 들으면서 다시 '생명의 봄'을 느꼈다. 이따금 '좋다, 좋다' 할 뿐이었다.

영선은 숨을 죽이고, 두 처녀를 부러워하는 듯이 벌신벌신 웃고 노래하는 이의 얼굴을 바라보면서 들었다.

"영순씨 계시오?"

대문 밖에서 찾는 소리가 들렸다. 영순은 얼른 나가보았다. 손님은, 평양에 오직 한 사람의 문사 친구 같은 창작사 동인 T였다.

"좀 늦었지만 나갑시다."

키 크고 얼굴 희고, 커다란 무테안경 쓴 T는 체모 없이 이렇게 말한다.

"나갑시다. 왜요!"

"오늘 부인께서 퇴원하셨다지요. 축연을 베풀겠소. 부인의 무사 출옥과 무사 퇴원을 겸해서."

"고맙소이다."

"얼른 나오. 잔말 말고."

T의 마치 영순을 잡으러 온 형사처럼 야단하는 통에 영순은 두루마기 고름도 못 매고 따라나섰다.

"아이 참 야단일세."

두 사람이 간 뒤에 S는 혼난 듯이 말한다.

"그이는 늘 그래, 퍽 재미있어."

은순은 눈을 깜박거리면서 말한다.

"어디들을 가노. 문학가들끼리……"

영선은 혼잣말처럼 웃으면서 말했다.

영순이 나간 다음에는 흥이 없어져서 S도 일어섰다. 은순과 영선은 좀더 놀다 가라고 권했지만,

"어머니한테 걱정 들어요."

하면서 돌아갔다. 은순은 어두운 골목 나가는 데까지 데려다주려고 S를 따라 나갔다. 나갔다가 곧 들어올 줄 알았던 은순이도 아무리 기다려야 들어오지 아니한다.

11

영선은 큰방으로 들어가려고도 아니하고 혼자 누워 있었다. 여러 사람 같이 있을 때에는 자기 병이 나아서 나은 것을 여러 사람이 기뻐해주는 것도 좋거니와 자기가 스스로 생각해도 몹시 고맙고 기뻐서 미래의 단꿈을 상상하고 있었지만, 혼자 가만히 있노라니까 갑갑한 끝에 이것저것 생각하기를 시작하였다.

"암만해도 요새 몹시 번민을 하는 모양인데……"

그는 혼잣소리로 이렇게 중얼거렸다.

영선은 짐작하였다. 여러 가지를 미루어서 근일에 그 남편의 사상이 많이 변해서 어떤 위험성까지 띤 것을 짐작하였다. 얼마 전에 병원에 있을 때에도 울면서 남편에게 권고를 하였다. 말로 하는 것보다 속으로, 기도로 더 간절히 빌었다. 남편이 예수를 떠나지 말고 교회를 떠나지 말기를 늘 간절히 간절히 기도하였다. 그러나 그때는 참사람이 되어야 하겠다는 말에 더 말하지를 못하고

말았다. 그리고 적어도 영순 자신으로서는 모든 문제가 해결되어서 앞으로 용진할 길을 찾은 줄 알고 안심하였었다. 아니 억지로 안심하였다. 그러나 근일에 그의 말과 태도를 보매 아직 번민이 걷히지 아니한 듯하였다.

영선은 기왕에는 문학이라면 찬미를 짓고 좋은 노래를 짓고 고상한 사상으로 논설을 짓고, 사회를 감화하여 선도할 만한 소설도 짓고 하는 것인 줄로만 알았었다. 그러나 남편의 감화와, 가르침으로, Life is short, art is long[21]이란 말도 듣고 심벌리즘이니 로맨티시즘이니 자연주의니 실사주의니 하는 말도 많이 듣고, 그 뜻도 대강은 짐작하였다. 남편에게 늘 들어서 예술이라는 것이 무엇인지도 희미하게나마 짐작하였다. 그러나 어려서부터 순전하게 종교적으로 자라난 그는 종교 외에 다른 세계를 생각할 수 없다. '예술이라는 것이 재미있는 것이려니' 이렇게는 생각하지만 그것의 고귀한 가치는 생각지 못한다. 그리고 자연주의니 실사주의니 하는 것이나, Art is for art's sake[22]니 하는 생각은 다 종교에 위반되는 위험한 생각인 줄을 알았다. 어쨌든지 문학에 너무 치우치면 위험한 줄을 분명히 알았다. 그는 그런 전례를 본 까닭이다.

영선은 남편이 차차 종교의 열이 식어가고 문학에 치우치는 것을 알고 몹시 걱정한다.

그는 눈을 감고 가만히 누웠다가 꿈결같이 환몽(幻夢)을 보았다.

그 영순을 애를 써 찾아다니다가 마침내 연극장까지 갔다. 무대에서 어여쁜 소녀와 손목을 맞잡고 그 등에다 손을 놓고 미친 듯이 열심으로 이야기하는 청년 화가라는 사람이 자기 남편인 줄을 알고는 곧 나왔다. 그날은, 전 같으면 그가 강대에 올라가서 성경 말로 강도할 주일날이었다. 영선은 집으로 돌아와서는 고꾸라져서 자꾸 울었다.

"아이고 내가 별생각을 다 했네."

하면서 돌아누웠다. 잠을 들었다가 밖에서 대문 여는 소리에 깜짝 놀라 깨었다.

"용서하시오. 너무 늦었소. S는 이내 갔소. 은순이는 어데 갔소?" 하면서 영순은 방문을 열고 들어온다.

"어데 가셨어요? 이리 내려오세요."

영선은 웃으면서 일어나 앉고 자리를 내인다.

"왜 얼굴빛이 언짢우? 내가 날래 오지 않아서 그랬소? 아 그 사람이 축하를 한다나, 당신을 위해서. 그래 저 위에 지나(支那) 요릿집에를 가서 실컷 잘 먹고 왔소, 나 혼자. 당신은 아주 나은 담에 자기 부인과 같이 자기 집에 청해 간답디다."

영선이 일어나 앉은 옆에, 요 위에 펄썩 앉아서 영선의 두 손을 잡으면서 영순은 이렇게 말한다.

"고마워. 무얼 그렇게 잘 잡수셨어요."

"뭐 별거 다 먹었지요. 그런데 그 사람은 참 쾌활하고 재미있어! 그 사람 만나서 이야기를 하면 속이 시원해. 나는 참 그 사람이 부러워. 그 사람은 아무 걱정이 없는 것 같애."

"당신도 그렇게 되시지요."

"글쎄!"

하면서 책상에서 일기책을 꺼내서 편다.

"오늘이 이십구 일이구려 꼭. 참 이상하오. 이십구 일이란 날은 우리하고 무슨 인연이 있는가 보구려."

영선을 돌아보면서 말한다.

"참 지난봄에 혼인하던 날!"

"(손을 꼽아보고)참 세월도 빠르외다. 그새가 벌써 여덟 달이 되었구먼."

"그새 지난 생각을 하니까 꼭 꿈같애요."

"(아내의 등을 뚝뚝 두드리면서)꿈도 무서운 꿈이오. 참 수고 많이 했소."

"그날 선창 집에서 잔치하느라고 사람들이 많이 모여서 욱적북적하는 것이든지, 자동차 타고 회당에 가서 강단 앞에 섰던 것이 다 눈에 선해요!"

"그리고 예습하느라고 오전에 회당에 갔던 생각 하오? 그리고 그 분칠은 왜 그렇게 허옇게 했어요."

"아이 부끄러워 혼났어요."

"그리고 잔치 뒤끝에 색시 손님들과 양복쟁이 몇하고 장난하던 것 생각나요. 신이 통한다나 그러구 해관(海關)에 갈 때에 무얼 가지고 가겠소 하는 장난 참 재미있었어. 그리고 제일 우스운 것은, '당신 아버지 이름 뭐요' 하면 바루 시치미 뚝 떼고 '돼지꼬랭이' 하는 것이 제일 우스워."

"참 잘들 놀아요."

두 사람은 한참 웃었다.

"그리고 확실히 다락에서 떨어져서 까무러친 것, 그리고 할머니 자리 깔아줄 이 없다고 소리치던 일 생각나요? 그날은 참 곤했어요."

영순은 또 시작하였다.

"참말!"

"아, 그 이튿날, 그 이튿날 아침에 김전도사랑 C랑 은순이랑 다 같이 밥 먹다가, 당신은 얼굴이 까매져서 입에 물었던 밥을 뱉어 버리고, 신혼 의복을 벗어놓고 반지를 빼놓고, 그자의 뒤를 양같이 따라갔지요. 온 집안은 먹던 밥숟가락을 놓고 모두 치를 부들부들 떨고 있었지요. 그리고 우리 둘이 순사 휴게실에 잠깐 앉았었지요. 그리고 당신은 불려 들어가고 나는 잠깐 변소에 갔다가 당신은 벌써 구류간에 들어간 것을 보았지요. 집에 와보니까 할머니는 혼이 다 나가셔서 하늘만 바라보고 아니 잡숫던 독한 담배만 자꾸 피우시던 것이 눈에 선합니다.

아, 그리고 그 이튿날, 당신의 손목을 거룩하고 깨끗한 손목을 그 더럽고 고약한 줄로, 방화죄 여인과 같이 매어가지고 검사국으로 갔지요. 그때에 나는 기가 막혀서 그만 집으로 왔지요. 할머니는 벌써 누워서 앓으십디다. 그날 저녁에 당신은 처음으로 감옥 구경을 했구려. 그날 밤, 아니 새벽에 혼자서 어떻게 깨어서 자꾸 울었지요. 그다음에도 혹 감옥에 갔다가는 둘이 지내던 그 방에 당신이 잡혀가고 없으니 들어가기가 싫어서 무엇을 꺼내려면 구두 신은 채로 기어 들어가서 집어내 왔지요. 모든 물건은 산산이 흩어지고 책상에, 방바닥에 먼지가 케케 쌓였었지요. 감옥에 갔다가 곤한 몸을 끌고 방 안에 들어가기만 하면 곧 이불을 쓰고 눕지요. 눕기만 하면 아니 울 수가 없어요. 그냥 눈물이 술술 나와요."

영선은 감정이 극하여 영순의 무릎 위에 쓰러졌다. 영순은 다시 이야기를 꺼낸다.

"그때에 은순이와 S와 K가 저녁마다 내려와서 나를 위로하느라고 '사랑하는 나의 형님 언제나 돌아오려나……' 하는 노래를 처량하게 부를 때에 온 집안이 다 눈물을 흘렸지요. 난들 어떻게 참았겠소. 하루는 감옥에 갔다 와서 방문을 닫아걸고 먹지도 않고 누워 있으니까 온 집안이 너무 야단을 하며 화들을 내기에 억지로 나가서 아이들을 데리고 장난한 일도 있었지요. 그때에 아이들은 나의 유일의 벗이었소. 대동강 위에 한가히 떠나가는 배의 흰 돛을 바라보는 것도 나의 유일한 위로였소. 그리고 한번은 오후에 감옥에 가서 면회하고 돌아와서 대동강을 정신없이 바라보고 앉았다가 그만 내가 없어졌지요. 온 집안이 밥을 못 먹고 떨어나서 찾으러 다녔다오. 여덟 시 반인가 돌아온 때에는 온 집안이 슬픈 가운데도 기뻐하였지요. 내가 그렇게 지났거든 감옥에서 당신이 고생한 것이야 말할 것이나 무엇 있소."

"아이구, 저 때문에 고생도 퍽 하셨지요."

"참말 지난여름에 보석하느라구 감옥에, 재판소에 매일 다닐 때에는 지독하게도 더워서 혼났지요. 밖에 있는 사람이 그렇게 더우니까 갇혀 있는 사람이야 오죽했겠소."

"안에선 마음이나 편안했지요. 밖에 있는 이가 더 고생이야요."

"어쨌든 이젠 사나운 꿈을 깨었소."

"에그 참 생각만 해도 진저리가 납니다. 그래도 여태도 고생하는 이들이 많은데."

"이담에 소설이나 하나 씁시다."

영순은 한숨을 지으면서 이렇게 말한다.

밖에서 밤엿 장수의 길게 뽑아 외치는 소리가 깊은 밤의 적막을 깨트렸다.

12

사흘 후에 영순이 어디 갔다 오후에 들어와서 아주 침착한 목소리로,

"여보, 나는 아무래도 떠나야겠소. 내 문제는 해결된 것 같아도 아직 안 되었소. 사람이 된다고 했으니 무엇이 해결이 되었소? 이 지경에서 벗어나야겠소. 무엇이나 하나 되어야 하겠소. 이렇게 지나가지고는 안 되겠소. 세상에 나온 보람을 해야겠소. 참 불안하지만 나는 내일 곧 떠나겠소이다."

감정이 극해서 이렇게 말했다.

"괜찮아요, 떠나시지요."

영선은 얼른 대답하였다. 그리고 떠날 준비를 급히급히 하였다. 그러나 그날 밤에 잘 때에는 말도 아니하고 눈물로 베개를 펑펑 적셨다.

이튿날 오후 차에 영순은 어디로 가려는지 평양 정거장으로 나

갔다. 영선은 웃는 낯으로 남편을 보냈다.

"몸조심하세요. 항상 기도하세요."

이것은 영선의 마지막 인사였다.

영순은 백 마디 말보다 더 힘 있는, 인자한 눈으로 아내를 바라보았다. 그의 눈이 좀 벌건 것을 깨달았다.

"굿바이 마이 디어."

할 때에는 벌써 영순의 탄 인력거 채는 돌아섰다.

영선이 우두커니 서서 바라보는 인력거는 어느새 큰 구골 골목을 나서서 보이지 않았다.

그날 밤에는 영선은 잠을 이루지 못하고 영순의 장래를 위하여, 그의 신앙생활을 위하여 눈물로 기도하였다. 혼자 남은 영선은 눈물 아니 흘리는 날이 적었다. 더구나 영순의 편지를 받아 보고는 울었다.

은순이 정거장까지 가서 영순을 전송하고 들어오니까 영선은 자기 방에 이불을 뒤집어쓰고 돌아누웠더라.

독약을 마시는 여인

1

오늘 밤은 다섯째 밤이다.

견우성과 직녀성이 하늘 한가운데서 서로 바라보고 히들히들 웃었다가 눈물을 뚝뚝 흘리면서 엉엉 울었다가 다시 히들히들 웃었다가 한다. 또 쿨쩍쿨쩍 운다.

사랑 속에 빠진 사람들을 제일 좋아한다지만 그에게는 원수같이 싫은 밤이 점점 깊어갈 따름이다. 밤은 코웃음만 하면서 열한 살 먹은 장난꾼 새서방의 새가 깃들일 만한 상투 같은 그의 머리를 웅크리고 앉아서 노려본다. 입을 삐쭉하기도 하고 눈을 부릅뜨기도 하고 주먹을 가지고 쥐어박을 듯이 연해 주먹질을 한다. 그는 모른 체하고 앉아서 들여다보고 있다.

옆방에는 송장이 하나 가득 찼는데 온통 열어놓은 방문으로 썩어진 냄새가 흔들흔들하면서 바깥으로 기어 나온다. 지옥같이 캄캄한 방에서는 어느 모퉁이에선지 이따금 잉잉 앓는 소리 같은 소리가 난다.

미친개 짖는 소리가 한 십 리 밖에서 들리는 것 같다. 바삭 소리 하나 없는 밤은 흘러가다가 딱 멎고 발을 버티고 섰다.

세상 모든 것이 잠들었다. 낮에 생각하고 하던 일을 되풀이해서 복습해보느라고 사람들은 제가끔 더럽고 음탕한 꿈을 꾸고 있다. 구멍이 숭굴숭굴 뚫어진 모기장 가운데 그의 옆에는 머리가 사자 대가리 같고 코가 우뚝 높은 사나이가 가로누웠는데 헤쩍 벌린 입을 히물히물한다. 벌신 웃는다.

큰방에서는 송장이 두어 개 일어나면서 두어 마디 중얼중얼 말을 한다. 다시 아무 소리 없다.

그것이 모두 거짓말이다.

그것들이 모두 악마들이다.

남을 사랑한다는 것은 거짓말이다.

태양은 잠자코 제 갈 길만 간다.

절벽같이 캄캄한 하늘이 이런 소리를 속삭인다.

2

어두운 밤은 점점 깊어간다. 그는 가만히 앉아서 왔다 갔다 한다. 엉거주춤하고 엎드린다. 일어났다. 온 목숨 온 영혼을 모아

들여다본다. 깜박깜박하던 것이 흐릿하다. 왔다 갔다 하는 것이 가만있다. 땅에서 갑자기 무서운 소리가 난다. 공중에 맑은 물이 괸다. 땅에서 나는 소리는 점점 작아지고 공중에 괴는 물은 차차 많아져서 흘러내린다. 땅에서 자주자주 나던 장송곡(葬送曲) 같은 엷은 소리가 아주 끊어졌다. 그는 앞으로 한자리에서 달려갔다. 공중에서 자주자주 소리 난다. 시커먼 것이 보인다. 얼음장 같은 것이 보인다. 다섯 치쯤 그는 옆으로 뛰어갔다. 그의 옆에 가로누웠던 사나이가 눈을 뜨고 일어나고 한자리 뛰어가기를 한 순간에 하였다. 눈 세 쌍은 움직이지 아니한다. 눈 한 쌍은 움직였다. 모난 것과 둥근 것이 가까워졌다. 불이 펄펄 붙는다. 불길이 사방으로 가을 국화꽃같이 퍼져서 흩어진다. 아름다운 불꽃이 가늘고 붉은 줄을 수없이 발한다. 기차가 떠나려고 한다. 코가 바룩바룩한다. 흰 바람이 가늘게 분다. 기차는 어느새 떠나가버렸다. 둥그런 악마는 꽃 같은 불길을 한꺼번에 들이마셨다.

시집갔던 그의 딸이 도로 왔다. 그가, 그의 어머니가 도로 찾아왔다. 가는 것을 그의 영혼이 따라가서 중간에서 도로 잡아왔다.

"너는 내가 낳은 것이니 암만해도 늘 내 품에 있어야 되겠다. 나와 같이 살아야 된다."

"저는 낳기는 어머니가 낳으셨어도 나기는 다른 분 위하여 났으니 언제든지 그분의 품으로 가야겠습니다. 갈 때는 가야겠습니다. 어머니 절 놓아주십시오."

어쨌든 어머니는 딸이 돌아온 것을 기뻐하였다. 이런 말은 귀에 들리지도 아니하였다. 놓아달라는 딸을 붙들고 있다.

닭이 세 번 울었다.

암탉이 울었다. 수탉이 지치[1]를 요란스럽게 푸닥거린다.

한참 있다가 수탉이 까악까악 죽어가는 소리를 길게 뽑았다. 암탉이 새끼를 버리고 도망쳤다. 늙은 개가 한번 짖었다.

사나이는 꿈꾼다. 알지 못하는 딴 곳에 가서 알지 못하는 사람과 알지 못할 이야기를 밤새도록 하였다.

그는 깨어서 딸이 다시는 시집가지 아니하기를 울면서 기도하였다. 사람의 기도를 들으시는 하느님은 머리를 흔드셨다. 그러나 그는 그것을 보지 못하고 머리를 숙여 기도만 하였다.

외양간에서 말발굽 소리가 뚜거덕뚜거덕 요란하게 났다. 늙은 개가 바라보고 웃었다. 쥐가 웃었다. 사람들은 모른 체하였다.

그는 혼자서 곡조도 없고 말도 없는 노래를 부른다. 사나이는 꿈속에서 웃으면서 이야기한다. 말이 혼자서 크게 웃으면서 말한다.

그의 사랑하는 딸은 잠들었다. 개와 쥐와 말은 다 깨었다. 다 한 곳에 모여서 비밀회를 열고 연설을 한다. 강아지가 성을 내서 강연한 쥐를 막 욕한다. 개는 꼬리를 흔들면서 돌아앉았다. 슬그머니 일어나서 기지개를 한번 켜고 어청어청 나간다. 마당에 있던 조약돌들이 춤을 추면서 정거장으로 누군지 환영 나갔다. 문밖의 섬돌은 집에서 우쭐우쭐 춤을 추고 있다.

그는 잠자는 딸의 얼굴을 눈으로 지키고 있다가 몹시 보들보들하고 조그맣고 가는 손에 일곱 번 연해서 미친 여인같이 웃으면서 키스하였다.

어두움이 휘파람을 불면서 뒷짐을 지고 비웃는 듯한 얼굴로 대문 밖으로 지나갔다. 송장 빛 같은 등불이 졸리듯이 껌벅껌벅한다.

이때에 그는 이상한 것을 보았다.

잠들어 있는 딸의 코에서 조그맣고 하얀 생쥐가 한 놈 나와서 방바닥으로 바르르 기어가다가 방 한가운데 있는 물그릇을 넘어가지 못해서 올라갔다가는 떨어지고 올라갔다가는 떨어져서 입을 짝짝 벌리고 빨간 배를 드러내놓고 가는 발을 하늘을 향하고 파들파들 떨고 있다. 그는 그것을 우두커니 들여다보고 있다가 자막대기를 물그릇 위에다 가로놓아주었다. 흰 쥐는 자막대기를 다리 삼아 물그릇을 넘어서 바르르 기어가더니 눈 깜박하는 새에 없어졌다. 어느새 열어놓았던 방문 바깥으로 나갔다.

그는 흰 쥐가 돌아오기를 한참이나 기다렸다. 없어진 흰 쥐는 아무리 기다려야 돌아오지 않는다. 그래서 그는 잠든 딸을 내버리고 문밖으로 뛰어나갔다. 문밖으로 뛰어나가다가 기둥에 이마를 부딪쳤다. 불이 번쩍 나면서 주저앉았다. 다시 일어나서 섬돌을 내려섰다.

거기서 잠자던 개가 그의 빨갛게 벗은 발을 깨물었다. 그는 피를 뚝뚝 흘리면서 흰 쥐를 찾느라고 이 모퉁이 저 모퉁이 왔다 갔다 하였다. 아무리 찾아도 흰 쥐는 없다. 지붕 위에 조그마한 것이 해뜩한 것이 보인다. 그는 사다리도 없는 것을 죽을 애를 다

써서 올라가보았다. 그것은 참새 똥이었다. 겨우 내려왔다.

엽방에 송장이 그득한 방에 희뜩한 것이 보였다. 그는 무서운 줄도 모르고 들어가서 이 구석 저 구석 찾아보았다. 흰 쥐는 거기 있었다. 송장 새에서 왔다 갔다 하던 어여쁘고 흰 쥐는 그를 보고 얼른 기어올랐다. 그는 반가워서 치맛자락을 벌려서 받았다. 곱게 싸서 쳐들어가지고 돌아왔다. 돌아와서 펴보았다.

아! 슬프다. 흰 쥐는 어느새 없어졌다. 그의 치맛자락에는 아무것도 없었다. 그의 발에서 그냥 피가 방울방울 떨어진다. 그는 주저앉았다.

참 귀신이 곡할 일이다. 남들 같으면 무당한테라도 물어보겠지만 어디로 갔나 참말 모를 일이라 생각하다가 문을 열고 다시 뛰어나갔다.

하늘을 쳐다보았다.

파란 별이 한 개 한참 있다가 한 번씩 반짝반짝한다.

'이 일을 어찌하오리까.

오, 이년을 살려주소서.

이 목숨과 바꾸어주소서.'

그는 땅에 꿇어앉아서 두 손을 합하여 싹싹 빌면서 재배 삼배하였다.

'너는 너 갈 길을 가거라.

꽃이 한번 떨어진 다음에는 마를 뿐이니라.

태양은 저 갈 길을 가나니라.'

3

원수의 어두움도 가고 차차 훤해졌다. 사나이는 웅크리고 앉아서 세모난 눈으로 딸을 들여다본다. 손을 한번 쥐어본다. 몸을 한번 만져본다. 그는 사나이의 얼굴을 말없이 한번 쳐다보고 딸의 옆에 바싹 가까이 갔다. 딸의 눈만 바라본다. 딸은 입으로 코로 자줏빛 불을 토한다. 바늘 같은 소리는 그의 가슴을 찔렀다. 그는 뛰어 일어났다. 이번은 빛도 없는 불덩이를 소리도 없이 수없이 토한다. 그는 달려들어서 딸을 껴안고 딸의 입에서 나오는 빛 없는 불덩이를 숨도 안 쉬고 들들 마셔 받아먹었다.

딸의 입에서 나오는 불덩어리는 붉은 피였다. 그것은 독약이었다. 그는 더 이어 마셨다. 그의 몸은 얼음 덩어리가 되었다.

환한 빛이 난다.

사나이 얼굴이 노래졌다.

하늘과 땅이 노래졌다.

공중의 소리 있어 가로되,

"너는 너 갈 길을 가거라.

태양은 저 갈 길을 갈 따름이니라."

4

사나이는 일어나서 여섯 모 난 솥뚜껑 같은 두 손으로 얼음덩이 같은, 돌부처 같은, 대리석 조각 같은, 악마 같은, 여신 같은 그의 등허리를 듬썩 쳐들어서 문을 열고 바깥으로 내놓으려고 하였다. 그는 몸을 흔들면서 주저앉았다. 딸에게로 달려들었다. 사나이는 다시 그의 손목을 이끌어내었다. 바깥으로 나가라고 억지로 몸을 내밀었다. 그는 다만 딸의 있음을 알고 그 밖의 그 사회나 온 세상의 만 가지 일, 만 가지 물건의 있음을 인정치 아니하는 듯이 사나이를 돌아보지 아니하고 팔을 뿌리치고 또 딸에게로 달아났다.

사나이는 뛰어나왔다.

그는 자기 가슴에서 피를 뽑아내어서 숟가락에 받아서 딸의 입에 떠 넣었다. 그는 마지막 의무를 다하였다. 그의 영혼은 그에게서 나와서 그의 딸의 붉은 몸을, 간다는 인사로 굽히는 허리를 끌어안았다. 그의 몸은 밖으로 나왔다. 하늘 한가운데 가로질러서 한숨짓는 차디찬 새벽달을 바라보는 허수아비가 하나 서 있었다.

5

그의 방에서 갑자기 듣지 못하던 슬픈 소리가 들렸다. 그는 넘실넘실 넘치는 독약을 쭉— 들이켰다. 그는 송장 있는 방으로 뛰어들어가서, 송장 가운데 섞여서 뉘어졌다.

그는 송장이 되어서 송장 가운데서 중얼거렸다. 송장 가운데 하나가 대답하였다.

"그것이 네 딸이면야 설마 그렇게 가려고 할까. 너는 마침내 독약을 마셨다. 그것은 네 것이 아니니라, 아무리 네가 독약을 먹기로 그는 제 집으로 갈 따름이니라."

그의 방은 비었다. 길쭉한 나무 곽이 천천히 나왔다. 마루에 앉았다. 오래간만에 졸린 찬송 소리가 들렸다. 막대기가 우뚝 일어섰다. 옆방에서 키 큰 넓적한 송장이 하나 나와서 곽을 업고 대문 밖으로 나갔다. 먹을 것밖에는 모르는 누런 목에 털이 구실구실한 늙은 개가 종이돈을 물고 따라간다.

넓적한 막대기가 따라갔다. 나갔던 송장은 밤에 다시 돌아왔다. 늙은 개도 혀를 빼면서 헐떡거리면서 돌아왔다. 그러나 송장에게 업혀갔던 나무 곽과 따라갔던 막대기는 다시 아니 왔다.

어두운 밤이 되었다.

텅 빈 방에서는 파리, 박쥐, 설레발이,[2] 빈대, 벼룩, 지네, 진드기, 이런 것들만 마음대로 왔다 갔다 하면서 방바닥의 향수와 독약 쏟아진 이상한 냄새를 맡고 있다. 나중에는 이 냄새를 맡고 어디서 왔는지 모르게 쥐와 고양이, 독사 들이 들어와서 냄새를 맡는다. 빈방은 그것들의 자유 천지가 되었다.

뒷담에 걸렸던 시계가 뗑— 하고 한 번을 쳤다. 늙은 개가 문밖에서 짖는다. 그것은 이 말이다.

"때가 되었다.

거룩한 곳을 지킬 주인이 올 때가 되었다."

검은 개가 벌레들을 앞세우고 수탉과 비둘기가 어깨를 나란히 천천히 들어왔다. 파리, 설레발이, 박쥐, 빈대, 벼룩, 지네, 진드기 들은 어느새 돗자리 틈 도배 찢어진 종이 밑에서 더러는 꾸물꾸물하고 있고 대개는 잠들어서 꼼짝 아니하고 있고, 쥐, 고양이, 뱀은 서로 잡아먹으려고 이를 갈고 싸움만 하다가 어느새 잠들었다. 더러는 반만큼 깨어서 서로 눈을 흘기고 있다. 더러는 대가리를 휘저으면서 향수와 독약 냄새를 맡으면서 왔다 갔다 한다.

검은 개가 컹컹컹컹 짖었다.

수탉은 꼬꼬— 하면서 지치를 치면서 요란스럽게 울어댔다.

흰 비둘기는 아무 말 없이 마당에서 빙빙 돌아다닌다.

늙은 개가 문밖에서 또 크게 짖었다. 갖가지 벌레들과 쥐와 고양이, 뱀 들은 임시 대회를 열었다. 사람과 호랑이 새에서 나온 짐승의 후손이라는 고양이가 회장이 되었다. 새로 온 개와 수탉과 비둘기를 맞이하여 환영 좌담회를 열기로 하였다. 좌담회의 주제는 '저 여인이 어찌해서 독약을 마셨을까' 하는 것이었다. 불쌍한 여인이 독약을 마시게 된 이유를 이야기해보자는 것이다.

고양이가 일어나서 말하기를,

"우리 집 주인아씨가 독약을 마시고 쓰러지는 것을 보니 참 비참하기 짝이 없는데, 우리는 어찌 된 셈을 알 수가 없구려. 당신네는 혹 아는지 이야기해보소."

늙은 개가 일어났다.

"내가 말해볼까요."

"이야기해보소."

고양이의 말을 따라 개가 말하기를,

"저 여인은 독약을 마실 까닭이 없지만 제 집을 지키다가 갑자기 먹게 된 독약이니 어쩌겠소. 마시는 것이 자기 운명이겠지."

"그건 무슨 말인지 알 수가 없소."

회원들은 떠들었다.

"수탉이 말할 차례요."

누가 소리쳤다.

"그럼 제가 말하지요."

하고 수탉이 지치를 한번 치고 나서,

"그 여인은 때가 되었다고 소리칠 때가 되어서 여러 동무들하고 목소리를 합해서 꼬끼오 꼬끼오 소리치고 야단하다가 고양이가 듣기 싫다고 야단하는 통에 종내 고양이한테 물려서 꼼짝 못하고 있다가 겨우 살아나서 제 집에 돌아왔지요. 독약이 든 이상한 선물을 받아가지고 나와서 그 선물을 품고 있다가 저밖에 마실 사람이 없으니 마셔버린 거지 뭐요?"

"그다음엔 비둘기 차례요."

"그럼 제가 이야기할까요."

비둘기가 가만가만 나서서 말하기를,

"그런 것이 아니라오. 저 여인은 본시 우리 비둘기처럼 양순한 양반인데 수탉의 말대로 동무들 따라 때가 됐다고 요란스럽게 소리치다가 인간 고양이가 저의 말로 종알종알하면서 물어다가 굴속에 가두어두는 바람에 본시 하나님에게 선물로 받은 새끼 비둘기같이 예쁜 것을 품고 있었는데, 땅굴 속에서 아무것도 먹이질 못해서 다 죽어가던 것이 간신히 세상에 나오니 갑자기 제 피를 먹여보아도 살릴 수가 없고 그 선물이 변해서 독약이 되었다오. 그 독약은 자기가 마실 것인 줄 알고 마신 것이라 그 사나이도 여인이 마시는 걸 멍하니 바라만 보고 있었다오."

"그러면 그 고양이를 모두 잡아 없애지 않고 고놈들을 그냥 두었소?"

수탉이 장한 듯이 말한다.

이때에 꼬리 길고 귀가 오뚝한 쥐란 놈이 홀랑 나서서,

"옳소, 옳소!"

소리쳤다. 회장이 말이 없이 어리둥절해하자,

"그네들은 우리같이 순하기만 하고 재간이나 날랜 힘이 없으니 어쩔 도리가 없거든."

비둘기가 다시 말했다.

노란 눈을 굴리고 수염이 빳빳해가지고 듣고 있다가 그 어느 틈에 자취를 감추고 말았다.

이윽고 때가 되어 수탉이 지치를 치면서 꼬끼오 꼬끼오 하고 기운차게 울어댔다. 모든 미물인 동물들은 다 저 갈 곳으로 갔다.

6

그는 어느새 일어나 앉았다.

그는 돌아앉아서 그의 가슴에서 거룩한 피를 양철통에 뽑아낸다. 눈에서 마알간 피가 뚝뚝 떨어진다. 그는 그의 가슴에서 뽑은 피를 그 사나이에게 내어주었다. 사나이는 양철통을 두 손으로 받아서 받들고 눈 감고 하나님께 감사를 드리고 단숨에 쭉 들이켰다.

그는 그 사나이와 같이 새벽에 길을 떠나서 북으로 하루 종일 갔다. 나무 많고 들 많고 물 맑은 높은 산 속으로 들어갔다. 거기에는 하늘에 닿을 듯한 나무 기둥이 우뚝우뚝 서 있고, 그 틈에 밑들일 만한 넓적넓적한 바위가 첩첩이 쌓여 있다. 대륙의 '무리뫼'가 발밑에 꺼지고 산 밑에 흘러가는 개울물이 실오라기 같다.

해가 저물어 어슬어슬했다.

검은 당나귀가 흰 김을 토하면서 달아난다. 벌판에 홑이불이 기어간다. 개미가 기어간다. 개미가 노래를 부른다. 장사하고 돌아오는 사람들이 우쭐우쭐 희뜩희뜩 산 밑으로 간다.

그들은 눈을 들어 먼 데를 바라본다.

문득 자줏빛이다. 금빛이 번득번득한다. 우뚝 높다. 희다. 꿈같다. 취한 것 같다.

사나이가 혼자서 슬그머니 나갔다. 곧 돌아왔다. 갑자기 넘어졌다. 팔다리를 움직이지 못하고 말도 못 하고 눈을 감고 가만히 있다. 그는 사나이가 죽을까 겁이 났다.

어두운 밤을 또 지나갔다. 사나이는 간신히 또 일어났다.

그들은 삼 일 만에 곧 다시 돌아왔다.

돌아온 이튿날 새벽에 그들은 북문을 나섰다. 이십 리를 걸어갔다.

나지막한 산으로 올라갔다. 콩알은 누웠고 돌은 일어섰다. 얼마 찾다가 넓적한 몽둥이를 찾았다. 그들은 꼭 같이 우뚝 섰다.

'옥성(3·1기념)의 무덤'이라는 먹 글자는 부는 바람 퍼붓는 비에 알 수 없이 흐려졌다.

그는 곧 머리를 돌렸다.

피려던 도라지꽃 봉오리가 떨어졌다. 불같은 태양이 고함을 치면서 슬금슬금 올라온다.

외폭이 소나무에서 금 같은 이슬이 방울방울 떨어졌다.

까치가 운다. 먼 데서 개가 짖는다. 늙은 사람이 느린 노래를 부른다. 중얼중얼 말한다.

사람은 모두 잠잔다. 영원히 잠잤다. 그들은 아직 깨지 못했다.

맹물이 떨어진다. 벌게졌다.

공중에 소리 있어 가로되,

"해는 저 갈 길을 가나니라.

만물은 마침내 될 대로 되느니라.

사람은 흙이니라.

사람은 물이니라.

인생은 꿈이니라. 공이니라.

모든 참말은 다 거짓말이니라.

인생은 잔칫날이니라."

※『전영택창작선집』(어문각, 1965)에는 다음과 같은 부기(附記)가 붙어 있다. "이야기는 아내가 기미년 3·1운동에 참가하여 만세 부르고 잡혀서 감옥살이를 하는 동안에 임신했던 아기가 영양 불량으로 난 지 석 달 만에 죽은 것을 기념하기 위해서 쓴 것이다. 아기 이름을 감옥에서 된 별이라고 해서 옥성(玉星)이라고 했었다."

화수분

1

첫겨울 추운 밤은 고요히 깊어간다. 뒤뜰 창 바깥에 지나가는 사람 소리도 끊어지고, 이따금 찬바람 부는 소리가 '휙— 우수수' 하고 바깥의 춥고 쓸쓸한 것을 알리면서 사람을 위협하는 듯하다.

"만주노 호야 호오야."[1]

길게 그리고도 힘없이 외치는 소리가 보지 않아도 추워서 수그리고 웅크리고 가는 듯한 사람이 몹시 처량하고 가엾어 보인다. 어린애들은 모두 잠들고 학교 다니는 아이들은 눈에 졸음이 잔뜩 몰려서 입으로만 소리를 내어 글을 읽는다. 나는 누워서 손만 내놓아 신문을 들고 소설을 보고, 아내는 이불을 들쓰고 어린애 저고리를 짓고 있다.

"누가 우나?"

일하던 아내가 말하였다.

"아니야요. 그 절름발이가 지나가며 무슨 소리를 지껄이면서 그러나 보아요."

공부하던 애가 말한다. 우리들은 잠시 그 소리를 들으려고 귀를 기울였으나, 다시 각각 그 하던 일을 계속하여 다시 주의도 하지 아니하였다. 그러다가 우리는 모두 잠이 들어버렸다.

나는 자다가 꿈결같이 '으으으으으으' 하는 소리를 들었다. 잠깐 잠이 반쯤 깨었으나 다시 잠들었다. 잠이 들려고 하다가 또 깜짝 놀라서 깨었다. 그리고 아내에게 물었다.

"저게 누가 울지 않소?"

"아범이구려."

나는 벌떡 일어나서 귀를 기울였다. 과연 아범의 우는 소리다. 행랑에 있는 아범의 우는 소리다.

'어찌하여 우는가. 사나이가 어찌하여 우는가. 자기 시골서 무슨 슬픈 상사의 기별을 받았나? 무슨 원통한 일을 당하였나?'

나는 생각하였다. '어이어이' 느껴 우는 소리를 들으면서 아내에게 물었다.

"아범이 왜 울까?"

"글쎄요, 왜 울까요?"

2

아범은 금년 구월에 그 아내와 어린 계집애 둘을 데리고 우리 집 행랑방에 들었다. 나이는 한 서른 살쯤 먹어 보이고, 머리에 상투가 그냥 달라붙어 있고, 키가 늘씬하고 얼굴은 기름하고 누르퉁퉁하고, 눈은 좀 큰데 사람이 퍽 순하고 착해 보였다. 주인을 보면 어느 때든지 그 방에서 고달픈 몸으로 밥을 먹다가도 얼른 일어나서 허리를 굽혀 절한다. 나는 그것이 너무 미안해서 그러지 말라고 이르려고 하면서 늘 그냥 지내었다. 그 아내는 키가 자그마하고 몸이 똥똥하고, 이마가 좁고, 항상 입을 다물고 아무 말이 없다. 적은 돈은 회계할 줄 알아도 '원'이나 '백 냥' 넘는 돈은 회계할 줄을 모른다.

그리고 어멈은 날짜 회계할 줄을 모른다. 그러기에 저 낳은 아이들의 생일을 아범이 그 전날 내일이 생일이라고 일러주지 않으면 모른다고 한다. 그러나 결코 속일 줄을 모르고, 무슨 일이든지 하라는 대로 하기는 하나 얼른 대답을 시원히 하지 않고, 꾸물꾸물 오래 하는 것이 흠이다. 그래도 아침에는 일찍이 일어나서 기름을 발라 머리를 곱게 빗고, 빨간 댕기를 드려 쪽을 찌고 나온다.

그들에게는 지금 입고 있는 단벌 홑옷과 조그만 냄비 하나밖에 아무것도 없다. 세간도 없고 물론 입을 옷도 없고 덮을 이부자리도 없고, 밥 담아 먹을 그릇도 없고, 밥 먹을 숟가락 한 개가 없다. 있는 것이라고는 보기 싫게 생긴 딸 둘과 작은애를 업는 홑누더기와 띠, 아범이 벌이하는 지게가 하나, 이것뿐이다. 밥은 우선 주인집에서 내어간 사발과 숟가락으로 먹고, 물은 역시 주인집 어린애가 먹고 비운 가루우유 통을 갖다가 떠먹는다.

아홉 살 먹은 큰계집애는 몸이 좀 뚱뚱하고 얼굴은 컴컴한데, 이마는 어미 닮아서 좁고, 볼은 아비 닮아서 축 늘어졌다. 그리고 이르는 말은 하나도 듣는 법이 없다. 그 어미가 아무리 욕하고 때리고 하여도 볼만 부어서 까딱없다. 도리어 어미를 욕한다. 꼭 서서 어미보고 눈을 부르대고 "조 깍쟁이가 왜 야단이야" 하고 욕을 한다. 먹을 것이 생기면 자식 먹이고 남편 대접하고, 자기는 늘 굶는 어미가 혓입 노릇이라도 하는 것을 보게 되면 "저 망할 계집년이 무얼 혼자만 처먹어?" 하고 욕을 한다. 다만 자기 어미나 아비의 말을 아니 들을 뿐 아니라, 주인마누라나 주인나리가 무슨 말을 일러도 아니 듣는다. 먼 데 있는 것을 가까이 오게 하려면 손수 붙들어 와야 하고, 가까이 있는 것을 비키게 하려면 붙들어다 치워야 한다.

다음에 작은계집애는 돌을 지나 세 살 먹은 것인데, 눈이 커다랗고 입술이 삐죽 나오고, 걸음은 겨우 빼뚤빼뚤 걷는다. 그러나 여태 말도 도무지 못 하고, 새벽부터 하루 종일 붙들어매여 끌려가는 돼지 소리 같은 크고 흉한 소리를 내어 울어서 해를 보낸다.

울지 않는 때라고는 먹는 때와 자는 때뿐이다. 그러나 먹기는 썩 잘 먹는다. 먹을 것이라고 눈앞에 보이기만 하면 죄다 빼앗아다가 두 다리 사이에 넣고, 다리와 팔로 웅크리고 '옹옹' 소리를 내면서 혼자서 먹는다. 그렇게 심술 사나운 큰계집애도 다 빼앗기고 졸연해서 얻어먹지 못한다. 이렇기 때문에 작은것은 늘 어미 뒷잔등에 업혀 있다. 만일, 내려놓아 버려두면 그냥 땅바닥을 벗은 몸으로 두 다리를 턱 내뻗치고, 묶여가는 돼지 소리로 동리가 요란하도록 냅다 지른다.

그래서 어멈은 밤낮 작은것을 업고 큰것과 싸움을 하면서 얻어먹지도 못하고, 물 긷고 걸레질 치고 빨래하고 서서 돌아간다. 작은것에게는 젖을 먹이고, 큰것의 욕을 먹고 성화 받고, 사나이에게 '웅얼웅얼' 하는 잔말을 듣는다. 밥 지을 쌀도 없는데, 밥 안 짓는다고 욕을 한다. 그리고 아범은 밝기도 전에 지게를 지고 나갔다가 밤이 어두워서 들어오지만, 하루에 두 끼를 못 끓여 먹고, 대개는 벌이가 없어서 새벽에 나갔다가도 오정 때나 되면 일찍 들어온다. 들어와서는 흔히 잔다. 이런 때는 온종일 그 이튿날 아침까지 굶는다. 그때마다 말없던 어멈이 '옹알옹알' 바가지 긁는 소리가 들린다. 어멈이 그 애들 때문에 그렇게 애쓰고, 그들의 살림이 그렇게 어려운 것을 보고, 나는 이따금 이렇게 생각하였다.

아내에게 말도 한다.

"저 애들을 누구를 주기나 하지."

위에 말한 것은 아범과 그 식구의 대강한 정형이다. 그러나 밤중에 그렇게 섧게 운 까닭은 무엇인가?

3

그 이튿날 아침이다. 마침 일요일이기 때문에 내게는 한가한 틈이 있어서 어멈에게서 그 내용을 들을 기회가 있었다.

"지난밤에 아범이 왜 그렇게 울었나?"

하는 아내의 말에 어멈의 대답은 대강 이러하였다.

"어멈이 늘 쌀을 팔러 댕겨서 저 뒤의 쌀가게 마누라를 알지요. 그 마누라가 퍽 고맙게 굴어서 이따금 앉아서 이야기도 했어요. 때때로 '그 애들을 데리고 어떻게나 지내나' 하고 물어요. 그럴 적마다 '죽지 못해 살지요' 하고 아무 말도 아니했어요. 그러는데 한번은 가니까, 큰애를 누구를 주면 어떠냐고 그래요. 그래서 '제가 데리고 있다가 먹이면 먹이고 죽이면 죽이고 하지, 제 새끼를 어떻게 남을 줍니까? 그리고 워낙 못생기고 아무 철이 없어서 에미 애비나 기르다가 죽이더라도 남은 못 주어요. 남이 가져갈 게 못 됩니다. 그것을 데려가시는 댁에서는 길러 무엇 합니까. 돼지면 잡아나 먹지요' 하고 저는 줄 생각도 아니했어요. 그래도 그 마누라는 '어린것이 다 그렇지 어떤가. 어서 좋은 댁에서 달라니 보내게. 잘 길러 시집보내주신다네. 그리고 젊은이들이 벌어먹고 살아야지. 애들을 다 데리고 있다가 인제 차차 날도 추워오는데 모두 한꺼번에 굶어 죽지 말고……' 하시면서 여러 말로 대구 권하셔요. 말을 들으니까 그랬으면 좋을 듯도 하기에 '그럼 저희 아범보고 말을 해보지요' 했지요. 그랬더니 그 마누라가 부쩍 달라붙어서 '내일 그 댁 마누라가 우리 집으로 오실 터이니 그 애를 데리고 오게 하셔요.' 해서 저는 '글쎄요' 하고 돌아왔지요. 돌아와서 그날 밤에, 그제 밤이올시다. 그제 밤 아니라 어제 아침이올시다. 요새 저는 정신이 하나 없어요. 그래 밤에는 들어와서 반찬 없다고 밥도 안 먹고, 곤해서 쓰러져 자길래 그런 말을 못 하고, 어제 아침에야 그 이야기를 했지요. 그랬더니 '내가 아나, 임자 마음대로 하게그려.' 그러고 일어서서 지게를 지고 나가버리겠지요. 그러고는 저 혼자서 온종일 이리저리 생각을 해보았지요. 아무려면 제 자식을 남을 주고 싶지는 않지만 어떻게 합니까. 아씨 아시듯이 이제 새끼 또 하나 생깁니다그려. 지금도 어려운데 어떻게 둘씩 셋씩 기릅니까. 그래서 차마 발길이 안 나가는 것을 오정 때가 되어서 데리고 갔지요. 짐승 같은 계집애는 아무런 것도 모르고 따라나서요. 앞서 가는 것을 뒤로 보면서 생각을 하니까 어째 마음이 안되었어요."

하면서 어멈은 울먹울먹한다. 눈물이 핑 돈다.

"그런 것을 데리고 갔더니 참말 알지 못하는 마누라님이 앉아 계셔요. 그 마누라가 이걸 호떡이라 군밤이라 감이라 먹을 것을 사다 주면서 '나하고 우리 집에 가 살자. 이쁜 옷도 해주고 맛난 밥도 먹고 좋지, 나하고 가자, 가자' 하시니까 이것은 먹기에 미쳐서 대답도 아니하고 앉았어요."

이 말을 들을 때에 나는 그 계집애가 우리 마루 끝에 서서 우리 집 어린애가 감 먹는 것을 바라보다가, 내버린 감꼭지를 쳐다보면서 집어가지고 나가던 것이 생각났다.

어멈은 다시 이야기를 이어,

"그래, 제가 어쩌나 보려고 '그럼 너 저 마님 따라가 살련? 나는 집에 갈 터이니' 했더니 저는 본체만체하고 머리를 끄덕끄덕해요. 그래도 미심해서 '정말 갈 테야. 가서 울지 않을 테야?' 하니까, 저를 한번 흘끗 노려보더니 '그래, 걱정 말고 가요' 하겠지요. 하도 어이가 없어서 내버리고 집으로 돌아왔지요. 그러고 돌아와서 저 혼자 가만히 생각하니까, 아범이 또 무어라고 할는지 몰라 어째 안 되었어요. 그래, 바삐 아범이 일하러 댕기는 데를 찾아갔지요. 한번 보기나 하려고, 염천교 다리로 남대문통으로 아무리 찾아야 있어야지요. 몇 시간을 애써 찾아댕기다가 할 수 없이 그 댁으로 도루 갔지요. 갔더니 계집애도 그 마누라도 벌써 떠나가 버렸겠지요. 그 댁 마님 말씀이 저녁 여섯 시 차에 광핸지 광한지로 떠났다고 하셔요. 가시면서 보고 싶으면 설 때에나 와보고 와 살려면 농사짓고 살라고 하셨대요. 그래 하는 수가 있습니까. 그냥 돌아왔지요. 와서 아무 생각이 없어서 아범 저녁 지어줄 생각도 아니하고 공연히 밖에 나가서 왔다 갔다 돌아댕기다가 들어왔지요. 저는 눈물도 안 나요. 그러다가 밤에 아범이 들어왔기에 그 말을 했더니, 아무 말도 아니하고 그렇게 통곡을 했답니다. 여북하면 제 자식을 꿈에도 보두 못하던 사람에게 주겠어요. 할 수가 없어서 그렇지요. 집에 두고 굶기는 것보다 나을까 해서 그랬지요. 아범이 본래는 저렇게는 못살지는 않았답니다. 저희 아버지 살았을 때는 벼 백 석이나 하고, 삼 형제가 양평 시골서 남부럽지 않게 살았답니다. 이름들도 모두 좋지요. 맏형은 '장자'요, 둘째는 '거부'요, 아범이 셋짼데 '화수분'[2]이랍니다. 그런 것이 제가 간 후부터 시아버님이 돌아가시고, 그리고 맏아들이 죽고 농사 밑천인 소 한 마리를 도적맞고 하더니, 차차 못살게 되기 시작해서 종내 저렇게 거지가 되었답니다. 지금도 시골 큰댁엘 가면 굶지나 아니할 것을 부끄럽다고 저러고 있지요. 사내 못생긴 건 할 수가 없어요."

우리는 이제야 비로소 아범이 어제 울던 까닭을 알았고, 이때에 나는 비로소 아범의 이름이 '화수분'인 것을 알았고, 양평 사람인 줄도 알았다.

4

그런 지 며칠이 지난 어느 날 아침이다. 화수분은 새 옷을 입고 갓을 쓰고, 길 떠날 행장을 차리고 안으로 들어온다. 그것을 보니까, 지난밤에 아내에게서 들은 말이 생각난다. 시골 있는 형 거부가 일하다가 발을 다쳐서 일을 못 하고 누워 있기 때문에, 가뜩이나 흉년인 데다가 일을 못 해서 모두 굶어 죽을 지경이니, 아범을 오라고 하니 가보아야 하겠다는 말을 듣고, 나는 "가보아야겠군" 하니까, 아내는 "김장이나 해주고 가야 할 터인데" 하기에 "글쎄, 그럼 그렇게 이르지" 한 일이 있었다. 아범은 뜰에서 허리를 한번 굽히고 말한다.

"나리, 댕겨오겠습니다. 제 형이 일하다가 도끼로 발을 찍어서 일을 못하고 누웠다니까 가보아야겠습니다. 가서 추수나 해주고 는 곧 오겠습니다. 그저 나리 댁만 믿고 갑니다."

나는 어떻게 대답을 했으면 좋을지 몰라서,

"잘 댕겨오게."

하였다.

아범은 다시 한번 절을 하고,

"안녕히 계십시오."

하면서 돌아서 나갔다.

"저렇게 내버리고 가면 어떡합니까? 우리도 살기 어려운데 어떻게 불 때주고 먹이고 입히고 할 테요? 그렇게 곧 오겠소?"

이렇게 걱정하는 아내의 말을 듣고 나는 바삐 나가서 화수분을 불러서,

"곧 댕겨오게, 겨울을 나서는 안 되네."

하였다.

"암, 곧 댕겨옵지요."

화수분은 뒤를 돌아보고 이렇게 대답을 하고 달아난다.

5

화수분은 간 지 일주일이 되고 열흘이 되고 보름이 지나도 아니 온다. 어멈은 아범이 추수해서 쌀말이나 지고 돌아오기를 밤낮 기다려도 종내 오지 아니하였다. 김장 때가 다 지나고 입동이 지

나고 정말 추운 겨울이 되었다. 하루 저녁은 바람이 몹시 불고, 그 이튿날 새벽에는 하얀 눈이 펑펑 내려 쌓였다.

아침에 어멈이 들어와서 화수분의 동네 이름과 번지 쓴 종잇조각을 내어놓으면서, 오지 않으면 제가 가겠다고, 편지를 써달라고 하기에 곧 써서 부쳐까지 주었다.

그다음 날부터는 며칠 동안 날이 풀려서 꽤 따뜻하였다. 그래도 화수분의 소식은 없다. 어멈은 본래 어린애가 딸려서 일을 잘 못하는 데다가, 다릿병이 있어 다리를 잘 못 쓰고, 더구나 며칠 전에 손가락을 다쳐서 일을 하지 못하는 것을 퍽 미안하게 생각한다.

그리고 추운 겨울에 혼자 살아갈 길이 막연하여, 종내 아범을 따라 시골로 가기로 결심을 한 모양이다.

"그만, 아씨, 시골로 가겠습니다."

"몇 리나 되나?"

"몇 린지 사나이들은 일찍 떠나면 하루에 간다고 해두, 저는 이틀에나 겨우 갈걸요."

"혼자 가겠나?"

"물어 가면 가기야 가지요."

아내와 이런 문답이 있은 다음날, 아침 바람이 몹시 불고 추운 날 아침에 어멈은 어린것을 업고 돌아볼 것도 없는 행랑방을 한 번 돌아보면서 아창아창 떠나갔다.

그날 밤에도 몹시 추웠다. 우리는 문을 꼭꼭 닫고 문틈을 헝겊으로 막고 이불을 둘씩 덮고 꼭꼭 붙어서 일찍 잤다.

나는 자면서, 잘 갔나, 얼어 죽지나 않았나 하는 생각이 났다.

화수분도 가고, 어멈도 하나 남은 어린것을 업고 간 뒤에는 대문간은 깨끗해지고 시꺼먼 행랑방 방문은 닫혀 있었다. 그리고 우리 집에는 다시 행랑 사람도 안 들이고 식모도 아니 두었다. 그래서 몹시 추운 날, 아내는 손수 어린것을 등에 지고 이웃집의 우물에 가서 배추와 무를 씻어서 김장을 대강 하였다. 아내는 혼자서 김장을 하면서 눈물을 흘리고 어멈 생각을 하였다.

6

김장을 다 마친 어떤 날, 추위가 풀려서 따뜻한 날 오후에, 동대문 밖에 출가해 사는 동생 S가 오래간만에 놀러 왔다. S에게 비로소 화수분의 소식을 듣고 우리는 놀랐다. 그들은 본래 S의 시댁에서 천거해 보낸 것이다. 그 소식은 대강 이렇다.

화수분이 시골 간 후에, 형 거부는 꼼짝 못하고 누워 있기 때문에, 형 대신 겸 두 사람의 일을 하다가 몸이 지쳐 몸살이 나서 넘어졌다. 열이 몹시 나서 정신없이 앓으면서도 귀동이(서울서 강화 사람에게 준 큰계집애)를 부르고 늘 울었다.

"귀동아, 귀동아, 어델 갔니? 잘 있니……"

그러다가는 흐득흐득 느끼면서,

"그렇게 먹고 싶어 하는 사탕 한 알도 못 사주고 연시 한 개 못 사주고……"

하고 소리를 내어 어이어이 운다.

그럴 때에 어멈의 편지가 왔다. 뒷집 기와집 진사 댁 서방님이 읽어주는 편지 사연을 듣고,

"아이구, 옥분아(작은계집애 이름), 옥분이 에미!"

하고 또 어이어이 운다. 울다가 펄떡 일어나서 서울서 넝마전에서 사 입고 간 새 옷을 입고 갓을 썼다. 집안사람들이 굳이 말리는 것을 뿌리치고 화수분은 서울을 향하여 어멈을 데리러 떠났다. 싸리문 밖에를 나가 화수분은 나는 듯이 달아났다.

화수분은 양평서 오정이 거의 되어서 떠나서, 해 져갈 즈음해서 백 리를 거의 와서 어떤 높은 고개를 올라섰다. 칼날 같은 바람이 뺨을 친다. 그는 고개를 숙여 앞을 내려다보다가, 소나무 밑에 희끄무레한 사람의 모양을 보았다. 그것을 곧 달려가 보았다. 가본즉 그것은 옥분과 그의 어머니다. 나무 밑 눈 위에 나뭇가지를 깔고, 어린것 업는 헌 누더기를 쓰고 한끝으로 어린것을 꼭 안아가지고 웅크리고 떨고 있다. 화수분은 왁 달려들어 안았다. 어멈은 눈은 떴으나 말은 못 한다. 화수분도 말을 못 한다. 어린것을 가운데 두고 그냥 껴안고 밤을 지낸 모양이다.

이튿날 아침에 나무장수가 지나다가, 그 고개에 젊은 남녀의 껴안은 시체와, 그 가운데 아직 막 자다 깬 어린애가 등에 따뜻한 햇볕을 받고 앉아서, 시체를 툭툭 치고 있는 것을 발견하여 어린 것만 소에 싣고 갔다.

후회

1929년 8월 그믐 가물던 때이었다. 하늘에는 연회색 구름이 잔뜩 끼고 마치 가을 날씨처럼 바람이 설렁설렁 불어 만수대(평양) 아래 서 있는 포플러 나무들이 흔들흔들하면서 와슬랑와슬랑 소리를 내는 것이, 금방 비가 올 듯하면서도 한길에 먼지만 날리고, 도로 좁은 마당에 볕만 내려쬐어서 마당 한 모퉁이에 심은 꽃나무들이 시들시들 말라 죽어가는 것을 보고도 못 본 체하고,

"웬걸 비가 올라고."

하면서 복실이 어머니는 뒤꼍에서 아이들 옷가지의 풀을 먹이고 있었다. 정신없이 풀 먹인 것을 짜는데 이상하게 짜기가 힘이 든다.

"이게 무어야?"

하면서 펴보니까 복실이 아버지가 입던 적삼이다.

"이것이 어디 가서 자빠져 낮잠을 자노."

아홉 살 먹은 복실이는 보통학교에 가고, 일곱 살 먹은 복네는 유치원에 가고, 네 살 먹은 사내놈 춘식이는 안방에서 자고, 혼자서 조용히 풀을 먹이고 있다가, 벌써 집을 나간 지 오랜 남편의 적삼을 보고, 잊어버렸던, 아니 잊어버리려고 하던 남편의 생각이 나서 깊은 한숨을 지으며 이렇게 혼자 중얼거렸다.

*

복실이 아버지 명구란 사람은 평양에서도 몇째 아니 가는 큰 실업가의 아들이더니, 어려서부터 오입을 시작해서 돈을 많이 쓰다가 마침내 아편을 배웠다. 그러는 동안에 아버지도 장사에 실패하고 가산은 점점 기울어져, 마침내 파산을 당하고 아버지 어머니까지 죽어버렸다. 이때에 명구는 정신을 차려서 금강산으로 달아나서 석 달 동안을 있다가, 아편을 끊고 돌아와서는 그 처가에 붙어살면서 도로 살이 오르고 제법 살이 오르고 제법 사람이 되었다. 처가에 살림도 좀 돌아보아주고 있다가, 우연히 이전 친구를 만나서 다시 끊어버렸던 술을 먹게 되고 모르히네[1] 주사를 시작하였다.

남은 세간과 의복까지 다 잡혀먹었다. 돈 내라고 여편네를 때려서 복실이 어머니는 명구의 침자리같이 성한 데가 없다. 아이들을 위해서 깊이깊이 간직해두었던 패물이며, 남에게 맡겨두었던 돈냥까지 다 없이하고, 여편네 의복, 이부자리 있는 대로 다 잡혀먹었다. 처가에서는 하도 미워서 딸을 큰아이들만 두어두고 작은 아이는 데리고 어디로 도망을 시켰다. 그리고 명구를 다시 못 들어오게 쫓아버렸다. 그래서 명구는 몇 해 전 찬바람 불기 시작하는 가을에 거적을 쓰고 빌어먹기를 떠났다.

복실이 어머니는 바느질품팔이를 하면서 만수대 아래 한 모퉁이에서 다시 살림을 차렸다. 명구는 어떻게 이것을 알고 찾아와서 돈 내라고 야단치고, 막 때려서 안 주면 모처럼 장만한 이부자리고 그릇이고 막 집어가지고 나갔다. 그래서 한번 왔다 간 뒤에는 곧 다른 집으로 셋방을 얻어가지고 이사를 하기를 벌써 몇 번째 했는지 모른다. 이번에는 떠나온 지 다섯 달이 되도록 이내 소식이 없었다.

*

복실이 어머니는 막 풀을 다 먹여가지고 내다 널려고 하는데, "찌꺽" 하고 요란하게 대문 소리가 난다. 혼잣말로 "누가 오나, 벌써 복실이가 오나" 하면서 손으로 이마에 흐르는 땀을 씻는데 과연 복실이가,

"어머니, 어머니."

이상스럽게 낮은 목소리로 찾으면서 헐떡거리고 왔다. 어머니는 말없이 복실이를 보았다. 어머니 귀에다 입을 갖다 대고 "아버지, 아버지" 속삭인다. 복실이 어머니는 이 말에 또 가슴이 활랑거리기를 시작했다. 그래서

"그래 봤니? 어디 있데?"

복실이는 손가락질만 한다. 손가락질하는 방향은 바로 한길 대문 편이다. 이때에 작은애 복네가 또 들어왔다.

"엄마, 아부지 왔어. 아부지."

하고 좀 큰 목소리로 떠든다.

"이애, 가만 있거라. 떠들지 말아."

복실이 어머니는 어린것의 입을 틀어박고 부엌문 틈으로 내다보았다. 아래는 다 해어져 무릎이 드러난 헌 양복바지를 입고, 위에는 때 묻고 찢어진 검은 웃옷을 입고 머리에는 위 꼭대기는 거의 없어진 맥고를 쓰고, 맥고 밑으로 먼지에 누우레진 머리가 구실구실 늘어져서 얼굴을 반쯤 가리었다. 아무리 내외간이나마 몰라보게 되었다. 어린것들이 알아본 것이 용하다 하였다. 피가 켕긴다는 말이 과연 옳다고 생각하였다.

이윽고 거지는 이마를 땅에 닿도록 연해 절을 하면서 그야말로 사흘에 한 끼도 못 먹은 듯이 느리고 힘없는 목소리로,

"큰댁에 동냥 왔습니다. 한 푼 적선합시오."

이 목소리는 옛날에 술 사오라고 호령하던 목소리, 술 취해서 수심가 빼던 목소리와는 딴판이었다. 그 죽어가는, 천연 거지의 소리는 차마 들을 수 없었다. 불쌍도 하고 밉기도 하고, 나가서 발길로 걷어차고도 싶고, 목을 쓸어안고 울고도 싶고, 어쩔 줄을 몰랐다. 잠깐 멍하니 섰다가 같은 목소리가 또 들리므로 차마 더 들을 수가 없어서 어머니 눈치만 보는 어린것들을 눈짓으로 꼼짝 못하게 하고, 얼른 안방 주인집 애를 시켜서 보통 거지 모양으로 동전 한 푼을 주어 보내게 하였다.

거지는 동전 한 푼을 받아가지고 절을 한번 굽실하고 돌아서 나갔다. 돌아서 나갔다는 말을 듣고야 뒤로 얼른 따라 나가보았다. 거지는 어정어정 가다가 또 다른 대문으로 들어간다. 복실이 어머니는 그만 뛰어 들어왔다. 들어와서 쪽마루 끝에 앉아서 고름짝으로 눈물을 씻으면서 혼자 중얼거린다.

'내가 죄를 받겠다…… 찬밥이라도 밥이나 멕여 보낼걸…… 돈이나 좀더 줄걸……'

이런 생각을 하다가

'어린것을 생각해서……'

하고 입술을 깨물고 머리를 흔들고 일어섰다.

그런 지 한 십오 분이나 지난 뒤이다. 저녁도 아니하고 있던 복실이 어머니는 복실이를 시켜서 얼른 아버지를 찾아보라고 했다. 어린 복실이와 복네는 손목을 맞잡고 아버지를 찾으러 나갔다. 거지 아버지를 찾으러 아장아장 나가는 철없는 것들의 뒷모양을 이윽히 바라보다가, 골목을 돌아 나갈 만한 뒤에 복실이 어머니는 목을 놓아 울었다. 울다가 울다가 안방 마누라의 말림으로 울음을 멈추자, 어슬렁어슬렁한 저녁에야 어린 것들이 울먹울먹 울면서 들어온다.

"암만 찾아보아도 아버지 어디 갔는지 없어!"

"그만두어라. 그건 찾아 무얼 하니. 들어오면 매나 맞지……"

아이들을 위로하느라고 이렇게 말해버렸다. 안방에서 주는 밥 한 주발하고 먹다 남은 찬밥하고 숭늉에 말아서 주었건만, 아이들도 종내 아니 먹었다. 아무것도 모르는 그중 어린것만 좀 퍼먹었다.

아이들은 시름없이 앉았다가 쓰러져 잠이 들었으나, 복실이 어머니는 자는 아이들을 두고 미친 여편네처럼 거리를 한참 휘돌아서는 한잠도 못 자고 밤을 지냈다.

여자도 사람인가

1

이것은 간도 명동서 살던 어떤 부인의 이야기다. 그는 지금으로부터 한 십여 년 전 일을 회고하여 이야기한다.

*

만주 명물인 조와 옥수수가 누우렇게 익어 말갛게 가을을 해들이고 밭에는 그루터기만 남은 데다가 아침이면 서리가 허옇게 내리고, 저녁이면 먼지 섞인 들바람이 쉬쉬 불어오는 쓸쓸한 늦가을이었다.

명동 ××학교에는 하학 시간이 되어 학생들은 다 가버리고 아직 화덕불도 못 피워서 음산한 사무실에 나는(그때에 보통과 일을 보던 나는) 마침 당직이 되어서 일직을 하느라고 앉아 있었는데, 다른 선생들은 거의 다 일찍 가버리고 나보다 먼저 들어온(여선생인) 한선생과 가을 학기부터 한문 교사로 새로 들어온 최학규 선생 두 사람이 신문도 들여다보고 무슨 책도 보고 웅크리고 앉아 있었다.

"여자두 사람이라구요?"

"왜요?"

"여자는 사람이랄 것이 없어요."

나는 일지를 마저 써버리고 교실을 한번 돌아보고 와서 전날부터 시작한 『무정』을 들여다보고 있는데 두 분 선생의 이런 문답이 들린다. 나는 『무정』에서 형식이 영채를 찾으러 평양으로 가는 대목을 재미있게 읽다가 말이 하도 심상치 아니한 것을 알고 읽던 책을 덮어놓고 두 분을 주목하였다. 여자는 사람이 아니라고 하는 이는 한문 선생 최선생이요, 거기에 항의를 하는 이는 한선생이다.

"그건 선생님, 무슨 이유로 그렇습니까?"

"이유는 무슨 이유요. 글쎄, 여자는 사람이 아니라니까."

"덮어놓고 여자는 사람이 아니라고 하시는 것은 선생님 큰 실수십니다."

이러한 담화가 그냥 계속된다. 최선생은 얼굴에 핏대를 올리면서 대답한다.

"그래 여자도 사람인 줄 아시오? 희랍 어떤 철학자도 여자에게는 영혼이 없다고 했고, 니체두 여자는 임신하는 기구라고 했고,

가장 위험한 장난감이라고 했지요."

"선생님, 그건 다 남자들의 말이 아닙니까? 그런 케케묵은 사상은 오늘날같이 문명한 시대에는 소용이 없습니다. 좀 다 집어치우세요."

나는 듣다못해 한마디 들입다 쏘았다.

"또 달려붙는다. 여자가 사람 노릇을 해야지, 사람이 아니란다고 분을 내기만 하면 됩니까?"

"허 그만둡시다. 남자도 사람 노릇을 별로 한 것이 없지만 여자는 도대체 사람이 아닌 걸 말해 무얼 해요."

최선생은 날더러는 그만두자고 해놓고도 혼잣말처럼 이렇게 중얼거리면서 깊은 한숨을 한번 짓고 보던 신문지장을 기막히는 듯이 집어던지고 슬며시 일어나서 뉘엿뉘엿 넘어가는 빨간 놀 끼인 서쪽 하늘을 바라보면서 팔짱을 찌르고 천천히 나가버린다.

'말없고 점잖은 최선생이 웬일로 저렇게 여자에게 대하여 분개한 어조로 말을 할까?'

이런 생각을 하고, 그의 머리는 이발한 지가 오래서 긴 머리털이 귀 쪽을 덮을 듯하고 때 묻고 꼬깃꼬깃 구긴 두루마기와 그 밑에 늘어진 소금 자루 같은 무명 고의는 말할 것도 없고, 초췌하고 창백한 그의 얼굴과 맥없는 그의 걸음걸이는 그때에 그 땅에서 흔히 보던 궁진한 지사나 선비 이상으로 무슨 가슴 아프고 눈물겨운 과거를 역력히 말하는 듯하였다.

2

최선생은 지난여름에 명동에 와서 윤교장 댁에서 밥을 자시고 자기는 학교에서 자면서 아이들 글씨도 씌우고 한문도 읽히고 지나다가 가을 학기부터 교사로 임명이 되어서 일 보게 되었는데 평생에 말이 적고 엄한 윤교장은 알겠지만 뉘게나 일체 말이 없으니까, 한 학교에서 일을 보면서도 우리는 그의 지난 경력을 알지 못하였다. 우리가 모르니 다른 이들이야 말할 것도 없다.

"그 어른이 왜 그러시우. 선생님 무어라고 하셨어요?"

최선생의 자취가 사무실 문밖에 사라지자 한 선생을 보고 이렇게 물어볼 수밖에 없었다.

"글쎄, 무어라고 하긴. 어제 다녀간 여자 전도대 말이 나서 그 홍마리아가 말 잘하던 이야기를 하고 상당한 자격이 있다고 했더니 두 마디 안팎에 그 어른이 그만 기가 나서 그러시는구먼. 여자들을 여간 모욕하는 게 아니야……"

착하고 솔직한 한선생은 어이없다는 듯이 나를 바라본다.

"글쎄, 왜 그러실까? 여간이 아니신데요."

나도 동감하는 뜻을 표하면서도 웃으니까 한선생도 웃으면서,

"분이 나서 막 해낼라다가 말았지."

"그러기 나도 대들지 않았어요. 선생님, 그런데 이야기를 좀 할라니까 일어나 나가시니……"

"글쎄 말이야, 말도 하기 싫은지 일어나 나가시지."

"선생님, 그 선생님 이야기 들으셨어요? 전에 어떻게 지내시고 그 가정 형편이 어떤지 아셔요?"

"몰라, 단단히 실연을 하셨나?"

"그 학자님, 늙은이가 실연이 무어야."

우리는 둘이서 한바탕 웃었다. 웃으면서 그의 내력이나 좀 알았으면 하는 생각이 있는 터에 마침 윤교장이 들어온다. 무슨 좋은 소식이나 들으셨는지 기분이 좋은 얼굴이다.

"아직들 계시우…… 추운데 인제 화덕불을 피워야 할 텐데……"

"괜찮아요, 선생님 좀 앉으셔요."

나는 윤교장의 말이 끝나기도 전에 이렇게 말을 붙였다.

"왜요?"

"글쎄 좀 앉으세요. 거기 앉으시고 이야기나 좀 하셔요."

"이야기는 갑자기 무슨 이야기를 하라구."

"선생님, 조용한데 좋은 말씀이나 좀 하시지요."

한선생도 내 말에 응원을 한다.

"선생님들 약속하고 그러시는군. 무슨 말을 해요. 갑자기?"

"저 선생님, 최선생님 이야기나 좀 하셔요."

나는 바로 이렇게 말했다.

"최선생이라니."

윤선생은 의외인 듯이 우리를 본다.

"왜 새로 오신 한문 선생님 말이야요. 그 어른 이야기나 하세요."

"최선생 이야기라니 그 어른이 무슨 소설책인가."

"그 어른의 지난 내력을 이야기하시란 말이지요."

한선생도 이렇게 설명을 하면서 청한다.

"왜요, 그 어른의 내력은 나도 자세히 모르는걸요."

"왜, 글쎄 오늘은 새삼스럽게 최선생 내력 이야기를 말하라고 야단들이오? 그 어른보고 직접으로 청하지, 낸들 아나?"

"그 어른이 우리에게 이야기를 하시나요? 당초에 여자는 사람이 아니라는데요. 사람도 아닌 우리더러 당신의 지난 이야기를 하실 리가 있어요. 선생님이야 같은 남자요, 친구시니까 이야기를 들으셔서 아실 테지요, 이야기를 좀 하셔요."

내가 이렇게 거듭거듭 바짝 조르고, 한선생은 방금 여자는 사람이 아니라고 하시더란 말을 하고 그 까닭을 물으니까 빙그레 웃으면서 잠시 침묵하고 앉았던 윤교장은,

"으흠!"

기침을 한번 하고 대강 이야기하는 사실은 이러하다.

3

최선생은 본래 북청 사람으로 홀어머니만 계시고 가세가 빈궁하기 때문에 경성 가서 고학으로 사범학교를 졸업하고 고향에 돌아와서 손수 학교를 세우고 십 년 동안이나 교육에 힘썼다. 그러는 동안에 그는 역시 경성 모 미술학교에 다니던 장이라는 여자와 결혼을 하였다. 장은 인물도 남에게 빠지지 아니하려니와 일

찍부터 남다른 뜻이 있고, 구변이 좋아서 여름이면 여자 강연대를 해가지고 다니면서 주먹으로 책상을 두드리고 연설을 해서 많은 사람의 찬탄과 흠모를 받던 사람이었다.

장은 학비 관계로 학교를 마치지 못하고 고향에 돌아와서 얼마 동안은 놀고 있다가 최선생이 하는 학교에서 의무로 일을 보았다. 이때에 두 사람은 결혼하게 된 것이다. 두 사람은 경성서부터 서로 알고 교제가 있었고 한번은 남녀 순회 강연대에 같이 다닌 일도 있었고 '브나르도'[1] 운동에 대를 같이하여 아이들을 모아놓고 노래와 글을 가르친 일도 있었다.

그래서 그때에는 썩 흔치 아니한 연애를 해서 거의 자유 결혼을 하게 된 것이다. 장은 최선생의 인격과 사상에 공명한다 해서 그 편지에는 '동지'라는 문구를 썼고, 자기는 일평생 다른 남자를 사랑해본 일이 없고 장차 사랑치도 아니할 것을 맹세한 일이 있었다. 그리고 장의 집에서는 최가 너무 가난하다고 혼인을 반대하는 것을 최하고 결혼 못하면 죽는다고 야단해서 종내 결혼을 했다.

두 사람은 행복스러운 결혼 생활을 사오 년 하는 동안에 딸 하나 아들 하나 두 자녀를 두었다. 그러다가 모 사건 관계로 최는 감옥 생활을 몇 해 하고 나와서 아무것도 못하고 놀다가 친구 몇 사람과 짝을 지어 가슴에 비장한 뜻을 품고 멀리 만주로 건너갔다.

그때에 아내는 처음에는 얼른 찬성을 아니하였으나 떠날 때에는,

"내 어머니도 잘 모시고 아이들도 어떻게든지 길러갈 터이니 집 걱정은 하지 말고 아무쪼록 성공만 하시오."

하고 좋은 말로 보냈다. 그런데 최가 집을 떠난 지 약 일 년 만에

국내에 긴급한 용무를 띠고 고향에 돌아왔을 때 일이다. 반가이 그 모친과 아내와 어린것들을 보려고 했던 최는, 너무도 의외의 일에 놀라지 않을 수 없었다.

철석같이 믿고 서로 약속했던 아내는 석 달이 못 되어 아들딸을 내버리고 늙은 시어머니를 버리고 어떤 사나이와 손을 잡고 달아났다. 앓는 것을 버리고, 어미가 달아난 뒤에 아이놈은 종내 죽어 버리고 그 뒤에 자기 어머니도 병이 나서 이내 세상을 떠나고 딸아이는 남의 집에서 구박을 받으면서 얻어먹는 신세가 되었다.

최는 다섯 살 먹은 석이가, 달아난 어미를 찾다가 죽은 이야기며, 자기 노모가 약 한 첩 달여주는 이 없이 혼자 앓다가 죽었다는 말을 듣고 딸 순희의 불쌍한 꼴을 보고 어머니의 무덤에 가서 피눈물을 흘리고 통곡을 하였다. 그리고 그때부터 그는 '여자는 사람이 아니다' 하는 것을 절절히 느꼈다.

최는 다시 길을 떠나서 시베리아로 북만주로 팔 년 동안이나 돌아다니다가 불행히 아무 일도 성공하지 못하고 간도로 나와서 옛 친구를 찾아 명동으로 왔던 것이다. 그러는 동안에 한번 '여자는 사람이 아니다' 하는 것을 마음에 철저하게 단정한 뒤로는 다시는 결혼을 하지 않기로 결심하고 일찍이 한 번도 여자를 가까이한 일이 없었다. 그리고 여자는 사람이 아니라는 것이 그 뇌수에 화인처럼 새겨졌는지 그 생각을 평생토록 변치 못할 신조로 삼아 언제든지 힘써 주장하는 것이다.

4

윤교장은 이야기를 마치고 우리들을 유심히 바라보고 일어나 나갔다. 우리도 서로 바라보고 고개만 끄덕거리고 집으로 돌아왔다. 그런 뒤로는 나는 최선생의 태도를 짐작하고 별로 상대를 해서 말을 하려고 하지 아니하였다. 실상 그에게 아무도 말을 붙일 수가 없었다.

그는 고개를 숙이고 학교에 왔다가 시간을 마치면 또 고개를 숙이고 책을 보다 하늘을 바라보고 혼자서 나간다. 저녁때까지 시간이 있으면 그는 혼자서 벌판으로 산으로 돌아다니는 것이 일이다. 그에게는 친구가 없다. 여자는 말할 것도 없고 어느 남자도 그의 거처하는 방에 찾아가서 놀고 온 일이 없다. 이만하면 그가 얼마나 쌀쌀하고 침울한 사람인가 알 수 있으려니와 나는 일 년이나 한 학교에서 지내는 동안 한 번도 그가 웃는 것을 본 일이 없다.

5

그 후에 나는 간도를 떠나서 본국에 와서 지나다가 칠팔 년이 지나서 오래간만에 처음으로 명동에 가서 한여름을 나서 온 일이 있는데, 그때에 나는 다시 최선생의 말을 들었다.

최선생은 그 모양으로 사오 년을 지내는 동안에 명동서는 신선이라, 괴물이라, 고자라, 별별 별명을 들으면서 홀아비 생활을 하고 지냈다. 그러면서도 학생들과 동네 사람의 존경을 받았다. 그러다가 본래 양계와 원예에 취미를 가지고 다소의 경험이 있던 최선생은 학교에서도 학생들을 데리고 양계를 조금씩 시작하고 토마토, 감자 같은 채소를 심기 시작하였다. 어려운 학생은 자기 월급으로 학비를 대어 공부를 시켰다.

그런데 그때 명동에는 오 무엇이라는 이가 학교 일을 좀 보다가 그만두고 양계를 크게 하다가 불행히 병이 들어 앓다가 죽었다. 최선생은 오씨와는 학교에서부터 친분이 있을 뿐 아니라 양계의 취미가 서로 같은 관계로 가끔 오씨의 집을 찾아가고 병중에 있는 오씨를 위하여 대신 그 집 계사를 도와주곤 하였다.

그러다가 오씨가 죽은 다음에도 철없는 아이들만 있고 아무 경험이 없는 부인만 있는 그 집에 자주 다니면서 계사와 채원을 살펴주게 되었다. 그럭저럭 최선생은 오씨의 가사까지 돌보아주었다. 최선생의 월급을 몇 학생 학비로 주고 남은 것은 이 집 식구를 위하여 다 털었다.

그런데 오씨의 집에는 명희라는 딸이 있었다. 명희는 내가 명동에서 학교 일을 볼 때에는 보통과 4학년에 다녔는데, 아이가 썩 명철하고 예쁘고 나를 퍽 따르던 학생이었다. 그러니까 명희와 명희 동생들은 최선생을 선생 겸 아버지 겸 따르고 순종하였다. 최선생도 옛날 자기 자식을 생각해서 그 아이들을 극진히 사랑하였다. 그러는 동안에 최선생은 명희의 집에 없지 못할 식구가 되고 명희가 잠깐 숙성해서 큰 처녀가 되자 피차에 정이 들어서 결혼이 되었다. 결혼을 해가지고 최선생은 그 집 식구를 데리고 용정에 가서 학교 일을 보면서 산다는 말을 들었다. 나는 그 말을 듣고 여자는 사람이 아니라고 하고 한평생 홀아비로 지낼 듯하던 최선생이 대체 웬일일까 하고 깜짝 놀랐다. 명동서도 한동안 이야깃거리가 되었다고 한다.

6

그런 지 이 년 만(지난가을)에 나는 두번째 간도를 가게 되었다. 지난번에 다녀왔을 때, 나는 뜻밖에 명희의 편지를 받았다. 먼젓번에 자기를 찾아보지 않고 간 것을 섭섭히 말하고 이 다음번에는 기어이 찾아달라는 것이다. 그래서 이번에는 꼭 찾아보리라 하고 날짜가 급한 것을 일부러 그때에 명희네가 이사해 사는 도문(圖們)에 들렀다.

"아이구, 선생님 오셨구망이."

허술한 수수깡 대문을 들어서면서 주인을 찾았더니 어린애를 등에 업고 빨래를 하고 있던 명희는 반기며 달려든다. 내 손을 두 손으로 꽉 붙들고 아무 말도 못 하고 나를 바라보곤 두 눈에 눈물이 핑 돈다.

"명희가 몰라보게 되었구만!"

그렇게 예쁘고 빨간 두 뺨, 도톰도톰하던 그 살이 쑥 빠지고 광대뼈가 나오고 혈색이 없는 것을 보니 나도 눈물이 날 듯하였다.

"반가운 손님 오셨슴메. 선생님 오셨구망이."

명희의 말에 방문을 열고 내다보이는 여전한 최선생이다.

"안선생님 웬일이시오, 들어가십시다."

최선생은 여전히 아래위에 검은 무명옷에 짚세기를 끌고 웃으면서 나온다. 나는 최선생의 웃는 얼굴을 처음 보았다. 나는 모든 것이 다 신기해서 사람이나 집을 다시금 살피면서 그들의 뒤를 따라 방으로 들어갔다.

"어찌 이렇게 저의 집을 찾아오셨는 게요?"

최선생은 방에 펴놓은 어린애 자리를 치우면서 나를 보고 반가운 듯이 이렇게 말한다.

"지난번에 못 뵙고 가서 어찌 죄송한지요."

"다녀가셨다는 말씀을 들었습니다. 선생님까지 과문불입을 하시는가 해서 참 섭섭했습니다."

"참말 찾아주신 이가 별로 없어요. 선생님은 꼭 들르실 줄 믿었는데 그냥 가셨다는 말을 듣고 저는 너무 섭섭해서 울었답니다."

명희도 이렇게 말하고 나를 본다.

최선생은 웃으면서 천장을 바라본다. 그 눈동자에는 인생을 달관하는 듯한 날카롭고도 쓸쓸한 빛이 번쩍하고 보인다. 세상이 너무 무정하고 야속한 것을 한탄하고 나는 고개를 숙였다.

방바닥은 장판이 뚫어진 것을 군데군데 발랐고 벽은 언제 도배를 했는지 위는 노랗고 밑은 아이들의 손때에 까매지고, 여기저기 신문지 장으로 발랐던 것이 함부로 찢어진 것은 아까 본 계사에 걸린 거적을 연상케 한다. 성냥갑 같은 궤짝이 뒤에 놓이고 그 앞에 겨우 대여섯 살이나 됨 직한 사나이가 손에 온통 먹칠을 하고 습자를 하고 앉아 있고, 작은 계집애 하나는 금방 자다가 깨었는지 어머니 옆에 달라붙어서 두리번두리번하더니 비죽비죽 울기를 시작한다.

"애들이 모두 잘났는데! 어린애가 몇이오, 모두?"

나는 역시 검은 저고리 치마를 입고 한 아이를 슬슬 어루만져서 달래고, 어린애를 끼고 젖을 먹이고 있는 명희더러 이렇게 물었다.

"큰아이까지 모두 넷이랍니다."

명희는 이상스럽게 부끄러운 듯이 고개를 숙인다. 큰아이라는 것은 물론 전실 딸이려니와 그동안 제가 셋을 낳았을까 하였다.

'아직 어린 사람이 아이를 넷이나 데리고 가난한 살림을 하기에 얼마나 고생을 하는고!'

하고 다시금 명희를 쳐다보았다. 저고리와 치마는 방바닥이나 거의 비슷하게 군데군데 기운 것을 천연스럽게 입었고, 어린것을 안은 손은 터지고 상한 것이 얼마나 가난에 시달리고 고되게 일을 했는지 말이 아니었다. 그러나 마음과 태도만은 학생 시대에 내가 보던 것이나 조금도 다름없이 곱고 명랑해 보였다.

"참 얘, 인사드려라, 어멍이 선생님이시란다."

명희는 아들이 벌떡 일어나서 덥석 절을 하는 것을 보고

"저 꼴을 좀 보시라오. 선생님, 온몸에 먹투성이를 하고, 호호호호."

"허허 저놈 인사하는 꼴 좀 보게. 저놈이 오늘 세수나 했소? 허

허허허."

최선생은 아들을 보고 아내를 보고 쾌활하게 한바탕 웃어놓는다. 살림은 비록 가난하나 내외간 재미는 썩 좋은 모양이다.

7

최선생은 벌써 삼 년째 업이 없이 지난다고 한다. 시대가 바뀌니 자격 문제도 되고 한문 과정이 없어지고 보니 자연 학교 일을 못 보게 되고 들어앉아 있는 동안에 살림의 궁진한 것은 이루 말할 수가 없었다고 한다.

"그럼 선생님 그동안 어떻게 지내셨습니까?"

나는 명희가 밖으로 나간 동안에 이렇게 물어보았다.

"사노라니 여북합니까? 선생님은 다 잘 아시기 이런 말씀을 합니다마는 내가 이렇게 궁한 줄을 알고 전에 내가 학비 냥이나 보태주어서 공부한 사람들 중에 몇 원씩 보내도 주고 해서 쌀말이라도 사고 했어요. 그런데 처음에는 그런 사람이 더러 있더니 얼마 지나고 보니 그것도 뚝 그치고 참말 말이 나니 말이지 처음에도 어떤 사람은 찾아와보기도 하고 돈냥도 보내는 사람이 있었지만, 되려 내가 그렇지 않을 줄 믿었던 사람이 용정을 왔다가 그냥 가버리고 혹 거리에서 만나도 외면을 하고 지나갑디다."

최선생은 이 말을 하고 한숨을 짓고 고개를 돌린다.

"그럼 어떻게 지내십니까? 참, 양계를 하시더군."

나는 뜰 한 모퉁이 흰 닭이 있는 것을 생각하고 이렇게 재쳐 물어보았다.

"참 기맥히지요? 그 꼴 보겠지요. 사람이 먹을 것이 없으니 닭 먹일 것이 있어야지요. 한동안은 내가 동네에 학교 못 가는 아이들을 모아놓고 글을 가르쳐주니까 그것들이 좁쌀알이나 가져와서 끓여 먹다가 이즈음은 내가 몸이 늘 불편해서 그것도 못 하고 저 명희가 남의 바느질도 하고 빨래를 해서 밥을 얻어오면 그것을 끓여 먹고 돈푼을 받아오면 그것으로 내 옷과 애들 옷도 해주고 하는 모양이지요. 명희가 나한테 시집와서 고생 무척 하지요. 그래도 한마디 불평이 없고 언제나 좋은 낯이지요."

나는 이 말을 듣고 아까 본 명희의 터진 손을 생각하였다.

"그러니까 가끔 굶지요. 그래 생각다 못해 한번은 내가 명희를 보고 '아이들을 누굴 다 주고 나는 나대로 떠돌아다니면서 얻어먹고 당신은 어데 취직을 해서 지내다가 다시 만나 살면 살고 죽으면 죽고 하지 이렇기야 어디 지내겠소' 했더니 도리어 제가 날더러 당치 않은 소리를 한다고 하면서 하는 말이, '굶어 죽어도 당신을 모시고 아이들을 데리고 같이 굶어 죽지 당신과 이 아이들을 버리고 어데를 간단 말이오. 젊은것이 몸이 성해서야 아무 짓을 하든지 당신 조밥이야 못 대접하겠소. 애여 아무 걱정 마시오.' 하고 되려 나를 위로합니다그려. 그런데 요새는 제가 가끔 앓지요. 아이들 말이 났으니 말이지 지금 저 업고 다니는 것은 제가 난 아이가 아니랍니다. 누가 우리 집에 갖다 버린 것이랍니다. 그걸 제 자식처럼 기른답니다."

나는 아무 말도 못 하고 오직 이 젊은 여성에 대한 존경과 감격에 북받쳐오르는 눈물을 금치 못하다가 큰아이가 보이지 않는 것이 생각이 나서,

"그런데 큰애기는 어데 갔습니까?"

"글쎄, 큰애는 나이를 좀 먹었으니 뉘 집에 보내서 아이라도 업어주고 얻어먹으라든지 누구를 아주 주어버리자고 해도 그런 법이 어데 있느냐고 하면서 기어이 공부를 시킨다고 학교를 보냅니다그려. 내 그런 사람 처음 보았습니다. 먹지를 못하고 남의 삯빨래를 하면서도 찬송가만 합니다그려! 저거 보십시오."

마침 부엌에서 가는 목소리로 명희의 찬송가 소리가 들린다. 이때 나는 문득 십 년 전 일이 생각나서,

"선생님, 옛날 명동서 하신 말씀이 생각나십니까? 여자는 사람이 아니지요, 선생님?"

이제야 때가 왔구나 하고 나는 한마디 되쏘았다.

"선생님 제발 용서하셔요. 부끄럽습니다. 여자가 모두 우리 명희 같으면 사람도 훌륭한 사람이지요. 선생님이나 우리 명희 같은 여자 앞에서는 도리어 남자인 내가 부끄럽지요. 제 가족 하나 먹여 살리지를 못하고 이런 못난 사나이가 어디 있어요?"

나는 무어라고 할 말이 없어서 머리만 끄덕이고 앉아 있는데, 어느새 명희 부인은 저녁상을 차려가지고 방그레 웃으면서 들어온다. 제법 흰 쌀밥에 생선 지진 것하고 김치하고 놓아가지고 들어온다.

"왜, 남의 말들을 하시는 게요. 선생님 반찬은 없어도 저녁 좀

잡수셔요."

"그게 웬일이오, 벌써 무슨 저녁이오. 그리고 이게 웬 놀라운 상이오."

"오늘 마침 계란 스무 알을 팔았어요."

하고 명희는 웃는다. 이때에 마침 머리를 매끈히 빗고 옷을 깨끗이 입은 여학생이 들어온다. 나는 이 집의 큰애기인 줄을 벌써 알았다. 내가 누군지도 모르련마는 날더러 공손히 인사를 한다. 큰아이의 모양을 보고 나는 더욱 탄복하였다.

"너희들은 너희 어머니 덕에 밥 먹고 살아가는구나."

나는 큰아이를 보고 이렇게 말했다.

"웬걸요, 그래도 저희 아버지가 옛날부터 양계를 해서 살아가지요."

남편의 체면을 손상치 아니하리라 해서 명희가 얼른 내 말에 대꾸를 한다.

"선생님, 여자가 참사람이에요. 나 같으면 저런 것을 저렇게 못 기르겠어요. 여자 앞에 지금은 항복합니다. 취소해주셔요. 예전에 어리석은 내 말 취소해주셔요, 선생님."

최선생은 밥 먹을 생각도 아니하고, 나더러 고개를 숙여 절을 한다.

"절을 할라면 부인에게 절을 하시지 왜 저에게 절을 하셔요?"

"네, 그저 바른대로 말이지 우리끼리 있을 때에는 저에게 가끔 절을 한답니다!"

"지금 내 보는 데 한번 절을 하시구려!"

"절하지요."

최선생은 코를 땅에 대고 명희 앞에 절을 한다.

"여자가 참사람입니다."

절을 하고 일어나서 최선생은 명희를 보고 나를 보고 이 말을 다시금 되풀이한다. 명희와 나는 웃지 않을 수 없었다.

하늘을 바라보는 여인

1

여름밤이 채 밝기 전에 잠을 깬 감네는 잠든 시어머니가 깰까 염려해서 조심조심 일어나서 가만히 밖으로 나왔다. 나오자마자 감네는 고개를 들어 하늘을 쳐다보았다. 아침에 일어나면 바삐 밤에 나와서 하늘을 바라보는 것이 버릇이 되어버렸지마는 오늘은 더욱 안타까운 심정으로, 그리고 꼭 믿고 바라는 마음으로 눈을 감다시피 하고 나와서 두 손을 모아 합장을 하고,

"오늘이야! 비가…… 비가……"

속삭이면서 온 정력을 두 눈에 다 모아 이윽고 하늘을 바라본 감네의 입술은 금방 다물어지고 합장했던 두 손이 꼭 쥐어지면서 바르르 떨고 온몸까지 떨리는 듯하였다.

빛 없고 핼쑥한 감네 자신의 얼굴 같은 새벽달이 한편짝에 원망

스럽게 걸려 있고 한편짝에는 맥없이 깜박거리는 샛별 한 개가 얼른 눈에 띌 뿐이요, 검은 구름이라고는 아무리 사방을 둘러보아야 손바닥만 한 것도 볼 수 없다.

"하느님두 너무하신다. ……이 인간이 죄가 많아서……"

눈물과 한숨이 한꺼번에 쏟아지듯 나온다. 금시에 얼굴이 컴컴해지고 쳐들었던 고개가 숙어진다. '오늘도 비 오기는 글렀다.' 하고 생각한 감네는 돌로 깎아 세운 듯이 꼼짝도 아니하고 서 있다.

2

감네 자신과 같이 외로운 신세인 늙은 시어머니를 모시고 젊은 여자의 몸으로 혼자 농사를 지어가면서 살아가기만도 어려운데 게다가 금년은 봄내 몹시 가물어서 잔뜩 믿었던 보리는 다 타 죽고 감자 한 알갱이도 걷지 못하고 옥수수 구경도 못하고 호박 오이나 무 배추 같은 푸성귀조차 구경할 수가 없으니 얼마나 곤궁하고 얼마나 답답하랴. 비록 어린것은 없을망정 어린아이 마찬가지로, 자시는 것밖에 아무 생각이 없이 가끔 망령을 부리는 시어머니를 모시고 살아가기가 여간 어렵지 아니하였다. 늙은이는 아직 끼니를 빼지 않고 죽이라도 끓여서 대접하지마는 감네 자신은 먹는 듯 굶는 듯 지내는 형편이다.

이 가뭄은 이십 년래에 처음 되는 가뭄이라고 금년에는 모두 굶어 죽는 사람이 많으리라고 걱정이다. 동리마다 우물까지 말라서 물난리가 나서 야단이요, 인심이 아주 흉흉해졌다.

감네는 소년 과부로 사 년을 지내는 동안, 거친 세상에서 마치 몹쓸 풍랑에 밀리는 일엽편주처럼 외롭고 시달리는 감네는 살아가기도 어렵지마는 마음에 받는 괴로움도 한두 번 한두 가지가 아니었다.

윗마을 거리에 제 여편네를 때려죽이고 칠 년 징역을 하고 나왔다는 여관 주인이 가끔 매파를 보내는 것은 아주 질색이었다.

"글쎄 그 녀석이 접때 날더러 하는 수작이 '제가 아주머니 아들이 될 터이니 며느님하고 내외가 되게 해주십쇼. 그래도 제가 괜찮은 사람이라 괜히 실히 모르고들 그러지, 그리고 여관이나 잘하면 우리 몇 식구 먹구살긴 걱정 없구요. 마침 앓고 누웠던 저희 집 늙은이는 가실 데로 갔으니까 아주머니를 내 어머니로 잘 모실 터이니 염려 마시고, 노인이 이렇게 굶고만 계셔야 되겠어요? 어서 그러시우' 하면서 부득부득 조르더구나."

감네는 이 말을 듣고, 분이 머리털 끝까지 치밀어서 어쩔 줄을 몰랐다. 게다가 혹 장에 가는 길에서 만나면 눈치가 다르고 추근추근 말을 붙이던 생각을 하면 더욱 분해서 견딜 수 없었다.

다음에 감네의 마음을 괴롭게 한 것은 한동네 사는 용돌이 일이다. 용돌이는 죽은 남편의 동무 중의 한 사람이다. 역시 늙은 어머니를 모시고 누이동생하고 세 식구 살아가는 가난한 총각이다.

마음이 곧고 부지런하고 일 잘하고 말이 없고 별로 나무랄 데가 없는 사람이다. 남편의 친구인 것뿐 아니라 감네도 어려서부터 잘 알던 사람이었다. 동무라면 동무였다. 남편이 살았을 때에 가끔 놀러 오면 아무 말 없이 앉아 있거나 그렇지 않으면 남편이 보는 책을 들여다보다가 감자나 옥수수 같은 것을 같이 먹고 놀다가 빙긋이 웃으면서 말없이 가곤 하였다.

용돌이는 남편이 죽고 초상을 치를 때에는 정성껏 일을 보아주었으나 그 뒤에 일체 오지 아니하였다.

그런데 삼년상을 치르고 나서는 가끔 와서 일도 도와주고 고맙게 하는 것을 감네는 간곡히 거절을 하였다. 그래도 용돌이는 몰래 나무도 갖다 주고 혹은 감네네 밭에 거름도 내어주었다. 고맙긴 고마우면서 감네는 썩 불쾌히 생각하는 차에 종내 용돌이 어머니가 조용히 찾아와서 혼담을 꺼냈다. 둘이 결혼을 하고 두 집이 한집처럼 지내자는 것이었다. 용돌이가 자기의 뜻을 모르고 게다가 남편의 친구로 그런 마음을 품는다는 것이 몹시 분하였다. 여자라고 없이 여기는 것이 분하였다. '나는 내 힘으로 살아간다' 하는 결심을 굳게 하고 '여자도 남자가 하는 일을 할 수 있다'는 생각을 하고 감네는 단연코 혼인을 거절하였다.

3

마당 한가운데 정신없이 서 있던 감네의 얼굴에는 문득 급한 조수가 밀려온 듯이, 어떤 새 희망과 새 힘이 용솟음쳐 나오듯이, 화색이 돌고, 어떤 무서운 결심을 한 사람 모양으로, 어디서 새롭고 딴 힘이 전기처럼 들어오는 듯이 두 주먹이 불끈 쥐어진다. 꼭 깨물었던 입술이 틀리고 온 얼굴에 기쁜 빛조차 가득 찬 듯하면서 고개가 점점 쳐들어지고 늘어졌던 두 손이 차차 올라가되 다시 합장을 하였다.

감네는 쏜살같이 광 쪽으로 가서 광문을 가만히 열고 들어가서 괭이와 부삽을 메고 나왔다. 괭이를 어깨에 메고 한 손에 부삽을 들고 나오는 그 얼굴과 그 거동은 마치 청룡도를 비껴들고 전장에 나가는 용사의 그것이었다.

감네는 자기 집 지게문을 살며시 열고 밖으로 나가서 자기네 앞밭 한 모퉁이를 파기 시작하였다. 먼지가 펄펄 일어나는 밭에 노랗게 말라 죽은 보리 그루를 한 손으로 걷어치우면서 삽을 가지고 파려니까 땅땅 굳어서 팔 수가 없어서 괭이를 가지고 파기를 시작하였다.

이날도 아침부터 어디서 훌훌한 바람이 불어오기 때문에 삼복이 지났지마는 서늘한 맛이라고는 도무지 없이 땀이 철철 흘러서 온몸이 목욕을 하게 된다. 그래도 감네는 힘드는 줄도 모르고 쉴 생각도 아니하고 파고 파고 자꾸 판다.

"이 애야, 아가 아가 너 무얼 하니."

땀백이 저고리 뒷섶을 잡아당기면서 걱정하는 시어머니의 이 말에도 못 들은 듯이 그냥 낑낑하면서 파고 있다.

한참 괭이로 파고는 삽으로 떠내고 떠내고 하다가 치마폭을 잡고 매달리는 듯이 애결하다시피 들어가자고 야단하는 시어머니를 힐끗 돌아보고,

"어머니 어서 들어가세요."

그냥 파다가 문득 말없이 비틀거리는 시어머니의 가엾은 꼴을 보고 쓰러지듯이 감네는 주저앉았다. 이윽고 벌떡 일어나서

"어머니 시장하지요."

하면서 늙은이의 가느다란 팔을 붙들고 집으로 들어가는 감네의 눈에서는 참았던 눈물이 스르르 흘렀다.

어제 저녁에도 시어머니만 멀건 조죽을 좀 대접하고 자기는 사뭇 굶고 잤으니 미상불 시장하지 아니한 것은 아니하였다. 컴컴한 새벽부터 세 시간 동안이나 돌같이 굳은 땅을 어떻게 팠는지 제가 스스로 생각해도 신기해 보였다. 칠 년 전에 남편이 읍에 가서 사 가지고 온 괭이와 삽을 맥없이 끌고 오면서 '그나마 남편이 살아 있어서 같이했더라면 얼마나 좋을까' 이런 생각을 하니까 더욱 눈물이 솟아 나온다.

남편 태호는 보통학교도 변변히 마치지 못하였지마는 혼자 책을 읽어서 중학 졸업생 이상의 상식과 실력이 있을 뿐 아니라 남다른 생각을 가지고 양도 쳐보고 고구마도 심고 그리고 동리 젊은이들과 같이 산에 나무를 열심으로 심고 야학을 하고 하다가 튼튼하던 사람이 장질부사[1]로 큰 나무 쓰러지듯이 죽은 지가 벌써 사 년이 되었다.

남편이 죽은 지 일 년 만에 하나밖에 없는 딸자식까지 죽어버리고 감네는 시어머니와 단 두 식구서 외로이 살아갔다. 집 뒤의 산에서 나무를 해 때고 집 앞에 있는 터 앞과 거기에 달려서 몇 마지기 있는 땅을 힘써 부치면 겨우 일 년 양식이 되고 그 밖에 고구마 같은 것을 팔아서 용을 써오던 것이었다.

남편이 죽은 뒤에 처음에는 본래 농가에서 자라난 시어머니도 같이 일을 해서 꽤 도움이 되었으나 작년부터 차차 병이 잦아서 일을 못하기 때문에 감네 혼자서 일을 할 수밖에 없었다. 감네는 친정 할아버지가 진사까지 하고 상당한 집안에서 태어났으나 아버지 대부터 가난해져서 어려서부터 농사를 하고 게다가 몸이 튼튼하기 때문에 혼자서도 부지런히 농사를 지어서 곧잘 살아갔다.

처음에는 자기의 뜻을 몰라보고 시어머니가 가끔 시집가라고 권하는 데는 씩씩하게 일하던 손에 맥이 풀리고 낙심이 되곤 하였다. 그 실은 시어머니는 며느리가 없으면 의탁할 데도 없고 그날부터 신세가 말이 못 될 것이 빤하건만 젊은 과부가 자식도 없이 늙는 것이 하도 딱하고 미안해서 번번이 하는 말이었다.

"애여 내 생각은 하지 말고 어서 팔자를 고치라. 나야 이제 몇 해 살다가 죽으면 그만인데 누구를 믿고 살겠니. 내 생각은 할 것 없이 어데 좋은 자리가 있으면 가든지 네 마음대로 해라…… 그리 데리고 있을 사람으로 마음이나 착하고 얌전한 젊은이가 있으면 좋으렌만은……"

거의 입버릇 삼아 가끔 이런 말을 하였다. 입 밖에 내지는 않아도 용돌이도 생각해보았다. 감네는 그럴 때마다 눈물을 흘리면서 진정을 말하였다.

"저를 꼭 친자식으로 알아주십시오. 아들로 알아주십시오. 며누리란 생각을 마시고 아들로 알아주십시오. 어머니를 버리고 개가를 할 그런 고얀 년으로 저를 알아서는 안 됩니다. 저는 평생 어머니를 모시고 혼자서 살다가 죽겠습니다. 저는 두 남편을 섬기지 아니하기로 결심했습니다."

한번은 시어머니의 부질없는 말이지만은 하도 괴롭고 서러워서 죽어버리려고 양잿물을 준비했다. 시어머니에게 들키고 난 다음에는 다시는 일체 그런 말은 입 밖에 내지 않고 감네를 꼭 아들로 생각하고 믿고 지냈다.

그래도 친정 할아버지 때부터 감네는 남의 신세를 지지 않고 사는 독립적 정신으로 길러졌고 죽은 남편도 남을 도와주면 도와주었지 남의 은혜는 입지 않고 사는 것이 아주 변통 없는 법으로 지내왔기 때문에 어디 가서 쌀 한 되 꾸란 말을 아니하고 더구나 시집 편이나 친정 편에나 친척이라고 찾아가서 구차한 소리는 절대로 아니하였다. 금년에는 어느 집에나 농사짓는 사람은 다 마찬가지로 궁한 터이니까 어느 곳에 가도 별도리가 없었다.

사방에서 기우제를 한다고 해도 감네는 속으로 '죄 많은 인간이 제사나 하면 될까' 하고 비웃고 있었으나 마침내 자기가 정성으로 기도를 드리면 된다는 자신을 가지고 밤중에 다른 동네 먼데 있는 우물에 가서 귀한 물을 길어다가 정한 그릇에 떠놓고 기도를 하였다. 한 달 열흘을 계속하였으나 이날 아침에도 아무 흔적이 없는 것을 보고 마음에 새로운 결심을 한 것이었다.

"하늘에는 주실 비가 없더라도 땅에야 물이 없으랴. 우물을 파자. 샘을 파자. 하늘이 아버지라면 땅은 어머니라 인간을 불쌍히 여겨서 물을 주시리라. 물이 나오도록 깊이 파자."

이런 결심을 한 것이다. '기도만 할 것이 아니라 때 있는 힘을 다하자. 죽더라도 우물을 파서 샘을 찾고야 말리라.' 이런 마음이 감네의 마음에 새 힘을 주며 솟아올랐다.

4

그리하여 감네는 날마다 남이 다 자는 밤중에 일어나서 우물을 파는 것이었다. 초저녁에 좀 누웠다가 첫닭이 울기를 시작하면 벌떡 일어나 나가서 파기를 계속하는 것이었다. 처음에는 무슨 웅덩이를 파는 줄 알고 동네 사람들은 주의를 하지 아니하였으나 마침내 우물을 파는 줄 알고는 모두 웃었다.

"우물을 파! 우물이 없어서 그러는가 가물어서 물이 안 나는 걸. 새로 우물을 파면 물이 날까 봐 그래!"

"그러기 말이야. 이 동네 저 동네 우물이란 우물은 다 말랐는데."

이렇게 동네 사람들은 감네가 우물을 판다고 주거니받거니 말이 많았다. 그러나 나중에는 낮에도 계속해서 파고 있는 것을 보고 젊은이들은,

"흥! 암만 파보아 물이 날 텐가!"

하고 코웃음을 하고 지나가고, 어떤 늙은이는 일부러 지팡이를 짚고 찾아와서,

"날 좀 보아요. 암만 파도 물이 안 날 테니 공연히 수고하지 말고 차라리 구걸이라도 떠나는 것이 낫지. 시모님이 굶으시는 걸 그냥 두고 우물은 왜 파고 있는 거요. 참 딱하기도 하지!"

이렇게 진심으로 권고를 해주는 것이었다.

"네— 고맙습니다."

한마디 대답하고는 다시는 대꾸도 하지 아니하고 그냥 날마다 한 모양으로 파고 있는 것을 보고 마침내 동네 사람들은

"태호 아내가 미쳤나!"

하고 이 모퉁이 저 모퉁이에서 수군거리기를 시작하였다. 어떤 때는, 머리가 흩어져 늘어진 것도 그냥 두고 매무새도 가누지 못하고 입을 악물고 파고 있는 양이 꼭 미친 사람 같다. 이런 모양을 짓궂은 동네 젊은 아이들이 모여와서 들여다보다가 혹은 침을 뱉고 혹은 돌을 던지면서

"미치광이 미치광이…… 무얼 해?"

하고 달아나는 일도 있었다.

그런 것은 다 각오한 것이지마는 늙은 시어머니가 가끔 비틀거리면서 나와서 울면서 말리는 것은 괴롭지 아니한 바가 아니었다.

"애 글쎄 동리 사람들이 다 널 미쳤다고 야단들이구나. 어제 저녁에도 용돌이 어머니가 와서 그리두구나. 동리 사람들이 모두 미쳤다고 그러기에 자기도 나가보니까 미친 것이 분명하더라구. 그러니 어서 단단히 말리고 약을 쓰든지 무당 청해다 경을 읽든지 해야 한다고 하는구나. 제발 오늘부터는 그만두어라. 응, 아이구 이년의 팔자야 며느리 하나 있는 것이……"

이런 말을 들을 때마다 마음이 괴로운데, 게다가 요새는 바짝 기운이 빠지고 몸이 거북해져서 아무리 튼튼하던 감네도 암만해도 견뎌 배길 것 같지 아니하였다. 벌써 보름은 되고 벌써 두 길

은 팠는데도 샘 근원은 흔적도 없다. 이때에 감네는 불현듯 죽은 남편 생각이 났다. '남편이 살았다면……' 이런 생각을 하루에도 몇 번씩 하게 되었다. '남편이 살았으면 둘이 힘을 합해서 파고 서로 위로해가면서 파면 오죽 좋을까' 하는 생각을 하면 견딜 수 없이 남편이 그리웠다. 혼자 파기는 관계없으나 판 흙을 내보내는 것이 썩 힘들었다. 그래서 더 남편을 생각하고 여러 가지 생각을 하게 되었다.

5

하루는 꿈에 남편이 와서 다시 파주는 꿈을 꾸었고 또 하루는 남편이 어디서 굴레 바퀴 같은 것을 얻어다가 나무를 세우고 거기다가 줄로 달아서 들에 밖에다가 흙을 담아내주던 꿈을 꾸었다.

"내가 이래서는 안 됐다. 이렇게 마음이 약해서 될 수 있나. 죽은 사람을 생각해 무얼 해. 아무도 의지할 것 없이 내가 끝까지 내 뜻을 이루고야 말지."

하루는 몸이 너무 거북해서 누워서 쉬면서 눈물이 하염없이 솟아나는 것을 치맛자락으로 씻으면서 돌아누웠다. 늙은 시어머니가 조금이라도 도와주었으면 하는 생각도 났으나 '차라리 죽은 남편의 혼이라도 나를 도울 것이다' 이런 생각을 한 감네는 다시금 용기를 내어가지고 이튿날부터 일을 계속하였다.

한번은 달도 없고 컴컴한 밤에 감네는 여전히 혼자서 파고 있었다. 흙짐을 지고 막 밖으로 나오니까 웅덩이 옆에 어떤 그림자가 우뚝 서 있다. 감네는 그래도 그것도 못 본 체하고 또 웅덩이 속으로 들어갔다. 얼마 만에 다시 나와본즉 웅덩이 바로 옆에 있던 흙무더기가 자리를 옮겨서 훨씬 저편 쪽으로 갔다. 이상하게는 생각하였으나 감네는 다시 들어가 파기를 계속하고 있었다.

하루는 감네가 새벽녘에 집에 들어가서 좀 쉬어가지고 그날 오후에 다시 나와서 웅덩이에 들어가보았더니 분명히 자기가 팠던 것보다 한 두어 뼘이나 내려갔다. 그리고 곁에는 확실히 새 흙이 나와 있었다.

"누가 와서 팠을까. 남편의 혼이 와서 파주었는가."

이런 생각도 했으나 한편 다른 의심도 났다. 그래서 감네는 밤을 꼭 새어서 지켰다. 과연 컴컴한 속에 괭이 멘 사람이 점점 가까이 온다. 웅덩이 속 사다리에서 지키던 감네는 부리나케 올라가보았다.

"거 누구요?"

"나요! 동리 사람이오!"

"동리 사람이라니?"

감네는 생긴 모습과 목소리로 짐작은 되었지마는 이렇게 뒤미처 물었다.

"용돌이요."

"네 인실이 오빠시군. 고맙습니다. 어서 가십쇼. 안 됩니다. 이 우물은 내가 혼자 파야 합니다. 그리고 안 됩니다. 젊은 남자가 남의 젊은 여자가 일하는데 더구나 이 밤중에 결단코 안 됩니다."

"누가 알어요. 당신의 힘을 좀 도와드릴 뿐인데요. 이 밤중에 하는 것을 누가 알어요. 조금만 참말 조금만 도와드릴 테니 당신이 조금 더 하신 셈 잡고 가만 내버려두어주십시오. 이것이 내 소원이요 즐거움이니 아무에게 어머니께도 말하지 않을 터이니 부디 모른 체하십시오."

용돌이는 소근소근 애원하듯이 말한다.

"안 됩니다. 안 됩니다. 다시는 그러지 마시오. 나를 잊어버리십시오. 당신의 마음은 잘 압니다. 그래도 날 생각해주신다면 다시는 오지 마십시오."

감네는 이렇게 간곡히 타이르다시피 하고 누가 볼까 부끄러워 바삐 집으로 들어와버렸다. 그런데 다음 날 밤에 나가본즉 이번에는 어느 틈에 용돌이는 웅덩이 속에서 흙을 파고 있다. 그리고 꿈에 본 그대로 나무를 세우고 구루마 바퀴에 줄을 달아놓고 두레박을 매어놓았다. 감네는 눈물이 나도록 고마운 생각이 났으나 그럴수록 죽은 남편 생각을 하고 그리고 단지하고 수절하기로 결심한 지난 일을 생각하고 우물은 혼자 내 정성으로 파야 한다는 생각을 하고 감네는 입술을 깨물고 결심하였다. 그리고 가만히 용돌이를 불렀다. 용돌이가 웅덩이 밖으로 나오자 책망하는 어조로 힘 있게 말했다.

"그만하면 알아들으셨을 텐데 또 왜 오셨소. 당신이 다시 오시면 나는 이 웅덩이를 묻어버리겠소…… 아니 내가 이 웅덩이 속에서 죽고 말겠소. 이것도 다 걷어가지고 가시오."

"그럼 다시 오지 않을 테니 이것만은 그냥 쓰십시오. 하늘이 차려주신 줄 아시구려……"

하면서 용돌이는 어두운 데 사라지고 말았다. 용돌이는 그 뒤에는 다시 오지 아니하였다. 나무와 구루마 바퀴만을 남편의 혼이 용돌이를 시켜서 차려준 줄로 생각하고 그냥 쓰면서 감네는 여전히 혼자서 파기를 계속하였다.

6

그러는 동안에 다시 보름이 지났다. 감네는 하루같이 첫닭이 울면 나가서 파기를 계속하였다. 두 보름이 지나 모두 한 달이 되는 날 밤에 훤하게 먼동이 터올 때까지 파고 나니 괭이 끝이 마치고 조금도 들어가지를 아니한다. 웬만한 돌은 가끔가끔 파내고 파내고 하였지마는 그것은 상당히 큰 돌이었다. 그리고 어느 쪽으로 파든지 다 마치는 것을 보아 돌이라는 것보다 바위요, 반석이었다.

"이것은 파지 말라는 겐가 웬일인가."

하고 처음에는 낙심이 되기도 하였으나 감네가 다시 결심을 하고 집에 가서 정성껏 치성을 드렸다. 그 반석 밑에는 꼭 샘구멍이 있을 것만 같았다. 그래서 새 힘을 얻어가지고 다음부터 웅덩이를 더 넓혀가면서 그 반석을 사방 돌아 파기를 시작하였다. 사방에 반석의 끝은 드러났으나 또 두께도 상당히 두꺼웠다. 그래서 날마다 사방으로 그 바위 주위를 파내었다.

이 바위가 나온 지 이레 만이었다. 새벽달이 밝고 차차 날이 밝아오는 때였다. 다행히 한편만은 바위가 이지러져서 마지막 술가리를 쉽게 파내놓았다. 그리고 감네는 후— 한숨을 내쉬었다. 그리고 잠시 쉬어가지고 있는 힘을 다해서, 죽기를 기 쓰고 그 반석을 쳐들었다. 두 번 세 번, 세 번 만에 그 반석이 번쩍 들렸다.

"샘! 샘!"

쓰러진 발밑이 서늘함을 느낀 감네는 부르짖었다. 그리고는 감네는 사지가 늘어지고 눈이 감기고 정신을 못 차렸다.

*

"감네 감네 정신 차리시오. 정신 차려요."

얼마 만에 겨우 정신을 차렸을 때에는 감네는 씩씩하고 굳센 어떤 남자의 팔에 품에 안겨 있었다.

그 사나이는 한 손으로 반석 밑에서 솟아 나오는 찬 샘물을 수건에 적셔서 머리를 식혀주고 입으로 물을 물어서 감네의 입에다 넣어준 것이었다.

이윽고 자기를 안아준 그가 용돌인 줄 알았을 때에 빙긋이 웃으면서 한 팔로 용돌이의 목을 가볍게 안고 쳐다보는 감네의 눈에 눈물이 어리었다.

"용돌씨 고마워요, 이 샘은 나 혼자서 얻은 것이 아니오. 당신과 둘이 얻었소. 당신의 정성은 잘 압니다. 당신의 마음도 잘 압니다. 나 같은 여자를 생각하시고……"

"감네 정신차려요."

다시 눈을 감은 감네를 보고 용돌이 울 듯이 소리친다.

"샘물, 샘물을 먹어요."

샘물도 먹이고 흔들기도 하였으나 눈을 감고 대답이 없다.

이윽고 간신히 다시 눈을 뜬 감네는 다시 눈을 감고 뜨지 못하였다.

"일은 끝났다. 응! 고약한 인습!"

용돌이는 울었다.

용돌이 등에 업히어 밖으로 나온 감네의 시체는 집 뒷동산에 용돌이 손에 고이 묻혔다. 그리고 그 샘이 솟고 솟고 우물에 넘쳐서 사람이 먹고 짐승이 먹고 밭에 대고 논에 대서 죽었던 곡식이 다시 살았다. 온 동리 사람이 감네의 덕을 길이길이 기렸다.

소

"꼬꼬오—"

둥그스름한 달이 동리 뒷동산 중허리에 고요히 떠 있고, 해는 아직 뜨지 아니하였는데, 수탉이 제가 먼저 깨어 일어났다는 듯이 주둥이를 힘껏 벌리고 큰 소리를 친다.

"꼬댁 꼬댁— 꼬댁 꼬댁—"

금방 알을 낳고 둥지에서 내려오는 암탉이 화답을 하는 듯이 야단이다.

"꼬댁 꼬댁 꼬댁."

"내가 금방 알을 낳았다누."

하는 듯이 암탉이 또 큰소리를 친다.

"꼬댁 꼬댁."

얼룩 수탉이 얼른 따라와서 알을 제가 낳기나 한 듯이 또 한 번 소리친다.

몸뚱이가 뚱뚱하고 곱실곱실한 머리카락이 늘어진 것을 거두어 올릴 새도 없이 컴컴한 부엌에서 골몰하게 보리방아를 찧던 마누라는 어느새 손과 이마에 진겨를 묻힌 채로 앞서서 거추장스럽다는 듯이 강아지를 걷어차면서 달려와서 닭의 둥지를 들여다보고 입이 잔뜩 벌어진다.

"아이구, 알이 크기도 하다. 내 딸 기특하지."

뚱뚱 마누라는 암탉을 어루만질 듯이 이렇게 중얼거리면서, 알을 집어가지고 삐걱 소리를 요란스럽게 내면서 광문을 열고, 맨 뒤 모퉁이에 있는 동이에 소중한 듯이 집어넣는다. 알 항아리를 한번 들여다보고, 그 옆의 다른 항아리에서 보리 한 줌을 집어가지고 나와서 광문 앞에 쭈르르 뿌려준다. 암탉 수탉은 맛있는 듯이 서로 돌아가면서 쪼아 먹는다.

뚱뚱 마누라는 다시 가서 방아를 찧으려고 하다가, 강아지가 절구 술에 묻은 겨를 핥고 있는 것을 보고,

"아이구 속상해라. 저리 가!"

하면서 옆에 있던 모지랑비[1]를 거꾸로 쥐고 때려 쫓고 다시 절구질을 시작한다.

"칫 처, 칫 처."

방아를 찧으면서 마누라는 광의 항아리에 있는 알을 생각한다.

'이제 몇 알만 더 낳으면 네 꾸러미가 될까? 남의 닭은 며칠 만에 한 알씩 낳는다는데, 우리 닭은 매일 꼭꼭 낳는걸. 이제 네 알만 더 낳으면 네 꾸러미거든. 이번 장에 갖다 팔면 얼마 받을까? 팔아가지고 암탉을 또 한 마리 살걸. 있던 놈하고 모두 열 마리가

매일 알을 낳으면 잠깐 열 꾸러미는 될 거라. 그놈을 팔아 보태서는 이번에는 돼지를 사지. 아니 그럴 것 없이 좀더 보태서 암송아지를 사자. 그러면 송아지가 잠깐 자라서 또 새끼를 낳을 테지. 송아지, 큰 소 모두 한 열 마리가 되면 굉장하다. 그때에 소를 더러 팔아서 논도 사고 큰 집도 사고, 큰아이 장가도 보내고……'

뚱뚱 마누라는 방아도 잘 찧지 못하고 보리를 절구에서 덜었다, 도로 쏟아 넣었다 하고 있다. 이때에 마침 장도 볼 겸 읍에까지 다녀오려고, 소를 먼저 먹여놓으려고 일찍 일어나 나온 주인은 외양간에 가서 암소를 슬슬 한번 쓸어주고 끌고 나오다가, 싱글싱글 웃고 있는 마누라를 보고,

"무얼 그렇게 혼자서 좋아 그러고 있소?"

"글쎄, 우리 암탉이 날마다 알을 낳는 게 하도 신통해서 그러지요. 잠깐 서너 꾸러미 되겠거든. 팔아다가 암탉 몇 마리 더 사 옵세다, 우리."

사나이는 마누라의 속셈을 벌써 다 알았다. 돈을 모아보려고 어린 아들을 달걀 한 알 마음 놓고 못 먹이는 것이 불쌍하기도 밉기도 해서 비웃는 듯이 웃으면서,

"여보, 너머 그러지 말고 더러 어린애두 삶아 멕이기두 하구, 당신두 좀 먹구 그리시우."

해보았다.

"무어요? 당신의 상에두 새우젓 찌개 하나 못 해놓는 걸 우리가 먹어요? 모아서 이제 사 오는 암탉은 내 몫으로 할걸요."

마누라는 깜짝 놀라서 이렇게 말한다.

"참, 내일이 당신 생일이지. 깜빡 잊어버릴 뻔했군. 장에 갔다가 고기나 한 근 사와야겠군."

자기 말은 들은 체도 아니 하고, 새삼스러운 이 말에 고마운 줄도 모르고 마누라는 더욱 놀라는 듯이,

"아이구, 당신 정신 나갔구려! 생일이 다 무어구, 고기가 다 무슨 고기요. 이담에, 이담에……"

'이' 자를 썩 길게 끌어서, 오래오래 있다가 돈 많이 벌어놓은 다음에나 고기를 사다 먹자는 말이었다.

그날 저녁에 베를 짜고 있던 마누라는, 남편이 빨건 쇠고기를 사들고 오는 것을 보고 베틀에서 일어나지도 않고 야단을 하였다.

"용덕이 아버지 미쳤소? 누가 고기 사 오랍디까. 우리 약속한 지 벌써 삼 년도 못 되어서 그게 무어요? 날더러 밤낮 주책없다구 그러더니, 자기가 먼저……"

사나이가 들었던 고기를 부엌 솔나뭇단 위에 홱 내던지고, 독에서 물을 떠서 세수를 하면서, 그리고 마당을 쓸면서 지난 삼 년 동안의 일을 생각하였다.

*

강원도 춘천군 오여울이란 두메에 와서 농사를 지으면서, 벌써 삼 년째나 사는 홍이라는 이 젊은이는 나이도 서른이 훨씬 넘고, 말이 없고 게다가 태도가 진중해서 뉘게나 점잖다는 말을 듣고 대접을 받기 때문에, 어디 가나 젊은 축에는 들지 못하지만—본

시 어디서 온 사람인지 무얼 하던 사람인지 동네 사람들도 자세히는 모른다. 일본 공부도 다닌 일이 있고, 교사 노릇도 하고, 어떤 군청에도 잠깐 다닌 일이 있다는 말을 들은 사람이 있고, 그리고 동네 사람들의 대서는 맡아두고 해주고 하기 때문에 누가 시작했는지 모르나 '홍주사'라는 별명을 가지게 되었다.

홍주사는 춘천 촌으로 오면서 몇 가지 결심한 것이 있다. 다시는 촌을 떠나지 않을 것이 그 첫째요, 소를 잘 기르고 소와 같이 부지런히 농사를 할 것이라는 것이 둘째요, 셋째는 무엇이나 제가 지어서 먹고 사 먹지 않기로. 마누라도 이것을 찬동해서 꼭 베를 짜서 입고 일체 옷감을 사지 않고, 고기나 반찬도 사다 먹지 않기로 약속하였다. 그때에 두 돌 지난 아들 용덕이가 열 살 되기까지는 이 약속을 지키기로 작정하였다.

춘천서 어떤 가까운 친구가 왔을 때에 처음으로 한 놈을 잡아먹은 일이 있고는 실상 달걀 한 알 못 먹고, 그 흔한 고무신 한 켤레 사다 신지 못하였다. 자기는 헌 구두를 출입할 때에만 신고, 두 사람이 다 밤낮 삼으로 손수 삼은 미투리[2]를 신었다. 마누라는 닭을 치는 것이 가장 큰 재미지마는 홍주사의 유일한 낙은 소를 먹이는 것이었다.

한국 사람은 소를 사랑하고 집마다 소를 먹여야 한다는 것이 그의 주장이었다. 그러고는 벌을 몇 통 쳤다. 꿀을 받아서 어린것을 먹이고 동네 사람더러도 치라고 권한다.

*

"아버지, 아버지, 얼른 좀 나와보세요."

전달리 일찍 일어난 용덕이는 무슨 큰일이나 난 듯이 안방 문을 열고, 여태 밖에 있다가 들어가서 잠깐 잠이 든 아버지를 들여다보면서 소리소리 지른다.

어느새 용덕이는 열 살이 넘었고, 홍주사네 살림도 꽤 늘어서 논도 새로 풀어서 몇 마지기 만들었고, 집도 사랑채를 지었고, 소도 두어 마리 되고 돼지는 남 준 것까지 열 마리가 넘는다. 이날 아침에는 새벽 일찍 일어나서 소 외양간을 깨끗이 치워주고 여물을 정성껏 끓여 먹였다. 새끼 뱄던 암소가 여물을 먹고 나더니 금방 새끼를 낳아놓았다. 홍주사는 너무 기뻐서 손수 송아지를 따뜻한 물로 씻어주고, 어미 소 등에 부대 자루를 뜯어서 덮어주었다. 초가을이라 새벽녘에는 꽤 쌀쌀하기 때문에 마치 산모인 듯이 생각하고 간수하는 것이다. 그리고 자기는 약간 감기 기운이 있기 때문에 으스스해서 들어가 누웠던 참이다.

"아버지, 아버지, 소가 애기를 낳았어요. 그런데 금방 걸어 다녀요! 좀 나가 보세요!"

"보았어, 보았어!"

홍주사는 용덕이를 보고 끄덕끄덕하기만 하다가 이렇게 말하고, 종내 끌려 나와서 어미 소가 쭈그리고 있는 새끼를 쩔쩔 핥아주고 있는 것을 보고 있다가,

"아무리 짐승이라도 금방 나온 새끼가 크기도 하지!"

안에서 아침밥을 짓다가 나오는 마누라를 보고 홍주사는 이렇게 말한다.

"정말 이렇게 큰 송아지는 처음 보았어요. 수컷이지요. 여보 용덕이 아버지, 이 송아지는 용덕이 소라 하고, 이담에 암컷 낳거든 내 몫으로 주어요, 응. 이 송아지는 용덕아 네 송아지다."

"이담에 암컷 날지 어떻게 알어! 용덕이 송아지 삼으면 제가 길러야지! 제가 먹일까 벌써……"

어린 아들 용덕이가 크고 그 송아지도 커서 먹이기도 하고 타고도 다닐 일을 생각하매 자기도 참말로 기쁘지 아니한 바가 아니려니와, 어린애같이 너무 좋아서 정신없이 지껄이는 마누라를 보고 웃으면서, 홍주사는 잊어버렸던 대문 돌쩌귀를 빼어놓고 용덕이를 한번 돌아보고 다시 안으로 들어갔다. 마누라는 송아지를 보면서 무슨 궁리를 하는 모양이었다.

'그럴 것 없이 내 몫으로 암소를 또 한 마리 사다가 두 놈이 새끼를 낳고, 그 새끼가 커서 또 새끼를 낳으면……'

마침 이때에 '삐걱' 하는 대문 소리에 마누라는 깜짝 놀라서, 재미있는 꿈을 깨친 듯 시무룩해서 가만가만 들어오는 앞집 장손이 어머니를 바라본다.

"용덕이네 소 새끼 낳았구만요. 아이구 크기도 해라, 새끼가……"

"이 송아지는 우리 용덕이 송아지라우."

송아지만 바라보던 마누라는 옆에 있는 용덕이 머리를 쓰다듬으면서 자랑삼아 이렇게 말했다. 바가지를 뒤로 감추고 어물어물

하던 장손이 어머니는 겨우 주인마누라 귀에다 입을 대고 보리쌀 두 되만 꾸어달라고 청한다.

"장손이 어머니, 오늘은 없는데요. 우리두 공출[3]인지 다 하고 마침 또 꾸어가고 보리 갈 때까지 양식이 모자랄 것 같은데요."

마누라는 고개를 짤래짤래 흔들면서 단번에 거절을 한다. 너무 무안스럽고 딱해서 얼른 돌아서 달아나듯이 나가는 장손이 어머니의 뒷모양을, 방금 안방에서 나오던 주인 홍주사는 물끄러미 바라보고, 두 눈에 눈물이 글썽글썽하였다.

갚는다고 하기는 했어도, 다 찢어져서 옆구리 살이 드러나는 저고리, 푸대 치마 밑에 빼빼 마른 종아리며 발목, 그보다도 집에서 배고파 울다가 잤을 어린것들의 모양, 그보다도 그것을 차마 볼 수 없어 애태우는 어미의 쓰라린 마음을 생각하여, 홍주사는 한없이 불쌍한 충동을 받은 것이다.

홍주사는 마누라를 부르고 장손이 어머니를 불렀으나, 마누라도 대답이 없이 어디로 없어지고 나간 손은 더구나 소식이 없다. 홍주사는 싸리비로 마당을 쓸다가 뒤꼍으로 돌아가서 마누라를 보고, 동네 사람에게 너무 박절하게 한다는 말을 하고 얼른 쌀을 좀 갖다 주기를 권하였다.

"그 여편네를 그렇게 생각하거든 당신이 좀 갖다 주구려. 무엇이 애가 타서 쌀바가지를 들고 댕기란 말이야. 글쎄 사람이 염체가 있지. 한번 꾸어가면 꾸어간 건 가져오구 또 꾸어달래는 거지…… 우리더러 그냥 양식을 대란 말이야. 저희 줄 게 있으면 우리 동생네 주지…… 가난은 나라도 못 당한다구, 난 몰라요, 몰라."

본디 좀 나온 입이 완연히 더 나온 마누라는 우물에 나가는지 밖으로 나가버리고, 홍주사는 입맛만 다시고 마당을 마저 쓸어치우고 외양간에 가서 새끼 낳은 암소를 한번 쓸어주고 소제를 하면서,

'가난! 가난!'

가난의 설움을 생각하고, 가난한 동네 사람들의 정형을 생각하고, 어떻게 하면 동네에서 '가난'을 내쫓아버릴까 하는 궁리를 가끔 하는 것이었다. 마누라도 처음에는 그렇지 않았건만, 셈이 좀 피니까 인심이 사나워진다고 생각하였다.

그날 저녁이다. 유월달 꽤 뜨겁던 해가 넘어간 황혼이었다. 홍주사는 동네 앞 개울에서 소를 먹이다가, 언덕에서 풀을 깎고 있는 장손이를 만났다. 아침 일이 생각이 나서 홍주사는 매우 미안스러워서, 저쪽에서 무안스러운 듯이 돌아서려는 것을 일부러 쫓아가서 이야기를 붙였다.

"이따 오게. 내 마누라 몰래 좀 줄 테니 자루를 가지고 오게."

"아직 보리 빌 땐 안 되구, 팔십 노인 할머니하구 어린애덜하구 며칠을 굶다가, 참다못해 그만두시라니까 어머니가 종내 가셨던 모양이군요. 보리 좀 잘라다가 아침밥 해 먹었에요."

"……"

홍주사는 고개만 끄덕인다.

"그런데 주사님께 말씀드리긴 어려워두, 그저 저희 몇 식구 먹여 살리시는 줄 아시구, 송아지나 한 마리 사주세요. 송아지를 사

주시면 부지런히 농사지어서 댁에 쌀 꾸러 댕기지 않구 살겠어요.”

장손이는 새끼 딸린 홍주사네 소를 한번 쳐다보면서 꼴 베던 낫을 놓고 두 손을 모아 읍하고 엎드려 절이라도 할 듯이 이렇게 공손히 말한다. 장손이는 아버지를 일찍 여의고, 어머니와 외할머니를 모시고 어린 동생을 데리고, 부대 농사를 지어가면서 홍주사네 밭도 좀 부치고 간신히 살아갔다. 나이 스물다섯이 넘도록 총각으로 있다가 작년 가을에야, 사람이 무던하다고 누가 딸을 주어서 장가를 갔다.

홍주사는 고개만 끄덕끄덕하고 그러라든지 안 된다든지 말이 없다. 홍주사도 장손이한테는 사람 진실하고 술 담배 모르고 부지런하다고 퍽 호감을 가지고 있기 때문에 장가갈 때에도 쌀말도 사주고, 속으로 ‘저렇게 착한 사람이 늘 저렇게 고생을 하고 있어서 안되었다’ 하고 은근히 동정을 하고 있던 차였다. 그리고 그중에도 소를 먹이겠다는 것은 꼭 마음에 들었다.

홍주사는 강원도 오기 전에 인천으로 서울로 돌아다니면서 고생하던 생각, 한동안 안변 시골서 농사짓느라고 고생을 하던 생각을 하고 더욱 장손이에게 동정이 갔다. 사람이 어쩔 수 없이 곤경에 빠졌을 때는 누가 조금만 거들어주면 거기서 솟아날 수 있다. 우리나라 사람은 남에게 눌리고 속고 빼앗기기는 할지언정 도움을 받을 길은 없다. 우리는 서로 붙들어주면서 살아야 하겠다――이런 생각을 가지고 있던 홍은 장손이 일이 남의 일 같지가 아니하였다. 실상 홍 자신이 강원도 와서 자리를 잡고 살게 된 것이 춘천 읍에 있는 어떤 친구의 도움과 주선의 덕이 컸던 것이다. 사실은 홍은 형들도 있고 유여한 삼촌도 있었으나, 남을 의뢰할 생각을 아니하고 제 힘으로 살아보려고 다니다가 월급쟁이 노릇을 해서는 밤낮 그 턱으로 거지 노릇을 하겠다고 결심하고, 다시 시골로 온 것이다. 와서 곧 닭치기와 벌치기를 부업으로 하면서 농사를 하였다. 물론 홍이 시골 온 것은 세월이 점점 험해지고 급해지면 제정신 가지고는 살 수 없으리라고 생각해서, 일부러 아무것도 모르는 듯이 농사꾼이 된 데 더 큰 이유가 있는 것이다.

"이제는 우리가 고생해서 한 푼 두 푼 모아가지고 앞으로 아이들이나 남에게 구차한 소리 안 하고 살아가도록 해봅세다."

이렇게 아내하고 약속하고 땅마지기나 사가지고 시골로 온 뒤로, 다행히 아내가 튼튼해서 병 없이 일을 잘 해주어서 남의 도움을 받지 않고 그럭저럭 살게 된 것이다.

"글쎄, 어디 보세. 그래서 자네가 걱정 없이 살아간다면 이웃사촌이라구 낸들 안 좋겠나!"

이렇게 막연한 대답을 하고 '홍주사'라는 창수는 집으로 돌아와서 그날 저녁에 곰곰 생각하였다.

'이 동네는 장손이 같은 사람이 하나만이 아닌데, 그 사람들이 다 소만 있으면 살아갈 수 있다면……'

이런 생각을 하고 여러 가지로 궁리를 하다가 우선 장손이 한 사람으로 시험을 해보기로 하였다.

*

"이제는 나도 불가불 이 동네를 떠나야 할까 보다."

홍주사는 남산을 바라보고 그 옆으로 넘어가는 신작로 길 고개를 바라보고, 지난날 새벽에 아내가 뿌리치고 넘어가던 길을 물끄러미 바라보면서 이렇게 중얼거렸다.

홍주사는 그 뒤에 장손이하고 어렴풋이나마 약속한 약속을 지켜서, 자기가 친히 송아지를 사다가 주었던 것이 집안싸움의 시작이 되었다. 홍주사는 아무 말도 아니하고 사다가 주는 것을 장손이가 굳이 송아지에 대한 조건을 물어보는 말이 귀찮다는 듯이,

"여러 말 할 것 있나. 그냥 그저 사준다고 했으니 사주는 것이니 부지런히 농사해서 잘살게그려. 정 못 알아듣겠거든 나를 형이나 아비로 알아주게나."

이런 말을 해두었다. 그런 것을 장손이 어머니는 너무 고마워서 일부러 치하하러 와서 용덕 어머니더러 그런 말까지 죄다 하였다. 이번에는 자기 몫으로 소를 사겠다는 셈을 치고 있던 마누라는, 자기하고는 한마디 의논도 없이 장손네를 사주었다는 것이 노엽고 분하다고, 밤새도록 자지 않고 못 견디게 비위를 거슬리기 때문에, 홍주사는 홧김에 옆에 있던 질화로를 내던지는 바람에, 마누라는 이마를 다치고 얼굴을 데고 하여서 며칠을 먹지도 않고 누워 있었다.

그런 뒤에 홍주사는 빌듯 달래듯 하면서 자기 속뜻을 알아듣도록 이야기해주었건만 마누라는 종내 알아듣지 못하였다.

"이 재물이 당신 혼자 모은 겐 줄 아시오. 내가 먹고 싶은 것 먹지 못하고, 입고 싶은 것 입지 못하고, 밤잠도 못 자고 해서 모은 것이지……"

이런 말을 늘어놓으면서 마누라는 소리쳐 울었다. 이런 것이 첫번 싸움이요, 그다음에는 용덕이가 몹시 체해서 앓는 것을 보고 음식을 주의하지 못하고 함부로 먹여서 앓는다고 무식하다고 말한 것이 나무랍다고 마누라는 또 울고 야단을 하였다.

이번에는 홍주사는 가만 내버려두었건마는, 마누라는 혼자서 추석도 안 지내고 친정으로 간다고 달아나듯 가버린 것이다.

앓는 어린것을 데리고 추석을 혼자서 지낸 홍주사는 매우 쓸쓸하였다. 이리하여 마누라는 그 뒤에 오기는 왔지마는 집에 있는 때보다 나갈 때가 많았다. 마누라가 없는 때는 앞집 장손네가 와서 식사를 해주고 한집처럼 지냈다.

*

그 뒤 다시 오 년이 지났다. 지나간 오 년은 우리 전 민족과 같이 창수도 상당히 괴롭게 지냈다. 용덕이는 불행히 늑막염으로 오래 누웠다가 죽고, 아내도 그 뒤로부터는 몸이 약해져서 앓기만 하고 누워 있는 시간이 많고 늘 신경질만 부리고, 그리고 자기는 번번이 보국대로 끌려 나가고, 양식은 공출로 빼앗기고 나니, 잘 먹지 못하고 일만 하는 동안에 몸이 퍽 쇠약해졌다. 그러나 홍주사는 여전히 농사를 짓고 벌치기와 소 먹이기를 힘썼다. 그동안에 소를 하나씩 하나씩 사주어서 동네 사람 중에 소를 안 먹이는 집은 하나도 없게 되었다. 그리하여 십 년 동안에 이 오여울 동네는 전에 비해서 훨씬 살림이 윤택해졌다.

"우리네가 이만큼 살게 된 것은 홍주사님네 덕이야. 그래도 홍주사네는 집안이 말이 아니야."

동네 사람은 고맙고도 미안스러운 듯이 이렇게 말한다.

*

기막히고 억울한 일정시대, 그 지긋지긋한 전쟁도 끝나고 해방의 기쁨이 삼천리 전역에 넘치게 되었다. 팔월 십오 일이 지나서 몇 날 뒤에 그 소식을 들은 창수는 동네 사람들을 지도하여 자치로 질서를 유지해가고, 모든 일을 정부가 생겨서 지휘하는 대로 하기로 하고, 그동안 경솔히 하는 일이 없이 자중해서 지내자고 동네 사람들의 다짐을 받았다.

창수 자신도 춘천 읍에 한번 잠깐 다녀온 후로 여전히 가을 준비와 소 먹이기, 벌치기에 바빴다. 겨울도 그럭저럭 지나고 새해가 오고 봄이 되었다. 창수는 다시 농사 준비를 하고 있었다.

"당신 친구들은 모두 춘천으로, 서울로들 가서 한자리씩 하고 출세를 하는데, 이 좋은 세월에 우리는 그냥 촌에 묻혀서 일만 하고 있잔 말이오."

홍주사네 동네는 공교히 바로 삼팔선 이남에 들었으나, 자기는 아직 세상에 가서 덤벼들 마음이 없어서 본래 결심한 대로 그대

로 농촌을 지키기로 하였던 터이라,

"농사하는 사람이 있어야지, 농사하는 사람이 없으면 어떻게 백성들이 먹고 살아간단 말이오. 우리는 그냥 이 동네서 살아봅세다."

하고 아내를 달랬다.

"나는 암만해도 여기서는 못살겠어요. 이제는 힘이 없어서 일도 못하겠구, 하기도 싫고, 사람이 웬만큼 고생을 하다가도 좀 편안히 살자구 그러는 것이지, 누가 밤낮 이 꼴을 하구 산단 말이오. 이제는 우리두 대처에 가서 먹고 싶은 것도 먹고, 구경도 하구 산 드키 살아봅세다그려."

마누라는 여전히 불평이 대단하고 도회지에 나가고 싶은 생각이 간절한 모양이다. 그동안 고생하고 일한 것은 촌에서라도 언제든지 돈을 모아가지고 호화롭게 잘살자는 뜻이었다.

"글쎄, 당신의 말도 그럴듯하지마는 이제 갑자기 대처로 가면 무슨 별수가 있소? 어디 가면 이만한 데가 있겠소?"

홍주사는 그대로 이 촌을 떠나지 말기를 고집하였다.

"그럼 당신이나 여기서 살구려. 나는 싫소. 내 소 팔아가지고 춘천으로 가든지 서울로 가든지 갈 터이야요."

"소를 팔아? 소를 팔아가지고 무얼 한단 말이오?"

"장사하지. 아랫동네 구장네도 이북으로 다니면서 돈 많이 벌었는데……"

"당신이 꽤 장사를 할 것 같소? 그리구 소두 우리 식구가 아니오? 제 식구를 팔아서 무슨 이를 보겠다고 팔아 없이한단 말이오.

인제 아주 살림 끝장내려우?"

"글쎄 내 소를 내 맘대로 한다는데 걱정이 웬 걱정이오? 제 걸 가지고 제 맘대로 못 한단 말이오. 두어야 잃어버리기나 할랴구. 장손네 소 잃었으니 이번엔 우리 소 잡아갈 차례로구만. 바로 몇 날 전에 장손네 소를 잃어버렸는데……"

아직도 장손이 소 사준 것을 빈정대는 말이다.

"자, 아무리 당신의 소라구 해두 여태껏 공손히 아무 말도 없이 주인을 위해서 일을 해준 소를 인정간에 어떻게 어따가 팔아먹는단 말이오. 이 동네 사람은 살 사람이 없을 테니 장에 갖다 팔면 잡아먹는 거 아니구 뭐요."

"원! 소에게 무슨 인정이야. 그까짓 짐승에게!"

"그까짓 소! 그 소가 좀 귀하오. 사람이 소만 못하다오. 사람은 저 할 일은 안 하구 불평만 하지마는, 소는 아무 소리 없이 수걱수걱 일만 하는 걸 좀 보아요. 당신은 이 근래는 밤낮 웬 불평만 그렇게 많소?"

"몰라요, 몰라요. 나는 여기서 살기 싫어!"

마누라는 나중에는 울기를 시작한다. 창수도 가만히 생각하니까 자기가 너무 무리한 것 같고 마누라가 불쌍한 생각이 불현듯 일어나서, 가슴이 뭉클해지면서 눈물이 나는 것을 참느라고 아무 대꾸를 아니하고 돌아누워버렸다.

*

창수는 변변히 깊은 잠을 못 들고 일찍 일어나서 대문 밖으로 나갔다. 마침 장손이가 헐떡거리고 올라오고 있다.

"선생님, 선생님, 선생님 뵐 낯이 없습니다……"

장손이는 두 눈에서 눈물이 글썽글썽해서 그다음 말을 못 한다.

"인제야 알았어요. 재 건너 이북 동네 놈들이 우리 소를 잡아먹었대요. 이쪽에서 간 것을 잡아먹었다니 우리 소밖에 더 있어요. 그놈들을 어떻게 하면 좋아요?"

창수도 눈시울이 벌게지면서 아무 말도 못 하고 하늘만 바라보고 서 있다.

"소경 제 닭 잡아먹기로 제 동포의 것을 잡아먹고 마음이 편할까?"

창수는 이렇게 중얼거리고 그날 하루를 매우 괴롭게 지냈다. 혼자서 뒷산에 올라가서 오여울 동네를 내려다보고, 재 건너 소위 이북 땅을 바라보고, 하루 종일 먹지도 않고 울고 있다가 밤에 별이 총총해서야 내려왔다. 내려와 본즉 집안은 안팎에 도망한 집처럼 늘어놓고 마누라는 말도 없이 자기 치마를 짓고 있다. 창수는 사랑 문턱에 잠시 앉았다가 도로 산으로 올라갔다. 마누라 생각, 지나간 십 년 동안의 일, 동네 일, 나랏일을 생각하면서, 조용한 모퉁이 바위 위에 걸터앉아서 하늘의 별을 바라보고 이남이고 이북이고 분간할 수 없이 안개 속에 잠긴 동네들을 바라보고 있다. 생각을 해서 앞길을 정하려고 해보았으나 눈물만 나고 아무 생각도 할 수 없다. 이때에 밑에서 수선수선하는 소리에 따라서 동네 젊은이들이 올라온다. 웬 서투른 황소 한 마리를 끌고 소나무 새로 올라온다. 그 가운데, 장손이도 섞여 있다. 마침 이북에서 넘어온 소를 잡아먹겠다고 끌고 온 것이었다.

"저희도 우리 소를 잡아먹었는데요."

장손이가 씨근거리면서 말한다. 젊은이들은 모두 흥분해서 기어이 잡아먹는다고 야단이다.

"안 됩니다, 안 됩니다. 동포끼리 그래선 안 됩니다. 돌려보내시오. 정 소를 잡아먹고 싶거든 우리 소를 잡아먹어."

이 말 한마디를 남기고 창수는 달음질도 바삐 동네로 내려갔다. 자기네 소를 끌어다 주려고 대문을 열고 들어가 외양간을 본즉 외양간이 텡텡 비었다. 밖에도 집 근방 아무 데도 소는 없다. 방에 들어가본즉 서투른 글씨로 이런 말이 씌어 있는 종잇조각이 방바닥에 구르고 있다.

'나는 내 소를 가지고 갑니다. 다시는 기다리지 마시오.'

창수는 얼빠진 사람 모양으로 멍하니 방 한가운데 서 있다가 궤짝에서 돈을 꺼내서 소 한 마리 값만큼 장손에게 갖다 주고, 자기도 얼마 가지고는 장손이 어머니보고 몇 마디 이야기를 하고 나왔다.

*

다시는 오여울 동네에서 아무도 홍창수를 본 사람이 없다.

김탄실과 그 아들

1

백두산 천지에서 흐르는 물은 두 줄기로 갈라져, 하나는 동으로 내려가다가 두만강으로 흘러들고, 하나는 서편으로 흘러들어 압록강 줄기로 들어간다. 사람의 운명도 같은 처지에 나서, 같은 환경에서 자랐지마는 그럭저럭 세월이 흘러서 십 년 이십 년 지나는 동안에 서로 거리가 엄청나게 멀어져서, 아주 딴 세상 사람이 되어버리는 수가 있다. 두 사람이 이웃에서 나고, 혹 형제로 태어나고, 한 학교에서 한 책상 한 걸상에서 같은 선생에게 공부하고 자랐으나, 몇 십 년이 지나간 다음에 한 사람은 학업을 성취하고 출세도 잘해서 일국과 일세에 이름을 날리고, 한 사람은 비참한 자리에 빠져서 언제 두 사람이 같은 처지에서 자랐던가를 의심하게 되는 일이 있다.

*

한국은 동란을 만나서 무서운 파괴를 당하고 처참한 고생을 하고 있는 동안, 패전 일본의 수도 동경은 파괴되고 불타서 시커먼 벌판 같던 자리에 차차 새 집이 생기고, 큰 빌딩이 늘어서게 되었다. 학교 많고 책사 많은 '간다'에도 다 깨끗한 새 집이 쭉 들어서서 훌륭한 시가가 되었는데, 그 한 모퉁이에 다행히 폭격과 화재는 면했으나, 수리도 못하고 별 신통한 사업도 못하고, 옛 모습만 그대로 지니고 있는 삼층집이 하나 우뚝 서 있었다. 컴컴하고 침침한 벽돌집이 새로 지은 아담한 문화주택이며, 훌륭한 호텔과 번듯한 음식점과 상점 새에 있어서 더 무색할 뿐인데, 간판만 눈에 띄어서 오고 가는 사람 발을 멈추고 쳐다보게 되는 것이 곧 동경의 우리 청년회관이었다.

쓸쓸하던 청년회관에는 새 간판이 또 하나 붙고, 사무실이 하나 새로 생겨서 약간 활기를 띠었는데, 그것은 일본에 재류하는 교포를 지도하고 교화할 목적으로 뜻있는 이들의 노력으로 한글 주간신문이 하나 생겨서 그 사무소를 이 회관에 정하고 간판을 붙이게 되었고, 그 주간 신문으로 예전에 본국에서 소설도 쓰고 신문도 해본 문사요 종교가를 겸한 새 인물이 최근에 초청을 받아 본국에서 와서 회관의 새 식구가 되자, 이 회관 사람들은 물론이요, 재류 동포들과 특히 신자들과 청년들이 적지 않은 관심과 기대를 가지게 되었다.

삼십여 년 만에 처음 온 Y라는 이 신문 주간도 많은 흥미를 가지고 하루하루를 지내게 되었다.

하루는 Y가 이층 자기 방에서 좀 느지막하게 내려와서 아래층 사무실로 들어가려는 즈음에, 마침 현관 한편 담에 걸린 거울에 어떤 여성의 얼굴이 비치고, 그리고 무슨 이상한 노래를 부르고 싱긋싱긋 웃으면서 머리를 어루만지고, 두 팔을 벌리고 앞뒤로 옷 모양을 보고 있는 것이 눈에 띈다. 아무리 보아도 보통 성한 여자는 아니다.

Y는 깜짝 놀라서 물끄러미 들여다보았으나, 줄곧 보고 있을 수도 없어서 사무실로 들어가버렸다. 암만해도 그 얼굴 모습이 낯익은 모습이다.

"그런데 저 현관에 있는 부인이 누구요? 일본 여자요, 한국 사람이오?"

마침 사무실에 놀러 들어온 K라는 학생에게 물었다.

"선생님, 모르십니까? 그가 유명한 김영순씨랍니다. 참, 선생님 아시겠군요."

Y는 K의 말에 깜짝 놀랐다.

"뭐? 김영순이라니!"

"그런데 선생님, 왜 그렇게 놀라십니까?"

K는 이상스러운 듯이 Y의 얼굴과 거동을 살펴본다.

"놀라시는 게 이상하시군요. 선생님도 그이와 무슨 연고가 있는 모양이군요. 잘 아십니까?"

"연고는 무슨 연고요. 그런 말 마시오. 그럼 저이가 예전에 시도 쓰고 하던 평양 여자 김영순이란 말이오?"

"그렇답니다. 그런데 선생님, 왜 그렇게 놀라셔요? 암만해도 수상한데요."

"그런 장난의 말은 말고, 도대체 이야길 좀 하시오."

"절더러 이야기를 하라구요?"

K라는 청년은 와세다 대학 문과를 금년에 막 마치고 대학원에서 연구하고 있는 열성 시인으로, 이 회관에서도 유명한 사람이다. 고향이 함북 국경에 있기 때문에 가족과는 소식이 끊어져서는 우울한 생활을 하고 있다가, 같은 문학인인 Y를 만나서 연배는 틀리지마는 좋은 친구가 되어 지내는 형편이었다.

"그래, 이야길 좀 하시오."

"날더러 이야길 하라구 하시지 말구, 선생님이 이야길 하셔요. 그에게 대해서는 나보다도 선생님이 더 잘 아실 것 같은데요."

"그럼 내가 아는 대로 이야길 할 테니, K군 아는 것을 우선 이야기하시오. 그동안 일본서 지낸 일, 현재의 생활에 대해서 이야기를 하시오. 도대체 어떻게 되었소? 어떻게 저렇게 되었소?"

"공연히 아시면서 그러시지…… 간단히 말하면 소위 사랑에 속고 돈에 울고, 실연 비관한 끝에 정신이상이 생기고, 어찌어찌 해서 이 회관에 와서 살게 되었는데, 결국 이 회관과 이 근방에서 명물이 되었답니다. 저 뒤뜰에 있는 문화주택이 그분이 사는 집이랍니다."

K는 웃음을 참지 못한다.

"그래? 문화주택이라니, 저 뒤에 있는 그게 닭의 우린가 했더니 그것 말이오?"

Y는 점점 호기심의 도가 높아져 이렇게 묻는다. 과연 회관 뒤뜰에 닭의 우리 같은 이상스러운 건물이랄까가 있는 것을 무심히 본 생각이 났다.

"아 참, 잊었습니다. 그 집에는 그분이 혼자 사는 것이 아니라, 그분의 아드님, 스무 살 먹은 아드님이 같이 있답니다. 저 제본소에서 일하지요."

K는 다시 이야기를 이어서 이렇게 말한다.

"아드님이라니, 웬 아들이 있던가?"

"모르지요. 웬 아들인지…… 좌우간 아들이라니 아들인 줄 알지요."

K는 볼일이 있다고 나갔기 때문에 두 사람의 대화는 우선 이만큼으로 끝났다.

일본 여사무원은 부지런히 신문 독자의 주소 성명을 쓰고 있고, 사무실은 조용하였다. Y는 테이블을 의지하고 손으로 턱을 괴고 앉아서 무슨 생각에 잠겨 있다.

2

지금으로부터 삼십오 년 전, 아득한 옛날이라고도 할 수 있는, Y도 청춘 시절이었다. Y는 몇 친구들과 같이 『문예』라는 잡지를 시작한 일이 있었다. 이때는 아직 우리 사회에는 문예에 대한 이해가 썩 부족한 때였다. 소설, 그중에서도 연애소설을 쓰면 타락

한 사람이 오입하는 일로 알던 때였다.

사상가, 이때에 사상가라는 것은 민족주의자, 애국자를 이르는 것이었다. 교육가, 종교가, 문학가──그것은 비분강개한 문구를 늘어놓아서 민족의 운명을 통탄하고 자유와 독립을 은어(隱語)와 비사(譬詞)[1]로 노래를 짓는 사람을 문학가로 쳤는데, 이러한 몇 가지 전문가를 청년의 이상으로 희망하고 나아가며, 사회에서도 알아주는 부류의 사람이요, 그 외에 화가라든지 배우라든지 소설가 따위는 뜻있고 생각 있는 사람은 못할 것으로 치고, 배척을 받는 형편이었다. 사람의 지성을 찾고, 인간의 감정을 그대로 노래하고 그리는 것은 별로 가치가 없는 것일 뿐 아니라, 도리어 죄로 인정되었다. 그것은 금욕적인 사상을 다분히 가진 초대 교회의 영향도 다분히 있기도 하고, 나라를 잃은 설움과 독립과 자유를 찾는 영웅적인 기풍에서 나온 것이었다.

교회의 추천을 받아서 스칼라십[2]을 받아가지고 일본 유학생이 되어서, 장차 교회와 교육계의 지도자가 되려고 하고, 또 그러기를 기대받는 Y로서, 소설과 시를 전문으로 하는 순문예잡지를 한다는 것은 상당한 오입이요 모험이 아닐 수 없었다. 이 잡지는 남자만 사오 인 모인 동인제(同人制)로 한 것이었다. 그 동인들은 Y 한 사람을 빼놓고는 다 그 뒤에 당대에 쟁쟁한 소설가, 시인으로 한국 신문학계의 선구자, 창시자(創始者)의 명예를 가지게 된 사람들이었다. 얼마 뒤의 일이었다.

"우리 남자만 동인으로 하는 것보다, 여자도 한 사람 넣으면 어떤가?"

이것은 동인 중의 H라는 사람의 제안이었다.

"여자? 여자 중에 어디 동인 될 사람이 있을라구?"

이것은 T라는 동인의 반대의 의견이었다.

"아니야, 있어. 어디 처음부터 다 된 사람이 있어? 착실히 소질이 있고 희망이 있으면 되지 않는가?"

이것은 Y 자신의 말이었다.

"저 사람의 말이 옳은걸. 저 사람도 가끔 바른말을 할 줄 아는걸."

"도대체 누구란 말인가? 누가 그럴 만한 사람이 있단 말인가?"

"있네. 유망한 사람이 있네. 무엇보다 문학을 지망하려고 나아가는 그 용기가 훌륭해!"

제안자 H는 자신과 열 있는 어조로 말한다.

"누구? 그러면 넣기로 하지."

T는 마침내 찬의를 표한다.

이리하여 후보자로 오르고 택함을 입은 사람이 김영순이었다. 바로 지금 이 회관과 동네의 명물이라는 미스 김이었다.

이때에는 여자로 글 쓰는 사람이라곤 새벽하늘에 별처럼 드물었다. 또 하나 김이라는 사람이 글을 쓰고 잡지도 하느라고 하지마는, 그는 창작의 소질은 없는 사람이요, 오직 영순이 한 사람이 택함을 입을 만하였다. 아직 미성품인 김영순을 서둘러서 동인으로 넣은 것은, 이때에 본국에서 『문예』에 뒤이어 나온 『신조(新潮)』라는 잡지에 끌려가지나 아니할까 하는 기우에서 나온 원인도 있지만, Y의 누이동생의 소학 동창으로 그의 자라온 환경도 알지마는 문학을 하게 된 동기와 내력을 잘 알기 때문이다.

Y는 지나간 청춘 시절의 일을 더듬어 생각하고, 영순의 기구한 운명의 현실을 바라보고 자못 감개함을 금치 못했다.

3

영순은 역사의 도시요, 명승지로 제일강산이요, 색향[3]인 평양, 기독교로 더불어 근대 문화의 발상지 평양에서 첫손가락으로 꼽히는 명문가 김박천의 집에 막내딸로 태어났다. 아버지가 박천 군수를 지낸 대지주로 관변으로나 상계로나 쩡쩡 울리는 집의 규수로 곱게곱게 귀엽게 자랐던 것이다.

어려서부터 천생 인물이 곱고 태도가 귀엽기 때문에 이름을 탄실이라고 부르고, 색동저고리에 긴 치마를 입혀서 인형처럼 곱게 단장을 시켜가지고, 이 방 저 방으로 사랑으로 외갓집으로 끌려다니면서 무척 귀염을 받았다. 예수 믿는 외할머니는 탄실이를 데리고 정진학교라는 교회학교에 가서 입학시켰다.

물론 학교에서도 선생의 귀염을 받았다. 탄실이는 온 학교에서 선생들의 귀염을 독차지하고 인기의 중심이 되었다. 탄실이는 곱고도 재주가 있고, 그 동무 명숙이는 복스럽게 생긴 데다가 활발하고 말을 잘하기 때문에, 학예회나 크리스마스 때에는 늘 뽑혔다. 두 아이는 다 공부도 잘하고 똑똑하다고, 학교에서나 집에서나 이다음에 이화대학까지 시켜서, 한국의 유명하고 훌륭한 여자가 되기를 바랐다.

세월은 흘렀다. 탄실이는 영순이라고 이름을 고치고, 관립 여자 고보에 입학한 지 삼 년 만에 어머니를 여의고, 아버지 김박천은 전부터 첩을 얻어가지고 살면서 금광을 하다가 파산을 당하고는 서울로 만주로 다니며, 오빠들은 서울로 일본으로 나가고, 영순이는 무척 고독하고 우울하게 지냈다. 학교에는 결석하는 날이 많고, 집에 들어앉아서 미술 하는 큰오빠가 보던 일문 소설책만 읽고 있었다.

외할머니는 이것을 걱정하여 교회에 데려가려고 하고, 목사가 찾아와서 권하고 (교회학교) 정의학교에 다니는 명숙이가 끌어도 시간 낭비라고 다 거절하고 여전히 소설책만 읽었다. 아버지는 연애소설만 읽는다는 것을 알고 꾸중을 하면서 교회 가기를 권했으나, 영순은 교회에는 염증을 내고 질색을 하였다. 이것도 저것도 하지 말라는 것이 싫다는 것이었다.

영순이가 졸업할 무렵에는 연애한다는 소문이 높아졌다. 할머니는 이것을 알고 몹시 걱정하고, 아버지는 부랴부랴 약혼을 시켰다. 공부를 더 하겠다고 아무리 졸랐으나, 아버지는 들은 체도 않고 졸업도 하기 전에 시집을 보내려고 서둘렀다. 여학교 교장이 중재를 해서 졸업이나 하고 결혼을 하라고 권했으나, 영순은 졸업하던 날 일본으로 달아났다. 문학을 지망하여 동경으로 간다던 숙원을 이루려고 한 것이다.

"영순은 자기의 눈이 뜬 사람이다. 지혜의 열매를 맛보고 미의 세계를 동경하고 있다."

고 하는 것은 그때 일본인 영어 교사의 평이다.

4

Y는 별로 일도 없이 현관 쪽으로 나가보았다. 김영순이라는 그 여자가 혹 그냥 있는가 하고. 있으면 그 꼴을 좀 자세히 보려고 나가보았으나, 어디로 나갔는지 자기 처소로 들어갔는지 보이지 아니한다. 잠깐 서슴서슴하고 섰는데, 어디서 계집애 목소리로 찢어지는 소리가 들린다.

"쌍! 어떤 놈이 우리 애기를 때려서…… 쌍!"

'저게 누군가?' 하면서 Y는 그 소리 나는 방향을 따라서 강당 쪽으로 가보았다. 강당 뒤 회관 뒤뜰 한가운데 한 다리를 뻗치고 비스듬히 앉아서 병아리 한 놈을 만지고 들여다보면서, 혼자서 계집애 목소리로 떠드는 것은 아까 현관에서 보던 영순이다. 머리는 굉장히 구슬러지고, 찢어진 스커트 틈으로 거의 엉덩이까지 드러낸 그 모양을 자세히 오래 보기가 거북해서 Y는 얼굴을 돌렸다.

'저이가 과연 영순일까?'

Y는 곰곰 생각하여보았다. 나이는 늙었으나 목소리는 늙지 아니했는지, 분명히 옛날에 듣던 그 목청이 분명하다.

"김가, 네가 우리 아가를 때려서 다리를 절게 했지? 응, 이 쌍 김가야."

고개를 들어서 어딘지 위를 쳐다보고 그는 소리를 지른다. 애기라는 것은 병아리를 말하는 것이다. 김가라는 것은 Y가 사귀어 지내는 젊은 친구 K를 말하는 것 같다. K는 삼층에 있었다.

"미스 김! 그건 오햅니다. 내가 미스 김을 얼마나 존경하고 사랑하기에 미스 김네 병아리를 다쳐서 상하게 해요?"

"호호호호, 우리 김씨는 나를 사랑하지. 우리 애인이지, 호호호호."

'과연 미치기는 미쳤구나' 하고 Y는 속으로 썩 가엾게 생각하였다.

몇 날 지난 밤이었다. 달이 유난히 밝은 초가을 밤이었다. 저녁식사를 마친 Y는 갑갑하고 홈식Homesick도 나고 해서, K를 찾아서 같이 책방 구경을 하고 다방에도 들러서 들어오는 길에,

"우리 어디 저 미스 김한테나 가서 이야기나 붙여볼까요?"

하는 K의 말대로 회관 뒤로 갔다. K는 창을 노크하였다.

"미스 김 계세요?"

"그거 누구가?"

자려고 벗었던지 아래만 입고 위는 벗다시피 한 주인은 창으로 내다본다.

"미안합니다, 실례합니다."

"왜덜 밤에 밀려다녀, 젊은 사람들이."

"달이 좋아서 산보 갔다 왔답니다. 달이 좋지요, 미스 김?"

"달이 좋으면 무얼 해. 돈이 있어야지. 다 쓸데없어!"

"달구경도 돈 있어야 하나. 좀 나와 보아요, 저 달을."

"싫어, 싫어!"

"그럼 미스 김, 노래나 하나 해요."

"제나 하지, 날더러 왜 하라나?"

"그러지 말구 하나 해요."

"싫어! 싫어! 저 손님은 누구야? 모르는 손님 있는데 싫어!"

한편에 서서 두 사람의 회화를 듣고 있던 Y를 손가락질하면서 미스 김은 말한다.

"참, 실례했습니다. 소개합니다. 이분이 Y선생님, 이분이 미스 김, 김영순씨, 아시지요? 피차에……"

K는 이렇게 제법 인사를 시켰다.

"몰라, 몰라! 나는 저런 사람은 몰라."

"왜 몰라요. 유명한 Y선생을 몰라요? 옛날에 같이 잡지에 글을 쓰시고…… 미스 김 젊었을 때에……"

"몰라, 몰라. 김씨, 오늘 저녁 오고루(한턱)해."

미스 김은 그러면서도 슬쩍슬쩍 Y의 얼굴을 쳐다본다.

"명숙이란 계집애는 밤낮 미국 간다더니, 미국 가문 돈이 많이 생기나? 미국 사람하구 사나 봐."

"이분도 바로 그 명숙이라는 이를 잘 아신답니다."

K는 Y를 가리키면서 미스 김을 들여다보고 옛날 기억을 끌어내 보려고 하였다.

"그분이 누군데? 그런 말 하지 말구 어서 한턱해. 김씨 코하며 눈썹하며 미남잔데. 저 사람이 김씨 고이비도[4] 빼앗은 사람이지?"

미스 김의 말은 점점 험하게 나온다. Y는 K를 재촉해서 들어가 버렸다. 들어가서도 달은 밝은데 잠은 아니 오고, 옛날 일이 하나씩 둘씩 생각킨다.

『문예』 잡지 할 때에 H랑 같이 찾아서 원고를 청할 때에 그 시대의 첨단을 걷던 영순이, 좋은 집에서 축음기며 기타며 갖은 악기를 놓고, 명화를 걸고, 커피를 내고, 맥주를 내서 권하고, 자기도 마시고 명랑하게 웃으면서 이야기하던 일, 그런 지 몇 해 후에 해외로 다녀온 동안 M이라는 자기보다 어린 사람과 한동안 동거하다가 헤어진 뒤에 지내던 일, 그 뒤에 떨어진 몸이 되어 카페로, 다방으로 낙화생과 담배를 팔러 다니는 것을 보던 일, 그리고 옛날 동생 명숙이와 같이 다니면서 놀던 귀여운 탄실이 시절 일을 생각하고,

'저는 일찍이 남보다 먼저 개성의 눈이 떠서 용감하게도 금제의 열매[5]를 따 먹기는 했으나, 험악한 사회의 거센 물결을 이길 길이 없어서 파선의 역경을 당한 결과 백발이 되었구나!'

하고 깊은 탄식을 하였다.

Y는 그 뒤에 구태여 영순에게 자기가 누구라는 것을 알도록 하려고도 하지 않고, 모른 체하고 지냈다. 한번은 밥과 찬을 보내 보았으나, 웬일인지 받지 아니한다고 도로 가지고 온 일이 있었다.

5

Y는 한 반년 만에 본국에 갔다가 여름을 지내고 와서, 밀렸던 사무를 처리하고, 급한 원고를 쓰기에 바빴다. 그래서 회관 뒤뜰

미스 김에 대한 생각을 할 여유도 없었다. 하루는 오후에 사무실에 앉아서 오래간만에 미국 있는 동생 명숙에게서 온 편지를 받아 읽고 있는데, K가 나오라고 찾는다.

Y는 무심코 나가보았다. K는 Y를 강당 쪽으로 끌고 가서 뒤뜰을 가리킨다. 자동차가 한 대 오고, 수선수선한다. 동네에서 구청에 말해서 미스 김을 시립 뇌병원에 데려간다는 것이다.

"아이구, 왜, 왜? 내가 어쨌다고…… 나를 어디로 가자는 거야?"

미스 김은 자동차를 두 손으로 떼밀고 안 타려고 버둥거린다.

"오바상(아주머니)! 이런 집에서 늘 사시겠어요? 아들이 좋은 집 얻어놓고 모셔 간다는데 어서 가세요, 그러지 말고……"

제본하는 집 일본 마누라가 이렇게 달랜다.

"아니야! 거짓말이야, 거짓말. 나를 미치광이라고 병원에 데려가는 거지 머야. 망한 것들…… 내가 왜 미쳐…… 미치긴 저희들이 미쳤지. 성한 사람을 미쳤대, 호호호호."

"어머니, 어서 가세요. 그런 게 아니구 무슨 병이구 다 고치는 큰 병원이랍니다. 어머니 늘 가슴 아파서 그러지요? 그리구 또 심장병이 있지 않아요? 심장병도 고치구, 자, 어서 타세요."

아들 정일의 말이다. 일본말로 쇼오이찌, 혹 쇼오짱이라고 부르는 아들이 어머니의 팔을 붙들고 차에 올라타기를 권한다.

"그럼 그렇지. 그래두 우리 아들이 바른대루 말한다. 병원이지 병원이야. 이사는 무슨 이사. 집이 집이구 이사라면 짐두 안 싣고 그냥 가? 정일아! 그래도 웬 돈 있니? 돈 내라면 어쩔 테야?"

제법 병원에 입원하면 입원비 낼 걱정을 하는 것이다.

Y는 전화가 오고 바빠서 사무실에 들어와 있다가, 한참 만에야 다시 나가보았다. 수선거리던 뒤뜰은 조용해졌다. K의 말에 의하면 영순은 결국 아들과 같이 차를 타고 아오야마〔青山〕에 있는 시립 뇌병원으로 갔는데, 가면서 닭을 잘 보아달라고 부탁을 하고, 자기 집이나 닭의 우리를 몇 번 돌아보면서 차를 타고 갔다고 한다.

미스 김이라고 부르는 김영순이 떠난 다음 날, 그가 몇 해 동안 아들 정일이와 살던 집이랄까, 우리랄까 하는 것은 정일이의 손으로 헐어버리고, 그가 가면서 간곡히 부탁한 닭들도 처분하고…… 아들의 손으로 회관에 신세 졌다고 몇 마리 내서 학생들이 먹고, 더러 팔아먹고, 청년회에서 깨끗이 소제를 시킨 뒷자리에는 흔적도 없이 말갛게 치워지고 낙엽 진 은행나무 잎만 뒹굴고 있다.

6

영순의 아들 정일이는 어머니와 같이 살던 집이자 닭의 우리를 제 손으로 헐고 뜯어서 이웃집 고물상에게 넘겨주고, 닭 몇 마리는 팔아먹고, 몇 마리는 회관에서 자취하는 사람들에게 그동안 신세 졌다고 인사 겸 선사를 하였다.

"어디 갈 데가 있소? 불쌍하니 방 하나 줍시다. 제7호실을 주지요."

청년회 C총무는 이사장 대리인 Y선생보고 이렇게 의논한 결과, 삼층에 한 방을 주어 들도록 하였다. 그 대신 뒤뜰에 있는 모양 흉한 움집은 헐어 치우기로 한 것이었다.

"Y선생과 여러분이 너를 동정해서 방을 하나 주기로 했으니, 앞으로는 방세도 내고 그리구 회관 규칙을 잘 지켜야 한다. 그리구 말이야, 너도 차차 나이두 먹어가니 저렇게 병이 있는 너의 어머니도 생각하고, 네가 독립해서 살면서 부지런히 일을 해서 돈도 모아야 한다. 그래가지고 장가도 가서 남과 같이 살아야 하지 않느냐. 너만 진실하게 일을 하면 딸들을 주려고 할 게 아니냐."

마음 좋은 C총무는 그날 밤에 정일이를 불러놓고 이렇게 일렀다.

"하이 하이(네 네)."

키가 크고 얼굴이 허여멀쑥한 정일이는 허리를 굽실굽실하면서 일본말로 대답을 하고 돌아서 나갔다.

정일이 어떻게 영순의 아들이 되느냐?

그것은 이 회관에서도 자세한 일을 아는 사람이 별로 없었다. 영순이 친히 낳은 것은 아니다. 영순은 한 번도 제대로 생산을 해서 길러본 일은 없었다. 늘 혼자 있기가 허전하기도 하고 외로워서, 어떤 동무의 권으로 겨우 돌이 지난 사내 아기를 맡아 길렀다. 누가 낳은 아긴지, 아이의 아비는 누군지, 그것도 절대 비밀로 해달라고 해서 그 비밀을 지키기로 하고 맡았다. 영순은 대강 짐작은 했지만, 구태여 자세히 알려고 하지도 아니하고, 또 아무에게도 말도 하지 아니하였다.

"어머니, 아부지는 왜 없어요?"

어린 정일이 가끔 이렇게 물어보면,

"너의 아부지는 공부를 너무 열심으로 하다가 그만 병이 나서, 오래 앓다가 죽었단다. 너는 그다지 애써서 공부하느라고 그러지 마라. 공부하다가 몸 약해지고 죽으면 쓸데 있니!"

영순은 이렇게 어름어름 대답을 해버리는 것이었다. 사실 자기 자신이 공부를 하다가 아무 보람도 없이 고생만 하는 것이 원통하고, 제 몸이 약해서 남과 같이 씩씩하게 겨루어나가지 못하는 것이 한이 되었기 때문에 그런 말을 한 것이었다. 그럭저럭 전쟁이 나서 한 몸도 살기 어려운데, 어린것을 등에 업고 다니면서 고생은 많이 하였으나, 언제나 안정한 생활을 못하고, 더구나 남자에게 속고 버림을 받고 하는 동안 쓰라린 경험을 하기 때문에 정일이를 공부를 시키거나 따뜻한 품에서 돌보고 가르쳐본 일은 없었다.

"그 애는 목숨이 살아온 것만 다행이야."

이런 것이 영순이를 알고 정일이를 아는 사람이 가끔 하는 말이었다.

정일이는 한 달에 한 번씩은 꼭 어머니를 그 병원으로 찾아가보았다. 병원에서 한 달에 한 번씩 치료비 지불하라는 청구서가 오면 돈이 있으면 곧 가거나, 그렇지 아니하여 며칠 지체하게 되면 독촉하는 엽서가 오기 때문에, 두번째 청구서를 받으면 일하는 제본공장 주인에게 선불을 해달라가지고라도 기어이 가지고 갔다.

"닭들이 잘 있니? 잊지 말고 모이를 잘 주어라."

정일이 가면 무엇보다도 닭의 문안부터 먼저 하는 것이었다. 정일은 거짓말을 하는 것이 안되었지만, 잘 있다고 대답을 하고, 먹고 싶은 것이 있으면 사서 먹으라고 백 원짜리 돈을 한 장이고 두 장이고 주면 웃고 좋아하면서 받고는, 병원에서 고맙게 잘해주니까 제 걱정은 말라고 하는 어머니의 말을 듣고 돌아서 나오곤 하였다.

오는 길에는 청년회 제 방으로 들어가지 않고, 그 근처 술집에서 술을 몇 잔 사 먹고 얼근하게 취해서 허둥지둥 거리로 다니다가, 늦게야 처소에 돌아와서 쓰러져 자는 것이 버릇이었다.

7

지루한 장마가 한 달이나 끌어가는 유월 그믐이었다. Y선생은 원고를 쓰다가 머리를 쉴 겸 슬슬 아래층으로 내려갔다. 총무 사무실 앞에서 사람들이 모여 서서 수군수군 무슨 이야기를 하고 있는 모양으로 보아서, 무슨 심상치 아니한 일이 있는 모양이었다. 거기에는 Y선생의 젊은 친구 K도 서 있다.

"당초에 알 수가 없구먼요. 무슨 일로 그랬는지. 우리 집에서는 그럴 일이 없는데요."

정일이 일하는 제본공장 마누라의 말이다.

"회관에서도 그럴 일이 있을 리가 없는데요. 내가 모르긴 하지만."

회관에서 소제하고 일하는 일본 노파가 걱정스러운 모양으로 하는 말이다.

"C총무두 저더러는 방을 내라지도 않았을 텐데. 글쎄 여자관계는 아닐까?"

K가 웃으면서 던지는 말이다.

"아니, 그런 것 같지도 않은걸요. 나는 여자가 찾아다닌 것을 못 보았으니깐요."

제본공장 마누라의 말이다. 알고 본즉 정일이 어디서 쥐 잡는 약을 먹고 죽는다고 야단법석이 나서 병원에 입원을 했는데, 생명에는 관계없으나 처치 곤란이니, 치료비를 물고 데려가라는 통지가 보호자에게 온 것이라는 것이다. 보호자는 C총무를 대고 주소는 제본공장으로 했기 때문에 자기네에게로 전화가 왔다는 것이다.

C총무는 지방에 출장 가고 없기 때문에, 제본공장에서 정일이를 동정하기도 하고 일이 바쁘기 때문에 사람이 아쉬워서, 주인 마누라가 친히 가서 (월급에서 제할 셈치고) 병원 돈을 물고 데려왔다는 말을 Y선생은 나중에 듣고, 정일이가 자살하려고 하던 까닭을 다시 생각해보았다.

정일이 자신은 일체 침묵을 지키기 때문에 알 수는 없으나, 별 대수로운 일은 아니라는 것이다. 제본공장 마누라의 말에 의하면 정일은 가끔 술을 먹는다고 한다. 같이 다니는 동무도 없는 모양인데, 가끔 저보다 나이도 많고 깡패 같은 녀석들에게 놀림거리가 되어서 돈을 쓰는 모양이라고 한다.

"그래서 그런지, 요새는 자꾸 옹색하다고 하면서 선불을 해달라구 찾아갔기 때문에 이달에는 별로 받을 것도 없답니다. 밥은 집에서 먹으니깐 좀 절약하면 매달 어머니한테 좀씩 갖다 드리구 돈두 모일 텐데……"

제본공장 마누라의 이런 말도 들었다. 그러니깐 돈 때문에 주인에게 언짢은 말을 들었는지도 모른다.

"그러면 돈 때문에 그랬을까? 사나이 자식이 설마 그만 돈 때문에 죽으려고 했을까?"

Y선생은 어느 날 C총무와 같이 앉아서 이런 이야기가 나서 C총무에게 의견을 물었더니,

"글쎄 나도 모르겠어요. 그놈 참 시끄러워서……"

정일이의 자살 소동은 별로 대수롭지 아니한 일인 것처럼 C총무는 말하고, 딴 이야기를 꺼냈기 때문에 더 알아볼 수 없었다. 그러나 Y선생의 생각에는 돈보다도 그의 고독감, 혹은 열등감이 그런 대수로운 일까지 저지르게 되는 것이 아닌가 하고 생각되었다.

8

장마도 개고 더위도 지나고, 아침저녁은 선선한 어느 날 밤이었다. Y선생은 앙드레 지드의 『전원교향악』을 읽다가 놓고, 막 자려

고 누웠다가 방문을 노크하는 소리를 듣고 귀찮은 듯이 일어나 나가본즉, 뜻밖에도 정일이가 말도 없이 고갯짓으로 인사를 하면서 들어선다.

Y선생은 몇 날 전에 C총무에게 정일의 일을 들은 일이 있었기 때문에 반기어 악수를 해주고, 침상 옆에 있는 의자에 앉기를 권했다. 그러나 정일은 미안한 듯이 앉지도 아니하고 말도 아니하고 우두커니 서 있다.

"선생님, 저 신분 증명 좀 해주셔요."

아무리 앉으라고 해도 앉지 않고 서 있다가 일본말로 이렇게 말하는 것이다.

"왜? 신분증명은 무엇에 쓰게?"

Y도 일본말로 이렇게 물을 수밖에 없다.

"아무쪼록 부탁합니다."

묻는 말 대답은 아니하고 이렇게 말하는 정일을 Y선생은 이윽고 바라보았다.

"C총무님더러 해달라지, 왜 날더러 해달라는 거야?"

"C총무님에게는 미안해서요."

정일의 이 말을 기다릴 것 없이 Y선생은 그 사정을 잘 알 수 있었다. C총무의 방에서 돈 몇 만 원과 여러 가지 귀중한 서류가 든 손가방을 훔쳐갔다가, C총무가 곧 짐작을 하고 정일을 조용히 불러서 간곡히 타이르고 책망도 하고 위로도 하면서 이야기한 결과, 돈은 오천 원이나 거진 소비하고 남은 것을 가져온 일이 있는데, 정일은 눈물을 흘리면서,

"돈이 급해서 그랬어요. 이제 제가 아무렇게도 벌어서 물겠어요. 어디 다른 데 취직 좀 시켜주세요. 그 집에는 월급이 적어서 그만두겠어요."

Y선생은 이미 들은 일이 있었기 때문에 곧 짐작이 되었다.

"신분 증명이 꼭 필요하다면야 총무님이 해주시든지 내가 해주든지 염려 없지만, 글쎄……"

Y선생은 다시 정일의 얼굴을 유심히 들여다보고 태도를 살펴보았다.

"선생님, 저는 부끄러워요. 저도 제 마음을 모르겠어요. 저 같은 게 살아 무얼 하겠어요."

정일은 Y선생의 태도를 짐작했는지 땅바닥을 들여다보면서 이런 말을 하는 것이다.

"아니야, 자네는 아직 나이가 어리니까 그런 거지. 이제라두 진실하게 살아가면 좋은 사람이 될 수 있는 거야……"

Y선생은 부드러운 말로 위로하였다.

"Y선생님, 저는 정말 믿을 데가 없어요. 저는 지금까지 사랑을 모르고 자라났어요. 어머니도 아마 저 같아서 그런 병이 생겼나봐요. 정말 어머니는 저렇구, 저는 믿을 데가 없어요."

정일의 양쪽 큰 눈에서 눈물이 뚝뚝 떨어진다.

"믿을 데가 없긴 무어 믿을 데가 없어! 자네 몇 살이지? 스물한 살? 사내가 나이 스물이 넘고 몸이 그만큼 튼튼해가지구 믿긴 무얼 믿어. 제가 제 힘으로 살지. 허긴 자네 말이 옳아. 세상에는 믿을 데가 없는 거야. 하나님을 믿지, 예수를 믿고…… 하나님께서 이렇게 튼튼한 몸을 주셨으니깐, 손과 발을 주시고. 그러니까 내 손과 내 발을 가지고 독립으로 살아갈 생각을 해. 무슨 고생이나 참구 마음만 바루 가지고 살면 그만이지. 세상은 아무 놈도 믿을 놈이 없어. 하나님을 믿고 저를 믿고 살면 되는 거야……"

Y선생은 처음으로 정일에게 이런 말을 해주었다. 벌써 그를 찾아보고 위로해주고 지도해주지 못한 것을 후회하면서 간절히 일러주었다.

"선생님, 저 이제부터는 마음을 고쳐먹고 잘하겠어요. 잘 지도해주셔요."

흐르는 눈물을 주먹으로 씻어서 젖어 있는 정일의 커다란 손을 선생은 꽉 붙잡고,

"그래 마음을 고쳐먹고 마음을 든든히 먹고 씩씩하게 살아가…… 자네 어머니는 모르는 모양이지마는 나는 자네 어머니를 젊어서부터 잘 알아. 한 고향 사람이구…… 자네가 매달 어머니한테 병원 치료비를 갖다 준다는 말을 듣고 참 기특하고 고맙게 생각했어……"

정일은 아무 말도 아니하고 눈물만 흘리고 있다가 자랑인 듯 말한다.

"몇 날 전에도 가보았어요. 깨끗하게 하고 계신 걸 보니깐 제 마음도 좋던걸요. 닭이 잘 있느냐, 그새 더 불었느냐고 닭 염려를 퍽 하시던걸요."

9

크리스마스가 몇 날 남지 아니한 십이월 중순이 지난 어느 날이었다. 조용하던 회관은 본국에서 영국으로, 미국으로, 석 달 동안 교육 시찰단으로 다녀온 각 대학 교장, 교수 몇 사람을 환영하는 파티로 수선수선하였다. 파티가 끝난 다음에 다른 손님들은 바쁘다고 먼저 가고, 그중에 서울 S여자대학 학장 오박사는 남아서 회관 안을 한번 구경한 뒤에, C총무와 Y선생과 같이 앉아서 일본에 있는 한인 사회와 특별히 한인 학생의 형편을 물어보고, 자기가 전에 젊어서 동경에서 공부할 때에 지내던 이야기도 하고 있었다.

"그런데, 참 김탄실이가 아직도 일본에 있다는데 어떻게 되었어요?"

오박사는 옛 친구가 문득 생각이 난 듯이 C총무와 Y선생을 돌아보면서 이렇게 묻는다. 오박사는 바로 탄실의 소학 동창 명숙이다.

"김탄실이요?"

C총무는 김탄실이가 누군지 몰라서 반문을 한다.

"참 탄실이는 애명이지. 영순이지, 김영순이라구 왜 한동안 여류 문사로 시도 쓰구 하던 사람 있지 않아요?"

"네, 압니다. 있지요."

Y선생이 먼저 대답하고, C총무더러 눈짓을 하고 뒷마당을 가리키면서 귀에다 대고 수군수군해서 알게 하였다.

"네, 네, 선생님께서 그를 아십니까?"

C총무는 희한한 듯이 묻는다.

"옳아, 옳아. 닥터 오께서 잘 아실걸요."

Y선생은 고개만 끄덕거리면서 웃는다. 오박사도 고개만 끄덕거리고 있는데, 총무는 그동안 실성을 해서 뒷마당에 움집을 짓고 살던 이야기를 하다가, 지금은 정신병원에 가 있다고 하고 나서, 손님을 끌고 가서 그 자리나마 구경을 시켰다. 오박사는 그냥 고개만 끄덕거리다가 겨우 입을 열어서 묻는다.

"그러면 아무도 없이 혼자 살았어요?"

C총무와 Y선생 두 사람은 번갈아 정일의 이야기를 하였다. C총무는 정일이 때문에 트러블을 많이 당하는 이야기를 하였다.

"두 사람이 다 불쌍해요."

Y선생은 지난가을에 정일이 자기 방에 와서 울면서 이야기하던 일을 생각하고 말하였다.

"불쌍하군요. 내가 시간이 있으면 두 사람을 좀 다 찾아보고 갔으면 좋겠는데……"

"만나보셔야 모를 겁니다. 나도 몰라보던데요."

Y선생이 웃으면서 이렇게 말하는데, 전화 신호가 따르르 운다. C총무는 얼른 일어나서 수화기를 들었다.

"네, 네, 제가 총무올시다. 왜 그러십니까. 김정일이요? 네, 네, 여기 있는 사람입니다. 왜요? 그렇습니다. 다른 관계는 없지만 내가 여기 총무인 관계로 보호자의 이름을 가지고 있습니다. 내가 가야 돼요? 왜요? 무슨 일이 있어요, 네? 자살이오? (C총무는 머리를 벅벅 긁으면서 뒤를 돌아본다.) 언제 그랬습니까? 어젯밤에요? 생명에는 관계없습니까? 네, 네, 알았습니다. 곧 가겠습니다."

전화를 끝내자 세 사람은 말없이 서로 바라보고 섰다가 누가 그랬는지 "어서 가보십쇼" 하는 말이 들리고, C총무는 모자와 손가방을 들고 먼저 나가고, Y선생은 손님과 같이 뒤따라 나가서 택시를 타고 어디로인지 달려갔다.

금붕어

이날도 아침 시발택시[1] 한 대가 찻길에서 인도 쪽으로 굴러 들어온다.

맹기호는 발걸음을 빨리 옮겨서 쫓아갔다.

"합승 안 해요?"

눈치가 좀 다르다 했더니 아니나 다를까 손님을 청하는 것이 아니요, 독차로 누가 부른 모양이다.

버젓이 오르는 사람은 한 청년 신사다. 이 차를 부른 사람이 분명하다. 맹도 이제는 좀 졸업을 해서 누가 부른 차든지 좀 같이 타자는 배짱을 부리게 되어서 처음엔 물러섰다가 덮어놓고 올라탔다. 택시를 부른 젊은이 눈치가 타도 좋다는 것을 보고 안심하고 앉아 있었다. 어느 틈에 뒤에도 한 사람 타고 앞에도 두 사람이 탔다.

"좀 빨리 갑시다…… 응, 이거 늦겠는데!"

아직 아홉 시는 멀었는데 이 택시 부른 사람이 퍽 조바심을 하고 서두르는 걸 보니 어떤 관청에 다니는 사람으로 여덟시 반까지는 들어가야 할 책임이 있는 모양이라고 생각했다.

그는 남의 밑에서 일하고 있는 자신의 경우에 비추어 생각해서 공연히 애가 쓰였다.

차가 종로에 와 닿았다. 그는 화신 앞에 내려달라고 청했다.

"합승이 아닌데요. 일행입니다."

택시를 부른 사람이 이렇게 말하자 운전사는 말이 없다.

고마운 사람도 있다고 생각하고 목례를 잊지 않고 내렸다.

물론 백 환짜리를 그에게 주었다. 기특한 사람이 있다.

요새 젊은이로 쉽지 않은 사람이다, 생각을 하면서 그는 화신 앞을 서쪽으로 돌아 안국동 쪽으로 올라가는 것이다.

몇 날 전이었다. 전차는 벌써 만원이 되어서 오는 것이라 매달리거나 떼밀고 비비대고 들어가지 않으면 탈 수 없고, 더구나 버스는 말할 것도 없으니 벌써부터 단념을 한 것이고 합승을 타기로 한 그였다.

요새는 가끔 보통 택시가 와서 합승을 하기 때문에 편리하다고 생각해서 이용을 해왔는데, 이날도 좀 큰 차가 하나 굴러서 인도로 들어오는 것을 보고 맹은 택시인 줄 알고 달려갔다. 택시가 아니요 합승이다. 노타이 잠바짜리가 왁 달려든다.

여느 때는 그런 경우에 애써 탈 생각도 아니하고 물러서던 그가 이날따라 '에라, 한번 대들어보자' 하고 기를 쓰고 달려들었다. 타기는 탔다. 정신없이 탔다. 전 같으면 탈 염도 못했지만 타려고 하다가도 밀려나오고 마는 것이었다.

맹을 떼밀어내고 올라가 타는 자들은 모두 삼십 내외의 자식 또래의 젊은이들이었다.

"이렇게도 양보할 줄을 모르나! 우리나라 젊은이들이 왜 이렇게 도의심이 없는가."

저 혼자서 중얼거리면서 하늘을 바라보다가 다른 합승이나 택시를 기다려서 늦더라도 천천히 타던 그가 이날은 제법 젊은 축에 끼어서 비비대고 올라앉은 것이었다.

"시간이 어떻게 되었나."

팔목에 있을 시계가 없다. 가슴이 선뜩하다. 좌우를 돌아보아야 전차와 달라서 그럼 직한 사람은 없다. 운전사를 찾아서 시계가 금방 없어졌으니 어떻게 하면 좋으냐고 해보았다.

"아저씨, 시계를 가진 자는 타질 않았습니다."

운전사는 대수롭지 않은 일인 듯이 앞만 보고 차를 몰고 있다.

"시계를 집에 놓고 온 것이나 아닙니까?"

"바닥에 떨어졌나 보시지요."

차에 탄 사람들은 가장 동정이나 한다는 것이나 반갑지가 않았다.

몇 번을 팔목을 되보고 바지 포켓을 보고 하면서 정신없이 앉았다가 종로에 와서 내릴 수밖에 없었다.

하루 종일 기분이 나빴다.

속으로 요새 젊은이들이 나쁘고 세월이 고약한 것을 개탄하고 공연히 여러 사람이 밀려드는 차에 덤벼들어 탄 것을 몇 번이고 후회하면서 썩 기분 나쁜 하루를 지냈다. 왜 이렇게 실수를 하나,

이게 벌써 몇 번짼가, 집에 가서 무어라고 하나, 복잡하게 사람이 밀려드는 차는 전차나 합승이나 안 타기로 작정을 하고도 또 이렇게 실수를 하는 자기 자신이 퍽 딱하게 생각되었다.

"왜 또 그랬어, 이담엔 애여 그러지 말어."

예 예, 대답하고도 또 그러고 그러고 하는 어린 자식 타이르듯이 맹은 자기 자신을 타이르는 것이었다. 그리고 그동안에 가깝고 먼 과거에 실패한 경험이 하나하나 머리에 떠나와서 마음에 괴로움을 느꼈다. 하루 종일 아무 일도 손에 붙지 않고 정신없이 지냈다.

다음 날이 마침 월급날이라 시계가 없이는 하루를 견딜 수 없기 때문에 덮어놓고 만 오천 환을 뚝 잘라서 시계를 샀다. 시계 장수에게 속으면 안 되겠다 생각하여서 장사를 좀 해본 경험이 있는 조카딸을 데리고 가서 샀다.

"아저씨, 물건을 사실 땐 혼자 가시지 말고 꼭 저를 데리고 다니세요. 아저씨는 으레 속으시니까."

"그래, 너는 물건 시세를 잘 알고 똑똑한 사람이니까."

이렇게 조카딸을 집에 데리고 있으면서 믿고 일을 시키곤 한 것이었다. 장사라고 좀 해보는 것이 잘 안 되어서 아이들을 데리고 살기는커녕 국민학교짜리, 중학교 일학년짜리 공부도 시키기 어려운 형편이니 무슨 다른 도리가 있어야 하겠다고 하던 참이었다. 그래서 조카를 시계 장사나 시켜보았으면 하였다. 같은 교회에 나오는 청년 가운데 상점도 안 내고 시계 장사를 해서 곧잘 지내는 사람이 있는 것을 생각한 것이다.

"무엇이든 해보아라."

"아무거라도 할 테야요."

부모 없고 남편까지 없는 조카가 독립으로 살아가게 되기를 바랐는데, 물건도 잘 고르고 값 흥정도 잘하는 걸 보고,

'그만하면 장사를 꽤 하겠는걸.'

하고 다행으로 생각했다.

시계를 잃어서 손해를 보았으니 이 기회에 조카가 시계 장사를 하여 장사가 잘된다면 화가 복이 되는 셈이라고 하였다.

"너 누구하고 뭘 해보겠다던 걸로 시계 장사나 해보렴, 응."

시계를 사가지고 오면서 권해보았으나 조카는 대답이 없었다.

시계는 샀지만, 시계는 도리어 전의 것보다 마음에 드는 것을 샀지만 돈 문제보다 시계를 잃어버리도록 한 자기 자신이 딱한 것이 괴롭고, 더구나 그 시계는 바로 작년에 미국에 교육 시찰로 다녀올 적에 마침 시계를 잃어서 친구들이 사준 것이라 그 친구들에게도 말도 못 하는 형편이었다. 그리고 요새 젊은이들의 질이 나쁜 것을 몹시 개탄하고 있었는데, 마침 기특한 청년을 만나서 차를 잘 타고 종로까지 기분 좋게 왔다.

그날은 매우 기분이 좋았다. 주위에 있는 사람이 나쁘고 고약한 것만 생각하고 실망하고, 실패하는 일만 생각하고 마음을 괴롭히고 신경을 쓸 필요가 없다고 생각하면서 자신을 스스로 위로하였다.

그날은 마침 토요일이었다. 오후 한 시가 지났다. 웬만한 선생

들은 다 나가고 학교 일이나 제 일이나 미진한 일이 있는 듯한 선생들만이 사오 인 남아 있다. 교무주임 박선생도 무슨 책을 뒤적거리고 앉아 있다.

"박선생, 냉면이나 먹으러 갑시다. 일어나시오."

옆에 있는 다른 선생까지도 바라보면서 맹은 큰 소리로 박선생을 불렀다.

"교감 선생님, 오늘 한턱하시렵니까?"

"그래그래, 한턱하지요. 선생님들 일어나셔요."

"교감 선생님을 발라먹으면 되나. 식구두 많으시구 어려우신데…… 우리가 대접을 해드려야지요."

"별소릴 다 하시오, 황선생은…… 선생님들, 어서들 갑시다."

윤선생, 백선생, 차선생 다음 자리에 앉아 있는 국어 선생인 황선생이 어물어물 테이블을 정리하고 있는 것을 보고 한번 큰소리를 쳤다. "식구두 많으시구 어려우신데……" 어쩌구 하는 말이 듣기 싫은 것이었다.

"교감선생님이 모처럼 청하시는데 어서들 가십시다."

교무주임이 이렇게 재촉을 해서 모두 여섯 사람이 평양루에 가서 맛보기[2] 청하는 사람, 보통 청하는 사람 해서 냉면을 먹고 맹은 천칠백 환을 치르고 돌아왔다. 주머니에는 겨우 오백 환짜리 한 장이 남았다. 그 누가 볼까 봐 얼른 집어넣었다.

"오백 환, 오백 환."

집에 가면 무얼 사가지고 오기를 기다리는 손주놈을 위해서 무얼 살 것이라든지, 마누라가 찬거리 돈 달라고 하면 줄 것이라든지, 다음 날 출근할 때에 합승 값이나 점심 값이나 무어라 생각하면 오백 환이란 돈이 셈이 안 되는 돈이다.

'왜 이렇게 남자가 대범하질 못하고 옹졸할까.'

맹은 속으로 부끄러웠다. 그러면서도 왜 또 집으로 바로 가지 못하고 장한 척하고 호기를 뺐는가 하고 후회하는 생각이 번개같이 머리에 떠오르고 지나갔다.

앞뒤를 생각해서 무슨 일을 하지 못하고 마음 내키는 대로 기분에 따라서 해버리는 것이 탈이라는 것을 맹은 잘 알면서 같은 실수를 밤낮 되풀이하는 것도 자기의 결점이라는 것은 어쩔 수 없는 일이었다.

오늘 오후엔 일찍 가서 쉬리라——이런 생각을 하면서 맹은 사무실에 들어갔다. 일찍 가서 쉰다는 것은 아침에 나올 때 아내의 주의를 받고 부탁을 받은 것이요, 좀 쉬고 나서는 자기 방에 창문도 바르고 원고도 정리하고, 시간이 있으면 할 일이 많다고 생각에 예산한 것이 많았다.

"교감 선생님, 손님이 오셔서 기다리고 있습니다."

급사 아이의 말을 듣고 맹은 응접실에 들어가보았다.

"선생님, 안녕하셔요? 아버지가 선생님이 토요일 오후쯤 와보라구 그리셨다구 가 뵈라구 해서 왔어요."

친구의 딸이다. 취직시켜달라는 부탁을 받고 우선 이력서를 가져오라고 했고, 토요일 오후에 보내보라고 했던 것을 맹은 깜빡 잊어버리고 있었던 것이다.

"선생님이 E여학교 교장과 친하시다지요? 편지를 써주시면 제가 가보겠어요."

명함이나 한 장 보낼까 하고 생각하던 차인데 마침 당자가 그렇게 말하니 다행이다. 제가 가보겠다는 것이 기특하다 하고 그는 서랍에서 양면괘지를 꺼내서 편지를 쓰고 있었다.

"가만있자, 저……"

무슨 생각을 했는지 그는 쓰던 편지 종이를 구겨서 휴지통에 던져버린다.

"그럴 것 없이 내일 오후에 나하고 같이 가보지. 편지를 가지고 가서는 안 될 거야."

맹은 다음 날 오후에 종로 어떤 다방에서 만나서 대한희망원 원장 집을 같이 방문하기로 하였다.

맹은 지난봄에 예전 어떤 여학교에 봉직하고 있을 시절의 학생이던 사람의 부탁으로 그 남편의 취직을 시켜주려고, 아는 친구가 교장으로 있는 학교 교장을 찾아보고, 또 어떤 여학교 교감에게도 부탁을 간단히 했건만 아무 데도 틀려서 몹시 미안했던 일을 생각하였다.

직업이 없어서 곤란한 사람에게 양요리 대접을 받고, 또 집에 고기며 계란 꾸러미를 가져온 것을 받은 것이 늘 마음에 꺼렸던 것이다. 애초에 못한다고 딱 거절을 했더면 좋지 않았던가. 집에 계란 꾸러미나 가져온 것은 옛 선생이라고 찾아오면서 들고 온 것이니 무방하다고 스스로 변명을 하더라도 고급 양식 대접을 받은 것은 아무리 생각해도 가시처럼 마음 한구석을 찌르고 있는 것이었다. 다시는 취직 부탁은 받지 않으리라. 취직 알선에는 아예 나서지 아니하리라. 그는 얼마나 맹세를 했는지 모른다.

"요새 세상에 친구가 어디 있어요. 그저 돈이 있든지 세력이 있든지 해야지. 일개 이름 없는 중학교의 교감으로 있는 당신을 무엇이 대단하다고 청을 들어주겠소. 공연히 부질없이 다니지 마시구 가만히 계시오."

동창이 교장으로 있는 유명한 중고등학교에 교장을 찾아갔다가 거의 냉대를 받고 돌아와서 기분이 좋지 않아서 집에 들어왔을 때에 하던 아내의 말을 생각하였다.

"자리가 없으니까 그렇지, 머, 그 사람이 그럴 리가 있나! 세상이 다 그런 걸 할 수 없지만, 하긴 그 사람이 교장이 된 다음엔 달라졌어, 전엔 그렇지 않았는데. 좀……"

아내에게도 체면을 세워보느라고 변명을 했다. 개탄을 해보았으나 아내의 말이 옳기는 옳기 때문에 말끝을 맺지 못하고 말았던 것이다.

"그것들이 예전 선생이라고 생각이나 하는 줄 아셔요. 제게 긴하니까 알랑거리고 찾아다니지, 일이 안 되면 성의가 없느니 되지 않을 걸 공연히 찾아댕겼느니 그런다오. 글쎄 왜 대답을 하구 나서요."

아내에게 이런 핀잔까지 받고 또 한마디 대꾸도 못한 일이 있었다는 것은 그리 좋은 기억이 아니었다.

맹은 슬슬 걸어서 전차를 타거나 합승을 타려고 종로 화신 쪽으로 왔다. 감기 기운이 있고 몸이 거북하기 때문에 이미 예정한 대로, 자기가 예정했다는 것보다 아내의 부탁을 받은 대로 일찍 집에 가게 된 것을 다행으로 여기고 합승을 기다리고 서 있었다.

"선생님 어디 가셔요? 오늘 K여사의 출판기념회에 안 가셔요? 가십시다. 선생님 같은 문단의 선배가 나가시면 퍽 기뻐할 겁니다."

"글쎄, 이번 그의 기념회에는 꼭 가볼려고 하긴 했지만……"

뜻밖에 시인 C를 만나서 깜박 잊어버렸던 K여사의 출판기념회에 갔다가 열 시가 지나서야 고단한 다리를 끌고 집에 들어갔다.

이튿날은 일요일이었다.

맹은 아침에 어느 날보다도 약간 일찍 일어나서 다음 날 주기로 한 원고를 정리하고 나서 아침밥을 먹고, 정하고 다니는 교회엘 갔다가 예배가 끝나는 대로 친구 한 사람과 종로로 나왔다. 냉면을 한 그릇씩 먹고 나서 친구는 한강 구경을 가자는 것을 누구를 만나기로 약속했다고 하고 간신히 거절을 하고 병으로 누워 있는 친구의 딸 H양을 만나기로 한 다방을 향해서 바삐 걸었다.

'장마 뒤에 한강 구경도 한번 가볼 만한 것인데. 그러나 어린 사람하고 약속한 일을 지키느라고 거절한 것이니 당연하지. 아무렴, 친구의 딸을 오라고 해놓고 딴 데를 갈까.'

이런 생각을 해보면서 약속한 다방에 갔더니 친구의 딸은 벌써 와 앉아 있다.

여대 출신이면서도 별로 다방 출입을 안 했던 모양인지 퍽 어색해하는 것을 억지로 자기도 마실 겸 커피 한 잔을 같이 먹고 일어나서 영천 방면으로 가서 불광동행 버스를 탔다.

실상 남을 데리고 가기는 가면서 자기 자신이 길을 잘 모른다. 가는 방향도 집도 잘 모르고 짐작으로 가는 것이다. 불광동 종점까지 갔으나 아무리 보아도 알 수가 없다. 지서에 가서 물어보았다. 시외버스를 타고 좀더 가다가 내리면 된다는 것이다. 걸어가도 얼마 안 된다는 것이다. 친구의 딸 보기가 미안스럽다. 파주행 버스를 기다려 타고 가서 결국 원장 집을 찾았다. 집은 찾았으나 원장 자신이 막 시내에 들어가고 없다는 것이다.

기다릴까, 갈까 하고 망설이다가 원장이 곧 온다고 해서 결국 기다리기로 했다. 한 시간이 지났다. 전화는 없다고 해도 편지라도 하고 올걸. 설사 만난다 해도 될지도 모르는 걸 공연히 왔다고 후회하기를 얼마나 했는지 모른다. 그래도 친구의 딸에게는 그런 체를 내지 않기로 노력했다.

"잠깐 다니러 갔다니까 곧 올 거야. 이원장은 나하고 퍽 가까운 사이요, 그리고 상당한 사업가니까 어떻게든지 일자리를 만들어서라도 취직을 시켜줄 거야."

자기변명 겸 갑갑하게 앉아 있는 친구의 딸을 위로할 겸, 실상은 자기 자신을 위로할 겸 이따위 소리를 하고 앉아 있었다. 이원장이란 사람은 예전에 맹이 봉직하고 있던 여학교에서 가르친 제자인데, 그때에 여러 학생 중에 유난히 맹을 따랐고 또 맹 자신이 귀애했고 그리고 6·25 사변 때 부산 피란 당시에 맹의 신세를 진 사람이었다. 여자라고 해도 웬만한 남자 이상의 활동력이 있고,

교제 잘하고, 뱃심이 대단하고 게다가 소녀 시절부터 매력 있는 용모를 타고났기 때문에 해방 이후로 특히 동란 이후에 고관들과 미군을 교제하여서 사회사업으로 교육 사업으로 눈부신 활동을 했고 놀라운 업적을 보여주었다.

초여름 긴 해가 기울고 어슬어슬 해가 질 무렵에야 원장은 지프차를 몰아가지고 돌아왔다.

"어떻게 이런 궁벽한 데를 찾아오셨어요. 감사합니다, 선생님."

원장은 반가이 인사를 하고 자기가 경영하는 학원과 고아원의 시설을 대강대강 구경시켜놓고는 그동안 지낸 이야기, 미군 부대가 많이 떠난 후에는 그 영향을 받아서 운영이 곤란하기 때문에 사업을 줄여서 요새 학원은 문을 닫아버렸다는 이야기를 벌여놓아서 맹은 미처 친구의 딸의 취직 건은 이야기를 꺼낼 새도 없었다.

"벌써부터 한번 와보려고 하면서도……"

"바쁘신데 이런 데를 어떻게 오셔요. 선생님이 저를 기억하시고 계신 것만 감사하지요."

원장은 학교를 갓 나온 듯한 젊은 여자를 데리고 온 것을 보고 취직을 시켜주려고 온 것을 벌써 눈치채고 그동안 발길을 하지 않고 있다가 취직 부탁을 받고 비로소 찾아온 것을 원망 비슷이 또 우습게 생각하면서 말을 좋게 둘러서 거절하는 것을 맹은 나중에 시내에 들어와서야 비로소 알았다.

"오래간만에 이렇게 절 찾아오셨는데 여기는 시골이 돼서 아무 것두 없어서…… 시내로 들어가시지요, 선생님……"

원장은 자기가 타고 왔던 지프차를 타라고 서두르는 바람에 맹은 그냥 따라 들어왔다. 친구의 딸은 자기 집에 가보아야겠다고 먼저 가버리고 두 사람은 국제호텔에서 저녁 식사를 같이하였다.

'아무려나 나보다 낫구나. 제자요, 여자연만 나보다 낫구나. 결국 오늘도 거절을 당했구나. 사업을 축소한다는 것이 사실인지, 듣기 좋게 말하는 취직 알선에 대한 거절인지도 모르겠다.'

무작정 장담을 하고 데리고 왔던 친구의 딸에게 부끄러웠다.

"선생님, 오늘 더운데 수고 많이 하셨어요. 피곤하시겠어요."

말이 적은 여자로서 제법 인사를 하고 돌아서 가던 친구의 딸의 표정을 다시금 생각해보았다.

"댁에까지 모셔다 드리지요."

원장의 친절한 말이 고맙기는 하고 속으로는 집에까지 데려다 주었으면 하면서도 가다가 볼일이 있다고 딴소리하고 종로 네거리 화신 앞에서 내렸다.

종로 거리는 어느새 네온사인이 휘황하게 번쩍거리고 버스며 합승에는 말할 것도 없고 고급 자동차가 꼬리를 물고 달려서 좀처럼 그칠 줄을 모르니 건너갈 수도 없어서 맹은 얼빠진 사람처럼 사방에서 어른거리는 네온사인을 바라보고 어리둥절해서 있었다.

"선생님은 약하시고 인제는 나이도 유만하신데[3] 맡은 일이나 보시고 글이나 쓰시고 가만히 계셔요. 웬만한 일은 못한다고 딱 거절을 하셔요. 제가 학교 있을 땐 몰랐지만 나중에야 알았어요. 선생님은 참 좋으시면서도 그게 결점이야요."

"무얼 알았던가."

"선생님이 저의 모교를 떠나시게 된 동기랄까? 이유가 그게 아니야요. 예스, 예스만 하시고 노 소리를 못 하신다는 게……"

'아이 고단하다…… 어떻게 집엘 갈까.'

하던 끝에 바로 전에 호텔 식당에서 원장하고 이야기하던 일이, 아니 옛 제자의 경고를 듣던 일이 생각나서 맹은 '응' 하고 고개를 흔들었다. 혼자서 괴롬을 느낄 때 하는 버릇이었다.

가시처럼 괴로웠다. 원장의 까먹고 닳아먹은 태도가 밉살스럽기까지 했다. 얼마 만에 간신히 길을 건너서 화신 건너편 차를 타는 곳에 건너와 섰다. 마침 길가에 금붕어 가게가 있다.

'거리낌 없이 자유롭게 한가히 아무 짐도 책임도 없이 가볍게 꼬리를 치고 떠다니는 금붕어가 행복스럽구나…… 네가 나보다 낫구나.'

차를 기다리는 동안 가게 앞에 진열해 놓은 금붕어를 물끄러미 들여다보고 있었다. 금붕어를 들여다보는 동안 합승을 기다리는 갑갑증도 면하고 아까 원장의 이야기도 잊어버릴까 하고 들여다보고 있다가, 또 딴생각을 하게 된다.

'금붕어나 사가지고 가자!'

애들이 원하고, 그리고 아내도 금붕어나 길러보았으면 하는 소리를 들었고, 며칠 전에,

"금붕어 장사가 지나가는 걸 돈이 없어서 못 샀군."

하던 아내의 말이 생각나서 어항과 금붕어 한 쌍을 사가지고 얼마 만에 청량리행 합승을 얻어 타고 집으로 돌아온 것은 열 시가 넘어서였다. 근래에 맹이 이렇게 늦어지기는 처음이었다.

몸을 씻고 일찍 쉬려고 마음먹고 들어간 맹의 계획은 여지없이 깨어졌다.

"반가운 손님 오셨어요."

아내의 말이다. 젊었을 적부터 가까이 지내는 친구로 지방에서 농촌 사업을 하는 사람이다. 그 밖에도 두어 사람 손님이 있다. 한 사람은 한 사십이 약간 넘은 듯한 여자, 한 사람은 키가 큰 젊은 여자, 사십이 넘은 듯한 여자는 서울서 다방도 하고 가까운 시골서 여러 가지 사업과 장사를 한다는 활동가이다.

용무는 곧 알았다. 맹이 데리고 있는 조카가 장사를 해보겠다고 해서 맹 자신을 보증으로 돈 오십만 환을 돌려준 사람은 지금 온 친구요, 사십대 넘은 여자는 내용으로 그 돈의 전주였다. 친구가 자기 돈을 준 것이 아니요, 그 여자의 돈을 얻어주었다는 것이다. 그는 보통 여자가 아니다. 눈으로 웃는 모습과, 가끔 보이는 매서운 눈매가 창기 타입이요, 여우형의 무서운 여자라는 것을 느꼈다. 돈을 곧 내야 한다는 것이다. 또 한 젊은 여자는 친척인데 어디 취직을 부탁하는 것이다. 다 골치 아픈 사건이다.

손님은 곧 갔다. 그러자 조카가 울면서 고백하는 것은 기막힌 이야기다.

"그 여자는 글쎄 계를 하다가 빚을 잔뜩 지고 어디로 도망을 했대요, 이걸 어떻게 해요?"

"그러게 애초에 내가 안 된다고 그랬지. 네가 하두 조르기에 해주었더니 종내…… 잘됐다. 내가 물지 별수 있니?"

그 여자라는 것은 서울 어떤 변두리에서 다방을 같이하기로 하고 조카의 돈을 맡았던 사람이다.

맹은 적지 않은 돈을 쓰는 것도 처음엔 반대했고 다방을 한다는 것은 처음엔 알지도 못했던 것이다. 조카가 울고 있는 꼴을 보고 결국 도장을 찍어준 것이다. 결국 맹이 책임지게 된 일이다.

"애들이 어항을 깨뜨렸어요. 금붕어두 죽구 어떻게 해요."

아내의 걱정 소리가 마루에서 들린다.

"아이구, 이놈의 팔자야."

맹은 이층 자기 방으로 올라갔다. 층층대를 올라가는 발걸음이 몹시 허청거렸다.

차돌멩이

요새 나는 동네 뒤 성벽 밑에 있는 방공호에 사는 최노인을 사귀어 저녁이면 한 번씩 찾아가는 것이 일과가 되었다. 나는 최노인과 이야기하는 것이 내 생애를 즐기는 가장 좋은 길이다.

하루는 최노인네 방공호에 갔더니 문이 꼭 닫히고 없다.

암만 문을 두드려도 인기척이 없다. 혹 무슨 일이나 없는가 하고 염려가 되어서 대문을 두드리고 소리를 질러서 찾아보았으나 종내 소식이 없다.

"고향에 간 모양이다."

혼잣소리를 하고 나는 허전한 발걸음으로 돌아올 수밖에 없었다. 최노인은 문에 쇠도 안 잠갔다. 그는 본시 쇠를 잠그는 법이 없다.

"쇠를 잠가 뭘 합니까. 무에 있어야지요."

"누가 와서 집을 점령하면 어찌게."

"같이 살지요, 머."

"제 집이라구 주장하구 나가라면?"

"다른 데 가서 또 거처를 마련하지요, 머. 서울에는 안적 나 한 몸 담아 있을 곳은 있답니다. 걱정 없어요!"

최노인은 이렇게 태평하다.

"하긴 저 위에 또 있던데요, 방공호가 파다가 둔 게 있지 않아요."

이렇게 대꾸를 하면 최노인은 아주 신이 나는 듯이,

"옳지 옳지 맞았어 맞았어, 왜놈들이 안달을 하면서 '대피소'라구 파라구 시켜서 파놓은 것이 실상은 나 같은 사람을 위해서, 뜨뜻이 살 곳을 마련해둔 게 아니구 머야요. 선생님 하하하하."

최영감은 이렇게 너털웃음을 털어놓는 것이다.

최노인은 본시 포천군 사람이다. 포천군 ××면 율목리(栗木里)에 지금도 조카랑 먼 일가가 있다고 한다.

제일 밭은[1] 사람은 조카요, 그 조카는 양자까지 들였으니까 말하면 아들이라면 아들이다.

"아부지 가셔요. 시굴로 가셔요. 가셔서 죽이라도 끼니는 궐하지 않구 대접을 할 테니까 어서 시굴루 가셔요. 이렇게 계시면 제가 고얀 놈이라구 욕을 먹지 않어요? 인제라도 어서 저하구 집으로 가셔요."

한번은 최윤구라는 조카가 찾아와서 이렇게 자기 집으로 가자고 꽤 정성스럽게 권하더란다. 그럴 때마다 최노인은 빙그레 웃

으면서 고개를 쩔레쩔레 좌우로 흔들고,

"네 말은 고맙다. 허지만 나는 이게 편하구나. 누구 달다 쓰다 나보구 잔말할 사람두 없구, 뉘게 걱정거리가 될 것두 없구 내게는 이게 제일 편하거든. 내가 먹으면 몇 알을 먹겠니, 하루에 밥 한 그릇이면 실컷 먹구두 남는단다. 애여 내 걱정을랑 하지 말아라. 애여 이담엘랑 가져오지 말아라. 너희두 자식 새끼들하구 식구가 많아서 밥을 죽을 하는데, 어디 나꺼정 생각할 형편이 되니? 애여 다시는 가져오지 말어라. 나 먹을 양식은 있으니까 가지구 가거라. 부디 내 걱정은 하지 말구 가져가거라. 네 볼래? 내 양식을……"

최노인은 유난히 큰 키여서 허리를 구부려가지고 컴컴한 모퉁이로 가서 자그마한 쌀 항아리를 기울여 보인다.

"나는 너두 잘 알듯이 나이 팔십이 넘두룩 절대루 남의 신세는 안 지구 살았으니까……! 이렇게 말하면 네가 섭섭히 생각하겠지만 내남 할 것 없이 어려서는 할 수 없지만 다 자란 다음엔 누구를 의지하구 살려구 하는 건 못난 짓이야."

최노인은 조카에게 모처럼 가지고 왔던 쌀자루를 기어이 되지워 보냈다는 이야기를 들었다.

최노인이 가회동 꼭대기 성 밑에서 사는 지도 벌써 십 년이 훨씬 넘었다. 해방 직후부터 살았으니까 십 년이 넘은 것이다. 아들 하나 있던 것은 일본 시대에 징용 가서 소식을 모르고 마누라는 오래 앓다가 죽고 혼자몸이 된 뒤에 서울에 올라와서 이 방공호에 들어 살게 되었다.

한동안은 복덕방에서 집주름[2]도 해보고 여름이면 부채 장사 겨울이면 엿장사 따위로 내 한 입 먹기는 걱정이 없었다.

"하느님의 덕으로 오력[3]이 성하구 앓지를 않으니까, 혼자 살아두 꽤 살 만해요."

최노인은 이렇게 허술한 듯이 이야기를 하는 것이다.

"그래두 몇 해 전부터는 대리 심이 없구, 가끔 앓아눕게 되구, 그리구 정신이 없어서 아무것두 못하지요."

그래서 최노인은 이 근래에는 꼭 들어앉아서 별로 먼 데 출입은 못한다. 그러나 앓지 않고 기운이 날 때는 앉아서 광주리도 엮고 동네 다니면서 도배도 해주고 화초밭도 만져주어서 밥벌이를 하는 것이다.

언제든지 행길을 깨끗이 쓸어놓고 어린것들이 나와 놀면 모두 내 집 아이처럼 넘어지면 일으켜주고 코 닦아주고 오줌 뉘어주고 싸우면 달래가며 말려주고 하니깐 동네 아낙네들은 최노인 착하다고 양식도 갖다 주고 김치도 갖다 주고 앓으면 죽을 쑤어다 주고 약까지 다려주게 되었다.

"최노인은 우리 동네 복영감이야."

이런 말이 어느새 동네 사람들의 입에 오르게 되었다.

"영감님더러 이 동네서 복영감이라구 하는 줄 아시우?"

"그래요? 몰라요. 저야 동네 양반들 덕에 살아가지요. 선생님 같은 이의 신세를 지구 이렇게 벌써 십여 년을 살아오지 않습니까? 그저 고맙지요."

두 손을 들어 합장을 하는 것이다.

'그런데 무슨 일로 고향엘 갔을까?'

하고 나는 다음 날에 또 가보았으나 다음 날도 그대로 문이 닫혀 있고 연 사흘을 소식이 없다.

사흘이 지나서 나는 저녁을 먹고 산보 겸 고무신을 끌고 갔더니, 문이 반만큼 열려 있는 것이 최노인이 돌아온 것이 틀림없다.

"아이구 선생님 오셨구먼. 어서 오서요."

최노인은 반가이 나를 대해주는 것이다.

"그런데 어델 가셔서 여러 날 집을 비우고 계셨어요. 늦바람이 나신 모양이시군."

나는 이렇게 농담을 붙여보았다.

"아닌 게 아니라 바람이 난 모양입니다. 선생님, 하하하하……"

최노인은 여전히 너털웃음을 털어놓는다. 그런데 아무리 평소에 피차 장난의 말을 하고는 한바탕 웃음판이 터지는 것이 으레껏 있는 일이라고 해도 이번의 이야기는 좀 이상한 데가 있다. 그래서,

"대관절 안 가시던 시굴엘 어째 가셨소?"

바짝 대들어 물어보아도, 궁금해서 다녀왔노라고 종내 이야기를 아니하였다.

"그럼, 아무런 이야기라두 하셔요. 심심해서 왔는데 이야기 좀 하셔요. 영감을 얼마나 기다렸는데요."

나는 슬쩍 이렇게 졸라보았다.

최노인은 이야기를 참 잘한다.

어떤 때는 임진왜란 이야기, 어떤 때는 대원대감 이야기, 또 어떤 때는 오송대감 이야기, 또 봉이 김선달 이야기도 곧잘 한다. 그리고 자꾸 조르면 자기 이야기도 하는 수가 있다.

자기는 일본 시대에 순사를 좀 다닌 일이 있다는 것이다. 그래서 최순사라는 이름도 얻어 보고, 나리 나리 하고 나리 소리를 들어본 일이 있다는 것이다.

"이야기를 하자면 제 자랑이 될 테니까, 그 이야기는 안 할 테야요."

최노인은 순사 다닌 이야기를 하려다가 멈춰버리고 꽁초를 붙여 무는 것이다.

"이제 자랑을 하시면 어떱니까. 자랑을 하실 게 있으면 하셔야지요. 어서 이야기하셔요."

이렇게 권해보았지만 종내 이야기를 아니하고 딴 이야기를 꺼내는 것이다.

"내 이야기 하나 하지요. 이건 자랑이 아니라 부끄러운 이야기지만 인제는 선생님하구는 숭허물이 없어졌으니 이야기를 해두 괜치 않지요."
하고 먼 옛날 일을 곰곰이 생각하는 듯이 한참 말이 없다가 슬금슬금 이야기를 꺼내는 것이다.

밤나무골 권씨촌은 옛날에는 부촌이요 큰 마을이었지마는, 한번 동네에 괴질이 돌고 또 한번은 살인 사건이 생기고 또 불이 나고 해서 이럭저럭 떠나는 집이 많아서 나중에는 몇 집만 남고 쓸쓸한 동네가 되어버렸다.

"선황 나무를 찍어서 동네가 망했어."

선황 나무[4]가 쌍으로 섰었는데 그걸 하나, 동네에 떠들어와서 살던 술주정뱅이가 선황 나무 때문에 노름판에서 돈을 떼였다고 얼토당토않은 소리를 하면서 찍은 다음으로부터 황새가 쌍쌍이 와서 좌우 나무에 한 쌍씩 둥지를 틀고 살던 것이 한 나무를 찍은 다음부터는 그 황새들도 안 오고 동네에 차차 망조가 들었는지 자꾸 언짢은 일만 생기고 불길한 사건이 뒤를 이어 일어나면서, 젊은이들이 변변치 못한 일에도 피를 흘리고 싸우고 대수롭지도 아니한 일에 서로 원수를 짓고, 게다가 술집과 노름판만 늘어가다가, 기름이 돌고 번지르르하던 동네가 그 어느새 여기저기 집 헐린 돌무더기만 눈에 띄는 쓸쓸한 고장이 되어버렸다. 주인이 없는 빈집같이 쓸쓸했다.

그러던 밤나무골에도 봄이 찾아왔다.

뒷산과 앞산에 따뜻한 햇빛이 따뜻이 내려쪼이고, 뒷산과 앞들에 아지랑이 아롱거리고 종달새가 쪼리종 쪼리종 지저귀고 강남 갔던 제비가 돌아와서 빨랫줄에 쌍쌍이 앉아서 지지배 지지배배 재롱을 떨고 있다. 이 동네에도 봄소식이 활짝 퍼져 있는 것이다.

"복네야, 나물 캐러 가자."

"복남아, 나물 캐러 가자."

두 아이는 서로 불러서 들로 언덕으로 나물을 캐러 다니고 아랫

동네 아이들도 소래재 접둥이 캐러 밤나무재로 두 아이의 뒤를 따라온다.

우리 고향 동네는
꽃 피는 동산
복숭아 살구꽃 울긋불긋
꽃 피는 동산

봄의 앞잡이인 양 아이들이 흥겨운 노래를 부르는 소리가 메아리가 되어 사방으로 퍼지니 폐허같이 쓸쓸하던 밤나무골에도 새 희망과 서기가 찬 것 같다.

누가 지어주었는지, 권씨 집 딸아기는 복네요, 최씨 집 아들은 복남(福男)이었다. 이름조차 남매같다.

권씨 문중에 제일 가난하고 보잘것없는 한 집이 남아 살다가, 아들이 장가들어 첫딸을 낳았는데, 얼굴이 환하게 잘나고 눈이 맑아서 귀엽고도 얌전하게 태어났고 본시는 권씨네 종가에 소작인을 하던 사람으로 최씨 노인네가 간신히 아들을 장가보내 며느리를 맞아서 첫아들을 낳았는데 귀가 큼직하고 눈이 크고도 또릿또릿하고 정기가 있는데 입이 너부죽하고 이마가 반듯한 것이 귀인의 모습이 있다고, 보는 사람마다 칭찬이 벌어지는 형편이다.

앞뒷집에 살고 나이도 꼭 같은 복네와 복남이는 유난히도 의가 좋아서 아주 어려서부터 서로 어깨를 끼고 손목을 잡고 다니고,

정답게 소꿉장난을 하였다. 일 년이면 일 년 내내 한 번도 싸우는 법이 없었다.

하나는 사내요, 하나는 계집애라도 한동안 그런 것도 모르고 지낼 동안은 말할 것도 없고 나중에 대여섯 살 된 다음에도 한 모양으로 정답게 지냈다.

"복네와 복남이는 쌍둥이 같다."

"복네와 복남이는 남매 같다."

두 집에서도 별로 가리지 않고 그대로 내버려두었다.

실상 이 밤나무골 본동에는 본래 살던 사람으로 복녀네와 복남네와 두 집밖에 없었다. 한참 나가서 신작로께 있는 주막 동네에는 몇 집이 있고 아이들도 있었지만 본동에는 복네와 복동이 둘밖에 없으니까 두 아이가 동무 삼아 놀 수밖에 없었다. 그리고 두 집에서도 무심히 내버려두었다.

"세상이 변해서 개화 세상이 됐는데 양반 상놈 가릴 게 있나?"

복네 할아버지는 가끔 이렇게 말하고 두 집이 한집안처럼 가까이 지냈다.

복네와 복남이는 여덟 아홉 살이 되도록 쌍둥이같이 남매처럼 의좋게 지냈다. 복네네 집에서는 복남이를 내 집 아이처럼 생각하고 복남이네 집에서는 복네를 내 집 아이나 다름없이 귀애하고 두 아이가 같이 노는 것도 무심히 내버려두었던 것이다.

두 아이는 눈만 뜨면 소곤소곤 이야기도 하고 히히 해해 웃기도 잘 하면서 같이 놀고 같이 다니고 잘 때가 되어서야 헤어졌다.

복남이와 복네는 이렇게 자라서 어느새 열 살이 넘었다.

어느 해 가을이었다. 늦은 가을이었다.

아카시아 잎이 찬바람에 우수수 우수수 떨어져서 행길에 쌓였다.

밤이었다.

"복네는 읍으로 간대."

"왜?"

"읍의 복네 오촌 할머니가 양딸로 데려간대. 왜 그 혼자 사시는 할머니 있다지 않어? 그 할머니가 양딸로 데려간대. 데려다 공부시킨대."

복남이는 설핏 잠이 들려다가 어머니 아버지 이야기하는 소리에 펄떡 정신이 들었다.

"무어? 복네가 읍으로 간대? 데려다 공부시킨대?"

"엄마 참말이야? 복네가 읍으로 간대?"

복남이는 종내 엄마를 불러 물어보지 않고는 견딜 수가 없었다.

"그렇다더라."

복남이는 밤을 뜬눈으로 새우고 이튿날 아침에 일어나는 참에 복네를 찾아가려다가 억지로 몇 시간을 참아서 복네네 집으로 갔다.

마침 복네가 대문 밖으로 나오고 있었다. 맑고 까만 눈을 깜박거리고 나온다.

"나는 우리 할머니 따라 읍으로 간다누. 읍에 가 학교에 다닌다누."

"너는 좋겠다."

복남의 큰 눈에는 눈물이 글썽글썽해졌다.

"그래두 너하구 못 노는 게 안됐지."

"……"

"가끔 집에 올걸 머!"

복네는 뒤도 돌아보지 않고 집으로 가만 눈을 깜박거리고 달음박질로 들어가버리는 것이다.

그 이튿날 아침에 복남이는 복네가 저의 어머니와 할머니를 따라서 읍으로 떠나가는 것을 바라보다가 집으로 들어가지 않고 뒷산 밤나무 숲을 지나서 제일 높은 언덕으로 올라갔다.

신작로 큰길에 흰옷 입은 사람들이 가물거리는 것이 잠깐 보였으나 이내 산모퉁이로 돌아갔는지 흔적도 없어지고 아무것도 안 보였다. 복남이 큰 눈에서는 눈물이 뚝뚝 떨어졌다.

복남이는 낮이 퍽 기울어서야 집으로 들어왔다. 집에 와서도 아무 말이 없었다. 어머니와 아버지도 별말이 없었다.

겨울이 지나고 설 때가 거의 되어서 복네는 때때옷을 입고 집에 왔다.

"복남아. 나는 너 보고 싶어 왔다."

맑은 눈을 깜박거리고 웃는다.

"참말?"

"참말이지 그럼."

"나두 너 보고 싶어서 날마다 네 생각만 하면서, 밥도 잘 안 먹었다."

처음에는 어색해서 말도 잘 못하던 복남이와 복네는 몇 날을 지나서는 뒷산으로 놀러 가서 제법 이야기를 하게 되었다.

설을 지내고 복네는 다시 읍으로 가고 복남이는 내버린 외짝 신발처럼 남아서 쓸쓸한 세월을 보내게 되었다.

복남이는 농군의 아들이었다.

"너도 인제는 일을 배워야 한다."

이것이 아버지의 명령이었다. 복남이는 나이가 먹어서 목소리가 변하고 앞가슴이 벌어져서 제법 사나이 꼴이 메워졌다.

복남이는 소를 먹이러 들에 나가고 한 짐씩 잔뜩 꼴을 깎아서 구럭에 넣어다가 거름통에 두는 것이 일과였다. 그러면서「우리 고향 동네는 꽃피는 동산」을 부르기를 잊지 않았다.

그해 가을에 복네는 별안간 집으로 와버렸다.

복네는 다시 밤나무골 사람이 되었다. 밤나무골 사람이 된 것이 다행으로 생각하였다.

학교 보낸다는 것은 말뿐이요, 실상은 할머니 몸종이나 다름없었다. 밤에는 할머니 다리 치기, 낮에는 하루 몇 번이고 방 걸레치기, 할머니와 손님의 담뱃불 붙이기와 술심부름이 고작 일이었다. 그래서 복네는 집에 잠깐 다녀온다고 하고 달려온 것이다.

"너 그새 예뻐졌구나."

복남이는 큰 눈을 더 크게 뜨고 큰 입을 더 크게 열었다.

"너 그새 컸구나!"

복네와 복남이는 조용한 틈이 생겨서 둘이 만나서 이런 이야기를 하고 서로 얼굴을 붉혔다.

"나는 농사꾼이 됐단다."

"나는 농사꾼이 좋아. 읍엣 사람들은 싫더라. 담뱃내만 나구 술들만 먹구……"

"나는 네가 아주 날 잊어버리고 읍 사람이 되는 줄 알았다."

"잊어버리긴, 자꾸 너랑 같이 놀던 생각만 나더라."

"글쎄, 그러면 그렇지! 복네야, 참말 네나 내나 이 밤나무골을 떠나면 안 돼! 밤나무골서 농사꾼이 돼서 살라는 거야. 다 헐렸던 밤나무골을 다시 일으켜 세우라는 거야."

"너하구, 나하구, 밤나무골서 살자!"

복네는 복남이의 검고 씩씩한 얼굴을 쳐다보고 자기가 한 말이 부끄러워서 고개를 돌렸다.

"복네야 복네야. 우리 면에도 보통학교가 선다더라."

"참말이야?"

"참말이구말구, 우리 아버지가 면소에 갔다가 듣구 왔는걸. 면장님한테 분명히 듣고 왔는걸."

복남이와 복네는 두 손을 맞잡고 기뻐 뛰었다.

이듬해 봄부터 복남이와 복녀는 십 리나 거의 되는 면소 옆에 있는 학교엘 다니기를 시작하였다.

가는 길에는 꽤 높은 고개를 두엇 넘는 데가 있다. 그래도 복네는 복남이와 같이 다니기 때문에 쓸쓸하지도 무섭지도 않았다. 복남이도 복네와 같이 다니는 것이 좋았다.

복남이는 늦게 입학해서도 공부를 잘 했다. 글씨도 잘 썼다.

"이거 네가 썼느냐."

선생은 가끔 복남이 칭찬을 했다. 제 공부를 다 해놓고는 복네는 물론 다른 아이 공부까지 도와주었다.

복남이는 가끔 엉뚱한 일을 한다. 한번은 반에서 십 원짜리 돈이 없어졌는데, 의심받는 아이를 알고도 제가 주웠노라고 제 돈을 내놓았다가 선생님에게

"왜 진작 내놓지 못했느냐?"

하고 톡톡히 책망을 들은 일이 있다.

"여보 복남이 아부지, 저것들이 낫살이 먹어가는데 너무 가까워가니 걱정이야."

"글쎄, 아닌 게 아니라 걱정인데!"

"내외를 삼아주었으면 좋겠지만……"

"천만에. 권씨네가 왜 우리하구 할랍디까? 그런 소리 하지 말우."

복남이네 집에서 이런 걱정을 하게까지 된 것은 복남이가 벌써 6학년이 되고 시작을 늦게 했으니까 나이로 말하면 열일곱, 복네는 열여섯, 다 숙성해가는 것이 완연하기 때문이었다.

"요새 복남이 음성이 변해졌지."

"참 그래 음성이 변했어. 그리고 저 복네 말이야. 젖가슴이 완연히 달라졌습디다."

이렇게 복남이 아버지 어머니가 수군거리는 어느 날이었다.

음력 오월 그믐이라, 하지가 되고 보니 상당히 더운 날이었다.

복남이와 복네는 같이 학교에서 오다가 으슥한 길가 개울물에

서 세수를 하고 발을 씻고 쉬고 앉았다.

"나는 더워서 목욕할래."

"목욕하지, 머."

복남이는 길 아래로 한참 내려가서 목욕을 하고 올라왔다. 올라와보니 복네가 없다. 책보가 그 자리에 놓여 있으니, 개골 위로 올라간 모양이다 하고 슬금슬금 위로 올라가보았다.

"이애는! 오지 말아!"

복네가 소리를 지르면서 저고리를 바삐 주워 입는 것이다. 복남이는 어느새 복네의 불룩해진 젖가슴을 본 것이다.

"난 먼저 갈 테야."

복네는 뒤도 안 돌아보고 달음질쳐 가는 것이다.

복남이는 뒤로 천천히 따라갔다. 공연히 얼굴이 후끈거려지고 숨이 가빠서 따라가기가 거북스러웠다. 복네는 벌써 한 고개를 넘어가고 보이질 않는다.

"이 돌 이쁘지. 이런 돌 봤어?"

기다리던 복네가 웃으며 손에 든 작은 차돌멩이 하나를 내보인다. 개름한 돌이 예뻤다.

"예쁜데! 붉고 아롱아롱한 무늬가 예쁜데 무늬가 복네 눈동자 같애!"

복남이 입에서 이런 말이 튀어나오자, 복네는 얼굴을 약간 붉히면서,

"이것 줄까?"

"그런 예쁜 건 여자나 가지지."

“그럼 우리 노나 가질까.”

“그래 그래, 노나 가져. 내 돌로 깰게?”

반들반들하고 개름한 차돌멩이를 절반을 곱게 깨서 둘이 하나씩 나누어 가졌다. 저마다 주머니에 잘 간수해 넣었다.

말은 아니해도 그것은 서로 길이길이 잊지 말자는 정표였다.

두 사람은 요새도 가끔 노래를 부르면서 같이 뒷산 밤나무동산에 갔다.

그러는 동안 걱정은 복남이네보다도 복네네가 더 걱정이었다. 다행히 복네 아버지는 성품이며 생각이 썩 트인 사람이기에 여태 참아왔지 미상불 걱정이 아닌 게 아니었다.

복네는 아버지 어머니에게 톡톡히 꾸중을 들었다. 그럴 때마다 복네는 고개만 숙이고 아무 말이 없었다.

삼 년이란 세월이 지나갔다.

복네는 흔히 읍에 양할머니나 외갓집에 가 있고 복남이는 집안일이 바쁘기 때문에 몇 달에 한 번도 만나지 못했다. 복남이는 장에 갔다 오고, 마침 복네는 집에 다니러 오고 하는 기회에 한번 만난 일이 있다.

그런데 그때에는 복네는 복남이를 살살 피하면서 울기만 하고 아무 말도 못하고 있고, 복남이는 원망스러운 눈초리로 복네를 노려보다가 돌아서서 오면서 주먹으로 눈물을 씻었다.

복네는 정혼을 했다는 것이다.

아직 추위가 풀리지 아니한 이른 봄날이었다.

복남이는 세상에 나서 처음으로 주재소 유치장에서 하룻밤을 새웠다.

"이 자식아, 어린 자식이 남의 집 처녀를 데리고 달아나서 어쩔 셈이냐."

"아니야요. 아니야요. 나리님 아니야요."

"아니야가 뭐야. 싼노메 새끼 시끄로부다."

한국 사람이 왜놈인 체하면서 뺨을 찰각찰각 눈에서 불이 나게 때린다.

복남이는 지난밤에 구류간에서 밤새도록 생각한 결과에 자주무늬 차돌을 생각하였다.

두 사람이 서로 일생을 같이하자는 표로 돌을 깨어 한 조각씩 가진 것이 있다고 호주머니에 자주무늬 차돌 반 조각을 내놓았다.

"이고가 뭐야? 거지말이 말아!"

순사는 마룻바닥에 집어 동댕이를 치면서 소리를 지른다. 그리고 또 뺨을 치고 구둣발로 걷어차고 자기 말만 말이라 하고 이쪽 말은 도대체 들어주질 않는다.

옆에 있던 일본 순사는 씽긋씽긋 웃기만 하고 앉아 있다가, 담배를 피워 물고 일어나버린다. 한국인 순사도 복남이는 내버려두고 나가버리는 것이다. 사람을 꿇어앉혀놓고 종일 가도 소식이 없다.

"응! 나도 순사가 되리라."

복남이는 이를 악물고 결심했다.

"잔소리가 너무 길어졌습니다. 선생님, 최복남이라는 소년이 바루 이 늙은이랍니다. 하하하하."

최노인도 여기까지 이야기를 하다가 별안간 머리를 돌려서 감개무량한 태도다. 웃기는 웃지만 먼 옛날 기억이 되살아오는 듯이 눈을 감고 판자쪽 번한 문짝을 향해 바라본다.

복네네 집은 다 읍으로 이사를 하기로 하고 이사만 하면 곧 읍의 경찰서 순사와 결혼을 하게 되었다는 것이다.

"너 순사 마누라 될 테냐?"

"난 싫어, 순사 마누라."

"그럼 나하구 가자. 영주로 가자. 우리 고모네 사는 영주로 가자."

둘이 의논이 맞아서 우리 둘은 양평 쪽 가는 길로 높은 영을 넘어서 날이 저물어졌기 때문에 주막에서 하루를 묵어가려다가 읍에서 연락이 와서 주재소 순사에게 붙잡힌 것이다.

복네 아버지는 순사를 대단히 높고 장한 사람으로 알았던 모양이어서 어려서는 평시에

"복남이가 저만하면 농사꾼이라 저 하나 구실할 테니까 우리 복네하고 혼일을 맺어주지, 하고 늘 마누라하고 의논을 하고 우리 어머니 아버지하고도 대강 의논을 한 일이 있었다는데 갑자기 마음이 변했던 모양이었지요."

"그때에 영감은 얼마나 기맥히고 분했을까 에익!"

나는 분해 악을 참지 못하는 듯이 침을 삼켰다.

"게다가 주재소 순사란 녀석이 얼마나 세도를 부리는지! '에익 나두 순사가 되리라' 하고 결심을 단단히 했답니다."

"그래요? 그래 어떻게 됐지요?"

나는 복네와 차돌 일이 궁금해서 캐물었더니, 차돌을 가지고 복네한테 가지고 가서 맞혀본 결과 내 말이 거짓말이 아닌 것은 증명이 되기는 하였으나 복네는 종내 잃어버리고 결국 순사의 아내가 되었다는 것이다.

"선생님 보실래요?"

하면서, 허리에 찼던 염낭 주머니를 풀어가지고 그 속에서 꽁꽁 쌌던 쌈지 하나를 꺼내더니만 과연 조그만 돌 한 개를 내놓는다.

"보셔요. 이겁니다. 순사가 웃으면서 모두 내주던걸요. 하하하 하하하."

최노인은 쓸쓸한 웃음을 웃어 보인다.

최노인의 그 뒤의 이야기는 이렇다.

자랑이 되기 때문에 이야기하지 않겠다는 이야기를 털어놓는다.

밤나무골을 떠나지 말자고 복네와 같이 맹세하고 약속한 자신이 그 맹세를 깨뜨렸다.

농사꾼 복남이는 호미 자루 낫자루를 버리고 칼자루를 잡게 되었다.

"너하구 나하구 밤나무골서 살자."

하던 복네가 먼저 약속을 깨뜨렸다.

청년 복남이는 복네가 어려서 분명히 약속하던 소리를 더듬어 되살리고 빨간 얼굴을 돌이키던 그 모습을 눈앞에 그려보면서 원망스러운 한숨을 터뜨렸으나 복네는 약자요, 자기는 남자로서 스스로 세운 맹서를 깨뜨린 것이 부끄럽다는 것이다.

내가 순사가 되고 싶어서 된 것인가, 저 때문에 됐지—복남이는 속으로 원망하고 변명을 해보았으나, 암만해도 부끄러운 것은 왜놈의 앞잡이 순사가 된 것이라는 생각이었다.

"내 마음만은 변치 않는다."

비록 순사질은 해먹어도 내 마음만은 변치 않는다고 복남이는 마음에 다시금 따졌다. 입술을 깨물고 결심했다.

다음해 정월에 복남이는 수원 경찰서로 전근되었다가 제암리 주재소 근무가 되었다.

몇 달이 되어서 독립 만세 사건이 터졌다는 것이다.

"만세, 만세, 대한 독립 만세."

예배당에서 만세 소리가 요란하게 울려 나온다. 처음에는 어리둥절하여 일본 순사도 멍하니 구경하였다.

"잡아라, 잡아라! 야소 놈들 잡아라, 목사 잡아라."

본서의 지시를 받는 소장 순사는 눈이 빨개서 덤빈다.

삼월 일일이 지나고 그럭저럭 일주일이 지났다. 본서에서 동료 순사 한 사람과 일본 순사 한 사람이 와서, 최복남이는 순사 복장을 벗기우고 꽁꽁 묶여서 끌려갔다.

그리고 그 뒤에 제암리 예배당은 교인이 가득 모인 채 문에 못

을 박고 불을 질러서 안에 있던 교인이 몽땅 재가 되었다.[5]

"선생님 이거 보세요. 이거 그때 고문당할 때 얻은 숭입니다."

최노인은 팔과 옆구리에 커다란 흉 자리를 옷을 벗어 보인다.

나이 많은 전도사와 남녀 학생 몇 사람을 미리 연락해서 도망시켰다는 죄로 순사 파면은 물론이요, 코에 물 붓기, 팔과 다리에 몽둥이를 넣고 젖히기와 갖은 고문을 당한 것이다. 사실을 순순히 자백했으나 그 밖에 더 있으리라고 강박하며 고문을 하는 것이다.

"그래서 순사도 쫓겨났거니와 밤나무골은 갈래야 갈 수가 없었지요. 그 녀석들 주목과 힐난에 살 수가 없으니까요. 그래서 나는 원산으로 평양으로 대구와 부산으로 떠돌아다녔지요, 그러는 동안에 아버지 어머니는 다 돌아가시고 혈혈단신 홀가분한 몸으로 십삼도 강산 구경이나 하면서 돌아다니니 참 좋더구먼요. 허허허허."

복네하고 도망하다가 잡히는 바람에 아니꼽고 분해서 순사가 되긴 했지만 최노인은 사람 한 번 때려보지 못하고 도적 한 번 못 잡고 불에 타 죽을 동포 다섯 사람을 살렸다는 자랑 아닌 자랑이었다.

"네, 그러는 동안에 여편네라고 이것저것 데리고 살았지요."

최노인은 다시 이야기를 꺼낸다.

"어머니가 고향 근처에서 촌 처녀 하나를 얻어주셔서 좀 살다가 하두 바보 천치 같아서 보내버렸지요. 그리구는 순사로 들어가서 읍에 색주가 집에 있는 어린 걸 하나 데려다 살림이라고 하다가 그건 또 행실이 사나워서 내가 홧김에 손질을 가끔 하니까 그랬겠지, 내가 출장 갔다 오니까 값진 물건을 흠뻑 싸가지고 달아나버렸지요. 그리고는 혼자 살 수 있느냐고 친구들이 권하면서 나이 먹은 과댁[6] 하나를 소개해주어서 좀 살았는데 이건 또 밤낮 앓기만 하구 누워서 내가 되려 밥을 지어 대접하구 시중을 하게 되는 걸 삼 년을 그러다 그만 죽었으니 장사만 치렀지요. 그게 바로 해방되는 봄입니다. 그리구는 죽 혼자서 살았지요, 혼자 사는 게 제일 편해요. 선생님 보시듯이 저는 편합니다. 무슨 걱정이 있습니까? 나 한 몸 얻어먹었으면 고만이지 식구를 먹여 살릴 걱정이 있습니까? 여편네가 있으면 양단 저고리를 해달라, 나이롱 치마를 해달라, 귀찮게 굴 텐데 그런 걱정이 있습니까, 그렇지요, 선생님? 남들은 도둑이 올까 봐 높은 담장에다 바리케이트라나 하는 걸 치구 세파트[7]를 기르고, 저만 편히 잘살아보겠다고 야단들이지만, 저는 판자문이나 꼭 닫아두면 고만이거든요…… 너무 제 소리만 오래 지껄여서 선생님 죄송합니다."

나는 시간이 지나고 밤이 깊어가기에 최노인을 작별하고 집으로 내려왔다. 마지막에 높은 담장 이야기는 마치 나더러 들으라고 하는 말 같아서 듣기가 거북했다.

'최노인은 사회 비평가인데!'

나는 속으로 중얼거리면서 돌아왔다.

나는 무얼 좀 상고하고 끼적거려놓을 것이 있어서 꽤 여러 날

동안 골몰하게 지냈기 때문에 최노인을 방문하지 못했다.

"요새 최노인이 어디 갔는지 안 보이던데요."

아내의 말을 듣고 궁금하기도 하고 머리도 쉴 겸 나는 저녁을 먹고 최노인네 집을 찾아 올라갔다.

밖에서 듣노라니까, 누가 왔는지 도란도란 이야기 소리가 들린다. 가만히 들어보니 최노인의 상대자는 분명히 여성의 음성이다. 그래서 좀 머뭇거리다가 영감님, 영감님, 하고 찾았더니 내 목소리를 알아차린 최노인은 방문을 열고 반가이 나를 맞이한다.

"선생님 제 마누라올시다. 그새 어째 통 아니 오셨어요."

최노인은 매우 즐겁고 만족한 듯이, 늙었지만 눈매가 곱고 얼굴의 윤곽이 바르게 생긴 할머니를 마누라라고 소개를 하는 것이다. 마누라는 최노인의 옆에 바짝 앉아 있다가 일어서려고 하는 것이다. 내가 웬일인가 하고 어리둥절하는 눈치를 보고,

"이 사람이, 바루 밤나무골 복네랍니다."

"에구마니 그런 말씀을 손님에게……"

마누라는 매우 당황한 모양이어서 얼굴을 모로 돌린다.

"이 선생님은 스스럽게 지낼 분이 아니야. 이웃 간에, 이웃 간이라기보다두 나하구는 친동기간이나 못지않게 가까이 지내는 터이니깐 마누라두 그렇게 알구 지내야 돼."

"이웃에 사는 김이란 사람입니다."

"그러세요. 몰라뵙구……"

마누라는 고개를 약간 숙여서 인사를 한다.

그러는 동안에도 나는 그 재미있는 '차돌멩이' 생각을 하고 웃

으면서 앉아 있었다.

최노인은 자기 마누라에게 내 소개를 늘어놓는다. 유명한 학자니, 자선가니, 그리고 자기에게 고맙게 해준다는 이야기며, 거지가 오면 반드시 잘 대접해 보내지 그저 돌려보내는 법이 없다느니 한번은 갓 쓴 노인 걸인을 상에 받쳐서 잘 대접했더니, "대대손손이 부자질 하시구 자손만대에 영달하고 창성하소사" 굉장한 축원을 들은 일이 있다는 이야기를 내게 들었노라고 내가 장난삼아 옮긴 이야기까지 늘어놓는다. 그러나 나는 어서 어떻게 어떻게 돼서 옛날의 복네가 최노인의 마누라가 되었는지, 그 일만이 궁금하였다. 그러나 아직도 수줍어하는 마누라 앞에서 그 이야기를 시켜서 듣자고 할 수 없어서 그날은 그냥 돌아왔다.

'그래서 몇 차례나 시골을 다녔군!'

나는 혼자서 짐작을 할 뿐이었다.

그런 지 얼마를 지나서 눈도 아프고 몹시 추운 겨울날이었다.

"선생님 계십니까?"

최영감은 뜻밖에 우리 집을 찾아왔다.

"선생님 마누라가 앓아요. 대단해요. 온몸이 몹시 달구 대단해요."

나는 집에 있는 해열제를 가지고 최노인의 뒤를 따라갔다.

"아들한테 알려줘야 할 텐데…… 여보, 아들한테 알립시다. 선생님더러 수고를 좀 해주십사구 해서 편지를 합시다."

"아드님이 계시구먼. 내 편지를 써드리지요."

깡깡 앓고 있던 마누라는 내 말을 듣고, 여윈 턱을 설레설레 좌우로 흔든다.

싫다는 것이다.

"그만둬요. 알릴 것 없어요."

영감의 소매를 잡아끌어서, 귓속을 하는 것이다. 영감만 옆에 있으면 고만이지, 이제 아들한테 알릴 필요가 없다는 것이다.

마누라의 독감은 내가 갖다 준 약을 먹은 효과가 났는지 몇 날이 지나서 열이 많이 내리고 일어나 앉게까지 되었다.

"선생님의 덕택에 마누라가 일어났어요."

"영감님의 정성으로 나섰지요."

밤을 꼬박꼬박 새면서 마누라를 간호하는 그 정성은 대단하였다. 최영감은 여간 기뻐하지 아니한다.

그럭저럭 추위가 풀리고 따뜻한 삼월이 되었다. 하루 저녁은 최영감을 찾았더니, 마누라가 또 앓는다는 것이다.

나는 전만 여기고 또 해열제를 보내고, 미음이나 죽을 쑤어드리라고 집에 있는 쌀과 좁쌀 되를 보냈다.

"마누라가 죽었어요 선생님, 마누라가 죽었어요. 이 일을 어찌합니까, 선생님."

뒤로 곧 올라가보았더니, 최노인은 방공호 밖에 주저앉아서 통곡을 하는 것이다.

"장례는 염려 마십시오. 내가 맡아 해드릴 테니……"

나는 나도 좀 내고 동네 친구들에게 이야기해서 장례 비용을 마련해놓고 준비를 하도록 한 뒤에 이튿날 아침에 일꾼을 한 사람 데리고 다시 올라가보았다.

사람 기척이 없다. 조용하다. 영감님, 영감님, 불러보아도 소식이 없다. 데리고 갔던 사람하고 같이 문을 열어보았다. 일꾼이 놀라는 음성으로

"영감님두 돌아가셨는데요."

복남이는 복네 옆에 정답게 누워 자고 있다. 복네 손에는 작은 차돌멩이가 쥐여 있었다.

마누라 매장하려고 준비한 것으로 두 늙은이 시체를 같이 모셔서 망우리 묘지에 합장을 하였다.

크리스마스 전야의 풍경

찬바람 몰아치는 겨울날 오후였다. 몇 날 전에 제대하고 일선에서 돌아온 백인수(대위)는 앞으로 무엇을 하며 어떻게 살아갈 것인지 이날도 조용히 집에 들어앉아서 생각을 하고 있었다. 생각이 여러 갈래로 뺑뺑 돌기만 하고 갈피를 잡을 수가 없어서 인수는 군복 바지를 입은 채 전에 입던 퇴색한 외투를 입고 밖으로 나섰다.

"어디로 간담?"

사실 그는 갈 데가 없다. 굴레 벗은 말처럼 걸음걸이조차 허전허전하였다. 군대에서도 군목이던 인수는 다른 군인하고도 가까이 사귀어지지 않았고 성질이 솔직하기만 하여서 차라리 괴벽하다는 말을 듣는 그는 같은 군목끼리도 별로 좋아 지내는 사람이 없었고 그전에 사귀던 친구도 찾아갈 만한 사람이 없었다. 교회측에도 모두 가식과 위선투성이로 된 그 틈에 섞여 다닐 생각은 도무지 없었다.

일선, 더구나 동부전선에서 지내던 인수는 가끔 서울에 온다든지 신문이나 잡지를 읽고 뒤에서 상상할 수도 없으리만큼 일선에서는 지독히 고생하는데 후방에서는 너무나 사치하고 호화롭게 지내는 것을 생각하고 인수는 늘 격분한 마음을 금하지 못하던 터이라 나가 다니기도 싫은 것을 비교적 마음이 통하는 박이란 친구하고 명동에서 만나기로 약속한 생각이 나서 문안[1] 가는 버스를 타고 미도파 앞에서 내렸다.

*

우선 미도파의 쇼윈도와 출입문 좌우 쪽이 크리스마스 장식으로 덮였고 잠깐 안쪽을 슬쩍 들여다보아도 커다란 전나무 가지에 은방울 금방울 금실 은실로 늘이고 솜으로 흰 눈 모양을 만들어 덮은 크리스마스트리가 모두 무척 눈에 거슬렸다. 시계를 보니까 아직 박과 만나기로 한 시간이 멀었기 때문에 종로 쪽으로 가서 몇 친구를 찾았다. 무엇이 그리 바쁜지 다 나가고 사무 보는 자리에는 한 사람도 없기 때문에 헛걸음을 하고 다시 명동 쪽으로 천천히 걸어갔다. 종로에서 을지로 입구로 명동까지 내려오는 동안에, 사람의 떼가 사태 난 것처럼 많이 밀려다니고 사방에 크리스마스카드 장수가 많은 데 인수는 우선 놀랐다. 그 장수들이 카드 한 장에 오천 환, 칠천 환까지 부르는 것을 보고 더욱 놀랐다.

A다방에 들어섰더니 담배 연기가 가득 찬 데서 재즈와 음탕한

유행가 소리가 시끄럽게 들리고 어울리지도 않는 크리스마스트리가 한가운데 서 있는 것이 몹시 눈에 거슬렸다. 신문 장을 들어서 들여다보다가 커피를 한 잔 청해서 마셨다. 그리고 다시 신문을 읽다가 시계를 본즉 벌써 반시가 지났건만 박의 그림자도 보이지 않는다.

"이 사람이 웬일인가?"

인수는 홱 일어나서 나가려다가 미심쩍어 박××이란 사람이 다녀가지나 않았는가 마담에게 물어보았더니 한 시간 전에 어떤 여자 분하고 왔다 나가면서 낯이 서투른 손님이 오거든 좀 늦을지 모르니 기다려달라고 그러더라는 것이다.

"이렇게들 시간을 안 지키는 거야."

혼자 중얼거리면서 인수는 A다방을 나와버렸다. 명동 거리는 불이 어느새 켜지고 아까보다 사람이 더 많이 수선거리고 다닌다. 모두 무슨 급한 볼일이나 있는 것처럼 바삐 간다. 남자와 여자와 쌍쌍이 가는 패가 상당히 많다. 인수는 어디로 갈지 몰라서 시공관 앞에서 잠깐 망설이고 서 있었다. 그러는 동안에 늙은이와 어린애들이 연달아 달려들며 얼어서 빨간 손을 내민다.

주머니에 있는 대로 십 환짜리 백 환짜리를 내주고는 충무로 편으로 발길을 돌렸다.

"이왕이니 미친놈인 척하고 꼴이나 보자."

인수는 누구를 찾는 듯이 스탠드바를 하나씩 하나씩 들여다보았다. 집집이 크리스마스트리와 산타클로스를 해놓고 장식을 굉장히 했다. 벌써 비틀거리는 손님이 귀찮은 듯이 크리스마스트리의 가지를 집어 치우면서 나간다. 뒷골목에 들어가 보니 요릿집에도 크리스마스트리가 굉장하다. 정말 미치광이로 보면 안 되겠다 싶어서 인수는 다시 미도파 쪽으로 나갔다. 오는 길에 몇 사람 아는 친구를 만나서 다방에 가자고 하는 것을 바쁘다고 거절하고 동대문행 전차를 타고 집으로 와버렸다. 집은 텅 비었다. 인수는 외투를 입은 채 빈방에 나가넘어졌다.

"어머님이 애기를 데리고 돈암동으로 가시면서 대위님이 들어오시면 곧 그리로 오시래요."

옆집에 있는 식모가 일러주는 것이다.

"흥 크리스마스! 실컷 잘들 놀아라."

교회는 다니며 말며 행세 거리로 신자 노릇을 하는 사람들이 성탄에 무슨 정성이 있어서 그러는가, 저이들 놀고 싶어서 그러지!

그리고 또 일선에서 지내던 생각을 하고 전에 일선에 있다가 성탄 때에 왔던 생각을 하고 속이 뒤집힐 듯이 불쾌했다.

*

인수는 대개 일선에서 복무하다가 다른 친구보다 좀 늦게 제대되어 나왔다. 집에는 어머니와 아내와 어린것이 있으나 아내는 해산하러 친정집에 갔기 때문에 아직 보지도 못했었다. 어머니는 돈암동에 사는 딸의 집에 자주 다니다가 이날은 크리스마스라고 오라고 해서 손녀 신애를 데리고 간 것이다.

"내일 저녁에 크리스마스 파티를 한다고 너의 누이가 다 오라구 했으니 너두 가자."

하는 어머니의 말을 지난날 밤에 인수는 돈 잘 벌고 흥청거리고 게다가 좀 주제넘게 보이는 누이나 매부에게 대하여 별로 감정이 좋지 않기 때문에 어머니의 말씀을 들은 척 만 척하였던 것이다.

"크리스마스? 저희가 얼마나 예수를 잘 믿길래 크리스마스라구! 나는 안 간다. 나는 나 혼자 크리스마스 지낸다."

인수는 차디찬 방바닥에 반듯이 누워서 눈을 감고 중얼거리고 있었다. 명동 거리와 종로 거리의 야단스러운 풍경이 눈에 떠올랐다. 미도파의 크리스마스 장식, 시공관 앞에서 달라붙던 거지 아이들의 빨간 손들이 뒤섞여 보이고 일선에서 고생하는 병졸들의 까만 얼굴들이 보인다. 돈암동 누이네 집 옆에 있는 언덕 밑에 있는 방공호에 앉아 있는 영감도 보였다.

"인수야, 인수야."

그새 인수는 잠이 들었던 모양이다. 밖에서 웬 자동차 소리가 나서 잠이 깨었는데 어느새 어머니가 돌아와서 깨우고 있었다.

"가자, 너의 누이랑 매부가 널 데려오라고 일부러 차를 보냈다."

"난 싫어요, 어머니나 가세요."

잠깐 일어났던 인수는 도로 누워버렸다. 밖에서는 뿡뿡 소리가 요란스럽게 들린다.

"얘 어서 가자, 남의 바쁜 차를 세우고 기다리게 하지 말구 어서 가자. 안 가면 너의 누이가 섭섭해하지 않겠니."

"섭섭하긴 무얼 섭섭해요. 어서 어머니나 도로 가서 잘 잡숫구 오세요.”

아랫목 쪽으로 가서 누워버린 아들을 어머니는 나도 안 가겠다고 하고 차를 보내려고 하다가 다시 마음을 먹고,

“내 면목을 보아서 어서 가자.”

사정사정해서 인수를 끌고 나가서 차를 태웠다.

어머니의 말을 거슬러본 일이 없는 인수라 할 수 없이 끌려나온 것이다. 인수는 마음속으로는 마음대로 하는 것 같으면 이 나라에서 크리스마스를 아주 없애버리고 싶고, 크리스마스란 절기를 저주하고 싶었다. 한편 쪽에는 헐벗고 굶고 떨고 있는 동포 형제가 수두룩한데 저희 혼자만 그 무엇이 그리 좋다고 야단들인고 싶었다.

*

“이거 귀한 손님이 오시는군. 백대위님, 어서 들어오십시오.”

차는 잠깐새 돈암동으로 가서 이층 양옥집 앞에 대었다. 현관문을 열고 나오면서 인수의 손을 잡는 뚱뚱한 신사는 이 집 주인 윤봉호요, 인수의 매부였다.

“응접실로 들어갑세다. 야, 커피 가져오너라. 그런데, 잠깐만 나 실례합니다, 형님.”

주인은 옷을 입고 기다렸던 모양이다. 자기를 태우고 온 차를 타고 나가버린다.

“누이는 어데 갔소?”

"장 보러 가서 아직 안 왔구나. 너의 매부가 차를 가지고 데리러 가는 모양이로구나. 미도파에서 기다리고 있다니깐."

"주인도 없는데 무슨 맛에 있겠어요. 어머니 나는 가겠어요."

"아빠 언제 왔어?"

인수는 잠깐 잡지를 들여다보고 있다가 벌떡 일어섰다. 현관에서 구두를 신으려고 하는데 안에서 놀던 신애가 뛰어나와서 매달린다.

"아빠 이거 보세요. 고모가 사다 주었다우. 이것 좀 보아요, 이쁘지."

"신애야 가자, 집에 가자. 내가 더 좋은 거 사줄게."

인수는 자기의 손을 잡아끌며 새 양복을 보아달라고 자랑하는 어린 신애의 손을 붙잡고 가려고 하였다.

"안 갈 테야, 여기 장난감도 많고 먹을 것도 많아. 아빠두 가지 말어, 여기서 밥 먹고 할머니하구 함께 가."

안에 들어갔다 나온 어머니의 만류에 못 이겨서 인수는 도로 방으로 들어가서 털썩 앉았다. 들여온 커피를 한 모금 마시고 나서 잡지를 한참 들여다보다 말고 내던지고 팔짱을 찌르고 앉아서 무슨 생각에 잠겨 있는데 밖에서 차 소리가 난다.

"엄마 엄마 왔다."

아이들이 왁 달려나가서 매달린다.

"이 애들아, 가만들 있거라. 글쎄 남의 나들이옷을 고 녀석의 깍쟁이[2] 새끼가 이렇게 버려주었구나. 좀들 비켜라."

안에서 나오는 인수의 어머니를 보고 주인마누라는 큰 변이라도 당한 듯이 말을 계속한다.

"글쎄, 어머니, 이걸 좀 보세요. 깍쟁이 새끼가 내 치마를 붙잡더니 이 꼴이 됐다오! 글쎄, 이게 뭐예요 이게, 골탄인지 똥인지……"

온 집안이 떠들썩하리만큼 떠들어댄다.

"애게게 그게 무어야, 치마 버렸구나!"

"버리구말구요, 오늘 재수가 사나워서 글쎄 고 녀석 그저 모가질 비틀어주고 싶은 걸 겨우 참구 왔구만."

어머니의 응원에 뚱뚱보 마누라는 더 기가 나서 악담을 토한다.

"애 너의 오빠가 와서 기다린다."

어머니도 겨우 생각이 난 듯이 응접실 문을 열었다.

"참 오빠 오셨다지요…… 하두 분해서……"

마누라는 겨우 생각이 난 듯이 응접실을 들여다보고 인수를 안으로 들어가기를 권하고 앞에서 들어가버린다. 옷을 갈아입겠다는 속셈이었다.

*

이윽고 밖에서 주인 윤이 들어오고 뒤따라서 어떤 신사 두 사람과 여자 두 사람이 줄레줄레 들어왔다.

인수는 그 기색을 알고 기다리게 해서 실례했다고 하는 매부의 말을 못 들은 척하고 안으로 들어갔다. 마침 안쪽에서 나와서 어서 들어가서 식사하자고 알리는 어머니에게 끌리다시피 하여 안방 대청으로 올라갔다. 마루 한편에는 아이들이 커다란 인형이며 목걸이 따위의 예물과 먹을 것 때문에 정신없이 떠들고 있고, 한편에는 주인마누라가 부족한 것을 나중에 사온 장식을 중학교 일학년인 딸 혜경과 둘이 같이 크리스마스트리에 걸어놓느라고 골몰하다가 인수를 힐끗 쳐다보고,

"오빠, 어서 들어가 먼저 잡수세요."

하고는 이번에는 한편 벽에 걸린 십자가에 달리신 예수님의 성화에 은별과 금빛 종이로 장식을 하고 있다.

"어서 들어와 저녁 먹어라."

어머니의 말이다. 크리스마스 파티란 것은 어찌 된 셈인지 자기는 마치 밥이나 얻어먹으러 온 것 같아서 더구나 불쾌했지만 마침 점심도 안 먹고 속이 출출한 터이라 안방으로 들어가서 어머니와 매부의 동생 되는 학생과 아이들과 같이 저녁을 먹기로 하였다. 상에는 장식한 통닭이며 커다란 생선이며 꼬불꼬불한 글자로 크리스마스를 표시한 케이크며 각색 한국 떡이며 즐비하게 벌여 있고 술까지 놓여서 어머니와 학생이 이것저것 권하건만 국에 밥을 말아서 조금 먹고 인수는 뒷방으로 가서 피곤한 몸을 활신 펴고 누워버렸다.

장식하고 손님 접대하느라고 정신없이 돌아가던 주인마누라(누이동생)는 나중에야 생각이 났던지 안방으로 들어와서 오빠를 찾으면서 식사에 대한 인사를 하고 나중에 댄스 파티에 나오라고 했지만 그것은 인수가 잠깐 잠이 든 뒤였다.

"글쎄 이거 좀 보아요. 아까 당신하구 헤어져서 먼저 올 적에

깍쟁이 새끼한테 붙들려서 새 치마를 다 버렸다오. 고 녀석의 새끼를 모가지를 홀랑 비틀어 죽여버렸으면 속이 시원할 걸……"

"빨면 되지 않소, 집에 가솔린이 잔뜩 있지 않소? 당신이 얼른 한 십 환 던져주었더면 일 없을 걸 그랬지. 아무리 거지라구 너무 악담을 할 게 아니야. 내일이 크리스마스가 아니오?"

"여보, 당신은 성자가 되니까 그런 마음씨를 가졌는지 몰라도 나는 성자가 못 돼서 그러우. 그리구 그따위 깍쟁이 줄 돈이 어디 있소, 글쎄."

주인이 안으로 들어와서 마누라가 치마 버린 하소연을 하다가 핀잔을 맞고 화가 나서 대답하는 악이 뻗치고 울음 섞인 소리다. 그 소리에 옆방에 있던 인수는 잠이 깨어서 귀를 기울였다.

또 그 소리구나, 어려서부터 교회에서 자라난 내 동생이 어쩌면 사람이 저렇게 되었을까 싶어서 슬그머니 일어나서 뒷문으로 해서 밖으로 나갔다. 누이의 말이 하도 귀에 거슬리고 듣기 싫어서 바람도 쏘일 겸 나온 것이었다. 자기는 파트너도 없지만 그런 축에 섞이기가 싫었다.

*

인수는 집 뒤에 있는 언덕 편으로 올라가보았다. 거기에는 한동안 인가가 없고 언덕 한 모퉁이에는 방공호가 뚫려 있었다. 전에 지나다니면서 보던 생각이 났다. 물론 불이 없어 컴컴하다. 인수는 일선에서 호 속에서 지내던 생각이 나서 그 속에 무엇이 있나 혹 어떤 사람이 사는가 보고 싶은 생각에 슬금슬금 들어가보았다.

"거 누구요?"

아차 잘못했다 싶어서 인수는,

"아저씨 계십니까?"

하고 공손히 물었다.

"왜 누굴 찾소?"

"지나가던 사람이 잠깐 몸 좀 녹여 가려고 왔습니다."

"지나가던 사람이? 좌우간 들어오시오."

거적문을 들치고 들어갔더니 늙은이가 조그만 등잔불을 켜놓고 누더기를 쓰고 엎드려서 무얼 훌훌 마시고 있다. 인수는 전부터 한번 방공호에서 사는 것을 들어가보고 싶은 생각을 가졌으나 오늘에야 처음 들어와보게 되었다. 불 땐 온돌방 같지는 못하나마 아늑하고 군바람 하나 없는 것이 춥진 않다.

"전 이 동네 사는 놈인데요, 아저씨를 한번 찾아 뵐려구 하면서두 여태 군대에 나가서 지냈기 때문에…… 아저씨, 추우시진 않습니까?"

"안 추어."

늙은이는 인수의 얼굴을 자세히 들여다본다. 웬 사람이 날더러 아저씨라구 밤중에 찾아와서 고마운 말을 하는가 하는 얼굴이다. 과연 어디서 본 듯한 얼굴이다.

"아저씨, 본시 이 동네 사셨습니까?"

"아니 이북에서 왔네!"

"저도 이북에서 왔습니다."

"그래, 언제 왔나?"

"1·4후퇴 때에 왔어요."

"그래 나두……"

늙은이는 먹던 술을 놓고 나서 말을 계속한다.

"마누라하구 아들 따라왔다가 아들은 일선에 나가 죽고 그 뒤에 마누라두 죽구 며느리는 어린것 하나 있는 걸 버리고 잠깐 다녀온다더니 어디로 가구 종내 안 들어오구 저 애놈하구 둘이 산답니다."

늙은이는 컴컴한 모퉁이에 누워 자는 어린것을 가리킨다.

"저 애가 몇 살이야요?"

"여섯 살입니다."

"가엾어라, 어린걸."

인수는 이윽고 자는 아이를 바라다보다가,

"아저씨, 제 부친은 이북에서 못 오셨답니다."

"그래? 소식을 모르겠지?"

"모르지요."

"돌아가셨겠지."

"글쎄요."

인수는 고개를 숙이고 말이 없다. 사실 이북에 남은 아버지 생각이 나서 목이 멘 목소리다.

"아저씨 혼자서 어린걸 데리구 어떻게 지내셔요?"

인수는 눈물 어린 목소리로 이렇게 물었더니 그 옆에 있는 방공호에 사는 할머니가 밥도 조금씩 갖다 주고 요새는 감기로 아파서 밥을 못 먹으니까 이렇게 미음을 쑤어다 주어서 먹노라고 이야기를 한다.

"고맙군요, 그 할머니가…… 이걸 어린애나 주세요."

인수는 거기서 하루 저녁 자고 싶은 것을 어머니와 어린것이 기다릴 것이 염려되어서 싸가지고 왔던 떡과 외투까지를 슬쩍 놓고 나왔다.

"여보, 여보, 외투 가져가시오."

늙은이가 찾는 소리가 들렸으나 인수는 못 들은 척하고 바쁜 걸음으로 누이 집 뒷문으로 살짝 들어왔다.

"뚱땅뚱땅 쿵창쿵창 시르르 시르르……"

"하하 하하 하하."

안에서는 크리스마스 파티가 댄스파티로 한창 돌아가는 모양이다. 재즈 음악 소리와 거기에 맞추어서 발걸음 소리와 또 가끔가끔 홍에 겨운 웃음소리가 문밖에까지 요란스럽게 들려 나온다. 인수는 잠시 무슨 생각에 잠겼다가 슬그머니 아까 자기가 누웠던 안방 뒷문으로 들어갔다. 아이들은 다 잠이 든 모양이다. 뒷방에는 주인마누라가 사다 놓았던 선물로서 아직 풀어보지 아니한 듯한 포장한 곽이 있다. 그것을 풀어 보니까 산타클로스 할아버지의 모자와 붉은 옷이다.

"옳지 됐다."

인수는 다시 살짝살짝 밖으로 나가서 방공호에 있는 어린아이를 달래서 데리고 왔다. 자기는 산타클로스 할아버지의 붉은 모자를 쓰고 붉은 옷을 입고 데리고 온 어린애를 흰 보자기로 싸가지고 한창 춤추고 돌아가는 대청문을 가만히 들어섰다. 그래도 춤추고 웃고 떠드는 사람들은 산타클로스 할아버지에게는 주의를 하지 못하는 모양이다.

잠깐 생각한 인수는 뒷담 벽에 걸린 성화를 칵 잡아당겨서 땅바닥에 떨어뜨렸다. 그러자 자기는 한가운데 나섰다. 그제야 여러 사람들은 깜짝 놀라서 뒤를 돌아보았다.

"나는 이번에 기쁜 크리스마스가 되어서 착한 아이들이 있는 집을 찾아서 선물을 주려고 온 산타클로스 할아버지다. 그런데 와보니 너희는 너무나 풍청거리며 잘 논다. 너희 집에는 주님의 성상도 소용이 없다. 그리고 너희 집에는 아이들이 모두 너무나 좋은 선물을 가졌기 때문에 내 선물은 변변치 아니하기 때문에 줄 필요가 없다고 생각해서 색다른 선물 하나를 가지고 왔다. 이 선물은 내가 가져왔다기보다도 주님 예수께서 보내신 것이다. 아니 주님이 친히 오신 것이다. 지극히 적은 소자 하나를 돌아보지 아니하는 것은 나를 돌아보지 아니하는 것이요, 지극히 적은 소자 하나를 대접하는 것은 나를 대접한 것이라 하신 말씀을 기억하라."

산타클로스 할아버지는 맨발에 헌옷을 입은 채 어리둥절하는 아이를 내놓고 자기는 뒷걸음질하면서 슬쩍 어두운 데로 사라졌다.

"누구야 뭐야 웬 아이야?"

빈정대는 사람도 있었지만 인수의 목소리를 듣자 모두 박수를 하고 환영하였다. 그러나 그 가운데 불신자로서 이해하지 못하는 사람들과 그리고 주인마누라는 자기의 한 일이 있어서 찔리기 때문에 인수의 하는 일을 불쾌하게 여기고 미치광이 짓으로 생각하였다. 주인마누라는 딸 혜경을 시켜서 주님이 보내셨다는 어린아이에게는 돈 몇 백 원과 떡과 과자를 싸주어서 바삐 돌려보냈다.

*

크리스마스 전날 밤은 고요히 깊어갔다. 손님들도 다 돌아가고 인수와 그 어머니와 딸 신애도 돌아갔다. 모든 식구들은 다 깊이 잠이 들었다. 주인마누라도 고단한 김에 잠이 들어서 코를 골고 있다.

"엄마, 엄마."

엄마 옆에서 자던 여섯 살 먹은 애경이 벌떡 일어나서 엄마를 흔드는 것이다.

"엄마 엄마, 누가 밖에서 나를 찾아요."

애경은 엄마를 몹시 흔들면서 야단이다.

"애 넌 왜 자지 않고 그러냐. 어서 자거라."

"엄마, 글쎄 누가 밖에서 애경아 애경아 하면서 나를 불러요."

"애가 무슨 잠꼬대를 그렇게 하니, 어서 자라는데 그래."

어머니는 귀찮은 듯이 소리 지르고 돌아누워서 여전히 코를 골고 있다.

어린것은 울면서 야단쳤지마는 깊이 잠든 식구들은 아무도 알

은척하지 않았다. 어린것이 혼자 일어나서 문을 열고 밖을 내다보았으나 지척을 분간할 수 없이 캄캄하고 찬바람은 무섭게 몰아치고 있다. 할 수 없이 어린것은 문을 닫고 돌아와서 밖으로 귀를 기울이고 앉아서 모깃소리만큼 희미한 소리가 들렸으나 졸음이 엄습하여 그만 그 자리에 쓰러져 잠이 들고 말았다.

*

기쁘다 구주 오셨네
만백성 맞으라
온 교회 함께 일어나
다 찬송 부르세
다 찬송 부르세
다 찬송 찬송 부르세

먼동이 훤하게 밝아오면서 새벽 찬송 소리가 희미하게 들려온다. 간악한 세상에도 성자의 강림을 알리는 하늘의 축복을 전하는 거룩한 노랫소리였다.

한밤에 양을 치는 자
그 양을 지킬 때에
주 뫼신 천사 일어나
큰 영광 비최네

큰 영광 비최네

새벽 찬송 소리는 점점 가까이 와서 윤봉호네 정문 밖에까지 왔다. 노래는 다시 계속되었다.

"새벽 찬송 새벽 찬송 문 열어라 문 열어라."

봉호와 아내와 혜경과 온 식구들이 혹은 촛불을 켜가지고 혹은 회중전등을 가지고 대문 밖으로 나가서 박수로 성가대를 맞이하였다. 예비하였던 과자 봉지를 내주고 현금을 두둑하게 넣은 헌금 봉투를 대장에게 내어주며 고마운 인사를 하였다.

"성탄에 복 많이 받으십쇼."

축복하는 인사를 하면서 대원들은 우즐렁우즐렁 물러갔다.

"이 집에서는 따끈한 떡국이나 끓여 낼 줄 알았더니 아주 깍쟁이야."

이런 소리로 불평을 하고 가는 생각 없는 대원도 있어서 마지막으로 대문을 닫치고 들어가려던 식모는 못마땅한 듯이 대원 편을 바라보면서 들어가려고 하는 차이었다. 찬바람이 불고 눈이 펄펄 내린다. 대문을 잠그고 들어가려고 하던 식모는 무심코 다시 한 번 좌우쪽 행길을 바라보았다.

"에그머니, 이게 무어야."

개도 아니요 사람이 분명하다. 식모는 다시 한 번 소리를 지르고 안으로 뛰어 들어갔다.

식모가 기절을 하듯이 야단을 하는 통에 주인은 사랑에서 자던 운전사를 깨워가지고 불을 가지고 나가 보았다.

대문 밖 담 모퉁이에 바짝 달라붙어 있는 것은 대여섯 살쯤 나 보이는 어린아이였다. 얼굴은 눈에 덮여서 고요히 잠든 것이었다. 그 옆에는 초 그루터기가 쓰러져 있다.

얼마 전에 애경을 부르던 그 손님일 것이다.

이날 밤이 깊어서 인수는 자기 집에서 마음에 여러 가지 뉘우치는 바가 많아 눈물의 참회 기도를 드리자 이웃집 닭이 울었다.

말 없는 사람

1

봄이 되었다. 기다리던 봄이 왔다.

누가 봄을 기다리지 않으련만 윤수는 남달리 봄을 기다렸다. 윤수는 겨울 동안에도 볕만 나면 뒷산에 올라가서 마른 나뭇가지며 썩은 등걸 따위를 모아서 땔나무를 해오기도 하고 멀리 뵈는 산봉우리의 허옇게 덮인 눈경치를 구경하기에 그다지 갑갑한 줄은 모르지만, 날이 흐리고 몹시 추운 때에는 자연 집 안에 들어앉아 있게 되기 때문에 심심하고 갑갑한 시간을 보내기가 퍽 괴로웠다. 이제 따뜻한 봄이 왔으니 윤수는 산과 들에 나가서 맘대로 뛰놀고 힘껏 일을 하게 되었다.

윤수가 봄을 기다리고 봄을 좋아하는 것은 춥지 않고 따뜻하기 때문만이 아니다. 뾰족뾰족 돋아 나오는 새싹, 파랗게 피어나는 버들가지, 하얗게 피어나는 버들가지—이런 것을 보기가 무척 좋았다.

윤수는 돋아나는 새싹이나 파랗게 피어나는 버들가지를 보면 오래 못 보던 동무를 만난 듯이 빙그레 웃고 좋아하고, 어떤 때는 땅속에서 솟아 나오는 새싹을 보고 무어라고 이야기도 해보고 노래도 불러보는 것이었다.

엄마 엄마 이리 와
요것 보세요.
병아리 떼 뿅뿅뿅
놀고 간 뒤에
미나리 파란 싹이
돋아났어요.
미나리 파란 싹이
돋아났어요.

윤수는 언젠가 뒷집 교장네 작은 아기가 부르는 걸 듣고 배운 이 노래를 자꾸만 부르는 것이다.

윤수는 땅속에서 파란 싹이 돋아 나오는 것도 신기해서도 좋아하지만 길가에 오고 가는 사람의 발길에 밟히면서 곱게 피는 민들레 노란 꽃도 썩 좋아한다.

봄날에 파랗게 돋아나는 새싹이나 하얗게 피어나는 버들가지 그리고 길가에 핀 민들레 노란 꽃은 다 윤수의 좋은 동무였다. 윤수에게는 이런 동무밖에 동무가 없었다.

2

윤수네가 성재 동네 온 지는 일 년밖에 못 되었다. 성재에 온 지 석 달 만에 윤수 아버지가 세상을 떠났다.

윤수네가 처음 이 동네로 이사해 올 적에 허술한 집을 하나 사 가지고 왔기 때문에, 윤수 아버지는 혼자서 손수 집을 고치고 영을 갈아 덮고 방구들을 뜯고 다시 놓느라고 너무 고달프게 지내다가 그만 눕기를 시작해서 시름시름 앓게 되었는데, 나중에는 병이 부쩍 더해서 아무리 약을 써도 낫지 않고 그만 세상을 떠났다. 아버지가 앓는 동안 윤수는 잠시도 곁을 떠나지 않고 어머니와 같이 정성껏 간호해드렸다.

윤수 아버지는 딸 하나는 일찍 시집보내고 이 동네 올 적에는 윤수 하나만 데리고 왔다. 그래서 어머니하고 세 식구가 살다가 아버지가 세상을 떠나시니까 어머니와 단둘이만 남게 되었다.

아버지가 세상을 떠나시기 몇 날 전에 조용한 밤인데,

"윤수야."

부르고 나서 윤수의 손을 꼭 붙잡고 힘없는 목소리로,

"윤수야, 너 이담에 좋은 사람 돼야 한다. 좋은 사람 되려면 동무를 잘 가려서 사귀어야 한다. 함부로 동무를 사귀었다가는 큰 일 난다."

아버지는 잠시 쉬어서,

"윤수야 알겠니. 너 나쁜 아이들하구 놀면 안 된다. 응, 내 아들 착하지 내 말을 명심해서 들어서 꼭 그대루 해야 한다."

그렇게 쉬엄쉬엄 이르시는 말을 듣다가 윤수는,

"아버지 염려 마세요. 그런데 아버지, 어떤 아이가 나쁜 아이야요? 무얼 보고 나쁜 아이 좋은 아이를 가려요? 아버지 그것만 더 일러주셔요. 그러면 저는 그대루만 할 테야요."

이렇게 물어보았다. 아버지는 잠깐 생각하는 것 같더니,

"그래, 내 말대루만 해라. 누구든지 말을 많이 하는 아이는 아예 사귀지 말아라. 그런 아이들은 믿을 수는 없느니라, 알겠니? 윤수야."

아버지는 이렇게 간곡한 말로 일러주었다.

"네, 알겠습니다. 아버지, 염려 마세요."

윤수는 속으로 '옳지' 하면서 똑똑히 대답했다.

3

시집간 누이하고 매부가 오고 동네 사람들도 와서 보아주어서 아버지 장사는 그럭저럭 지냈다.

아버지를 여읜 윤수는 슬프고 외로운 것을 참고 어머니를 위로하면서 그럭저럭 지냈다. 아버지가 남겨준 재산이 좀 있고 동네에 사둔 땅마지기도 있어서 두 식구가 살아가기는 걱정이 없었

다. 윤수 하나 간신히 공부시킬 만한 형편도 되었기 때문에 윤수는 새해부터 학교에 들어가기만 기다리고 있었다.

그동안 윤수는 참 심심했다. 그럭저럭 봄이 되고 농사지을 철이 되어서 어머니는 사람을 얻어서 밭을 갈고 거름을 내기에 바빠서 집에 있는 시간이 적었기 때문에 윤수는 더 심심하고 갑갑했다. 그래서 윤수는 갑갑한 때면 가끔가끔 동네에서 좀 떨어진 곳에 있는 산에 아버지 무덤에 가서 놀았다. 어떤 때는 꼭 아버지가 살아 있는 것처럼 무덤 옆에서 이야기를 하는 것이었다.

"아버지, 나 이담에 좋은 사람 될게요. 아버지 걱정 마세요. 말하는 아이하구는 놀지 않을게요, 아버지!"

이렇게 이야기를 하고는 달음박질해서 내려오곤 했다.

"윤수야 너 어디 갔었니."

어머니는 이렇게 묻는 것이다. 어머니는 좀 기분이 좋지 않은 모양이다.

"엄마 나 아버지한테 갔다 왔어. 왜, 아버지한테 가면 안 돼요?"

"나하구 같이 가자. 너 혼자만 가면 안 된다."

어머니는 이렇게 말하면서 옷고름으로 눈을 씻는 것이다.

'혼자 가면 왜 안 돼요?' 하고 물어보려고 하다가 그만두고 밖으로 나가버렸다.

"윤수야 윤수야!"

대문 밖에서 누가 찾는다. 나가 보니까 동네에서 늘 보던 아이다. 나이는 자기보다 몇 살 위였다. 보기에도 좀 컸다.

"윤수야아 나와 우리들하구 놀자. 너 왜 우리들하구 놀지 않고 밤낮 집 안에만 틀어백혀 있니?"

"……"

윤수는 고개를 좌우로 흔들었다.

"너 그리구 혼자 산으로 가서 뭘 하니? 밤낮 산에 가서 뭘 하니?"

장손이란 아이가 이렇게 지껄이고 있는데 저쪽에 보니까 또 다른 아이가 둘이 있다. 그리고 장손이가 말하는 소리를 듣고 픽픽 웃는 소리가 들린다.

윤수는 아무 말도 하지 않고 안으로 뛰어 들어가버렸다.

"얘, 윤수가 왜 그럴까? 좀 바본가 봐."

장손이가 저희 동무들하고 이런 이야기를 하는 것은 윤수가 들었는지 못 들었는지 모르지만, 하여튼 윤수는 썩 불쾌했다. 그리고 그런 애들하고 놀지 않고 들어온 것이 잘했다고 생각했다. 아버지가 돌아가시기 전에 간곡하게 이르시던 것을 생각한 것이다.

4

그 이튿날이었다. 또 대문 밖에서 누군가 찾는다. 어머니는 어디 가고 없었다.

"윤수야. 어머니 계시니?"

아버지 살아 계실 때부터 가끔 보던 사람이다. 동네에서 가끔 찾아오던 사람이다. 그런데 아버지가 돌아가신 다음에는 도무지 온 일이 없었다. 윤수가 산에 아버지한테 간 동안에 왔었는지 모른다. 어머니는 가끔 찾아가서 만난 모양이었다.

"허허, 꼭 너의 어머니를 보아야 할 텐데 어쩌나. 어머니 어디 가셨는지 너 모르겠니? 너 좀 가서 찾아보렴, 응? ……그런데 너 몇 살이지?"

"열 살이어요."

윤수는 겨우 이 한 마디를 뱉어버리고, 인사도 하지 않고 들어와버렸다.

'이 사람도 좀 말이 많으니 재미없는 사람이다.'

라고 생각한 것이다.

그러자 어머니가 들어왔다.

"어머니 아까 왔던 그 사람 아셔요? 우리 아버지 계실 때 가끔 우리 집에 오셨었나 봐. 나이가 꽤 많은가 봐. 쉬염이 길어요."

"그래그래, 윗동네 주부[1]님이로구나."

"아마 그런가 봐."

이제 생각하니까 아버지 살아 계실 때도 오고 앓아누웠을 때에 가끔 왔던 생각이 난다.

"그런데 엄마, 그 사람 좋은 사람이야요?"

"왜 그러냐?"

"글쎄 말이어요."

"글쎄라니 왜 그러니?"

"말이 좀 많지 않아요."

"무슨 말이 많던?"

어머니는 이렇게 물을 수밖에 없었다. 그래서 윤수는 어머니를 꼭 만나야 되겠다는 말이며, 공연히 남의 나이를 물어보더란 말을 했다.

"얘도 그만한 말을 하는 걸 가지고 그러니?"

"엄마 엄마, 아버지가 말이 많은 사람은 믿을 수 없다고 그러신 거 엄마도 알지?"

"글쎄 그러셨던가?"

어머니는 빙그레 웃고 말았다. 그다음에도 또 어떤 큰 아이가 찾아와서 윤수를 불렀다. 이 큰 아이는 심부름 온 아이였다.

"윤수야 너 윤수지. 어머니 어디 가셨니? 너 왜 동무들하고 놀지 않니?"

이런 말을 하는 것을 보고 윤수는 대답도 하지 않고 들어와버렸다. 그리고 또 혼자서 아버지한테 갔다 왔다. 어머니한테는 아버지 무덤에 갔다 왔다는 소리를 하지 않았다. 그리고 들판으로 다니면서 놀다 왔노라 했다. 전날 산에서 오다가 들판과 딴 동네에서 이리저리 다니면서 민들레꽃, 오랑캐꽃도 구경하고 갓 깐 병아리들이 엄지닭을 따라다니는 구경도 하고, 어떤 때는 병아리 한 놈이 엄지닭을 따라가지 못하고 혼자 떨어져서 빽빽거리고 있는 것을 보고 가만히 손바닥에 놓아서 엄지 있는 데 갖다 주고 오기도 했다. 그러기에 늦었다고 어머니에게 말했다.

"너는 동무도 없니?"

어머니는 걱정스러운 듯이 말하면 윤수는,

"어디 믿을 만한 애가 있어야지요."

5

윤수에게는 동무가 생겼다. 뒷집 교장네 애란이란 올해 여섯 살짜리 계집애였다.

애란이는 아직 학교에도 안 가면서도 노래를 잘 했다. 처음에 저의 집 안에서 노래하는 것을 윤수는 밖에서 듣고 있었다. 그런데 한번은 애란이가 대문 밖엘 내다보다가 윤수가 혼자서 무엇을 듣고 있는 것 같은 것을 보고 분명히 자기 노래를 듣고 있는 것을 보고 또 혼자서 쓸쓸한 것 같은 것을 알았는지 윤수더러 들어오라고 했다. 그것도 말로 하는 것이 아니요 생글생글 웃으면서 눈과 고개와 손짓으로 들어오라고 하는 것이다.

윤수는 가만히 보다가 슬금슬금 애란이 뒤를 따라 들어갔다. 애란네 집에는 여러 가지 전에 보지 못하던 훌륭한 꽃이 많았다.

그래서 그 꽃구경을 하기에 정신없었다. 꽃구경을 하다가는 가끔 애란이를 쳐다보았다. 말없이 늘 웃기만 하는 애란이도 꽃과 같이 예뻤다.

"왜 날 쳐다보니?"

그런 말도 아니하고 약간 얼굴을 붉히면서 아무 말이 없이 웃기만 하는 것이다.

애란이도 동무가 없어서 심심했던 모양이었다. 좀 있다가 가는 윤수보고 또 오라고 눈과 고개로 말을 하는 것이다. 그렇다고 애란이는 벙어리가 아니었다.

"엄마 나 잠깐 나갔다 올게요" 하면서 윤수의 뒤를 따라와서 윤수네 집 대문간에까지 왔다 가는 것을 윤수는 보았다.

애란이는 그 뒤에도 가끔 윤수네 집에 와서 대문 안을 살며시 들여다보곤 하였다. 그럴 때마다 윤수는 어느 틈에 그것을 알고 문을 급히 열고 뛰어나갔다. 그러고는 두 사람은 말도 없이 애란네 집으로 가는 것이다.

어떤 때는 윤수가 애란네 집 대문 안쪽을 들여다본다. 그러면 어느 틈에 안에서 뛰어나와서 말없이 윤수를 맞아들인다.

"너 어떤 꽃이 제일 예쁘지?"

"글쎄 다 예뻐."

"그래도 그중에 어느 꽃이?"

"요것이 제일 예뻐."

"그것 무슨 꽃인지 알어?"

"몰라."

"시크라멘이란다."

"뭐 시크라문?"

"그래 하나 줄까? 너이 갖다 심을래?"

"싫어 그만둬, 나 여기 와서 너하구 둘이 같이 보면 되지 뭐."

애란이는 고개만 까딱였다.

두 사람은 이렇게 놀다가 애란이가 먼 산을 바라보면서 가만가만히 노래를 부른다. 윤수는 처음에는 가만히 듣다가 나중에는 따라서 해본다.

"엄마 엄마 이리 와 요것 보세요" 하는 노래도 하고 다른 새 노래도 하고 그러다가, "참 아름다워라" 하는 노래도 해보았다.

"애란아 그것 무슨 노래지?"

"그것 말이야 찬송가라는 거야. 또 할까?"

"그래 또 해 응?"

이렇게 두 사람은 찬송가도 제법 부르게 되었다.

어느 날 밤이었다. 어머니는,

"윤수야 애란이는 좋은 애더냐?"

웃으면서 말했다.

"그럼요, 그 애는 말이 없으니까요."

"그럼 벙어리더냐?"

"아니야 아니야 어쨌든 좋은 애야."

"그런데 윤수야, 애란네 이제 읍으로 이사간다더라."

"참말이야? 엄마 공갈이지?"

"참말이다. 이제 한 달 있다가 간다더라."

"그래요? 엄마."

윤수의 얼굴은 금방 빨개졌다.

"윤수야 우리도 토지 팔아가지고 읍으로 갈까?"

"그래요 엄마. 우리도 가요 읍으로 가요."

"정말 갈까 우리끼리 살기 적적한데…… 읍으로 가면 누나네도 가깝고 좋지!"

윤수는 한참이나 무슨 생각을 하더니 똑똑한 목소리로,

"엄마 우리 읍에 가지 말아. 우리 떠나면 아버지는 어떡해요?

아버지 혼자 버리고 가문 안 돼! 애란네는 가두 우린 가지 말어. 아버지 손수 손질해서 얌전하게 꾸린 이 집에서 그냥 살아요!"

한 달이 지났다. 애란네는 정말 읍으로 떠나갔다. 윤수는 말없이 웃으면서 떠나가는 애란이를 물끄레 바라보다가 달음박질로 아버지한테 갔다. 오래도록 아버지 옆에 앉아서 애란이한테 배운, 「참 아름다워라 주님의 세계는」을 부르고 또 불렀다.

주

천치? 천재?

*『창조』, 1919. 3

1 객주 상인의 물건을 위탁받아 팔거나 흥정을 붙여주며, 또 그 상인의 숙박을 치르던 영업.

2 플랭크푸트 프랑크푸르트. 나머지 지명도 서양의 도시 이름인 듯.

3 누수필 만년필의 다른 이름.

운명

*『창조』, 1919. 12

1 다다미 일본식 돗자리.

2 만세 사건 1919년 3월 1일의 3·1운동.

3 소첩(小妾) 젊은 첩. 여자가 자기를 낮춰 이르는 말.

4 약한 자여! 그대 이름은 여자이니라.

5 못 믿을 자여! 그대 이름은 여자이니라.

6 상략(上略) 윗부분을 생략함.

생명의 봄

*『창조』, 1920. 3~7

1 의롱(衣籠) 옷을 담아 두는 농짝. 옷농.

2 통기 통지(通知). 기별하여 알림.

3 연보 금품을 내어 남을 도와줌. 기독교에서 '헌금'을 이르던 말.

4 후리매 '두루마기'의 방언.

5 전옥 교도소의 우두머리.

6 반자 더그매를 두고, 천장을 평평하게 만든 시설.

7 히니쿠 '빈정거림'의 일본말.

8 암흑 뒤의 빛.

9 덕우 '빗장'의 잘못된 표현인 듯.

10 '동정'은 한복에서 저고리 깃 위에 조붓하게 덧대는 흰 헝겊 오리임. 옷깃을 의미하는 '동정'과 동정(同情)이 음이 같은 것을 활용한 농담.

11 HB 남편을 뜻하는 'husband'의 약자.

12 번열증(煩熱症) 한방에서, '몸에 열이 몹시 나고 가슴 속이 답답하며 괴로운 증세'를 이르는 말.

13 예투(例套) 상례가 된 버릇.

14 사면(辭免) 죄를 용서하여 형벌을 면제함. 여기에서는 '사직'의 잘못된 표현인 듯.

15 양생(養生) 병의 조리를 잘하여 회복을 꾀함.

16 프로비던스 providence 신의 섭리.

17 제월광풍(霽月光風) 광풍제월. '시원한 바람과 맑은 달'이라는 뜻으로 아무 거리낌 없는 맑고 밝은 인품을 비유하여 이르는 말.

18 리뎀프션 redemption. 영혼의 구제.

19 필링 feeling. 감정.

20 봄노래 톨스토이의 『부활』을 주제로 한 당시의 대중가요.

21 인생은 짧고, 예술은 길다.

22 예술을 위한 예술.

독약을 마시는 여인

* 『창조』, 1921. 1

1 지치 '깃'의 방언(평북).

2 설레발이 '설레발'은 몹시 서두르며 부산하게 구는 행동이며, '설레발이'라는 곤충류는 없다. 잘못된 표현임.

화수분

* 『조선문단』, 1925. 1

1 만주노 호야 호오야 '만두가 갓 만들어져서 따끈따끈합니다.'라는 뜻의 일본말로서, 만두를 사라고 외치는 소리.

2 화수분 속에 물건을 넣어두면 새끼를 쳐서 끝없이 물건이 생겨 나온다는 그릇. '화수분 단지'의 준말인데, 민담 속의 '도깨비방망이'와 같은 의미를 가지고 있다.

후회

* 『문예공론』, 1929. 6; 『늘봄 전영택 전집』 제1권, 목원대학교출판부, 1994

1 모르히네 모르핀의 일본식 발음. 모르핀은 아편에 함유되어 있는 중요한 알칼로이드의 하나로 마취제와 진통제로 씀.

여자도 사람인가

* 『삼천리』, 1938; 『늘봄 전영택 전집』 제1권, 목원대학교출판부, 1994

1 브나르도 '민중 속으로'를 의미하는 러시아어. 우리나라에서는 젊은 학생들의 참여로 1930년대 초반 민족계몽운동의 일환으로 시작되었다.

하늘을 바라보는 여인

* 『문예』, 1949. 9; 『늘봄 전영택 전집』 제1권, 목원대학교출판부, 1994

1 장질부사 '장티푸스'의 한자말.

소

*『백민』, 1950. 2; 『늘봄 전영택 전집』 제1권, 목원대학교출판부, 1994

1 모지랑비 끝이 다 닳아서 무디어진 비.

2 미투리 삼이나 노 따위로 짚신처럼 삼은 신.

3 공출 국민이 국가의 수요에 따라 농업 생산물이나 기물 따위를 의무적으로 정부에 내어놓음. 일제 말기에는 강제적인 공출이 심해 더욱 빈곤에 시달렸다.

김탄실과 그 아들

*『현대문학』, 1955. 4; 『늘봄 전영택 전집』 제1권, 목원대학교출판부, 1994

1 비사(譬詞) 비유로 쓰는 말로, 원래는 비사(比辭)가 맞음.

2 스칼라십 scholarship. 장학금.

3 색향 기생이 많이 나는 고을.

4 고이비도 '애인'의 일본말.

5 금제의 열매 에덴동산에서의 '금단의 열매.'

금붕어

*『자유문학』, 1959. 10; 『늘봄 전영택 전집』 제2권, 목원대학교출판부, 1994

1 시발택시 1950년대에 운행되던, 지프차를 개조한 택시.

2 맛보기 맛으로 먹으려고 조금 차린 음식.

3 나이도 유만하신데 '연세도 많으신데'의 잘못된 표현.

차돌멩이

*『자유문학』, 1960. 9; 『늘봄 전영택 전집』 제2권, 목원대학교출판부, 1994

1 밭다 가깝다.

2 집주름 집 흥정 붙이는 일로 업을 삼는 사람. 가쾌(家儈).

3 오력(五力) 원래는 불법 수행에 필요한 다섯 가지 힘. 곧 신력(信力)·염력(念力)·정진력(精進力)·정력(定力)·혜력(慧力).

4 선황 나무 서낭신이 붙어 있다는 나무.

5 제암리 학살사건 3·1운동이 전국적으로 퍼져나가던 당시 제암리교회 청년들과 천

도교 김상렬 등을 비롯한 민족주의자들은 4월 5일 만세 시위를 결의하고 대한 독립 만세를 외쳤다. 만세 시위가 있은 지 10일 후인 4월 15일 일본 헌병들은 15세 이상의 남자들을 제암리 교회에 모이라 하고 총격과 함께 교회당 문을 걸어 잠그고 불을 질렀다. 밖으로 빠져나오려는 사람들에게는 무차별 사격을 가했으며 남편을 살려달라 애원하는 아낙 2명의 목을 베었고 제암리 마을 32가구에 불을 지르는 만행을 저질렀다. 언더우드는 참사 현장을 돌아보고 보고서를 작성해 미국으로 보냈으며, 스코필드는 일본 헌병 몰래 현장 사진을 찍어 미국으로 보내 일제의 야만 행위를 국제 사회에 여론화시켜 비판하기도 했다.

6 과댁 과수댁. 과부댁. 과부(寡婦)의 높임말.

7 세파트 셰퍼드. 사냥개의 일종.

크리스마스 전야의 풍경

* 『군종』, 1960. 12; 『늘봄 전영택 전집』 제2권, 목원대학교출판부, 1994

1 문안 서울의 사대문 안. 서울 시내.

2 깍쟁이 인색하고 이기적인 사람. 혹은 몸집이 작고 얄밉도록 약삭빠른 사람을 말하나, 여기에서는 '거지'의 뜻으로 쓰였다.

말 없는 사람

* 발표지 미확인, 1964년 발표; 『늘봄 전영택 전집』 제2권, 목원대학교출판부, 1994

1 주부(主簿) 조선 때, 내의원 · 사복시 · 한성부 등 여러 관아(官衙)의 낭관(郎官) 벼슬의 하나. 한약방을 낸 사람을 일컬음.

작품 해설

늘봄 전영택의 삶과 문학

김만수

작가 전영택의 호는 '늘봄' '추호(秋湖)'이다. 1919년 평양 출신의 일본 유학생 그룹이 중심이 되어 국내 최초의 동인지 『창조』를 발간할 때, 동인 중의 한 사람이었던 김환이 전영택의 필명을 고민하다가, "느림보라고 하게. 자네 느림보 아닌가"라고 했다는 것. 그러다가 어느 희곡의 등장인물 이름을 따서 장춘(長春)으로 할까 싶었는데, 장춘은 만주에 있는 하얼빈을 일본인들이 부르던 이름이라 망설이던 중, '장춘'의 순우리말을 살려 '늘봄'으로 했다는 것. '늘봄'에 대해 『창조』 동인이자 화가이며 소설가였던 김환이 "됐네, 됐네. 늘봄, 느림보, 비슷하니까 됐네. 자네는 느림보도 느림보지만 성격이 온순하고 다정하니 '늘봄'도 꼭 맞았네. 다정하기도 다정하지만 그저 태평이야. 뜨겁지도 않고 쌀쌀하지도 않고, 그리고 말하자면 늘 태평이거든. 그러니 늘봄이 맞았네"라며 맞장구를 쳤다는 것.

전영택의 다른 호인 추호(秋湖)에는 춘원 이광수와의 관계가 엿보인다.

내가 어렸을 적에 내 아버지의 친구 중에 글 잘하고 말 잘하는 사람이 춘원(春園)이란 호를 쓰던 것이 생각나서 내가 이것을 썼다면 좋을 걸 이광수가 먼저 써서 아깝다고 생각하였다.

그때 나는 춘원하고 멀지 않은 이웃에 살았기 때문에 가끔 놀러 간 일이 있었다. 한번은 춘원보고 옛날 아버지 친구의 아호 이야기를 했더니 그저 미안하게 됐다고 하면서 "형은 그 맑은 성격으로 보아서 '춘'자(春字)보다도 '추(秋)'자가 좋을 것 같으니, '추'자를 가지고 지으면 어떠냐"해서 그것도 그럴듯하다고 하고,

"그럼 추호(秋湖)라고 하면 어떠냐?" 했더니

"그것 참 좋소. 춘원(春園), 추호(秋湖) 서로 대가 되는구려!"

그는 무릎을 치면서 찬성했다.

그래서 나는 만족한 마음으로 추호를 쓰기 시작하였다. (수필 「추호: 내 아호의 유래」에서)

다정하고 태평한 느림보이자 '늘봄,' 가을의 맑은 하늘을 담은 '추호'에서 우리는 작가 전영택의 일면을 발견할 수 있다. 그의 작품은 소략하고 한가하다. 전문 작가의 치열함이나 예리함보다는 일상인의 삶, 혹은 종교인의 삶이 자연스럽게 배어나오는, 그야말로 조용한 삶의 기록이다. 물론 일상 속의 그가 비록 느림보처럼 보이더라도, 그의 느린 삶에 원칙이 없었을 리 없다. 그는 자

신의 삶의 목표를 수필 「전적 생활론」에서 이렇게 요약하고 있다.

1. 노동. 사람은 천생 일하여 살게 마련이다. 사람뿐 아니라 무릇 생명 있는 자는 일하여야 그 생명을 부지할 수 있다.

2. 애(愛). 사람의 생활이 다만 노동만이면 너무 무미하고 너무 괴로워 마치 그날 벌어 그날 먹는 삯꾼의 생활이 되고 말 것이다.

3. 종교. 종교는 삼각형의 기선이라. 사랑이 없는 노동을 한 천역이라 하면, 종교가 없는 애는 한 비극이라 하겠도다.

필자는 작가 전영택의 삶이 노동과 사랑과 종교의 합일을 통해 도달한, 평온하여 마치 늘봄과도 같았다고 말하고 싶지만 그의 삶에도 굴곡과 주름이 없었던 것은 아니다. 전영택은 26세였던 1919년 1월에 김관호, 김동인, 김억, 김찬영, 김환, 이광수, 이일, 박석윤, 오천석, 주요한, 최승만, 임장환 등 13명으로 구성된 『창조』 발간에 참여하여 『창조』 1호부터 8호에 이르기까지 「혜선의 사」 「천치? 천재?」 「운명」 「생명의 봄」 「독약을 마시는 여인」 등을 연이어 발표하며 문학적 열정을 보였으나, 이내 만세 시위 주도에 따른 아내의 투옥, 아들의 사망, 교회 내의 알력, 설교 사건에 따른 구금 등의 고난도 함께 겪는다.

1894년생인 전영택은 1892년생인 이광수보다는 두 살 아래 연배이지만, 한국 근대문학을 주도한 김동인과 현진건 등이 1900년생이라는 점에 비교해보면, 그가 『창조』에서 얼마나 큰 맏형 역할을 했는지 짐작할 수 있다.

그러나 이후 그는 문학자보다는 종교인의 길을 선택한 것으로 보인다. 그러나 문학을 향한 그의 미련으로 인해 그의 인생 전체가 채워지지 않는 갈증으로 가득 차 있었을지도 모른다.

우리는 늘봄 전영택의 문학 작품 중에서 특히 「화수분」을 기억한다. 특히 결말 부분에서 갓난아이가 부모의 죽음 이후에 용케도 살아남아 나무장수에 의해 생명을 건지는 장면은 한국문학사에 뚜렷이 기억될 인상적인 휴머니즘의 승리로 평가된다. 그러나 전영택의 작품 전체에서 이만한 높이에 도달한 작품은 드물고 대부분은 인간 구원의 문제로 심화되지 못한 채 교회 주변의 인정세태를 비판하는 수준의 소박한 휴머니즘, 송하춘 교수의 개념을 적용하면 휴머니테리어니즘humanitarianism에 머물고 있다는 평가를 받게 된다. 전영택의 작품 중 「화수분」만이 거의 유일하게 문학사적인 평가를 받고 있는 상황도 이러한 사정과 무관하지 않다. 다행히 1994년 표언복에 의해 『늘봄 전영택 전집』 전 5권이 발간되었으나, 여기에서도 본격적인 소설 작품은 두 권 분량에 불과하고, 나머지는 설교, 성경 연구, 신앙 산문 등이 대부분이다.

이번 선집에 실린 작품들도 대부분 이러한 수준에서 크게 벗어나지 않는다. 그러나 그의 작품이 우리말과 글의 체계가 문학어로서 정립되지 못하고 문학적 관념이 채 정착되기도 전인 근대문학 초창기의 산물이라는 점, 자신의 종교적 신념을 문학 속에서 실천하였다는 점, 작품 속에 자신의 체험과 한국 근대사의 굴곡을 충실하게 반영하려고 했다는 점에서 본다면, 그의 작품들에 대해서도 특별한 주목이 필요하다. 이번 선집에서는 그의 작품을 시대순으로 배열하였는데, 그의 작품은 일제 초기의 만세 운동, 식민지하의 극심한 궁핍, 해방 직후의 사회적 혼돈, 산업화 초창기의 사회적 퇴폐상에 대한 자신의 경험을 상당히 소박한 형식 속에 담고 있음을 알 수 있다.

그의 데뷔작인 「혜선의 사」(1919)가 형식상의 미숙함에서 벗어나지 못한 반면, 바로 뒤이어 발표한 「천치? 천재?」(1919)는 합쇼체를 활용하여 고백문의 순도를 높인 작품으로 실제적으로 그의 초기 대표작으로 볼 수 있다. 교사로서의 열정도 없이 그저 생계를 위해 교사 직을 선택한 주인공은 바보 천치에 가까운 칠성이가 어느 면에서는 천재성을 가지고 있다는 것을 조금씩 깨닫게 되지만, 그 아이의 인생에 적극적인 교사 노릇을 하지는 못하고, 마침내 칠성이는 허망하게 죽고 만다. 칠성이를 잃은 어머니의 슬픔도 잠시, 주인공은 이제 그 비극의 현장을 떠나기로 결심하는데, 거기에 수반되는 죄책감이야말로 합쇼체를 선택할 수밖에 없었던 작가의 양심 고백에 연결되는 것이다.

전영택의 작품에서 소시민적 자아에서 유래된 죄의식과 소극적인 삶의 태도는 동전의 양면처럼 반복되는데, 다음 작품인 「운명」(1919)과 「생명의 봄」(1920)에서 이러한 경향이 전형적으로 확인된다. 「운명」의 주인공 '오동준'과 「생명의 봄」의 '영선'은 3·1 만세 사건으로 투옥된 젊은이라는 공통점을 가지고 있지만, 이들 작품에서 일제의 악행이나 이에 맞서는 민중들의 치열한 의지는 발견되지 않는다. 이들은 감옥에서조차 애인이나 가족의 인정을 갈구하기만 하는 나약한 인물이다. 이들은 이러한 인정이 어긋났을 때 그것은 '운명'에 불과한 것이라고 자위하거나 '생명의 봄'이 다시 부활하기를 바란다는 정도의 소박한 기도를 올린다. 특히 중편 분량에 해당하는 「생명의 봄」에 이르러서는 교회, 찬송가, 톨스토이의 「부활」 등이 주 언급되면서 전영택 문학의 중요한 축인 종교의 측면을 강하게 드러낸다.

그에 비하면 「독약을 마시는 여인」(1921)은 좀더 참혹하되 현실에 핍진한 일면을 보여준다. 이 작품은 결말에 부기된 대로, 3·1 운동에 가담했던 아내의 투옥과 이에 뒤이은 자식의 죽음에 직면한 경험을 바탕으로 한 작품인데, 원통한 귀신들의 외침을 담은 만큼 처절하고 괴이하다. 특히 시체들이 일어나 웅얼거리는 모습, 절벽같이 캄캄한 하늘, 잠자코 제 갈 길만 가는 태양 등의 극단적인 이미지들이 두서없이 충돌하고 있는 몇몇의 장면들은 마치 표현주의 연극의 한 대목처럼 강렬하여, '늘봄'이라는 작가의 문학적 지향과는 거리가 먼 것으로 보인다. 그러나 자식을 잃은 슬픔의 절정에 어찌 '늘봄'과 같은 평온함이 있겠는가. (이 작품의 결말은 1921년 『창조』 발표본에서는 "인생은 꿈이니라. 공이니라. 모든 참말은 다 거짓말이니라. 인생은 잔칫날이니라" 등의 격렬한 절규로 되어 있으나, 1956년의 어문각 창작 선집에서는 "그러나 봄이 오면 흙과 물로 된 인생도 다시 일어나리라." 등의 종교적 염원으로 개작되었다. 이번 선집에서는 3·1 운동 직후의 사회적 배경, 그 속에서의 핍진한 감정을 그대로 담고 있다는 점을 고려하여, 『창조』 발표본을 정본으로 삼았다.)

『창조』 시기의 연속된 작품들이 '나'의 주관적인 격정을 토로하는 것들로 이루어진 반면, 이로부터 몇 년이 지난 시점에서 창작된 「화수분」(1925)에서는 조금 독특한 서술 유형이 확보된다. 「화수분」은 '나'의 주관적인 격정을 드러내는 대신에, '나'와 '화수분' 사이의 거리를 문제 삼는다. 작품 속의 '나'는 비교적 살림 형편이 넉넉한, 소설도 읽고 신문도 보는 인텔리 계층이다. 이 단편은 총 6장으로 구성되어 있는데, 대부분의 장면에서 '나'는 '화수분'을 객관적 거리에서 관찰하는 형식을 취하고 있다. '화수분'은 먹을 것조차 없어 자기 자식을 남에게 넘긴 다음 슬픔을 못 이겨 짐승처럼 울부짖는 사람이지만, 자기의 가난이 어디에서 비롯되었는지에 대해서도 인식하지 못하는 사람이다. 너무도 순박하여 바보스럽게까지 느껴지는 그의 곁에는 간단한 계산조차 할 줄 모르는 그의 불쌍한 아내가 있다. 가난 때문에 아이를 다른 집에 보내놓고는 짐승처럼 울기만 하는 가여운 부부들의 모습을 착잡한 심정으로 목격하고 있는 '나'의 심리야말로 이 작품에 깔린 동정과 연민의 원천인데, 안타까운 점은 '나'가 '화수분'의 인생에 전혀 개입하지 않는다는 점이다.

> 화수분은 양평서 오정이 거의 되어서 떠나서, 해 져갈 즈음 해서 백 리를 거의 와서 어떤 높은 고개를 올라섰다. 칼날 같은 바람이 뺨을 친다. 그는 고개를 숙여 앞을 내려다보다가, 소나무 밑에 희끄무레한 사람의 모양을 보았다. 그것을 곧 달려가 보았다. 가본즉 그것은 옥분과 그의 어머니다. 나무 밑 눈 위에 나뭇가지를 깔고,

어린것 업는 헌 누더기를 쓰고 한끝으로 어린것을 꼭 안아 가지고 웅크리고 떨고 있다. 화수분은 왁 달려들어 안았다. 어멈은 눈은 떴으나 말은 못 한다. 화수분도 말을 못 한다. 어린것을 가운데 두고 그냥 껴안고 밤을 지낸 모양이다.

이튿날 아침에 나무장수가 지나다가, 그 고개에 젊은 남녀의 껴안은 시체와, 그 가운데 아직 막 자다 깬 어린애가 등에 따뜻한 햇볕을 받고 앉아서, 시체를 툭툭 치고 있는 것을 발견하여 어린것만 소에 싣고 갔다. (「화수분」 중에서)

이 작품이 행랑채의 가난한 부부를 관찰하는 '나'의 관점, 그리고 그들의 삶에서 한 걸음 비켜서 있다는 '나'의 자의식만을 문제 삼았다면 「화수분」은 그 시대의 고민을 다룬 흔한 빈궁문학의 하나로 머물렀을 것이다. 그러나 이 작품은 결말 부분에서 느닷없이 서술 시점이 3인칭으로 바뀌는 과정을 통해 미학적 감동에 도달한다. 「사람은 무엇으로 사는가」라는 우화를 통해 톨스토이는 천사 미하일의 인간에 대한 동정을 인류의 구원 가능성과 연결시켰다. 한 인간의 불행한 죽음을 용서하기 위해 천상의 명령을 거역했다가 결국은 천국에서 추방된 천사 미하일의 모습은 「화수분」에서 '젊은 남녀의 껴안은 시체' '아직 막 자다 깬 어린애가 등에 따뜻한 햇볕을 받고 앉아서……'와 묘하게 겹쳐진다. 천사 미하일은 천국에서 추방되고 옷마저 가난한 사람에게 줘버려 교회 앞에서 얼어죽을 뻔하지만, 가난한 구두 제조업자와의 만남을 통해 유한하고 부족한 인간에게도 위대한 사랑의 힘이 내재되어 있음을 발견한다. '사람은 무엇으로 사는가'라고 질문했을 때, 천사 미하일이 침묵의 미소로 응답했듯, 이 작품에서 작가는 '우리가 무엇으로 살아야 하는가'에 대한 현명한 답변을 제공한다. 살아남은 어린애와 나무장수를 높은 곳에서 내려다보는 제3의 시선이야말로 종교인이고자 했던 작가 전영택의 전지적 시선인 것이다.

「화수분」은 전영택의 대표작이다. 우리는 이 작품의 앞뒤에서 이만한 미학적 성취와 감동에 도달한 작품을 찾지 못하는데, 그 근본적인 이유 중의 하나는 「화수분」을 제외한 대부분의 작품에 작가의 분신이라고 할 만한 '나'가 지나치게 개입되고 있기 때문일 것이다. 우리는 이쯤에서 해결되지 않는, 근원적인 질문 하나를 던져보아야 한다. 작가는 허구를 창조하는 예술가로서만 평가되어야 하는가, 아니면 현실 속의 삶을 살아가는 생활인의 모습으로 평가되어야 하는가의 문제가 그것이다. 전영택은 허구를 창조하는 예술가의 길보다는 자신의 신앙심을 삶에서 실천하려 한 종교인의 길을 선택한 것으로 보인다. 문학과 종교 사이에서 갈등하는 모습이 작품에 간간이 보이기는 하지만, 그의 문학 활동은 종교 생활에 종속된 측면이 없지 않으며, 이 점이 그의 문학적 한계로 작용한 것으로 평가될 수 있다.

「후회」(1929), 「여자도 사람인가」(1938), 「하늘을 바라보는 여인」(1949)은 가정 내에서의 부부와 자녀의 문제를 다룬 세태 반영의 가벼운 소품들이다. 아편과 도박 때문에 패가망신한 남편, 아내의 배신과 그에 따른 남편의 분노와 좌절, 가난 속에서도 남편과 자식을 하늘처럼 여기며 감내하는 아내의 모습, 시어머니를 공양하며 억척스럽게 삶을 개척하려 한 며느리의 모습 등에 대한 전영택의 기록은 우리의 전통 사회에서 남성과 여성이 감당했던 역할에 대한 정확한 기록인 동시에 그러한 세월에 대한 그리움의 태도를 담고 있는 작품들로 보인다. 「후회」에서 패가망신하여 걸인이 된 남편에 대해 용서하는 듯한 태도를 보이는 것, 「여자도 사람인가」에서 주인공은 여자를 경멸했지만 알고 보니 현모양처형의 여자가 더 많더라는 것을 깨닫는 것, 「하늘을 바라보는 여인」에서 어떠한 난관에도 굴하지 않고 전통적인 여성상을 지켜가는 과부의 모습을 제시하는 것 등이 전통 사회의 윤리를 그리워하는 독자들에게는 찬탄의 대상이 될 수 있으나, 오늘의 시각에서 보면 비판의 여지가 더욱 큰 작품이다. 물론 작가가 도달하고자 한 주제와 독자가 얻어낼 수 있는 주제 의식이 동일한 선에 놓일 수는 없다. 어느 경우에는 그 편차가 클수록, 그 작품의 의미가 빛날 수도 있다. 이러한 관점에서 이들 작품을 비판적으로 읽는 것도 도움이 될 것이다.

「소」(1950)는 '홍창수'의 시각에 포착된 해방 전후 시기 우리 사회의 축도이다. 주인공의 시각에서 보면, 도시 생활만을 동경하는 '아내'도 못마땅하고, 은혜를 망각하고 세속에 눈을 뜬 '장손이'와 동네 사람들도 못마땅하다. 그러나 타인과의 적극적인 소통이 없는 한, 주인공의 단선적인 시각의 반복은 허망한 결론에 이를 뿐이다. 자기만 옳고 타인을 믿을 수 없을 때 그곳에서 자신의 입지는 없다. "다시는 오여울 동네에서 아무도 홍창수를 본 사람이 없다"는 결말은 '홍창수'의 곤경을 잘 압축한 것인데, 여기에서도 전영택 문학의 단편성을 확인하게 된다.

타인과의 소통이 막힌 상태에서 한 개인이 겪는 비극적인 운명은 「김탄실과 그 아들」(1955), 「금붕어」(1959), 「크리스마스 전야의 풍경」(1960), 「말 없는 사람」(1964)의 문학적 한계와도 상통한다. 「김탄실과 그 아들」은 『창조』에 참여했던 비운의 여류 문인 김명순을 모델로 하고 있으면서도, 『창조』 동인 중의 한 사람이었던 전영택의 고민이 거의 그려지지 않는다. 실성한 '김탄실'을 바라보는 '나'의 시선에는 지난날에 공유했으리라 짐작되는 동지적 유대감이 전혀 보이지 않는다. 작품의 첫 부분에서 주인공은 "두 사람이 이웃에서 나고, 혹 형제로 태어나고, 한 학교에서 한 책상 한 걸상에서 같은 선생에게 공부하고 자랐으나, 몇 십 년이 지나간 다음에 한 사람은 학업을 성취하고 출세도 잘해서 일국과 일세에 이름을 날리고, 한 사람은 비참한 자리에 빠져서 언제 두 사람이 같은 처지에서 자랐던가를 의심하게 되는 일이 있다."고 중얼거리는데, 우리는 이 대목에서 '나'와 '김탄실'이 과연 한때나마 동지였던 사람들일까 하는 난데없는 의심에 이르는 것이다. 이러한 의심은 작품 내내 계속될 수밖에 없는데, '김탄실'을 거론하다가 난데없이 '그 아들'로 관심을 옮겨가는 데에서도 '나'의 이중적인 태도를 의심하게 된다.

이와 같은 맥락에서 「금붕어」의 주인공인 '나'도 세속적 삶에 그리 충실하지 못한 자신에 대한 한탄에서 벗어나지 못한 까닭에 주인공의 의식 자체가 어항에 갇혀버린 금붕어의 자기 한탄으로 귀결되고 말며 「크리스마스 전야의 풍경」이나 「말 없는 사람」의 경우에도 경박한 기독교인들의 행태나 인정을 다루긴 하되, 그 세태를 극복하고자 하는 적극적인 삶의 태도는 드러나지 않는다.

「차돌멩이」(1960)는 그나마 후기작이 도달한 성과로 평가될 수 있다. 사랑하는 남녀가 주고받은 사랑의 신표인 '차돌멩이'를 제목으로 내걸고, 일제 치하의 대표적인 참사 중의 하나인 제암리 교회 학살 사건과 일제의 잔혹한 고문 등을 다룬 이 작품에서 작가는 '나'와 '최노인' 사이의 인간적 교류를 다룬다. 작중 화자인 '나'가 사건의 배후로 물러나서 다른 인물들의 삶을 목격하고 그들의 고통을 이해하게 될 때 그의 작품이 은근히 빛을 발하는 사례를 우리는 이미 「화수분」에서 확인하였거니와, 이 작품 「차돌멩이」에서도 '나'의 존재는 작품의 배면에 숨음으로써 오히려 한 인물에 대한 깊은 공감에 도달한다.

대부분의 다른 작가들도 그러하듯, 전영택의 작품에서도 종교적 태도가 개입되지 않을 때 작품으로서의 긴장감이 유지된다. 「화수분」과 「차돌멩이」에서 작중 화자인 '나'는 어떠한 종교적 태도도 보이지 않지만, 그들이 타인의 고통을 목격하고 동정하는 존재로 머무는 순간 그들 앞에는 따뜻하고 긍정적인 세계의 가능성이 놓인다. 어찌 보면, 하나님조차 높이 군림할 때보다 내 곁에 두루 편재하여 임하시는 게 편하지 않은가. 인간과 인간 사이의 수평적인 관계에 바탕을 둔 문학이 하늘과 땅이라는 수직적 위계를 강조하는 기독교 혹은 종교적 질서와 다른 이유도 여기에 있을 것이다. 사실 문학과 종교는 '이야기를 통한 감동과 감화'라는 동일한 연원을 가지고 있으면서도 서로 충돌되는 측면이 있다.

그래서인지 어떤 작가들은 자신의 문학과 종교를 엄격하게 분리시키고자 한다. 확실히 문학 작품에 너무 깊이 종교가 개입되면, 그 문학은 재미와 긴장이 결여된 교훈 투의 설교문으로 떨어지는 경향이 있다. 20세기의 대문호 중의 하나인 톨스토이의 경우조차 그러했다. 교훈과 설교로 가득 찬 톨스토이의 문학에는 20세기 문학의 가장 강력한 무기인 실험 정신과 비판 의식이 결여되어 있다. 문학사의 입장에서 보면, 톨스토이의 문학은 교훈 위주의 19세기 문학적 기법에 머물러 있다. 그러나 19세기의 문학적 기법으로 20세기 문학의 한 중심에 우뚝 선 톨스토이의 문학은 기법보다 중요한 것이 삶의 태도임을 웅변적으로 말해주는 사례이기도 하다. 비록 19세기의 방식을 통해서일지언정, 자신이 창조한 허구 속의 삶을 20세기의 사회 현실에서 실천하고자 했다는 것. 신파 조의 정서와 교훈 조로 일관한 톨스토이의 『부활』이 20세기의 현대인을 감응시킬 수 있었던 힘은 여기에 있었던 것.

우리는 전영택의 문학과 삶에서 톨스토이적인 문학의 한 측면을 엿볼 수 있지 않을까. 이것은 작가의 삶과 분리된, 물건으로서의 작품과는 관련이 없다. 문학 작품보다 더 중요한 것은 작가의 삶이라고 주장해버리면 되기 때문이다. 그러나 독자인 우리 앞에는 작품이 있을 뿐이다.

작가 연보

1894년(1세) 1월 8일 평양성 내 사창(社倉)골에서 아버지 전석영(田錫永)과 어머니 강순애(康順愛) 사이에서 8남매 중 셋째 아들로 태어나다. 6월 청일전쟁으로 평양성 밖 서면 금여벌로 이사. 부친은 농장을 마련하고 개간 사업을 함.

1899년(6세) 가정 내의 사숙에서 한문을 수학하기 시작함.

1901년(8세) 평양성 내 전구리로 돌아옴.

1902년(9세) 진남포로 이사. 부친은 진남포 개항 사업 촉탁, 굴포 사업 등에 종사하다.

1904년(11세) 부친이 설립한 보동(保東)학교에 입학.

1907년(14세) 도산 안창호가 설립한 평양 대성학교에 입학.

1909년(16세) 부친 사망.

1910년(17세) 대성학교 3년 중퇴하다. 진남포 삼승학교의 교원이 되다. 작은형을 따라 교회에 다니기 시작하여 김창식(金昌植)

목사로부터 세례를 받다.

1911년(18세) 서울 관립의학교 입학. 모친과 둘째형과 함께 서울로 이사.

1912년(19세) 일본 도쿄 청산학원 중학부 4년에 편입.

1914년(21세) 청산학원 고등학부 문과를 졸업.

1915년(22세) 청산학원대학 문학부에 입학.

1918년(25세) 청산학원대학 문학부를 졸업. 같은 대학의 신학부에 입학.

1919년(26세) 1월에 김동인, 주요한, 김환과 더불어 문예지 『창조』 발간. 2월에 동경 유학생 독립운동에 참여하다. 3월 말 귀국. 4월 29일 이화학당 출신의 채혜수(蔡惠秀)와 결혼. 결혼 다음 날 아내 채혜수가 독립운동을 주도한 혐의로 체포 투옥되다. 삼승학교 교장직에 피임되다. 단편 「혜선의 사」 「천치? 천재?」 「운명」을 『창조』에 발표.

1920년(27세) 중편 「생명의 봄」을 『창조』에 발표.

1921년(28세) 일본 청산학원 신학부에 복교. 단편 「독약을 마시는 여인」 「K와 그 어머니의 죽음」을 『창조』에 발표.

1923년(30세) 장녀 산초 출생. 서울 감리교 신학교 교수로 재직. 청산학원 신학부 졸업.

1924년(31세) 매부 방인근이 발행하는 『조선문단』에 단편 「사진」 발표.

1925년(32세) 단편 「화수분」과 「흰 닭」을 『조선문단』에, 「바람 부는 저녁」을 『영대』에 발표.

1926년(33세) 창작집 『생명의 봄』(설화서관) 간행.

1927년(34세) 목사 안수를 받음. 아현교회 부목사.

1930년(37세) 미국 캘리포니아 주 태평양신학교에 입학. 시카고에서 홍사단에 입단.

1932년(39세) 태평양신학교 수료, 귀국.

1933년(40세) 기독교대한감리회 봉산교회에 파송받아 시무.

1935년(42세) 교회 내의 알력과 선교사와의 불화 등으로 봉산교회를 사임하고 서울로 이사. 감리교 신학교에서 교수로 봉직.

1937년(44세) 개인잡지『새사람』발간,『백광』의 편집 겸 발행인이 되다. 6월에 수양동우회사건에 연루되다.

1938년(45세)『기독신문』주간. 평양 요한학교와 동 여자성경학교에서 교수직을 맡다.

1942년(49세) 평양 신리교회를 담당하다.

1943년(50세) 신리교회가 폐합당한 후 임원면 노성리로 이사. 주태익이 세운 백합보육원의 원장 격인 일을 하다.

1944년(51세) 설교 사건으로 구금되다.

1945년(52세) 광복과 함께 조선민주당 창당에 참여하고 당의 문교부장직을 맡음. 12월에 월남하다.

1946년(53세) 문교부 편수국 편수관이 되다.『새사람』속간.

1947년(54세) 국립맹아학교 교장.

1948년(55세) 중앙신학교 교수.

1949년(56세) 감리교신학교 교수.

1950년(57세) 한국일보 주필.

1952년(59세) 일본 동경에 있던『한국복음신문』의 주간.

1954년(61세)『한국복음신문』의 주간 직을 사임하고 귀국.

1955년(62세) 「김탄실과 그 아들」을 『현대문학』에 발표.

1956년(63세) 「쥐 이야기」를 『현대문학』에 발표.

1959년(66세) 「해바라기」와 「금붕어」를 『자유문학』에 발표.

1960년(67세) 「눈 내리는 오후」와 「차돌멩이」를 『자유문학』에 발표.

1961년(68세) 한국문인협회 초대 이사장. 서울시 문화상을 수상함.

1963년(70세) 대한민국 문화포장 대통령장 받음. 기독교 계명 협회장.

1966년(73세) 「보릿고개」를 『문학춘추』에 발표함.

1968년(75세) 1월 16일 교통사고로 사망.

작품 목록

1. 소설

작품명	발표지	발표 연월일
혜선의 사	창조	1919. 2
천치? 천재?	창조	1919. 3
운명	창조	1919. 12
생명의 봄(중편)	창조	1920. 3, 5, 7
독약을 마시는 여인	창조	1921. 1
흰 닭(중편)	조선문단	1924. 10
사진(중편)	조선문단	1924. 11
바람 부는 저녁	영대	1925. 1
화수분	조선문단	1925. 1
백련과 홍련	조선문단	1925. 10
순복이 소식	조선문단	1926. 5
어머니는 잠드셨다	백합	1927. 3
후회	문예공론	1929. 6
크리스마스 전야	조광	1935. 12
오무니	삼천리	1936. 1

작품명	발표지	발표 연월일
청춘곡(장편)	매일신보	1936.1~5.17
여자도 사람인가	삼천리	1938
하늘을 바라보는 여인	문예	1949. 9
소	백민	1950. 2
새봄의 노래	문예	1950. 3
김탄실과 그 아들	현대문학	1955. 4
쥐 이야기	현대문학	1956. 10
집	새벽	1957. 1
해바라기	자유문학	1959. 2
금붕어	자유문학	1959. 10
눈 내리는 오후	자유문학	1960. 2
차돌멩이	자유문학	1960. 9
크리스마스 전야의 풍경	군종	1960. 12
말 없는 사람	미상	1964
좁은 문	새생명	1964. 6
성장기(유고)	신동아	1968. 3
노교수(유고)	크리스찬문학	미상

2. 수필, 평론

작품명	발표지	발표 연월일
전적 생활론	학지광	1917. 4
김동인론	조선문단	1925. 6
「창조」 시대	조선일보	1933. 9. 20~22
나의 춘원관	학등	1933. 12
톨스토이의 민화	박문	1939. 2
나의 문단 자서전	자유문학	1956. 6
창조를 중심한 그 전후 시대	문학춘추	1964. 4

3. 작품집

책명	발행처	발행 연월일
생명의 봄	설화서관	1926. 11
하늘을 바라보는 여인	정음사	1958
전영택 창작선집	어문각	1965. 12
화수분 외	삼중당문고	1977
신한국문학전집 6	어문각	1979
화수분	마당문고	1983
한국소설문학대계 4	동아출판사	1995
늘봄 전영택 전집 1~5	목원대학교출판부	1994. 12

참고 문헌

김송현, 「「천치냐 천재냐」의 원천탐색」, 『현대문학』, 1963. 4.

______, 「'늘봄' 문학의 Imagery 연구—동인과 대비하여」, 『문학춘추』, 1966. 2.

김윤식, 『한국 근대소설사 연구』, 을유문화사, 1985.

김은희, 「전영택 소설의 기독교사상 연구」, 전북대 석사학위 논문, 1989.

김학운, 「늘봄문학 서설—기독교적 영향에 관하여」, 『기독교사상』, 1965. 1.

김희빈, 「전영택의 '한 마리 양'과 매개」, 『한국문학과 기독교』, 현대사상사, 1979.

박두진, 「고독한 성직자 전영택 선생」, 『신동아』, 1968. 3.

송하춘, 「전영택 문학의 특질」, 『월간문학』, 1976.

______, 「휴머니테리어니즘 문학의 모형—성직자 소설가 전영택의

문학」, 『한국소설문학대계』, 동아출판사, 1995.

신춘자, 「전영택의 문학관 고찰」, 한글학회 편, 『문학한글』 5, 1991.

윤춘병, 『한국기독교신문잡지백년사』, 대한기독교출판사, 1984.

이윤희, 「전영택 소설 연구」, 연세대 석사학위 논문, 1987.

이인복, 「1920년대 소설에 나타난 재생 모티브—'화수분'을 중심으로」, 『문학과비평』, 1989 봄.

이인복, 『한국문학과 기독교사상』, 우신사, 1987.

이주일, 「늘봄 전영택론」, 『유목상박사 화갑기념논총』, 1986.

______, 「전영택 소설의 분석연구」, 『상지대교수논문집』 7, 1986.

이주형, 「1920년대 소설에서의 지식인의 고뇌와 작품형식」, 『국어교육연구』 22, 1990.

정혜숙, 「전영택 소설 연구—인도주의 정신을 중심으로」, 중앙대 석사학위 논문, 1989.

채 훈, 「늘봄 전영택론—초기시대 문학의 특색을 중심으로」, 『충남대학교 논문집』 9, 1970.

______, 「초기 전영택 문학고」, 『낙산어문』 2, 1970.

표언복, 「전영택의 저작과 관련된 몇 가지 문제」, 『목원어문학』 10, 1991.

______, 「전영택의 저작과 관련된 몇 가지 문제」, 『늘봄 전영택 전집』 제1권, 목원대학교출판부, 1994.

기획의 말

한국문학전집을 펴내며

오늘의 한국 문학은 다양한 경험과 자산에서 비롯된 것이지만, 그중에서도 우리 앞선 세대의 문학 작품에서 가장 큰 유산을 물려받고 있다. 그럼에도 우리는 가끔 우리의 문학 유산을 잊거나 도외시한다. 마치 그것 없이는 살아갈 수 없는 소중한 물을 쉽게 잊고 사는 것처럼 그동안 우리는 우리가 이루어놓은 자산들을 너무 쉽게 잊어버리고 있었는지도 모르겠다. 인기 있는 외국 작품들이 거의 동시에 번역 출판되고, 새로운 기획과 번역으로 전 세계의 문학 작품들이 짜임새 있게 출판되고 있는 요즈음, 정작 한국 문학 작품들을 체계적으로 정리하지 못하고 있었다는 점을 최근에 우리는 깊이 반성하게 되었다. 그리고 이러한 때늦은 반성을 곧바로 '한국문학전집'을 기획하는 힘으로 전환하였다.

오늘의 시점에서 '한국문학전집'을 기획한다는 것은, 우선 그동안 양적으로나 질적으로 괄목할 만한 수준에 이른 한국 문학 연구 수준을 반영하는 새로운 시각이 전제되어야 할 것이다. 그리고 '우리 것을 지키자'는 순진한 의도에서가 아니라, 한국 문학이 바로 세계 문학이 되는 질적 확장을 위해, 세계 문학 속에서의 한국 문학의 정체성을 찾는 일을 간과해서는 안 될 것이다.

이번 기획에서 우리가 가장 크게 신경 썼던 점은 크게 두 가지이다. 하나는, 그동안 거의 관습적으로 굳어져왔던 작품에 대한 천편일률적인 평가를 피하고 그동안의 평가에 대한 비판적 평가와 더불어 새로운 평가로 인한 숨은 작품의 발굴이었다. 그리하여 한국 문학사를 시기별로 구분하여 축적된 연구 성과들 위에서 나름대로 중요한 작품들을 선별하는 목록 작업에 가장 큰 공을 들였다. 나머지 하나는, 그동안 여러 상이한 판본의 난립으로 인해 원전 텍스트가 침해되고 있는 심각한 상황을 고려하여 각각의 작가에게 가장 뛰어난 연구자들을 초빙하여 혼신을 다해 원전 텍스트를 확정하였다는 점이다.

장구한 우리 문학사의 주옥같은 작품들을 한자리에 모아, 세대를 넘고 시대를 넘어 그 이름과 위상에 값할 수 있는 대표적인 한국문학전집을 내놓는다. 이번에 출간되는 한국문학전집은 변화된 상황과 가치를 반영하는 내실 있고 권위를 갖춘 내용으로 꾸며질 것이며, 우리 문학의 정본 전집으로서 자리매김해 한국 문학의 전통을 계승하고 발전시키는 데 기여하고자 한다. 이 기획이 한국 문학의 자산들을 온전하게 되살려, 끊임없이 현재성을 가지는 살아 있는 작품들로, 항상 독자들의 옆에 있게 되기를 기대한다.

㈜문학과지성사

01 감자 김동인 단편선

최시한(숙명여대) 책임 편집 | 값 9,000원

수록 작품 약한 자의 슬픔 / 배따라기 / 태형 / 눈을 겨우 뜰 때 / 감자 / 광염 소나타 / 배회 / 발가락이 닮았다 / 붉은 산 / 광화사 / 김연실전 / 곰네

극단적인 상황과 비극적 운명에 빠진 인물 군상들을 냉정하게 서술해낸 한국 근대 단편 문학의 선구자 김동인의 대표 단편 12편 수록. 인간과 환경에 대한 근대적 인식을 빼어난 문체와 서술로 형상화한 김동인의 주옥같은 작품들을 만날 수 있다.

02 탈출기 최서해 단편선

곽근(동국대) 책임 편집 | 값 9,000원

수록 작품 고국 / 탈출기 / 박돌의 죽음 / 기아와 살육 / 큰물 진 뒤 / 백금 / 해돋이 / 그믐밤 / 전아사 / 홍염 / 갈등 / 먼동이 틀 때 / 무명초

식민 치하 빈궁 문학을 대표하는 최서해의 단편 13편 수록. 식민 치하의 참담한 사회적 현실을 사실적으로 전해주는 작품들. 우리 민족의 궁핍한 현실에 맞선 인물들의 저항 정신과 민족 감정의 감동과 울림을 전한다.

03 삼대 염상섭 장편소설

정호웅(홍익대) 책임 편집 | 값 10,000원

우리 소설 가운데 서울말을 가장 풍부하게 살려 쓴 작품이자, 복합성 · 중층성의 세계를 구축하여 한국 근대 장편소설의 대표작으로 꼽히는 염상섭의 『삼대』. 1930년대 서울의 중산층 가족사를 통해 들여다본 우리 근대의 자화상이다.

04 레디메이드 인생 채만식 단편선

한형구(서울시립대) 책임 편집 | 값 8,500원

수록 작품 논 이야기 / 레디메이드 인생 / 미스터 방 / 민족의 죄인 / 치숙 / 낙조 / 쑥국새 / 당랑의 전설

역설과 반어의 작가 채만식의 대표 단편 8편 수록. 1920~30년대의 자본주의적 현실 원리와 민중의 삶을 풍자적으로 포착하는 데 탁월했던 채만식. 사실주의와 풍자의 절묘한 조합으로 완성한 단편 문학의 묘미를 즐길 수 있다.

05 비 오는 길 최명익 단편선

신형기(연세대) 책임 편집 | 값 8,500원

수록 작품 폐어인 / 비 오는 길 / 무성격자 / 역설 / 봄과 신작로 / 심문 / 장삼이사 / 맥령

시대를 앞섰던 모더니스트 최명익의 대표 단편 8편 수록. 병과 죽음으로 고통받는 인물 군상들을 통해 자신이 예감한 황폐한 현대의 징후를 소설화한 작가 최명익. 너무나 현대적이어서, 당시에는 제대로 평가받을 수 없었던 탁월한 단편소설들을 만난다.

06 사하촌 김정한 단편선

강진호(성신여대) 책임 편집 | 값 9,500원

수록 작품 그물 / 사하촌 / 항진기 / 추산당과 곁사람들 / 모래톱 이야기 / 제3병동 / 수라도 / 인간단지 / 위치 / 오끼나와에서 온 편지 / 슬픈 해후

리얼리즘 문학과 민족 문학을 대표하는 김정한의 대표 단편 11편 수록. 민중들의 삶을 통해 누구보다 먼저 '근대화의 문제'를 문학적으로 제기하고 예리하게 포착한 작가 김정한의 진면목을 본다.

07 무녀도 김동리 단편선

이동하(서울시립대) 책임 편집 | 값 8,000원

수록 작품 화랑의 후예 / 산화 / 바위 / 무녀도 / 황토기 / 찔레꽃 / 동구 앞길 / 혼구 / 혈거부족 / 달 / 역마 / 광풍 속에서

한국적이고 토착적인 전통 세계의 소설화에 앞장선 김동리의 초기 대표작 12편 수록. 민중의 삶 속에 뿌리 내린 토착적 전통의 세계를 정확한 묘사와 풍부한 서정으로 형상화했던 김동리 문학 세계를 엿본다.

08 독 짓는 늙은이 황순원 단편선

박혜경(인하대) 책임 편집 | 값 9,000원

수록 작품 소나기 / 별 / 겨울 개나리 / 산골 아이 / 목넘이마을의 개 / 황소들 / 집 / 사마귀 / 소리 / 닭제 / 학 / 필묵장수 / 뿌리 / 내 고향 사람들 / 원색오뚝이 / 곡예사 / 독 짓는 늙은이 / 황노인 / 늪 / 허수아비

한국 산문 문체의 모범으로 평가되는 황순원의 대표 단편 20편 수록. 엄격한 지적 절제와 미학적 균형으로 함축적인 소설 미학을 완성시킨 작가 황순원. 극적인 사건 전개 대신 정적이고 서정적인 울림의 미학으로 깊은 감동을 전한다.

09 만세전 염상섭 중편선

김경수(서강대) 책임 편집 | 값 9,500원

수록 작품 만세전 / 해바라기 / 미해결 / 두 출발

한국 근대 소설의 기념비적 작품인 「만세전」, 조선 최초의 여류화가인 나혜석의 삶을 소설화한 「해바라기」, 그리고 식민지 조선의 현실을 담아내고 나름의 저항의식을 형상화하기 위한 소설적 수련의 과정을 단적으로 보여주는 「미해결」과 「두 출발」 수록. 장편소설의 작가로만 알려진 염상섭의 독특한 소설 미학의 세계를 감상한다.

10 천변풍경 박태원 장편소설

장수익(한남대) 책임 편집 | 값 9,500원

모더니스트 박태원이 펼쳐 보이는 1930년대 서울의 파노라마식 풍경화. 근대 자본주의 사회의 이데올로기와 일상성에 대한 비판에 몰두하던 박태원 초기 작품의 모더니즘 경향과 리얼리즘 미학의 경계를 넘나드는 역작. 식민지라는 파행적 상황에서 기형적으로 실현되던 근대화의 양상을 기층 민중의 생활에 초점을 맞춰 본격화한 작품이다.

11 태평천하 채만식 장편소설

이주형(경북대) 책임 편집 | 값 8,000원

부정적인 상황들이 난무하는 시대 현실을 독자적인 문학적 기법과 비판의식으로 그려냄으로써 '문학적 미'를 추구했던 채만식의 대표작. 판소리 사설의 반어, 자기 폭로, 비유, 과장, 희화화 등의 표현법에 사투리까지 섞은 요설로, 창을 듣는 듯한 느낌과 재미를 선사하는 작품. 세태풍자소설의 장을 열었던 채만식이 쓴 가족사소설의 전형에 해당한다.

12 비 오는 날 손창섭 단편선

조현일(홍익대) 책임 편집 | 값 9,500원

수록 작품 공휴일 / 사연기 / 비 오는 날 / 생활적 / 혈서 / 피해자 / 미해결의 장 / 인간동물원초 / 유실몽 / 설중행 / 광야 / 희생 / 잉여인간 / 신의 희작

가장 문제적인 전후 소설가 손창섭의 대표 단편 14작품 수록. 병적이고 불구적인 인간 군상들을 통해 전후 사회 현실에서의 '절망'의 표현에 주력했던 손창섭. 전쟁 그리고 전쟁 이후의 비일상적 사태를 가장 근원적인 차원에서 표현한 빼어난 작품들을 선별했다.

13 등신불 김동리 단편선

이동하(서울시립대) 책임 편집 | 값 8,000원

수록 작품 인간동의 / 홍남철수 / 밀다원시대 / 용 / 목공 요셉 / 등신불 / 송추에서 / 까치 소리 / 저승새

「무녀도」의 작가 김동리가 1950년대 이후에 내놓은 단편 9편 수록. 전기 작품에 이어서 탁월한 문체의 매력, 빈틈없는 구성의 묘미, 인상적인 인물상의 창조, 인간에 대한 깊이 있는 통찰이라는 김동리 단편의 미학을 다시 한 번 경험할 수 있는 기회이다.

14 동백꽃 김유정 단편선

유인순(강원대) 책임 편집 | 값 9,500원

수록 작품 심청 / 산골 나그네 / 총각과 맹꽁이 / 소낙비 / 솥 / 만무방 / 노다지 / 금 / 금 따는 콩밭 / 떡 / 산골 / 봄·봄 / 안해 / 봄과 따라지 / 따라지 / 가을 / 두꺼비 / 동백꽃 / 야앵 / 옥토끼 / 정조 / 땡볕 / 형

고단한 삶을 살아가는 순박한 촌부에서 사기꾼에 이르기까지 다양한 삶의 모습을 문학 속에 그대로 재현한 김유정의 주옥같은 단편 23편 수록. 인물의 토속성과 해학성, 생생한 삶의 언어와 우리 소리, 그 속에 충만한 생명감을 불어넣은 김유정 문학의 정수를 맛본다.

15 소설가 구보씨의 일일 박태원 단편선

천정환(성균관대) 책임 편집 | 값 9,500원

수록 작품 수염 / 낙조 / 소설가 구보씨의 일일 / 애욕 / 길은 어둡고 / 거리 / 방란장 주인 / 비량 / 진통 / 성탄제 / 골목 안 / 음우 / 재운

한국 소설사상 가장 두드러진 모더니즘 작품으로 인정받는 「소설가 구보씨의 일일」을 비롯한 박태원의 대표 단편 13편 수록. 한글로 씌어진 가장 파격적이고 실험적인 작품으로 주목 받은 박태원. 서울 주변부 중산층의 삶이라는 자기만의 튼실한 현실 공간을 구축하여 새로운 소설 기법과 예술가소설로서의 보편성을 획득한 작품들이다.

16 날개 이상 단편선

김주현(경북대) 책임 편집 | 값 9,000원

수록 작품 12월 12일 / 지도의 암실 / 지팡이 역사 / 황소와 도깨비 / 공포의 기록 / 지주회시 / 동해 / 날개 / 봉별기 / 실화 / 종생기

근대와 맞닥뜨린 당대 식민지 조선의 기념비요 자화상 역할을 하는 이상의 대표 단편 11편 수록. '천재'와 '광인'이라는 꼬리표와 함께 전위적이고 해체적인 글쓰기로 한국의 모더니즘 문학사를 개척한 작가 이상. 자유연상, 내적 독백 등의 실험적 구성과 문체로 식민지 근대와 그것에 촉발된 당대인의 내면을 예리하게 포착해낸 이상의 문제작들을 한데 모았다.

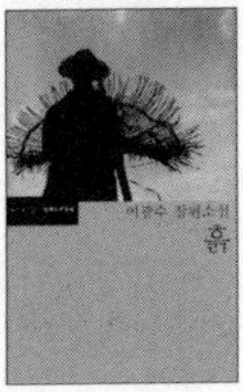

17 흙 이광수 장편소설

이경훈(연세대) 책임 편집 | 값 12,000원

한국 최초의 근대 장편소설 『무정』을 발표하면서 한국 소설 문학의 역사를 새롭게 쓴 이광수. 『흙』은 이광수의 계몽 사상이 가장 짙게 깔린 작품으로 심훈의 『상록수』와 함께 한국 농촌계몽소설의 전위에 속한다. 한국 근대 문학사상 가장 많이 연구되고 있는 작가의 대표작답게 『흙』은 민족주의, 계몽주의, 농민문학, 친일문학, 등장인물론, 작가론, 문학사 등의 학문적·비평적 논의의 중심에 있는 작품이다.

18 상록수 심훈 장편소설

박헌호(성균관대) 책임 편집 | 값 9,500원

이광수의 장편 『흙』과 더불어 한국 농촌계몽소설의 쌍벽을 이루는 『상록수』. 심훈의 문명(文名)을 크게 떨치게 한 대표작이다. 1930년대 당시 지식인의 관념적 농촌 운동과 일제의 경제 침탈사를 고발·비판함으로써, 문학이 취할 수 있는 현실 정세에 대한 직접적인 대응 그리고 극복의 상상력이란 두 가지 요소를 나름의 한계 속에서 실천해냈고, 대중적으로도 큰 호응을 불러일으킨 작품이다.

19 무정 이광수 장편소설

김철(연세대) 책임 편집 | 값 9,000원

20세기 이래 한국인이 가장 많이 읽고 가장 자주 출간돼온 작품, 그리고 근현대 문학 가운데 가장 많이 연구의 대상이 된 작가 이광수의 대표작 『무정』. 씌어진 지 한 세기가 가까워오도록 여전히 읽히고 있고 또 학문적 논쟁의 중심에 서 있는 『무정』을 책임 편집자의 교정을 충실하게 반영한 최고의 선본(善本)으로 만난다.

20 고향 이기영 장편소설

이상경(KAIST) 책임 편집 | 값 11,000원

'프로문학의 정점'이자 우리 근대 문학사의 리얼리즘의 확립을 결정적으로 보여주는 이기영의 『고향』. 이기영은 1920년대 중반 원터라는 충청도의 한 농촌 마을을 배경으로 봉건 사회의 잔재를 지닌 채 식민지 자본주의화가 진행되어가는 우리 근대 초기를 뛰어난 관찰로 묘파한다. 일제 식민 치하 근대화에 대한 문학적·비판적 성찰과 지식인의 고뇌를 반영한 수작이다.

21 까마귀 이태준 단편선

김윤식(명지대) 책임 편집 | 값 8,000원

수록 작품 불우 선생 / 달밤 / 까마귀 / 장마 / 복덕방 / 패강랭 / 농군 / 밤길 / 토끼 이야기 / 해방 전후

'한국 근대소설의 완성자' '단편문학'의 명수. 이태준은 우리 근대 문학의 전개 과정에서 결코 간과할 수 없는 역할을 담당했던 작가 가운데 한 사람이다. 문학의 자율성과 예술성을 상실하지 않으면서도 현실 문제에 각별한 관심을 보여주었던 그의 단편은 한국소설사에서 1930년대를 대표하는 것으로 인정받고 있다.

22 두 파산 염상섭 단편선

김경수(서강대) 책임 편집 | 값 9,500원

수록 작품 표본실의 청개구리 / 암야 / 제야 / E선생 / 윤전기 / 숙박기 / 해방의 아들 / 양과자갑 / 두 파산 / 절곡 / 얼룩진 시대 풍경

한국 근대사를 증언하고 있는 횡보 염상섭의 단편소설 11편 수록. 지식인 망국민으로서의 허무적인 자기 진단, 구체적인 사회 인식, 해방 후와 전후 시기에 대한 사실적 증언과 문제 제기를 포함한 대표작들을 통해 횡보의 단편 미학을 감상한다.

23 카인의 후예 황순원 소설선

김종회(경희대) 책임 편집 | 값 10,000원

수록 작품 카인의 후예 / 너와 나만의 시간 / 나무들 비탈에 서다

인간의 정신적 순수성과 고귀한 존엄성을 문학의 제일 원칙으로 삼았던 작가 황순원. 그의 대표작 가운데 독자들의 가장 많은 사랑을 받은 장편소설들을 모았다. 한국전쟁을 온몸으로 체득하면서 특유의 절제되고 간결한 문장으로 예술적 서사성을 완성한 황순원은 단편에서와 마찬가지로 변함없는 감동의 세계를 열어놓는다.

24 소년의 비애 이광수 단편선

김영민(연세대) 책임 편집 | 값 9,000원

수록 작품 무정 / 소년의 비애 / 어린 벗에게 / 방황 / 가실 / 거룩한 죽음 / 무명 / 꿈

한국 근대소설사와 이광수 개인의 문학 세계에서 중요한 의미를 갖는 단편 8편 수록. 이광수가 우리말로 쓴 최초의 창작 단편 「무정」, 당시 사회의 인습과 제도를 비판한 「소년의 비애」, 우리나라 최초의 서간체 소설인 「어린 벗에게」, 지식인의 내면적 갈등과 자아 탐구의 과정을 담은 「방황」, 춘원의 옥중 체험을 바탕으로 씌어진 「무명」 등 한국 근대문학의 장르와 소재, 주제 탐구 면에서 꼼꼼히 고찰해야 할 작품들이다.

25 불꽃 선우휘 단편선

이익성(충북대) 책임 편집 | 값 9,000원

수록 작품 테러리스트 / 불꽃 / 거울 / 오리와 계급장 / 단독강화 / 깃발 없는 기수 / 망향

8·15 해방과 분단, 6·25전쟁으로 이어지는 한국 근현대사의 열병을 깊이 있게 고찰한 선우휘의 대표작 7편 수록. 평판작 「불꽃」과 「깃발 없는 기수」를 비롯해 한국 근현대사의 역동성과 이를 바라보는 냉철한 작가의식이 빚어낸 수작들을 한데 모았다.

26 맥 김남천 단편선

채호석(한국외대) 책임 편집 | 값 9,000원

수록 작품 공장 신문 / 공우회 / 남편 그의 동지 / 물 / 남매 / 소년행 / 처를 때리고 / 무자리 / 녹성당 / 길 위에서 / 경영 / 맥 / 등불 / 꿀

카프와 명맥을 같이하며 창작과 비평에서 두드러진 족적을 남긴 작가 김남천. 1930년대 초, 예술운동의 볼세비키화론 주장과 궤를 같이하는 「공장 신문」「공우회」, 카프 해산 직후 그의 고발문학론을 담은 「처를 때리고」「소년행」「남매」, 전향문학의 백미로 꼽히는 「경영」「맥」 등 그의 치열했던 문학 세계의 변화를 일별할 수 있는 대표작 14편 수록.

27 인간 문제 강경애 장편소설

최원식(인하대) 책임 편집 | 값 9,000원

한국 근대 여성문학의 제일선에 위치하는 강경애의 대표작. 일제 치하의 1930년대 조선, 자본가와 농민·노동자의 대립 구조 속에서 농민과 도시노동자가 현실의 문제를 해결하고자 하는 주체로 성장하는 과정과 그들의 조직적 투쟁을 현실성 있게 그려낸 작품. 이기영의 『고향』과 더불어 우리 근대 소설사에서 리얼리즘 소설의 수작으로 꼽힌다.

28 민촌 이기영 단편선

조남현(서울대) 책임 편집 | 값 9,500원

수록 작품 농부 정도룡 / 민촌 / 아사 / 호외 / 해후 / 종이 뜨는 사람들 / 부역 / 김군과 나와 그의 아내 / 변절자의 아내 / 서화 / 맥추 / 수석 / 봉황산

카프와 프로문학의 대표 작가 이기영. 그가 발표한 수십 편의 단편소설들 가운데 사회사나 사상운동사로서의 자료적 가치가 높으면서 또 소설 양식으로서의 구조미를 제대로 보여주는 14편을 선별했다.

29 혈의 누 이인직 소설선

권영민(서울대) 책임 편집 | 값 9,500원

수록 작품 혈의 누 / 귀의 성 / 은세계

급진적이고 충동적인 한국 근대의 풍경 속에 신소설이라는 새로운 서사 양식을 창조해낸 이인직. 책임 편집자의 꼼꼼한 텍스트 확정과 자세한 비평적 해설을 통해, 신소설의 서사 구조와 그 담론적 특성을 밝히고 당시 개화·계몽 시대를 대표하는 서사 양식에 내재화된 일본적 식민주의 담론을 꼬집는다.

30 추월색 이해조 안국선 최찬식 소설선

권영민(서울대) 책임 편집 | 값 8,500원

수록 작품 금수회의록 / 자유종 / 구마검 / 추월색

개화·계몽시대의 대표적인 신소설 작가 3인의 대표작. 여성과 신교육으로 집약되는 토론의 모습을 서사 방식으로 활용한 「자유종」, 구시대적 인습을 신랄하게 비판한 「구마검」, 가장 대중적인 신소설 가운데 하나로 꼽히는 「추월색」, 그리고 '꿈'이라는 우화적 공간을 설정하여 현실 비판의 풍자적 색채가 강한 「금수회의록」까지 당대의 사회적 풍속과 세태의 변화를 민감하게 반영한 작품들을 수록했다.

31 젊은 느티나무 강신재 소설선

김미현(이화여대) 책임 편집 | 값 9,500원

수록 작품 안개 / 해방촌 가는 길 / 절벽 / 젊은 느티나무 / 양관 / 황량한 날의 동화 / 파도 / 이브 변신 / 강물이 있는 풍경 / 점액질

1950, 60년대를 대표하는 여성 작가 강신재의 중단편 10편을 엄선했다. 특유의 서정적인 문체와 관조적 시선, 지적인 분석력으로 '비누 냄새' 나는 풋풋한 사랑 이야기에서 끈끈한 '점액질'의 어두운 욕망에 이르기까지, 운명의 폭력성과 존재론적 한계를 줄기차게 탐문한 강신재 소설의 여정을 한눈에 볼 수 있는 기회다.

32 오발탄 이범선 단편선

김외곤(서원대) 책임 편집 | 값 8,500원

수록 작품 일요일 / 학마을 사람들 / 사망 보류 / 몸 전체로 / 갈매기 / 오발탄 / 자살당한 개 / 살모사 / 천당 간 사나이 / 청대문집 개 / 표구된 휴지 / 고장난 문 / 두메의 어벙이 / 미친 녀석

손창섭 · 장용학 등과 함께 대표적인 전후 작가로 꼽히는 이범선의 대표작 14편 수록. 한국 현대사의 비극에 대한 묘사를 바탕으로 하면서도 잃어버린 고향, 동양적 이상향에 대한 동경을 담았던 초기작들과 전후의 물질적 궁핍상을 전통적 사실주의에 기초해 그리면서 현실 비판적 성격을 강하게 드러낸 문제작들을 고루 수록했다.

33 메밀꽃 필 무렵 이효석 단편선

서준섭(강원대) 책임 편집 | 값 10,000원

수록 작품 도시와 유령 / 깨뜨려지는 홍등 / 마작철학 / 프레류드 / 돈 / 계절 / 산 / 들 / 석류 / 메밀꽃 필 무렵 / 삽화 / 개살구 / 장미 병들다 / 공상구락부 / 해바라기 / 여수 / 하얼빈산협 / 풀잎 / 낙엽을 태우면서

근대 작가의 문화적 정체성이 끊임없이 흔들렸던 식민지 시대, 경성제대 출신의 지식인 작가로서 그 문화적 혼란기를 소설 언어를 통해 구성하고 지속적으로 모색했던 이효석의 대표작 20편 수록.

34 운수 좋은 날 현진건 중단편선

김동식(인하대) 책임 편집 | 값 9,000원

수록 작품 희생화 / 빈처 / 술 권하는 사회 / 유린 / 피아노 / 할머니의 죽음 / 우편국에서 / 까막잡기 / 그리운 흘긴 눈/ 운수 좋은 날 / 발 / 불 / B사감과 러브 레터 / 사립정신병원장 / 고향 / 동정 / 정조와 약가/ 신문지와 철창 / 서투른 도적 / 연애의 청산 / 타락자

한국 근대 단편소설의 형식적 미학을 구축하고 근대적 사실주의 문학의 머릿돌을 놓은 작가 현진건의 대표작 21편 수록. 서구 중심의 근대성과 조선 사회의 식민성 사이에서 방황하는 지식인의 내면 풍경뿐만 아니라, 식민지 조선의 일상을 예리하게 관찰함으로써 '조선의 얼굴'을 담아낸 작가 현진건의 면모를 두루 살폈다.

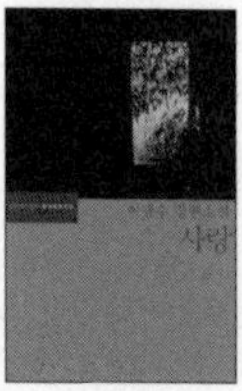

35 사랑 이광수 장편소설

한승옥(숭실대) 책임 편집 | 값 12,000원

춘원의 첫 전작 장편소설. 신문 연재물의 제약에서 벗어나 좀더 자유롭고 솔직한 그의 인생관이 담겨 있다. 이른바 그의 어떤 장편소설보다도 나아간 자유 연애, 사랑에 관한 작가의 생각을 엿볼 수 있는 작품. 작가의 나이 지천명에 이르러 불교와 『주역』 등 동양고전에 심취하여 우주의 철리와 종교적 깨달음에 가닿은 시점에서 집필된, 춘원의 모든 것.

36 화수분 전영택 중단편선

김만수(인하대) 책임 편집

수록 작품 천치? 천재?/운명/생명의 봄/독약을 마시는 여인/화수분/후회/여자도 사람인가/하늘을 바라보는 여인/소/김탄실과 그 아들/금붕어/차돌멩이/크리스마스 전야의 풍경/말 없는 사람

1920년대 초반 자연주의, 사실주의적 색채가 강한 작품 세계로 주목받았던 작가 전영택의 대표작선. 이들 작품에서 작가는, 일제 초기의 만세운동, 일제 강점기하의 극심한 궁핍, 해방 직후의 사회적 혼돈, 산업화 초창기의 사회적 퇴폐상에 대한 자신의 경험을 소박한 형식 속에 담고 있다.

37 유예 오상원 중단편선

한수영(동아대) 책임 편집

수록 작품 황선지대/유예/균열/죽어살이/모반/부동기/보수/현실/훈장/실기

한국 전후 세대 문학의 대표 작가 오상원의 주요작 10편을 묶었다. '실존'과 '행동'에 초점을 맞춘 그의 작품은, 한결같이 극한 상황에 처한 인간 존재의 의미를 묻는 데 천착하면서 효과적인 주제 전달을 위해 낯설고 다양한 소설적 실험을 보여준다.

38 제1과 제1장 이무영 단편선

전영태(중앙대) 책임 편집

수록 작품 제1과 제1장/흙의 노예/문 서방/농부전 초/청개구리/모우지도/유모/용자소전/이단자/B녀의 소묘/O형의 인간/들메/며느리

한국 농민문학의 선구자로 평가받는 이무영의 주요 단편 13편 수록. 이들 작품에서 작가는, 농민을 계몽의 대상이 아닌, 흙을 일구는 그들의 삶을 통해서 진실한 깨달음을 얻는 자족적 대상으로 바라본다. 이무영의 농민소설은 인간을 향한 긍정적 시선과 삶의 부조리한 면을 파헤치는 지식인의 냉엄한 비판 의식이 공존하고 있다.

39 꺼삐딴 리 전광용 단편선

김종욱(세종대) 책임 편집

수록 작품 흑산도/진개권/지층/해도초/GMC/사수/크라운장/충매화/초혼곡/면허장/꺼삐딴 리/곽 서방/남궁 박사/죽음의 자세/세끼미

1950년대 전후 사회와 60년대의 척박한 삶의 리얼리티를 '구도의 치밀성'과 '묘사의 정확성'을 통해 형상화한 작가 전광용의 대표 단편 15편 모음집. 휴머니즘적 주제 의식, 전통적인 서사 형식, 객관적이고 냉철한 묘사 태도, 짧고 건조한 문체 등으로 집약되는 전광용의 작품 세계를 한눈에 살필 수 있는 계기.

40 과도기 한설야 단편선

서경석(한양대) 책임 편집

수록 작품 동경/그릇된 동경/합숙소의 밤/과도기/씨름/사방공사/교차선/추수 후/태양/임금/딸/철로 교차점/부역/산촌/이녕/모자/혈로

식민지 시대 신경향파·카프 계열 작가로서 사회주의 리얼리즘 문학을 추구한 작가 한설야의 문학적 특징을 잘 드러내는 단편 17편을 수록했다. 시대적 대세에 편승하며 작품의 경향을 바꾸었던 다른 카프 작가들과는 달리 한설야는, 주체적인 노동자로서의 삶을 택한 「과도기」의 '창선'이 그러하듯, 이 주제를 자신의 평생 과제로 삼아 창작에 몰두했다.

41 사랑손님과 어머니 주요섭 중단편선

장영우(동국대) 책임 편집

수록 작품 추운 밤 / 인력거꾼 / 살인 / 첫사랑 값 / 개밥 / 사랑손님과 어머니 / 아네모네의 마담 / 북소리 두둥둥 / 봉천역 식당 / 낙랑고분의 비밀

주요섭이 남녀 간의 애정 문제를 주로 다룬 통속 작가로 인식되어온 것은 교정되어야 마땅하다. 그는 빈민 계층의 고단하고 무망(無望)한 삶을 사실적으로 재현하는 데 탁월한 기량을 보였으며, 날카로운 현실인식과 객관적 묘사의 한 전범을 보여주었고 환상성을 수용함으로써 보다 탄력적인 소설미학을 실험하기도 하였다.

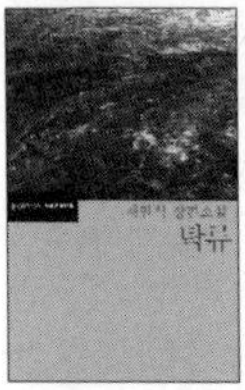

42 탁류 채만식 장편소설

우찬제(서강대) 책임 편집

채만식은 시대의 어둠을 문학의 빛으로 밝히며 일제 강점기와 해방기의 우리 소설사를 빛낸 작가다. 그는 작품활동 전반에 걸쳐 열정적인 창작열과 리얼리즘 정신으로 당대의 현실상을 매우 예리하게 형상화했다. 특히 『탁류』는 여주인공 초봉의 기구한 운명의 족적을 금강 물이 점점 탁해지는 현상에 비유하면서 타락한 당대의 세계상을 여실하게 드러내주고 있다.

43 벙어리 삼룡이 나도향 중단편선

우찬제(서강대) 책임 편집

수록 작품 젊은이의 시절 / 별을 안거든 우지나 말걸 / 옛날 꿈은 창백하더이다 / 여이발사 / 행랑 자식 / 벙어리 삼룡이 / 물레방아 / 꿈 / 뽕 / 지형근 / 청춘

위험한 시대에 매우 불안하게 살았던 작가. 그러나 나도향은 불안에 강박되기보다 불안한 자유의 상태를 즐기는 방식으로 소설을 택한 작가였다. 낭만적 환멸의 풍경이나 낭만적 동경의 형식 등은 불안에 대한 나도향 식 문학적 향유의 풍경으로 다가온다.

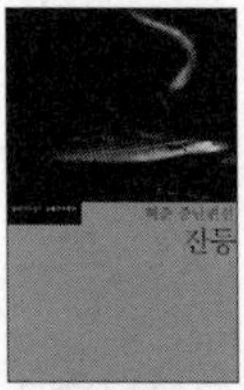

44 잔등 허준 중단편선

권성우(숙명여대) 책임 편집

수록 작품 탁류 / 습작실에서 / 잔등 / 속습작실에서 / 평대저울

한국 근대소설사에서 허준만큼 진보적 지식인의 진지한 자기 성찰을 깊이 형상화한 작가는 없었다. 혁명의 필연성을 기꺼이 인정하면서도 혁명과 해방으로 인해 궁지와 비참에 몰린 사람들에 대해 깊은 연민과 따뜻한 공감의 눈길을 던진 그의 대표작 다섯 편을 한데 모았다.

45 한국 현대희곡선

유치진 함세덕 오영진 차범석 이근삼 최인훈 이현화 이강백 이윤택 오태석

이상우(고려대) 책임 편집

수록 작품 토막 / 산허구리 / 살아 있는 이중생 각하 / 국물 있사옵니다 / 옛날 옛적에 훠어이 훠이 / 카덴자 / 봄날 / 오구—죽음의 형식 / 심청이는 왜 두 번 인당수에 몸을 던졌는가

한국 현대희곡 100년사를 대표하는 작품 열 편. 1930년대부터 1990년대까지 각 시기의 시대정신과 연극 경향을 대표할 만한 희곡들을 골고루 선별하였고, 사실주의 희곡과 비사실주의희곡의 균형을 맞추어 안배하였다.

46 혼명에서 백신애 중단편선

서영인 책임 편집

수록 작품 나의 어머니 / 꺼래이 / 복선이 / 채색교 / 적빈 / 낙오 / 악부자 / 정현수 / 학사 / 호도 / 어느 전원의 풍경—일명 · 법률 / 광인수기 / 소독부 / 일여인 / 혼명에서 / 아름다운 노을

일제강점기 한국문학을 대표하는 여성 작가이자 사회운동가인 백신애의 주요 작품 16편을 묶었다. 극심한 가난과 봉건적 인습의 굴레에 갇힌 여성들의 비극, 또는 그로부터 벗어나고자 하는 의지를 섬세한 필치와 치열한 문제의식으로 그려냈다.

계속 출간됩니다.